JOYCE CAROL OATES

我不是你认识的人

[美]乔伊斯·卡罗尔·欧茨　著
赞　歌　译

新　华　出　版　社

图书在版编目（CIP）数据

我不是你认识的人/（美）欧茨著；赞歌译
北京：新华出版社，2015.6
书名原文：I AM NO ONE YOU KNOW
ISBN 978－7－5166－1784－7
Ⅰ.①我… Ⅱ.①欧…②赞… Ⅲ.①短篇小说—小说集—美国—现代 Ⅳ.①I712.45
中国版本图书馆 CIP 数据核字（2015）第 142007 号
著作权合同登记号：01－2014－0936

I AM NO ONE YOU KNOW
Copyright © 2004 by The Ontario Review，Inc..
Published by arrangement with Harper Perennial，
an imprint of HarperCollins Publishers.
中文简体字专有出版权属新华出版社

我不是你认识的人

作　　者：（美）乔伊斯·卡罗尔·欧茨　**翻　　译：**赞　歌

出 版 人：张百新　**封面设计：**李尘工作室
责任编辑：曾　曦　**责任印制：**廖成华

出版发行：新华出版社
地　　址：北京石景山区京原路 8 号　**邮　　编：**100040
网　　址：http：//www.xinhuapub.com
http：//press.xinhuanet.com
经　　销：新华书店
购书热线：010－63077122
中国新闻书店购书热线：010－63072012

照　　排：新华出版社照排中心
印　　刷：北京文林印务有限公司

成品尺寸：145mm×210mm　1/32
印　　张：9.375　**字　　数：**250 千字
版　　次：2015 年 12 月第一版
印　　次：2015 年 12 月第一次印刷

书　　号：ISBN 978－7－5166－1784－7
定　　价：29.00 元
图书如有印装问题，请与出版社联系调换：010－63077101

目　录

红卷毛

在爸爸的七个孩子里面，我是最受宠的，但是，在我 13 岁的时候，他还是把我驱逐了，27 年拒绝跟我说话，甚至在我 22 岁时，我的祖母去世，也不准我回到我们位于纽约佩里斯堡克里森特大街的家（不过，他没法制止我远远地站在圣斯蒂芬教堂参加葬礼的人群外面，以及过后在教堂墓地的丧葬时，我在远处站着，哭泣）。只有在父亲生命的最后几个月，他得了肺气肿，身体虚弱，怒气已消，我才获准不时地回去帮帮妈妈。因为现在妈妈需要我。但是在我俩之间从来没有如此过。

爸爸去世的时候，只有 73 岁，但是，他看上去老多了，很沧桑。他一直透支自己，工作（水暖工，管道安装工），酗酒，抽烟，脾气暴躁。他把所有工作时光都投入到工会活动中。与雇主们，还有其他工会成员和组织者们长期不和。每一次选举，爸爸都有几个星期躁动不安。那些人中的一个在幕后参与进来了。“发动佩里斯堡劳工选举。”他是一位强健的男士，带着一种自尊却又急躁、多疑、好斗的气息。爸爸是当地的人物，知名人士。他曾是一位业余拳击手，重量级拳击运动员，曾在美军服役（1950－52），还在市中心的一家健身房工作过，车库里有一个击打吊包和一个举重包，与我的兄弟们在那里练习拳击，他们再也不可能像以前那样，跑得飞快，跑到他的正对面，他的“射程”以外。那时候，我在城市另一头跟亲戚们一起住，我管那叫驱逐，我从远处了解我的父亲：在街上瞥他几眼，在报纸上看到他的照片。然后情形变了，工会里，年轻人成长起来，爸爸和他的朋友们失去了权力。爸爸病了，病情一波接着一波。准许我回到克里森特大街的家的时候，爸爸进了晚期病人安养中心，他已经成了一位老人，瘦到了 50 镑，脸上布满皱纹，就像拿叉子在馅饼皮上压出来的一样。我紧紧地盯着他。这是我的父亲吗？我认识这张脸，曾经皮肤红润，相貌英俊，现在满脸干瘪，嘴古怪地塌陷下去。甚至是他强悍的双眼也变小了，在眼窝中焦虑地转动，好像他在思考：它还和我在一起吗？

约翰·德勒莫拉，过去一直鄙视别人和他自己身上的弱点，现在要靠通过鼻子上的小片来吸氧了。当我颤抖的手里抱着一束康乃馨，走到他床边的时候，他从侧面看着我。

“爸爸？我是丽丽·罗斯……”

安养中心的护士把我领到一边，说，如果你和你父亲之间有某种怨恨，现在是化解的时候了，再晚就太迟了，我马上说，“那是我父亲的责任，我想。”一切都是他的责任。该死的，要是在我不觉得抱歉的时候，能说出抱歉来，就好了。

我觉得，爸爸理解我。有时候。他还是紧绷着，好像害怕我可能碰到他，我跟他说话的时候，他僵硬地微微点头，不过我能感觉到，在我离开房间的时候，他在盯着我，盯着我的背后，我一直认为，他想喊我回去，用往日那调侃的声音说——嗨，红卷毛，来吧！我们和好吧。

红卷毛。27 年，我没有听到从任何人口中叫出这个名字。

我在等待。我确信这个时刻会到来。

我们是玛利安那，雷克，埃米莉，雷昂，玛里奥，小约翰尼，还有丽丽·罗丝。爸爸会嫌恶地瞪着我们，一边用根银牙签剔着牙。“主啊！看着像一个排。”不过，他为我们骄傲，他也爱我们，大部分时间如此。

我们住在一个巨大的木结构房子里，爸爸确保它总是修理、油漆一新，前后的草坪修得整整齐齐，人行道在冬天铲得干干净净。我们的房子在克里森特大街的尽头，尼亚加拉河上。它从河堤落下，陡峭，令人头晕目眩。两岸的峭壁是裸露的页岩，看上去总是潮湿而尖利。越过大街的尽头，是无人地带，长满灌木、蓟还有漆树，在秋季就像燃烧的火焰一样，年轻孩子们在那里玩耍。在那里玩是危险的，如果你迷路了的话。从我们的房子看过去，河里的风景非常美，我想。一条你每天看见的河流，从你自己的房子窗前流过，你认为这是理所当然的，直到有一天，它不属于你。我被送走的时候，哭得很厉害。

但是，这条河进入了我的梦乡。它宽阔，像鱼鳞一样闪闪发光，不停地起伏，就像在它的皮肤底下，有一个焦躁不安的生物。数英里以外，雷鸣般的大瀑布像恶梦一样。一直都有风，冬天，空气能在几秒钟之内把你的眼皮冻到一起。12 月的早晨，你醒来，会看到已经冻结的河面，变成了黑色的冰。

在那座房子里，我有一个快乐的童年。没有人可以把它拿走。

从佩里斯堡日报上剪下的这份剪报，我一直留着，直到它干得在我的手指间变成碎片。在两英寸高的照片下面，是一张讣告。照片上，是一个羞涩地微笑着的黑人男孩，他的两颗突出的门牙中间有个人缝。

杰德罗·弗艾勒，17 岁，佩里斯堡贝赛德街居民。佩里斯堡中学篮球代表队。浸礼会教堂教友会唱诗班。1973 年 4 月 11 日，因头部致伤，死于佩里斯堡总医院。4 月 9 日凌晨，他在二号线步行时遇袭，凶手身份至今未明。身后留下了他的母亲埃塞尔，姐妹路易斯和艾达，兄弟泰龙、米德雷克、荷曼。悼念仪式周一在浸礼会教堂举行。

人们一直问我是否认识杰德罗·弗艾勒。不！我也不认识他家的任何人。只是在他死后，我才慢慢知道他。只是在他死后，我们才在一些人头脑里被联系在一起。杰德罗·弗艾勒，丽丽·罗斯·德勒莫拉。

这对于杰德罗·弗艾勒没有一点用处，他死了。而这是发生在我身上的最糟糕的事。

我们长大成人的那些日子，我的兄弟们经常处于某种“麻烦”之中。我有四个哥哥。除了小约翰尼，年龄离我最近的一个，其他 几个都是急脾气。我在这里说到的，是个严重的麻烦。雷昂和玛里奥惹上了他们的第一个“严重的麻烦”，那时候，我 10 岁，事实上，从不知道发生了什么事。没有人会告诉我太多。妈妈不停地说着，斥责着，“不用担心!”女孩丽萨·迪弗 15 岁，戴着厚厚的眼镜，脸上斑斑点点，说话慢慢悠悠、嘀嘀咕咕、曲里拐弯。她胖胖的，成熟得像个妇人，她在富兰克林·罗斯福中学特殊教育班，雷昂 16 岁，上高中二年级，玛里奥 13 岁，在那里上 8 年级。

《佩里斯堡日报》上，不会出现关于丽萨·迪弗的消息。只有少数人被牵扯进来，而受害者太年幼了。

有十个或十一个人。他们诱骗丽萨放学后跟他们一起去休伦公园。他们踏过泥泞的运动场，穿过市政玫瑰园纤细的格架，到了游泳池那片，到了老旧的粉饰灰泥楼房，那里夏天有茶点出售，那里还有气味难闻的休息室、更衣室。到了淡季，这座楼房就废弃了，枯叶刮得水泥地上到处都是。但是休息室都没上锁。

男孩子们把丽萨带到了男士休息室。

过后，在受到警察、校方和父母质询时，男孩子们会断言：“丽萨想跟我们一起去。”“那是丽萨的主意。”“丽萨说他以前这么干过，跟她的兄弟们。”丽萨会费力地否认这些，丽萨的父母亲会费力地否认这些。丽萨受到的伤害不至于要住院治疗，但是，她的衣服被扯坏了，她的鼻子出血了，她的身体淤紫，皮肤擦伤。然而，男孩子们坚持这是丽萨的主意。他们对她很“友好”，他们说。证据证实，他们送给她礼物，而她热切地接受了：垃圾里面找到了一条玛氏巧克力棒，一串塑料珍珠项链，一个芳香除臭剂（因为身上有股浓烈的体味，丽萨·迪弗在学校臭名昭著。）男孩子们的父亲们雇了仅仅一位律师为他们的儿子代理，父亲的一位朋友被父亲所属的美国劳工联合会－产工联合会分支工会雇佣，这就避免了少年法庭的公开听证会。

事件发生之后，我们家里没有人愿意谈起这件事，至少我在场的时候如此。有几个星期，雷昂和玛里奥受到了压制，对我们的父亲恭恭敬敬的，像两条挨踢了的狗。晚上 9 点之后，他们被限制行动；雷昂有六个星期被禁止开车。我母亲愤怒地说，“迪弗家的那些人最好把她修理好，那一个。不要太迟了。”

我问“修理”是什么意思。想想男孩子们干了些什么，想想丽萨可能需要修理，就像一只坏了的钟一样，我感到惊恐。

我的母亲轻蔑地说：“就像猫一样，把卵巢切了。这样就不会怀小猫了。”

我们德勒莫拉加的孩子们在长大，我们知道，我们的爸爸会誓死捍卫我们。从来没有必要告诉我们。当然，“誓死捍卫”这个概念太夸张，以至于从来没有被我们想起过。然而，我们知道。

我们的父亲在韩国打过仗，在我出生之前很多年。他会取笑我，说实在是幸运，弹片打在那个地方，在屁股上，而不是“那个地方”，因为不然可能丽丽·罗丝就不会生下来了。（我知道这是玩笑。但是，对于我来说，不太可笑。）爸爸因为他的英勇而受嘉奖，他救了几个士兵，但是他说，他那时候 23 岁——“太傻了，不知道我在干什么。”我们都不信这个。爸爸是那种认为该为朋友、为兄弟，该誓死捍卫家人的人。他常常施惠于工会的同事，施惠于“生气勃勃的”拳击手们，施惠于“走下坡路的”拳击手们——有时是同一个人，相隔几年之后。爸爸喜欢那句带有隐喻的格言：复仇是一道菜，上的是冷酷。但是我们注意到他总是与跟他不和的人们和解。

他喜欢的另一句格言，出自拳击界，那就是：出来混迟早是要还的。意思也不差。你的善行最终将回报在你身上。

1973年4月，杰德罗·弗艾勒失去意识，死亡，而我父亲雇来为雷昂和玛里奥辩护的律师为他们的案件向检举人辩护说，冲动的头脑发热的男孩子们没有搞清，怎么对他们自己好，怎么对我的表亲瓦特好，还有怎么对邻居、一个叫唐·布林克霍思的朋友好，而做出的防卫行为。这次我被牵扯进来了。

我认识杰德罗·弗艾勒，或是他的家人吗？我有黑人朋友吗？（“黑人”是礼貌的、描述性的词语。）我四年级的班上，有过一个黑人女孩，她有一个古怪而又美丽的名字斯盖拉，我和她是朋友，但是不是那种可以邀请你去她家，或者邀请她来我家的朋友。斯盖拉退学的时候，我想念她，但是从没想过问她要去哪儿。

黑情人，有人这样叫我。一个13岁的女孩。

这个时候，雷昂19岁，住在市中心一个没有电梯的公寓里，为一个水管工头工作，我爸爸为他工作过；他曾被获准加入工会。（没有黑人是它的成员。这个问题以后会浮现出来，工会认为不公平，从案件的媒体层面来说。）玛里奥16岁，中学二年级学生，相对于他的年纪来说，个子偏大，惹人烦。雷昂和玛里奥常在一起，坐在玛里奥的车里游逛，和大多数是雷昂那个年纪的家伙喝啤酒。雷昂正在感受爸爸所说的“该死的真实的生活”。他憎恨全时工作。他的女友和他分手了，因为他喝酒，还有总是极坏的脾气。他让爸爸特别生气，因为他说，他要诅咒越南战争没结束得那么快，他愿意重温战争，并且“看到那该死的是怎么回事”。

在佩里斯堡中学，有过牵涉白人男孩和黑人男孩的隔离事件，尤其是紧随周五晚上的体育运动会之后，但是这些事没有一件把杰德罗·弗艾勒卷进来。1971－72年，雷昂在学校的高年级阶段，已经认识了杰德罗，但是他坚持认为，他们之间没有“恶感”。玛里奥也否认这种情况。他们当然是在篮球队里知道杰德罗的，谁不是呢？佩里斯堡不是个多大的学校：不到 500 学生。每个人都通过某种方式认识其他人。但是，白人和黑人不太掺和。在运动队里，在学校的乐队和合唱队，在几个俱乐部里，可能会有。但是不太多。

没有“掺和”的时间。几乎从来没有。

县公诉人提问，他们有没有什么特殊原因反复骚扰杰德罗·弗艾勒，挑起他打架，雷昂和其他男孩都说没有。他们攻击杰德罗，是因为他是黑人吗？

他们反复否认这一点。四个白人男孩，一个孤独无援的黑人男孩。但是他们不是种族主义者，这些攻击者们。

他们从晚上大约 10 点开始喝酒。我们看到这个家伙独自一人在铁轨边走着，穿过一个地方，走上了 2 号线，看上去有种可疑的感觉。我们不认识那是谁……哦，也许他们可能看到那个男孩是黑皮肤。也许他们中有一个大叫“黑人”！砂砾上车轮滑动的那些印记……也许正在饮酒的雷昂，把车向那个孩子开过去，只是为了吓唬吓唬他，把他吓跑。在那之后，情况变得混乱了。

那大概是 1973 年 4 月 9 日凌晨 0：15，当时，杰德罗·弗艾勒离开他女友的房间，回自己的家，通常情况下要走十分钟的路，穿过铁路堤，沿着公路的路肩，穿过转黑的加油站，一家塔可钟快餐店，一家麦当劳。0：50，有紧急呼叫，报告说一个被打成重伤的年轻人躺在铁路涵洞附近的路边沟渠里。(那天晚上再没有收到其他的电话报告。但是次日早晨，当殴打的消息在佩里斯堡传开，一个匿名电话向警察报告，他看到在袭击现场附近出现的是一辆新款别克，它在午夜之后不久停在公路上。打电话的人，语气缓慢，然后加快了语速，他有印象，四五个年轻白人男子“卷入了像是殴斗的某种行为”。打电话的人向警察提供车牌开头的三个数字，登记为雷昂·德勒莫拉。) 然而，到了半夜 0：

50，雷昂和玛里奥回家了。他们把瓦特和唐·布林克霍思送下了车，直拉来到克里森特大街。到这个时候，他们还不知道，可以说他们一点也没有想到，杰德罗·弗艾勒被打得太厉害，再也不能恢复意识了。他们激动，兴奋，可能还有一点恐慌。我无意中听到，他们在一起低声而急促地谈话。我听到重复了几次“黑鬼”。我听到了他们紧张的笑声。他们回到家的时候，我还没有入睡，而且我注意到了时间。这有点奇怪：没有汽车的大灯照到我卧室的墙上，从房间的一角照到另一角，就像他们通常在晚上开车进入车道时那样。雷昂一定是关掉了大灯。要么他就是关着灯开的车。

我的房间在楼下，朝向我们屋子的后方；我唯一的窗户可以俯视车道和车道那一头的河流。我曾经跟埃米莉同屋住过几年，现在，我想念她。在我们人挤得满满的家里，我想要一间自己的房子，但是现在我特别孤独，尤其是在夜里。爸爸或者我的兄弟们出去了的时候——这是很通常的情况，我会等着他们回家。我想念他们！我小心翼翼地注意着大灯照在墙壁上。那天晚上，我在等着雷昂和玛里奥回家，我希望雷昂会把身子探出来一会儿。在厨房里，喝一两杯啤酒。

爸爸、妈妈，还有小约翰尼在楼上睡觉。我离开了我的房间，走进了黑了灯的厨房，赤着脚，等候雷昂和玛里奥。

厨房的后门通向车库。它很少上锁。我把门打开了点，倾听着。我经常偷听兄弟们的谈话。我从没被抓到过，他们几乎不会注意到我。今天晚上，我没法听清我的哥哥们在车库里说些什么。我只是听到压低声音的孤单的词语，但是有一个词是“黑鬼”。我听到外面的水龙头打开了。我的哥哥们在用水龙头软管干点什么呢？洗车？我通过缝隙往外张望，看到他们在地上紧蹲在一起，冲洗棒球拍。这是雷昂的棒球拍，他放在车里“自卫”用的。雷昂和玛里奥卷起了衣袖，洗手和前臂，水从软管溅到他们衣服上的时候，他们发出了咒骂。

我想笑，他们看上去太滑稽了。他们就在大约只有十英尺远的地方，却没有察觉到我。

那我为什么不跟他们说话呢？我问自己。要是任何的另一个夜晚，我都会说。那天晚上为什么不说呢？

没过多久，我就知道了我的哥哥们在那几分钟里，正在仔细琢磨怎么处置那副球拍。“凶器”，有一天人们会这么称呼它。他们没有太仔细地考虑，但是他们知道必须快速地处理掉这副拍子。他们想到把它扔进河里，这是理所当然的——但是如果它漂起来怎么办？就算是绑上重物，一副木头拍子也可能由于某种原因松掉而漂浮起来。而那条河是佩里斯堡警察们首先会察看的地方。最后，他们决定把它埋到河提上的什么地方，埋在灌木丛下面。离家有数百英尺远。河堤上有大量杂物；这看上去像是个可行的办法。我看到我的哥哥们用粗麻木片把球拍卷了起来，我看到他们离开了车库。但是，从我卧室的窗户，几秒种就看不见他们的身影了。我有点困惑。我不知道他们在做什么。我猜他们喝酒了。也许只是在开个什么玩笑。

大约四十分钟之后，我听到他们进屋了。厨房。我听到冰箱门打开又关上，啤酒罐打开的声音。我急切地走出我的房间加入到他们中间。我是一个骨瘦如柴的女孩，崇拜我的哥哥们，他们对我满不在乎，而我沉浸在他们的光照之中。而且，我认为，他们爱我。我一直这么认为。像爸爸一样叫我，“卷毛”“红卷毛”——在他们有兴致的时候。

“嗨，小伙子们！你们一直在干什么啊，打仗？”

他们颤抖地瞪着我好一会儿，好像不知道我到底是谁。不知道拿我怎么办。他们俩都在如饥似渴地喝着啤酒。他们都在大口喘气，好像跑步上山了一样。我感觉得到他们的兴奋。他们夹克的拉链拉开，前面湿了。玛里奥的下颚宽大的脸显得有些刺痛，他右眼下方的一个小划口有些发亮。雷昂搓着右手的指关节，好像它们很疼。但是，他花了些时间弄湿了他略长的浅棕色直发，把它们分成两半，从前额拂到脑后。他的皮肤像玛里奥的一样，受了轻微的伤，但是他有一张残忍的英俊的脸。他有爸爸年轻时那张脸。

雷昂轻松地微笑着说："大瀑布那边有几个狗崽子。不过我们好好的，看到了？不要告诉妈妈。"

玛里奥说："是啊，卷毛。不要告诉妈妈。"

不用警告我不要告诉爸爸。我们没有人会向爸爸告密。哪怕我们彼此憎恨，我们也不会。那种背叛行为相当严重，令人难以承受，以至于难以说清楚，因为爸爸会迅速而无情地给予惩罚；而且，相当长一段时间，受爸爸惩罚的那个孩子会得不到他的爱。

我问他们是跟谁打架了。我是多想和他们一样啊，做他们的兄弟。尽管我知道没有希望。在我问到一些强人所难的问题时，他们会一如既往地耸耸肩。雷昂平静地说："你保证什么都不会说吧，卷毛，好吗？"

我耸耸肩，笑着说："给我一口你的啤酒。"

雷昂把他的啤酒罐递给我。那不是普通啤酒，那是爸爸最喜欢的浓啤酒。我厌恶那个味道，甚至是气味，但是决定尝试着去喜欢它，直到有一天，我真的会喜欢它。我咽了一口，有点呛着了，我说，"我保证。"

第二天，杰德罗·弗艾勒被打的消息传遍了佩里斯堡。甚至在中学里，也没有人谈论别的话题。我听到了，我知道了。

一个黑人男孩，中学的篮球运动员。被几个至今不明身份的白人男孩打了。失去了意识，留在二号线旁边。午夜之后的某个时间。他处在濒危情况下，在佩里斯堡总医院重症监护。

我为雷昂和玛里奥吓得要命。我害怕他们给抓起来。我不会告诉任何人我知道的事。

但是，佩里斯堡警方已经在打听关于雷昂、玛里奥、瓦特和唐·布林克霍思的情况了。他们有雷昂车牌的前三位数字，还有关于他车子的部分特征。雷昂在工作时被逮捕了。玛里奥昏昏沉沉、焦躁不安地上学去了，努力表现得跟没出什么事一样，但是，他在第三节课的时候被叫出去，带到了市中心的警察局。我后来才知道，爸爸陪着雷昂和玛里奥去了警察局。他安排了一位律师来与他们会见。我的母亲在家里，焦虑不安，心事重重。我知道她以为我会问："玛里奥在哪，妈妈？爸爸在哪？出什么事了？"但是，妈妈转过脸去了。

我和妈妈一言不发地看下午6点的当地电视新闻。头条新闻就是杰德罗·弗艾勒，佩里斯堡一位"著名篮球球星"的"重伤"。我看到母亲的双唇无声地蠕动着，就像有时在教堂一样，在人群中，她跪着，闭着双眼，嘴唇蠕动，像神情恍惚、筋疲力尽的妇人一样祈祷着。妈妈的一切都让我局促不安。我恨她扁平的臀部，恨她松弛的上臂，恨她脸上的皱褶，恨她惊恐的闪闪发光的双眼。那天晚上，看着她盯着电视屏幕祈祷，我对她充满难以抑制的蔑视。

我母亲知道多少呢？她拒绝知道多少呢？

那天晚上，我从筋疲力尽的梦境中被声音吵醒。我首先想到那是风声，接下来，我知道那是爸爸在厨房里跟我的哥哥们谈话。他的声音低沉而急促，他们的声音含含糊糊的。爸爸的声音偶尔会提高，但是我个字也听不清，我也不想听到。知道了雷昂和玛里奥做的事，我心烦意乱。我再也没有偷听别人谈话的热情。我再也不会偷听任何人谈话了。我躺在我的房间里，我的床上，蜷在被子下面。我知道，如果任何人像询问我的兄弟们一样询问我，我都没法撒谎。我可以对我的兄弟姐妹撒谎，但是没法对成年人撒谎。我不得不说实话。在忏悔的时候，我列出了我犯下的罪行，包括疏忽罪。但是这不同。如果神父问我……如果我的哪位老师问我……整整一天，我都在想着杰德罗·弗艾勒。他的脸在报纸首页上。在电视上。我没法跟我的兄弟们一样。我恨他们。

爸爸、雷昂，还有玛里奥，那天晚上大多时间呆在厨房里。我躺着，用双手捂住耳朵。我好像知道，在楼上，妈妈躺在她床上，没有睡着，也没有去听。我好像知道，爸爸在问我的哥哥们，关于殴打的事，他们知道些什么，而我的哥哥们用受到伤害的、委屈的声音坚持说他们什么也不知道。警察已经询问了他们几个小时，他们非常生气，非常愤怒，像另外两个男孩一样，他们否认了所有事。我父亲一定因为在警察局的煎熬搞得筋疲力尽，也很丢脸，因为佩里斯堡的许多警察是他的朋友。他每次询问雷昂和玛里奥，他们回答的态度都更加激烈。在四个被怀疑的男孩中间，雷昂或许是最令人信服的。玛里奥是年龄最小的，也会是最不让人信服的。玛里奥的右眼下方有结了痂的划伤。玛里奥在向爸爸说谎的时候，挪动着肩膀，出了一身汗，然而就像冒险走钢丝的人，因为害怕掉下来，他没法往回走。“我们什么也不知道。我们没干这件事！他们只是想抓个白人。”

我感到疑惑：爸爸相信他们吗？

杰德罗·弗艾勒于 4 月 11 日在医院死亡。有传闻说，杰德罗“涉毒”。他是被尼亚加拉大瀑布来的“黑毒贩”打的。有传闻说，他是被他女友的哥哥杀的。要么就是：死于意外袭击，凶手是尼亚加拉大瀑布来的种族主义光头党。

这些传闻没什么结果。雷昂、玛里奥、瓦特和唐·布林克霍思被警局再次传唤。爸爸又和他们一起去了。

电话铃声一遍又一遍响起，妈妈拒绝接听。最后，我把话筒从话机上拿开。

但是，雷昂和玛里奥仍未被捕。他们的名字在媒体上公布了。爸爸坚决让雷昂住回他以前的房子里，有“种族主义者”威胁收拾他，他住在市中心的公寓里不安全。中学校长对玛里奥说，他应该在家里呆一段时间，白人和黑人之间的情绪在上升，玛里奥的出现“可能招致麻烦”。

妈妈想让我也呆在家里，别去学校，但是我拒绝了。我必须回去呆在学校里。我爱学校！留在家里的想法，让我感觉惊惶失措。我不能忍受被圈在这里，我的父母和兄弟们都在这里等待——等待什么呢？等待能拯救他们的人？等待其他人因为这个罪行被逮捕？（就像我母亲说的："干了这个恐怖事件的人，罪人。"）

也还存有希望，没人大声说出来，那就是，警察正在搜集到的证据，只有充分细节，却无法证实什么，没有有力到能拿到大陪审团面前去。这就是男孩们的律师所坚持的。

邻居们，爸爸单位的朋友们，亲戚们，都来我们家做客，表示他们的支持。雷克、玛里安那、埃米莉来用晚餐了。跟从前一样：我们德勒莫拉家的 9 个人坐在桌子上。妈妈幸运的大女儿们，在厨房里帮忙。除了雷昂和玛里奥，还有警察们正在进行的针对他们的不公正行为，没有什么别的话题。"杰德罗・弗艾勒"的名字从未被说起，提到他的时候，只是说，"黑人男孩"。我的哥哥们也不再把杰德罗叫成"黑鬼"。我的哥哥们根本不提到杰德罗。他们辱骂的，他们藐视的、持以轻蔑态度的，是佩里斯堡警方。这些人中有一些，曾自称是我父亲的朋友！"匿名"司机向警方提供了不完全的雷昂的车牌数字，把他们扔进了陷阱……我们一家人处于围困之中，围墙和屋顶都受到狂风袭击。我们德勒莫拉一家挤在里面，围成一团。爸爸会保护我们，我们知道。

有这么多人围在身边，我不难避开我的哥哥们。然而，他们找到了我。"嗨，卷毛，你在学校听到了什么？"他们的双眼紧盯着我。"你保证，记住了？不要说。"他们不了解我知晓球拍的事。他们只知道，我知道那天晚上他们打架了，跟大瀑布的几个家伙。而且，我保证了不告诉妈妈。意味着，我保证不告诉任何人。在雷昂的注视下，我退缩了。他看到了我脸上有种心虚和罪恶感。"你不会出卖我们的，对吗？不会出卖你的哥哥。"

只有在多年之后，我才能想到，如果雷昂和玛里奥猜到我知道的一切，他们可能会对我做些什么。

我是个从来不哭，或者极少哭的女孩。但是现在，我开始容易哭了。我的皮肤像被晒伤了，我的双眼总是潮乎乎的。在学校里，在家里。在看电视，看到杰德罗的母亲和哥哥接受采访，看到弗艾勒夫人抓住纸巾擦脸，擦掉泪水，我也开始哭。他真的走了。有人死了。这是真的。这种味道，就像我嘴里放了铜币。

我的母亲愤怒地关掉电视。"他们就是对着电视镜头这么干。所有用心，是要让人对他们感到抱歉。"

我跟着妈妈走出屋，进了厨房。"妈妈？是雷昂和玛里奥干的。我看到他们拿着棒球拍。有他们。"但是，我的母亲在水池边，把水开得很大。她背对我站着，满腔怒火，全身颤抖。附近什么地方的电话铃响了。我们等着爸爸接起它，在另一间屋里。

次日，在主教室，我抽噎着哭了。我用手指擦鼻涕，就像一个神志不清的孩子。这是杰德罗·弗艾勒死后的第三天。我的班主任把我叫到他的桌前，小心翼翼地问我："有什么事吗，丽丽·罗丝？你对什么事感到不安吗？"她知道关于我哥哥们的传闻。"你不舒服吗？"我摇摇头，没有。但是，这个女人焦虑地注视着我，用她的手指触着我发热的前额，判断我是不是在发烧，又把我送到学校的护士那里，护士让我躺在帆布床上，给我量体温，注意到我的牙齿在打颤，她轻轻地斥责："丽丽·罗斯，你病了。你的体温 101 度，发烧了。你母亲今天早上不该让你离开家。"

这些话，像咒语一样，让我哭得更厉害。惊慌的护士叫来了校长曼德尔先生，他问我出什么事了，问我为什么哭，不知怎么的，我告诉了他雷昂和玛里奥的事，还有那只棒球拍。我告诉曼德尔先生我有多害怕，我的父亲会多么愤怒，我不想回家……几分钟之内，便衣警察到了，其中有一个女人，被召来跟我谈话。

就是这么开始的。一旦开始，就没法停止。

这会成为公开的记录：主动提供，未受强迫，杰德罗·弗艾勒被殴致死案件两位嫌犯13岁的妹妹，完全出于自愿向警方提供信息。

他们把我搬到城市另一边，跟比尔姨妈和克莱德姨夫住在一起，他们没有孩子。这种搬迁切实可行，胜过把我送到县里抚养孤儿的家庭。没有其他任何亲戚愿意要我。我的姐姐玛里安那和她的丈夫，我的姐姐埃米莉。不想再看到她的脸。她令我作呕。

我也不得不转学。

我会在皮尔森大街我的姨妈和姨夫整洁的小房子里生活四年。比尔姨妈是我母亲的姐姐。克莱德姨夫是个泥瓦匠。他们跟我说话的时候，我非常无聊，脑子不由自主地飞出了窗外。一开始，姨妈错把我的消极情绪当成悲伤，她常常拥抱我。她告诉我，我会跟她和克莱德姨夫学会快乐，我会习惯我的新家，我的新房子，事情会“平息”，不久之后，我的父母会原谅我——在那段时候我就知道，所有这些话，都是胡扯。一开始几天，我被震惊了。我年龄太小，意识不到我熟悉的生活是怎样被从我身边带走了。在学校医务室里，一时冲动的稍纵即逝的几分钟。护士轻声的斥责。“你母亲不应该让你……”几年里，在我的梦境中，会把学校的护士错当成我的母亲。曼德尔先生蹲在我身边。“丽丽·罗丝？怎么了？家里有什么麻烦？”我不得不告诉他们我所知道的事。我别无选择。

在嗜酒者互诫协会，他们告诉你：谁也不会想到，作为一个孩子，他将成为一个酒鬼或是瘾君子。更有甚者，一个离过两次婚、没有孩子的酒鬼，43岁以上。更有甚者，一个向警方告发她的两个哥哥而被她的家庭谴责的女孩。谁也不会想到，她会这样被界定，但是，就是这样了。做成了大字标题，直言不讳、无法挽回。

嫌犯13岁的妹妹

向佩里斯堡警方提供信息

弗艾勒之死的调查继续进行

所以他们把我搬到别处去住。在一个下午。我不会跟雷昂和玛里奥说话。我没有去看他们脸上的憎恶。没有人会通知我，但是，我会在《佩里斯堡日报》上读到，警方的一支搜索队伍找到了雷昂的棒球拍，它被埋在离我家二百码远的废弃物中。那只球拍，它的手柄用黑带子卷起来，已经被清洗到了一定程度，但是还遗留着血迹和部分指纹。最大的罪证，与球拍上相吻合的碎木片，扎在杰德罗·弗艾勒的头皮上。我会读到这些，面对这些无可辩驳的证据，我哥哥和他们朋友的代理律师，建议他们的代理人做有罪辩护，不做谋杀控诉，而是过失杀人。律师们与县公诉人协商，经法庭批准，雷昂为一级误杀，事实是由他手持球拍。玛里奥、瓦特和唐是二级误杀。因为玛里奥16岁，被判在青少年惩教中心服刑5年。他在3年后获释。雷昂得到了最为严厉的判决，在红堤教养所，一家中型的严加看管的监狱，服刑7至15年。黑人组织提出抗议认为，考虑到杰德罗·弗艾勒受到无缘无故攻击致死，这种判决过于仁慈，这是佩里斯堡种族主义和偏见的进一步证明。白人组织的一些成员公开指责判决过于严厉，这是佩里斯堡种族主义和偏见的证据。

很长一段时间，我醒着躺在我的新房子的新床上，充满困惑和希望。我想，也许这些事没有发生?

至少没有审判。我被免于在法庭上针对我的哥哥去作证。

没有人指望爸爸会活到新的千禧年。但是他活到了。所以玛里安那感到惊奇:“他多有勇气啊。”

他们叫我回去，我像一只急切的狗一样回去了。在三月一个微风吹拂的早晨，河面上微光闪动，像破碎的镜片一样，我从镇上的花店里给我临终的父亲带了一束白色康乃馨。白色康乃馨！好像爸爸是个从来没喜欢花，也没注意过花的人，可是还能带什么别的呢？我总不能给他带瓶威士忌。我也不能给一个身患肺气肿、生命垂危的人，带一把他喜欢的那种气味难闻的粗葡萄牙雪茄。

“爸爸，我是丽丽·罗丝。我想妈妈告诉你了我来了吧？”

爸爸皱着眉，冲我点点头。他正在通过鼻子上的小塑料片吸氧，只能做到这样了。他斜着双眼，看看我，又转开了。事实是，他从没打算老成这样。他曾对体弱多病、顾影自怜的亲戚表示轻蔑。我曾听他对人说：主啊！把我拉出去毙了吧，我可不要成那样子。

爸爸成了含着胸、眼皮耷拉、两手颤抖的样子。他的双手，青筋突出，让我非常恐惧。安养院的护士说了：如果有怨恨，在你和……我想靠近父亲，轻声说：我们之间有怨恨吗？在这么多久之后？这取决于他，当然。

母亲已经原谅我了，我猜想。那些年，她都避开我，说她的心碎了。哦，那我的心呢？我没有解释过。没有人关心。你做出了自己的选择，现在接受它的后果。你毁了哥哥们的生活。现在爸爸病了，是我的姐妹们催着我回来的。她们告诉我最近才知道的事：在那些年里，爸爸给了杰德罗·弗艾勒母亲超过5000美元。（“他想匿名。他不想让人知道。”）她们本打算让我对父亲的变化有思想准备，然而，不知为什么，她们没有这么做。真是古怪！约翰·德勒莫拉不光是成了一个生病的老人，他还躺在病床上，在我们的家里，在我从前的房间里。要么甚至是，他是否记得这是谁的房间？从窗户向外看，河流看上去没有什么改变。深灰蓝色，水流汹涌，不会有人告诉你，河水会流往哪个方向。爸爸打了吗啡，在打瞌睡，他眼皮耷拉着的双眼中，包含的更多的是迷茫，而不是愤怒或指责。他没法一直抬眼看我，但是我相信，当我讲述我的生活时，他在听着我说话，我非常热切，因为我坚信他关心我所讲的内容："……教书，在波士顿。今年暑假，我应邀到威尼斯……"但是，安养院的护士约兰达在那里。她年轻，令人愉快。年龄是我的一半。我看到爸爸也注视着约兰达。他可能以为约兰达是他的女儿。他最喜爱的女儿，从来没有离开家。从来没有背叛他。从来没有"告密"。医院让他出院，回到家里等候死亡。不光是肺气肿，还有心脏堵塞。完全枯竭。我父亲不是个温和的人，而他最后的日子会变得宁静，我们对此充满感激。我柔声说："爸爸？我不得不那么做。我别无选择……"我不知道这是否真实：我们总是别无选择吗？就算是 13 岁的孩子也有一种选择。我知道什么是正确的，我做了正确的事，我还会这么做。我非常执拗，不驯服。我是我最真实的本性。也许我毁了哥哥们的人生，甚至是我自己的，但是，我还会这么做。

我没有告诉爸爸这些。他的左眼皮耷拉着，好像在冲我使眼色。他在努力微笑，是吗？"红卷毛，我的女儿怎么样了？"我的头发不再是红的，也不再是卷的了。我是热情的嗜酒者互诫协会的拥护者：每次一天，最明智的事。你能像这样竭力维持生命。像爸爸那样吃力的呼吸，很好地将绝望的情绪加以利用。如果你只剩下了百分之四十的肺，你就会充分利用余下的每一立方厘米。

爸爸的 7 个孩子中，只有雷昂没有回来。雷昂在监狱呆了 5 年，24 岁的时候获得假释，选择了在红堤地区定居。两年后，他离开了纽约州，从来没有回到佩里斯堡。雷昂在哪里，在西海岸的某个地方，我母亲和姐妹们知道，但是我不敢问。你要知道干嘛？你干嘛？

玛里奥有 15 年没有回到佩里斯堡，之后，他回来了。他在当地一家建筑公司当木匠。他结了两次婚，跟我一样。离了两次婚。跟我一样，没有孩子。我不知道他是不是戒酒了。他成了一个无精打采的中年男人，沉默寡言，噘着嘴，就像一个笨拙的大屁股中学老师，戴着飞行员墨镜，穿着从西尔斯买来的皮夹克。我们在克里森特大街房前的小路上偶然相遇了。我来的时候，玛里奥正要走。看到他，我感觉惊慌失措，我马上认出他来了，我的哥哥玛里奥，我出卖过他……我怕他会搧我的脸。或者——雪融化了，小路很滑，他可能会把我的双腿踹断。我的恐惧一定是在脸上显现出来了。玛里奥笑了。他咧着嘴，摇摇头，好像我们之间开过一个玩笑，在狭窄的小路上，从我身边过去了，他没打算说一句话，当然也没有握我的手、我试探着伸出了的手，但是，在他停车的路边，他回头叫我："丽丽·罗丝，没事了。只是那个老人的情况太糟糕了，呃？73 岁不算老。"我说："玛里奥!"但是，他进到车里，开动了油门。

现在，我在爸爸的床边思索着，突然有些兴奋，我会打电话给玛里奥。今天晚上。如果他接电话，我可能会开车去他那里。我会从玛里安那那里要地址。我会敲他的门。我会再见到玛里奥。该死的，我会的!

我握住爸爸的手，他没有反抗。我觉得，我能感觉到他的手指在握紧。我当时的想法，在那种时候极其荒诞：世界就是一个安养院，我们全都一起在里面。"爸爸，我爱你。哪怕是……"哪怕是我恨过你。我和比尔姨妈还有克莱德姨夫住在一起，他们等待着我像女儿一样爱他们，但是没有发生。我也伤了他们的心，中学一毕业，我就在六月的一个早晨搬出去了，在 6 个城市生活过，有过两个丈夫和更多的情人，有的我都想不起来了，没有孩子，我说不清是有意安排还是天意，那些让人遗憾的垃圾人物，没有一个在这里。我生命中的其他人，没有一个在这里。

藏着

开始？不要认为这是一个错误，也不要为此感到惋惜？通常情况下，她是个小心谨慎的女人，她没有克制住冲动。没有考虑到超出一小时之后的事。

他的名字叫小伍德森·约翰斯顿——“伍迪”，他用黑钢笔签下了自己的名字，带着一种表示他希望对自己有好感的本领。

他从哪里弄到她的家庭住址的？诗人和作家名录？

请接受我的诗歌，作为礼物。我真的爱你的诗。即使你没有时间读我的作品。哪怕你对它没有感觉。我明白！

他是位于堪萨斯州富勒姆的堪萨斯州监狱的一名囚犯。他的号码是AT33914。他给她寄了一包诗，还有一本监狱日记中的几页。她是一名诗人、翻译家、大学兼职老师，还是一个有15岁儿子的离异母亲。从离婚之后，在过去7年里，她住在纽约州奥林。

十一月的一个大雪纷飞的日子，雪打着旋，像冒着蒸汽的人影，在冻结的雪面舞蹈着，然后变得精疲力竭，吹散开来。她打开了包裹，快速地读着约翰斯顿的诗作，它们发表在字迹模糊的印好的小杂志上，这个杂志有一个精巧的名字——“以笔”。日记是从一个费劲完成的没有页边空白的打字稿上影印的。时常会有拼写错误和语法错误，约翰斯顿用整洁的、有波纹的手写体做了更正。看到这些更正，她的心生出了怜悯。好像这些很重要！但是对于作者来说，它们确实重要。

她快速地读着这些诗作，又再次阅读。她阅读了监狱日记选。约翰斯顿才华横溢，她想。她的怜悯变成了同情。她冲动地回复了他，只是一张卡片。谢谢你动人的原创诗作。还有你有着生动细节的令人不安的日记。她寄出了这张卡片，就是这样！

只是，伍迪迅速地回复了。更多的诗，更多的日记摘录，还有他自己的快照。一个 35 岁左右的黑人男子，有着模糊的白种人特征，卷曲的黑发在头的左边分开，塑料框的眼镜，度数很高，使他的眼睛变形了。伍迪满怀希望地微笑着，但是他的前额深蹙。他穿着一件颈部开口的衬衣，和一件夹克。在快照的背后，他写着：更快乐的时光——6 年前。

这一次，她犹豫了。但是只有几分钟。

她给约翰斯顿寄了一包平装书，其中有一本是她自己的，还有一本是圣地亚哥的一位年轻黑人诗人。（然而，后来疑惑的是，这是故意屈尊的姿态吗？也许甚至是种族？）她没有给他寄自己的快照，但是，她的诗集封底上有一张，模糊的金发，微笑着，这是她 39 岁时候的诗作，好多年前了。

有时候，在纽约州北部这些漫长的冬季，她回想不起从前的生活。回想不起婚后，或是婚前的生活。她的儿子雷克几乎记不起奥林之前的时光。在她的记忆中，有一个年轻的、苍白的金发妇人，她可能就是隔壁邻居，羞涩的微笑，忸怩的年轻妻子，私下里为她被某个男人爱上而感到惊讶，她是一个男人的妻子，迟早还会是一个年轻的母亲，所有这些眩目得就像冬日里映照在初雪上的阳光，事实上，在她心灵的最深处（像她在她最诚挚的诗作里写过的一样），她从不相信如此的幸福。因此，她最后知道了，她的幸福根本是不应该得到的，那个爱她的男人离开了，带走了她的爱。

但是，把她喜爱的儿子留在她的身边。

一个欢乐、温厚的男孩。一个天生的运动员，一个就算反复无常却还是聪明的学生。雷克有朋友，他不会消沉。他可以在滑板上玩杂技。尽管有时候，当母亲碰巧看到雷克，而雷克没有看见她的时候，她为他孩子气的脸平静时如此忧郁感到忧心忡忡。他的嘴动着，没有说出话。她爱她的儿子，她的儿子也爱她，然而，她只能做到这些来忍住祈求他的原谅。我应该受到责备。我必须如此。我没能留下他，你的父亲。尽量不要恨我！然而，她知道，雷克为她情感的爆发而尴尬。他喜欢他的妈妈像有出息的琼·里弗斯（译者注：美国专业毒舌）一样滑稽、俏皮。冬天穿着带毛的羊皮夹克、牛仔裤和远足靴。结实的深色眼镜挡住了她的半张脸。当她到中学来的时候，受到他的老师们的崇拜。因为她算是当地的名人，.这让她觉得尴尬。由受人尊敬的纽约出版社出版作品的诗人，里尔克和诺瓦利斯的德语诗作的薄册子的翻译者。她是位于奥林的纽约州立大学诗歌和翻译讲习班的著名教师。

从离婚以后，她几乎没有跟什么男人来往过。她的罗曼史迅速转变成友谊。好像她的性生活，她作为一个女人的生活，结束了。

在她妈妈是否应该“看”男人，或是再婚这个问题上，雷克的想法是模棱两可的。对于父母的性行为，没有一个青春期的孩子能忍受去推测。如果问题出现了，雷克会不安地笑笑，朝天花板翻翻眼睛，赶紧避开。他还会脸红。“嗨，妈妈。挺酷的，OK？”

什么意思？她没有主意。

她觉得，无论如何，有些幻觉太紧张，以至于没法支撑。

奥林是已婚夫妇的天下，很多都有小孩子。离婚的人走了，或者死了。她对任何人的婚姻都没有威胁。两性都同样地喜欢她。

停下写作，她研究起了伍德森·约翰斯顿的快照。（这次他给她寄来了好几张。）在一张照片上，她看到就在他的上唇上方，有一块像鱼钩一样的竖直的小痂。在另一张照片上，她看到他的双眼古怪地不对称，左眼刚好看得出比右眼大。（照相机造成的错觉?）他称自己是孤独的灵魂。他说，哪怕是他入狱之前，他也被宣告单独监禁。

她没有问约翰斯顿的个人生活，在他礼貌而固执地询问她的个人生活时，她也没有回答。如果他读过她的诗（像他声称的那样），他会知道她很多。事实上，已经多到会让她觉得有点不自在。

她从不很快回复他的信件。她总是把它们放到一旁，窗台上，或是她的书桌边上。

他被判终身监禁。他给她寄过印好的有关他案件的资料，他的上诉，一封他的律师写的书信的影印件。她快速浏览了这些东西。对于约翰斯顿必然会提出的无罪声明、认错人、警察胁迫、伪证，她不想了解，也为此感到窘迫。

在她想到他的时候，雷克知道他母亲的监狱崇拜者吗？她只是在第一次的时候，向雷克提起过约翰斯顿，此后就再没提过他名字，也没有非常明确地说起过他。从那以后，没说过一个字。雷克对她堆得乱七八糟的书桌没有丝毫兴趣，不管是来之不易的诗稿、翻译作品，还是别人的诗作和信件。他上中学了，几乎不会费神到她位于屋后的书房里来，在那里，用于御寒的门廊，可以俯看浅浅的峡谷。她扫视一下，看到他靠在门口——“嗨，妈妈，我回来了。”或者是，“嗨，妈妈，我出去了。”她微笑着，挥手示意他离开，把她的眼镜往鼻梁上推一推。

哦，她爱她的儿子！现在他变得遥不可及了。

有几个星期，甚至是几个月，她忘了小伍德森·约翰斯顿，或者是，本应该把他忘了，而约翰斯顿没有放弃，还在不断地给她写信。我愿凭借你而活着！我从你的眼睛看到了那么多。过了一个多雨的春季，又到了酷热的夏季。她离开了，雷克也去看他父亲了。她又收到了约翰斯顿的信，一包包新诗和散文。她内疚地读着他的诗。他在进步吗？这个男人真的有天赋吗？（但是，“天赋”到底意味着什么？这难道不是一种中产阶级的、可能是种族主义者的假定？）约翰斯顿请她给予最诚恳的批评，但是她没有给出具体的评语，而是说：“非常好！”——“太棒了！”——"原始图像！”——“有创造力！”有一次，她在一首诗的页边空白处写下：“难以理解？”约翰斯顿写了两页纸辩解的信来进行还击。她想，不会再有下一次了。无论如何，她没有理由干预一个人的想象力。他对于黑人的街头闲话和爵士、说唱节奏、下流词语、曲折诗句的运用，在她看来，粗鲁、孩子气，与诗歌主旨的单纯形成戏剧性的对比。

她问自己，她是个自己没有觉察到的种族主义者吗？这是种族主义者的思维方式吗？

她把约翰斯顿的诗作收集到一起，大约五十篇左右新创作和印刷好的作品，她把诗稿寄给她的纽约出版商。她向约翰斯顿只字未提此事，但是给他寄了本平装诗选《这些声音：美国黑人诗人E·普罗斯》，好像是要分别。她到南美去了三周，参加美国新闻署的读书观光，回来的时候，约翰斯顿的几封信在等着她。她抢着拆开了信。她抢着回复了。她的出版商遗憾地退回了约翰斯顿的诗稿——“这个恐怕没有市场“——她把它寄给了另一家出版商，一家致力于优质诗作的小型出版社。几个星期过去了，几个月过去了。早秋到来了，严寒干燥的冬天到来了。她坐在桌旁，看着狭谷堆满暴雪的遗迹，还有薄薄的雪壳。她获得文学奖的时候，约翰斯顿写信来向她表示祝贺。她在另一次评奖中落败，他来信表示慰问。你是一个美丽的女人。美丽的诗魂。她笑了，觉得脸上发烧。他把我当成了什么样的傻子啊？她把约翰斯顿的这封信撕碎，扔掉了。要是雷克发现了，多可怕啊。他会震惊，然而更加糟糕的是，他会嘲笑她。嗨，妈妈——美——丽？酷啊！二十来岁的时候，她就没有美丽过。作为四十来岁的成年人，一个或多或少有些疲惫的女人，她也不美丽。她想，我应该绝交了，跟他。这件事太不明智。

她停止了回信。他继续给她写信，但是时间间隔越来越长。（他又找到一位笔友了吗？又找到一位富有同情心的白人女诗人？她希望如此。）小出版社抱歉地退回了约翰斯顿的诗稿，解释说他们正在减少不知名诗人的作品，不管多么有天赋。她打听了其他出版社，希望再次把诗稿寄出去，但是几个星期过去，谁也没有太大兴趣，她开始为自己的努力感到疲惫了。她把约翰斯顿的文件放进了书房的一个柜子里。那个夏季，她带上雷克一起，去爱尔兰参加阿兰群岛文学节，返回的时候，收到一封位于华盛顿的美国无罪防卫基金会的来信。小伍德森·约翰斯顿的代理律师，用之前的一封信中的话，请她为这个男人的辩护提供帮助。她想，我吃惊吗？不。她确实感觉被操纵了。但是为什么呢，操纵？毕竟，这个男人在为他的人生而战斗。当然，她有同情心。或许他是无辜的。认错人？警察胁迫？原告的伪证？她开了一张500美元的支票，寄给基金会，然后收到了一封制式信函，感谢她的慷慨。她觉得一阵羞愧，因为她给得那么少，冲动之下，她又开出了第二张支票，1500美元，把它也寄给了基金会，随后收到了跟之前完全一样的信函，感谢她的慷慨。但是约翰斯顿那里没有片言只语。她意识到有一段时间没有收到约翰斯顿的来信了。他是太忙了，没功夫理会她吗？是她最后那封相当简短的信冒犯了他吗？

她想，就这样吧。

五月，在一个阳光闪耀、气温突然变暖的上午，她碰巧从房子的前窗往外看，看到一辆车正缓缓地驶过。其他州的车牌。司机是在朝她的房子看吗？她看着那辆车沿着那条路往前驶去，加速，向右拐，不见了。

她住在奥林，在城市边缘一个被称为“开发区”的地方，在郊区，现在至少有20年了，房子中等价位，有一定吸引力，错层，现代的仿殖民地风格，完全相同的地段和破损的宽阔的两车车库和沥青车道。她的房子是灰泥粉饰的砖房，稍微有些破旧，紫藤和长春藤生长得过于繁茂。前院的连翘正在盛开。沿着那条路，保持一定间隔种植的云杉树刚刚发芽。空气中弥漫着潮湿的青草和阳光浓郁的味道。

她打开了前门，往外看。她又把门关上，犹豫不决地回到客厅，通过厚玻璃板的（像房地产经济人所称呼的）“景观窗”往外看，她不知道自己在寻找什么。她看到了她自己，在城郊一条她认不出的街道上，一所错层的美国房子里的形象。她看到了她自己，一个有点孩子气的中年女人，披肩的金发褪成了看上去不太清爽的灰褐色，她的脸朴素，有光泽，嘴和没有睫毛的双眼旁边生出了皱纹，她的身体本来相当健康、身材适中，腰围也变粗了，大腿的上部变重，令人有些不安。她穿着一件脏了的白色奥纶纤维套头罩衫，她常穿的牛仔裤，洗得严重褪色的跑鞋。她从窗户往后退，从一定距离观察，那辆其他州的汽车，一辆经济型丰田车，开回来了，这次停在路边。她看到一个男人从车里出来，他穿着帆布夹克，戴着棒球帽，穿着牛仔裤，一个戴着眼镜的黑皮肤的瘦削的男人。他的双膝看上去有些僵硬，他一瘸一拐、动作不太自然地从石板路上向前门走来。他的动作小心而缓慢。他奇怪地抬起双臂，屈着肘，手指轻轻张开。在眩目的阳光下，他的眼镜片闪闪发光。看我是怎么的透明吧？我没有危险。我的双手大家都能看得到。没有武器。

她迅速地退到屋子后部，她的书房里。她关上门。她艰难地喘息着，耳朵里听到一声喧闹。晨曦映照着书房，不知为什么，她期待黑暗，那是一种庇护。在她的书桌上，行星线条的屏保梦幻般地打着转。

她听到雷克应门。雷克！她忘了他在家里，今天是星期六。她没有听到说话声，只有小声的咕哝。接着，雷克沿着门厅大步走来。“妈妈？妈？”他没有迟疑，推开了书房的门。她非常安静地站着。不在她的书桌旁，也不在从地面顶到天花板的书柜旁，而是在 L 型房间的一个拐角处，壁橱的远端，纸箱和过多的书在那里堆久了，积上了灰尘。雷克瞪着她。她看到了他光滑的稚嫩的脸上吃惊的表情。“妈妈，你干嘛藏着?”

我不是你的儿子，我不是你认识的人

不要用目光接触他们，我兄弟警告说。

他们会就在里面等着。不要看他们。我兄弟熟练地按着号码。他记住了号码。我不得不留下了深刻的印象，他是我的弟弟，他像是拥有我所不具备的枯燥的知识。

嵌着格栅窗的高大的双扇门。头顶上，一个视频监视器。我弟弟一按号码，门就滑开了，我们走进去，门立即在我们身后关上。只给了你两三秒时间，没有更多了。就像机场列车的滑动门一样。就像一座有最高安全保障的监狱。因为已经有人刚好就等在里面，奋力向前。有三个人。爸爸不会在他们中间，我弟弟保证过。然而，我的心脏开始强烈抗议，我感到汗水从我笨重的身体上所有的毛孔中沁出。

你——好？你——好？

儿子？儿子？儿子？儿子？

我弟弟在一边注视着我，看我如何接受这些，他知道对于我这是一次冒险。他的手抓着我的胳膊引导我。他警告过我不要看，不过，我也没法去看。因为那些声音在对我呼喊，在请求。我的本能是停下来，看一看。一个上了年纪的白发妇人，像通电的金属丝锉屑一样抬起头。一个含胸驼背的老人，脸像是烧焦了一样。一个性别不明显的小个子，斜靠着一个助行架，像一只卖乖的鹦鹉一样叫着：你——好？你——好？

这时候，老妇人开始高声斥责：亲爱的？亲爱的？我在这里，亲爱的！含胸驼背的老人拄着手杖，摇摇晃晃地向前走动，他努力走在其他人前面，他们在他身后哀求：带上我？带上我？男孩？儿子？我准备好了。我的东西都准备好了。带上我和你一起吧？在他瘦骨嶙峋的脑袋上，眼镜的镜片很厚，用橡皮圈固定着。他们身上的气味像山羊一样刺鼻。住在那些臭烘烘脏兮兮的潮湿腐烂的草中间的山羊。

我弟弟猛拉我一把。主啊！我告诉你快点儿。

然而，不知道为什么，我非常安静地站在那里，一动不动。因为这些年长的陌生人好像是认识我——怎么？他们在哀求、斥责、低声抱怨。他们的脸对于我来说很熟悉，我没法解释清楚是怎么回事。那位白发妇人体态略胖，身体下垂，就像布丁一样柔软，但是她的双眼对于别人的冒犯很警觉很敏锐。一个母亲的声音出现了——亲爱的？亲爱的？回到这里来！我在跟你说话的时候不要走开！我在跟你说话的时候不要走开！——你没法无视。其他人在冲我大声喊，叫我儿子。儿子！

我弟弟把我拉开。我们摸索地沿通道走着。即使是现在，我也非常想往后看。我想解释，道歉。我不是你的儿子，我不是你认识的人。我的脸火烧火燎，我为自己感到羞愧。一种深深的发自内心的羞愧。从另一个向你恳求的人身边心不在焉地转过身去。那些有着怪异的熟悉的脸庞的陌生人。我从前认识，那个长着像是烧焦了一样的脸的含胸驼背的老人，但是我弟弟在我耳边轻声说：别停下来。他们不会跟上我们。他们对每个人都这样，我告诉你。第一次，它也让我感到吃惊。但是你习惯了。他们不会记住的，看吧。过五分钟以后，他们就不记得了。他们已经忘了。我们一走，还会这样，对于他们，第一次都会这样，因为他们不会记得我们。不要用目光接触他们，你就没事。

我把弟弟的手指从我的胳膊上推开。我冷冷地说：我不喜欢这样粗鲁地对待老人。

天哪，我们不是粗鲁！我们是不得不这样做。

我愤怒了，弟弟把一只手放在我的胳膊上。

我问，这些老人是不是我们认识。

弟弟粗鲁地笑笑，露出了牙齿。真的不认识。来吧。

与爸爸的会见。我第一次在老人院。

我曾经尽可能长时间地避开，但是现在我在这里。没有提前准备好这次会谈，但是现在太迟了，我在这里。我不会谈到爸爸。我拒绝谈到爸爸。对于这次会谈，我会说，是啊，这件事发生了。在我们开车回老人院的路上，我弟弟偶然提到，爸爸起先试图逃脱。他说完之后，我们沉默了。本应是悲伤或是让人吃惊或是令人困惑的沉默。这不是冷淡的沉默，然而，我没有问有多少次爸爸试图逃脱，也没有问试图逃脱确切地说是什么意思。

爸爸，嗨！你好爸爸。

嗨，爸爸！嗨。看上去不错爸爸……

爸爸这是诺姆，我是文斯。你知道……

你的儿子。嗨，爸爸。

你的儿子，爸爸。嗨，这是个不同寻常的地方。不同寻常的……

跟爸爸的会见，以这种方式开始了，心情兴高采烈，笑声抬高了。在几秒钟之内，我的思绪从现场溜走了。我有个糟糕透顶的印象：一直比我小三岁的弟弟，现在至少比我大三年。他的双眼更加苍老。让我们俩恐惧的事是，这不是爸爸。这个上了年纪的男人。不再是爸爸了。我们没法彼此相视，我们的目光因为恐惧而无法相视，那么，我们也不是兄弟。因为我们不再有父亲了。

我走到窗前，要把窗子打开。突然觉得呼吸困难。就像被团团略带绿色的不是你自己的黏痰堵着，还要努力呼吸氧气。救命！汗透过了我新洗的白色棉衬衫，内裤粘在我的屁股沟上。爸爸房间里，潮湿的山羊气味不那么强烈，但是还有其他的气味。只有一扇窗户，还没法打开。我弟弟说，嗨，那扇窗户打不开。他咧嘴冲我笑笑，就像那是个笑话。我朝下看，天哪，我看到这扇窗户是安在混凝土一样的窗台上。你把自己憋炸了也没法把它推开。

我和我的弟弟在梅多布鲁克老人院的东走道上。从前面的两车道的乡村公路看，梅多布鲁克老人院更像是资金充足的社区学院的校园，而不是小册子所说的辅助治疗中心。从公路上看这座老人院，你不会猜到，它的走道有着怎样严格的安保措施，就像监狱一样。你不会猜到，如果住在这些走道上的任何病人，想要逃出界限，或是精神错乱，看上去想要逃脱，警铃就会触响。住在东走道像爸爸一样的病人，左手腕上都套上了摘不脱的手链，上面打着金属标签，如果未经许可带他们经过电子探测器，就会通过设备触响警铃。

我弟弟曾告诉我，他听到过一次警铃。尖厉刺耳。

我弟弟曾告诉我，梅多布鲁克老人院是一百英里以内最好的辅助治疗中心。

事实上，我弟弟现在是在说，爸爸是这里的幸运儿。所有护士都说护士们确实说我每次去会见护士们都说你爸爸是个多么可爱的老人啊。

我注意到的是，老人院就像舞台一样明亮。家具都是色彩鲜亮柔和的彩色树脂做成的。护士和她们的助手大多数是黑人妇女，身穿炽白色制服，时常冲我们这些来访者微笑着。我弟弟也说到了医生。弟弟当然见过医生。弟弟说，这是对于爸爸来说最好的地方。他的微笑勇敢而又富有感染力。

在我和爸爸会见的时候，我坐在树脂椅子上，我想知道爸爸有过多少次试图逃脱，他最后一次，或者他最近的一次尝试是什么时候。我想知道，在警铃响之前，这个老人跑了有多远。在他受到限制之前。他究竟受到了怎样的限制。包括身体上的限制。紧身夹克是否还存在。我的弟弟大声说到护理人员。她们非常好。非常真诚。真诚地喜爱他们的父母（parents），我弟弟说完，笑着说我意思是病人：真诚地喜爱他们的病人（patients）。

弟弟大声问我，他是不是告诉过我，爸爸在这里特别受人喜欢。

围墙，打不开的窗户，像高尔夫球场一样的狭长绿草坪，在它们另一边的公路上，柴油机卡车轰鸣而过。

我不会问爸爸认为他要逃到哪里去。老房子没有了。爸爸在里面生活的往昔逝去了。什么也没有留下。一个年迈的垂死的男人，可能想逃回他年轻而充满活力的岁月，可是那些日子逝去了。也许这个事实让人心安。我愿意想到，在所有我们无法改变的事实中，必定都有让人心安的东西。

扯，那个有着爸爸一样声音的人说。胡扯。

散步时间？

我弟弟站起身来。我看到他的下巴上长着坚硬的胡茬，那些胡茬闪着灰色的光。我的弟弟，不再年轻了！我自己的下巴上，胡子剃光了。由于焦虑，我一天刮两次胡子。我不确定，我像是在听着爸爸的时候，他是不是说话了。我不确定，爸爸是不是大声说话了。在老人院里，声音都比平常要大，音调比平常要高。有幻听，可能并不存在，就像沙漠地平线上颠倒错乱的图像。在这些声音下面，是电视上轻声的平静的可笑的声音。我们并不是一直在爸爸的房间里，我说话的时候，声音就像是笨拙地挥舞的刀片，也可能是弯刀，切割着空气。我记起来那个含胸驼背的人是谁了，我想。

那个含胸驼背的人从前是谁。

我们三个都站起来了。我弟弟带路。我们慢慢地走着。在东走道里，不必着急。在梅多布鲁克老人院里，看不到有人着急。我弟弟认识路，他带着我们走过电视室，走过立式钢琴，还有伸开四肢睡着的常驻这里的肥狗狗。我弟弟带我们走过一位护士助手，她正把脏尿布放进手推车上的黑塑料袋里。通向花园的双扇门没有锁。花园防范严密，尽管你看不到在密集的紫藤篱笆之中的七座链状栅栏。如果有摄像机对准花园里的每一平方英寸土地，你也没法看到它们。我弟弟在欢乐地大声说着话，爸爸是这里最好的园丁之一。爸爸，让我们看看你的西红柿。

西红柿长得确实很茂盛，用木桩撑着，有四五英尺高了。事实上，不需要爸爸指给我们看，我们就已经看到它们了。

爸爸，让我们看看哪些花是你们的。鱼尾菊?

鱼尾菊这个词听起来有点让人糊涂。鱼尾菊这个词说完，没有明显的回应。

我们慢慢地绕着花园转。一条铺满碎石的路，我们逆时针转着。不过我们几乎是在一个水平面上，感觉就像是我们在这条路上与重力作斗争。因为在这个地方，时间实际上已经停止。也许在一次心跳与下一次之间实际上已经停止。迟早有斜着倒下的危险，就像你自行车蹬得太慢的时候，你斜着倒下。不知道为什么，让时间是这么古怪地中断了。在我的右手里，抓着一位年迈男人的手。那是一双瘦骨嶙峋的手，非常顺从。我弟弟的左手抓着老人的另一只手。一个古怪的词，鱼尾菊！我像是第一次听到它。这个词发音的组合，就像发烫的卷线，可能会突然弹出来，把人扎伤。鱼尾菊。有种大黄蜂的声音。我希望弟弟不要再用他让人胆怯的声音轻松地大声说：鱼尾菊！看那个巨大的鱼尾菊这是爸爸的鱼尾菊！如果你正戴着电感应手链，你大约可能会以为鱼尾菊是一个代码或者是一种折磨人的方法。

爸爸的手颤抖着，然而还是很顺从，就像是一只用稍稍有点碎的泥土做成的手。

花园里不光只有我们。还有别的成年子女来会见老人。这些访客，通常是女人，或者夫妇一起。一次会见不会超过三个成年人，因为太多来访者会把住在东走道的老年人搞糊涂。我们碰巧都在碎石路上沿逆时针走着。我们都没有看对方。一种向镜子中看的恐惧。我们没有看到你们。你们没有看到我们。我们真的不知道我们看上去是什么样。在我弟弟按代码把东走道的门打开之前，他告诉我，爸爸已经认不出镜子中的自己了，所以不要指望他认出你。

我没有那个指望。

我微笑着，听从了弟弟的建议。我不想受挫。

秋天了。然而却像 8 月一样炎热。空气在一团近乎看不见的危险的细丝中颤动，那些细丝就像巨大的电灯炮里的灯丝。我的双眼眨了眨，模糊了。然而，我在平静地回忆：那个脸像烧焦了一样的含胸驼背的老人，教过初中数学的 M—先生。他教过我，他教过我弟弟。三十多年前，他教过我们。M—先生这个名字我不想回忆起来。我弟弟也不愿意回忆 M—先生。因为 M—先生给我弟弟打分比给我更加苛刻，因为哪怕我数学课都是优，在 M—先生教育下，数学也成了我最憎恨的课程。M—先生在退休前，曾在尤维尔初中教了很长时间书。最终让 M—先生退休的事，在当地有个传闻。他处于诉讼或是被拘捕的威胁之中。你只好推测是，他过于亲密地接触了一个男孩。他对一个男孩又拧，又胳肢，又拍。他拧男孩幼嫩的耳垂稍稍用力过了一点，留下了红印，被男孩的父母震惊地发现了。要么是，在放学之后，他开玩笑地把男孩锁在他的指导教室里。要么是，不太好玩的，“为了处罚。”他的脸发了胖，像满月一样，在那张脸上，细纹和毛细血管闪闪发亮，里面有热量在搏动。他的脸红了。在班上，你安安静静地坐在自己的座位上，避免让总是充满警觉的 M—先生看见你。他黑塑料眼镜背后的双眼在一排排课桌间巡视。在这种时候，微微有些充血眼睛会充满青春的活力。如果你眨巴着眼睛往下盯着课桌，M—先生就会看见，他知道你想逃脱他的视线。如果你敢眼睛一眨不眨地直视着他，M—先生就会看见，他知道你想逃脱他的视线。因为没有人能逃过 M—先生的视线。

某几个男孩是 M—先生的目标。你能明白为什么某几个男孩不是 M—先生的目标，因为他从来不敢挑出固执的或是目中无人的男孩，或者显要的家庭中的男孩，他还不搭理智力一般的男孩。但是，你不可能一直预言到，在众多可能性中间，他会挑选出哪些男孩来受他折磨。那些敏感的男孩，害羞的男孩。胆怯的倔强的男孩。聪明的男孩。小骨骼的男孩。长着女孩一样脸庞的男孩。很少是寻寻常常的男孩。从来不会是残障男孩。从来不是会意大利或黑人男孩。首先，他会在课堂上叫你回答问题，如果你给出了正确答案，他会反复叫你，直到你最终给出错误答案。你在黑板前面，努力解答，粉笔在你的手指间颤抖。M—先生的蔑视是那么戏谑的，他的愚弄是那么滑稽的，你没法总是确信为什么甚至是会被朋友们嘲笑。你的脸发烧了，你的双眼湿润了。你觉得膀胱被捏紧想去撒尿。有一次，他叫我上前，到教室前面他的讲桌前。让我看他的红墨水笔投向我的数学试卷，就像发了疯的微型鹰一样。我算错了答案！我是个粗心的男孩！本来应该是 98 分，而现在是 48 分，而这会被标在我的期中报告卡片上，拿回家让我妈妈签字。眼泪涌满了我的双眼。我鼻泗横流。M—先生厌恶地扔给我一张纸巾。这可能是一张用过的纸巾，他从宽松的裤子口袋里拿出来的。擦擦鼻子，M—先生说。站直了，M—先生说。你这孩子真是粗心啊，一点不像你自以为的那么聪明。我都提前算出了你的分数。事情就是这样，有些男孩子（从来没有女孩，我们也从来不知道为什么）可以让 M 先生吹嘘，我都提前算出了你的分数。

差不多晚餐时间了，爸爸。我弟弟声音清脆地说，好像他发现了一本词典，而这本词典让他感到高兴。

爸爸？到时间了。

我们再次走进东走道。我们缓慢地绕着花园转了不是一圈，而是两圈。欣赏了西红柿，还有神秘的鱼尾菊。我忘掉了，时间不是像混凝土一样固定的，它是像沙子或水一样流动。我忘掉了，哪怕是悲伤都会有尽头。

算出了你的分数，算出了你的分数。那个含胸驼背的有着一张像是烧焦了的脸的老人，就在前面，厚厚镜片的眼镜用带子捆在他的头上，他斜倚着手杖。我们必须再一次从他身边经过。因为他不会让开。因为他想挡住你的路。白发老妇离开了。那个身材矮小的人坐着，背靠着墙。M—先生非常消瘦，像个骨瘦如柴的孩子。他的脸不像从前那么胖了，他的双颊瘦削、通红，好像在发烧。M—先生抬起双眼朝向我们的时候，我看到他的表情变得是多么乐观、机敏。我第一次看到他的假牙是多么闪亮，就像廉价的瓷器一样。孩子？带上我？带上我？他在我旁边摇摇晃晃的，他颤抖的手摸向我的胳膊，我把他推开。M—先生口里呼出的恶臭的气味喷到我脸上，令我作呕。别碰我，我说。

把他推开我说，你不会跟任何人去任何地方了，你这个老混蛋。这里就是你的地方，你会死在这里。

我弟弟怀疑地向我转过脸来。猛拉住我的胳膊，把我从那个蹒跚的老人那里拉开，老人张口结舌地看着我，好像从来没有听过我说的话。

按要求来！天啊！

我弟弟太慌乱了，他按号码开门都困难了。

他第二次把门打开了。身后传来哀叫和恳求，我们没有理会。门一开，我们就跨了出去。我们快速经过走廊，到了前厅，没有回头。我弟弟在低声咒骂我。我从来没听到过他为谁这么愤怒。该死，你该死，你疯了，你该死。

你为什么不提醒我，我问弟弟。你知道他是谁。

谁是谁？什么？那个可怜的老家伙？他谁也不是。

你知道。你知道。你该死。

我们推开前厅的门。我们一言不发地走向停车场上我弟弟的车子。没有彼此看一眼。没有回头看老人院。车子里面奇热无比。我弟弟坚持把窗户关上，把门都锁上。在梅多布鲁克老人院！我弟弟跌坐在方向盘前面，没有看我一眼，这让我感到厌恶，我有两个选择，爬上车，坐到他身边，或者是在阳光下，沿着乡村公路，走回他至少在三英里之外的家。

这不是个太好的选择。

鼓励和教唆

那边——电话铃响了。

电话铃声通常在六七点之间响起。仅仅在工作日晚上。史蒂芬要接听电话，而霍利在厨房里准备晚餐，她会迅速地应答，抢在史蒂芬和他们11岁的儿子布兰顿之前。他能听到妻子急迫的声音，急切地说你好，然后是压低音调，咕哝着表示同情或鼓励，最后是沉默，因为电话那一端的人在滔滔不绝。

对话从来没有少于20分钟。史蒂芬回忆，有一次，持续了将近一个小时，而且，如果不是史蒂芬进厨房打断了，可能还会更长。

今天晚上，史蒂芬坐在厨房隔壁的家庭活动室里，手臂搂着4岁的凯特林，听女儿大声朗读她的一本漂亮的新绘本，讲的是一个遭受危险却又受了魔法般会说话的动物，他努力不被厨房里的霍利分散注意力。他喜爱和凯特林一起的这种阅读时光，它带着幸运的强烈的慈父的感觉。他记得布兰顿的童年时光转瞬即逝，他的儿子多么迅速地成了一个男孩，而不再是个小男孩，能让他感到自负的东西，来自他的男同学而不是他敬爱的父母。

史蒂芬对这个打断霍利做饭的人感到愤怒，她都说过了让他不要在那个时间打电话来。她热爱为她的“小家庭”做饭——她就这么称呼他们四个人的。每天晚上，对于霍利来说，意味着一次严肃的、并不煞费苦心却是认认真真的烹饪，海鲜、鱼、煎蛋、新鲜蔬菜、整粒大米、浓香的汤羹，她说，这是一天为了陌生人利益的纯脑力劳动之后对她的奖赏。但是，电话来的那些晚上，晚餐就会推迟。孩子们饿了，很着急。史蒂芬会喝第二杯，当他们终于坐下来吃饭的时候，他会看到他美丽的妻子忧郁的双眼，沮丧的微笑，他内心对那个该对此负责的人充满愤怒。

看看表，将近30分钟过去了。

史蒂芬走进厨房的时候，霍利刚好挂上电话。他看到她自责地擦拭双眼。“亲爱的，又是你兄弟吗？”史蒂芬努力掩饰声音里的愤怒。在小家庭里，爸爸是智慧的、仁慈的、成熟的，这些方面要超出他36岁的年龄，要放下争论，代之以笑容可掬、目标准确的亲吻。霍利是容易动感情的母亲，她马上会欢笑、落泪、兴高采烈、焦虑。她拿起分鱼刀和大铝锅里炒的蔬菜，说：“请你不要问了，史蒂芬。”

“我当然要问。欧文确实来电话了，是吗，上周四？”

“哦，他遇到了严重的危机。他的医生开的镇静剂用完了，他不得不换成其他药物，他焦虑、失眠——”霍利避开史蒂芬的目光，冲着慢慢沸腾的蔬菜，皱着眉。“他没啥事，我想。没有人说话——你知道的。他只是孤独。他说他没有没有一个人可以说话，除了——”霍利的声音犹豫不决。她不想说，没有人，除了我。

“但是，他为什么非得在这个时间打电话呢？他知道这时候麻烦多。要做饭，孩子——”史蒂芬努力通情达理地说。霍利沉默不语地站着，他意识到，他的小舅子很可能在其他时间也给她打电话了，可能在上班的时候给她打电话。但是，史蒂芬不应该知道这个。

霍利抱歉地说：“亲爱的，我努力解释过，可是欧文说，‘我不知道时间。知道时钟上的时间是奢侈的。’”

“这应该是什么意思？这句令人费解的话。”

“他晚上睡不着，有时候他白天睡一整天，所以，他说，对于他，‘白天黑夜颠倒了’。他觉得太孤独的时候，还有自己没法忍受的时候，就会来电话。他不同于我们。”

“你就不能解释你在忙着吗？你累了，筋疲力尽？你想花点时间在你的家人身上。”

“但是，我是他的家人，欧文会说。他唯一的家人。”霍利痛苦而又绝望地说。分鱼刀从她指间滑下，叮叮当当地掉在地上。史蒂芬把它捡了起来。“他说，我们的妈妈‘闹鬼’，他在吃一些药的时候，听到她的声音。我希望你可以更有同情心一些，史蒂芬。”

“亲爱的，我会的，我努力。但是这有几年了，他29岁了，他看上去没法长大。他没有自尊，没有羞耻，他永远不会还我们借他的1500英镑，他用来分期付款——”

“史蒂芬，你不能拿这个来攻击他，来攻击我。现在不能。现在你干得这么好。我们干得这么好。我们什么都有了，而欧文什么也没有。”

“我确实同情他，亲爱的。”史蒂芬努力抚摸着霍利的头发，她就像一只被冒犯的猫一样渐渐放松下来。“我对他感到非常抱歉，我对你也感到非常抱歉。他在活活吃了你。”

“说得多难听啊。”霍利震惊地说。他们住在郊外，在他们安逸舒适的厨房里，这个可怕的比喻在他们面前盘桓了一阵：一张巨大的嘴吞噬着霍利。她的双眼里满含着泪水，她说：“史蒂芬，你确实不理解，欧文有多么绝望。他曾在艺术上付出了那么大的努力。他曾努力长久地交友。他努力恋爱。别笑——他是那样！他努力地——做正常人。可是，普通的生活对于有些人就像迷魂阵一样。那是一种生物化学物质。他从我们家我母亲那边继承了这种东西。他刚刚在告诉我，他对未来感到恐惧。他感到，他好像生来就有一个大窟窿，在他的心脏区域，他努力把它填上，把它填上，那是他的责任，可是没有什么能把它填上。”

“没有什么能把它填上。”那是史蒂芬的说法，毫无疑问。没有什么能填上他小舅子无底洞一样的心脏。

即使欧文在吞噬霍利，还有史蒂芬，还有他们的孩子——没有什么能把它填上。

但是史蒂芬没有这么说，这是他自己的领悟，他不会说出来。他今天晚上想做的最后一件事，是不让霍利更深地不安，再毁掉他们家的这个夜晚。他和那个损人利己的小舅子不同，他想让霍利有她应有的幸福。

现在凯特林蹦蹦跳跳地进了厨房，想要帮帮妈妈。爸爸不得不给她布置了一项任务，摆桌子准备吃饭。这是一个游戏，但是，对于凯特林来说，这是一次冒险，因为如果她甚至连一把叉子都摆不对位置，她会觉得非常丢脸，非常失望，这会伤到爸爸的心。没有人会像一个四岁的女孩一样那么极端地要求完美。

布兰顿也进了厨房，假装漠不关心，却着急地盯着他的父母：“你们两个家伙在这里掐什么呢?”这是个玩笑，布兰顿在调侃，但是在他的调侃下面，他是非常热切非常渴望地想知道，所以妈妈和爸爸用同一种声音声明：“掐？——没人在掐啊。”

史蒂芬和霍利结婚已经12年了，只有在欧文的电话响起的那些夜晚，他们才会有些接近于彼此敌视的危险。

欧文，霍利娘家仅存的亲人。那个家在这个小家庭之前。

欧文，霍利小两岁的弟弟。还是孩子的时候，照顾欧文基本上就是霍利的责任，因为在那个家里，父母都是酒鬼，他渐渐地认为姐姐那不加批判的爱，还有她的纵容、慷慨、宽大，都是理所当然的。还有对他的缺点的无视。他长成了一个阴险狡诈、有魅力的早熟的年轻人，浓密的有金色条纹的头发，边上修剪得整整齐齐，在脖子后面梳成一根小辫子。他是绿土合作社的职员，尽管抱怨没钱，但他穿着黑色丝绸衬衫，紧裹着窄窄的躯干，名牌砂洗牛仔裤，鸵鸟皮高筒靴（“朋友送的礼物，”欧文古怪地笑着说，“分手的礼物。”）他羞涩、顽皮无礼，他厌恶自己，自私自利（热衷于自己的想法）。看侧面，他非常英俊；看正面，他尖嘴猴腮，窄窄的狐狸脸，五官都小，撅起的嘴突然灿烂地微笑起来，好像在暗示什么。欧文的笑容粗野而夸张。（布兰顿已经开始不知不觉地模仿这种笑容了。）欧文的眼泪容易溢出来。他的牙齿小，微微有点脏，像淡茶的颜色。他恐血：有一次，在车道上，布兰顿突然从他的三轮车上摔下来，鼻子突然出血，他几乎要崩溃。在霍利怀着凯特林的最后一个月，她的肚子大得又丑又古怪，就像吞下了一头猪的大蟒蛇，欧文总是畏畏缩缩地看着他姐姐。“欧文，请你理解：怀孕不是病。”霍利试图调侃他。凯特林出生的时候，他送了花，但是借口生病，几个星期都避免见到霍利。事实上，就像他信任史蒂芬，好像是很坦率的样子，他害怕见到他姐姐护理婴儿。“太原始了。原始。一定会受伤。啊!”

直到几年前，史蒂芬不得不承认他被欧文迷住了。在欧文二十出头的时候，曾是一位严肃的艺术家，一位画家。靠奖学金、学术奖金、艺术家补贴，还有从他姐姐那里借款，借款理由在当时都是合理的。欧文“年轻”，欧文“非常有前途”。如果他迟早要依靠姐姐姐夫的这些借款——当然，这些都是礼物——这也是合理的。（他把画作送给他们，也许不会总是他最好的画作。）他似乎也许是双性恋，而不仅仅是男同性恋。至少，他假装被霍利介绍给他的姑娘们吸引。如果有时候，他长时间充满渴望地看着史蒂芬，史蒂芬会小心地去注意。

有一天，在他们的厨房里，他听到欧文在对霍利说：“我爱史蒂芬。我像爱亲兄弟一样爱他。谢谢你把史蒂芬带进我的生活。”

史蒂芬心中充满温暖亲切的感觉。不过，后来，他会疑惑，欧文那么精于算计，他是不是算出了史蒂芬会无意听到这些话。

欧文尽管开着新款丰田车（从某位朋友那里得来的另一件分手礼物?），还是住在阴暗的出租屋里。他是一家有机食品合作社的职员，这是一个“卑恭屈膝”的工作，他厌恶它，很可能不会干多久。他的生命看来就是在酒吧游弋，突然极度友好，突然“充满误解”，被解雇。他进过嗜酒者互诫会。(由霍利和史蒂芬出资）艺术家朋友好久以前就销声匿迹了。费城天普大学美术硕士学习“无疾而终”。欧文生活在“同志”、朋友、情人梦境般的转换中。盖瑞、奥利弗、马克、凯文。要是史蒂芬记住了欧文的新朋友的名字，到他们再次说起来的时候，他问：“凯文怎么样了?”欧文会冰冷地沉默着，或者漫不经心地说：“我怎么会知道呢，史蒂芬？问他自己啊。”

然而，欧文也会有热心、友好的时候。史蒂芬努力记住这些。布兰顿小时候，他会跟他玩上几个小时，在他自己创作的图画书上，涂上神奇的涂料。在凯特林 3 岁生日的时候，他送给她一本手绘本的《青蛙与蚕豆》，这是凯特林最珍视的礼物之一。(“欧文应该成为一名童书插画家，”史蒂芬说，“他这方面真是有天分。”霍利生气地说：“你可不敢跟他说这个，他会受伤害的。”)

欧文身上，让史蒂芬害怕的，是缺点的力量：这种力量让史蒂芬和霍利互相反对，这种力量会微妙地从内部侵蚀这个小家庭。只有最近霍利才勉强向史蒂芬承认了，他们小时候在新泽西卢瑟福的时候，欧文在他们的邻居家和学校里几次影响不大的纵火。他 16 岁的时候，和另一个男孩坐在那个男孩的车子里，把软管从排气系统引到车子里面，他们自己喝得神志不清，等着死于一氧化碳中毒，但是他们被及时地发现了。那些年里，还有过别的自杀企图……“欧文小的时候，遭受过痛苦的恶梦，”霍利说：“他一直没有治愈。我们的母亲病得太厉害了，有时候神经错乱。”史蒂芬静静地听着，没打算说：是啊，可是你没有自杀倾向，这是为什么呢?“我们的父亲在欧文 8 岁的时候去世了。”你父亲在你10岁的时候去世了，为什么从你身上一次也没有看出来？“‘长爪子的小妈妈。’——欧文这么叫她。”

“谁？”

“我在说着呢，我们的妈妈。”

“我以为这说法是卡夫卡的。‘长爪子的小妈妈。’”

霍利皱着眉头，她生史蒂芬的气了：“我想我们不应该谈论欧文。这让你身上某种小气的东西显现出来了。”

史蒂芬感到刺痛了，他说：“霍利，你竟然用‘小气’这个词来批评我。我恨你鼓励和教唆你弟弟的缺点。他因为可怜，从你这里得到同情。如果你鼓励他坚强、独立，拥有某种男性的自尊心——”

霍利突然怀疑地笑出声来：“史蒂芬，听你说的。‘男性的自尊心。’我没法相信这个，你听起来像是在嘲弄。欧文容易生病，他比你虚弱。如果这让他少了男子气，那很可怜。”

史蒂芬努力使自己的声音保持平静，他说：“记得几年前吗？那个圣诞节我们忙得不可开交，欧文帮我铲车道。他那时身体不弱，他让我们所有人都意想不到。”这是真的：北部新泽西州两英尺厚的降雪之后，史蒂芬和布兰顿穿得暖暖和和地去铲雪，过了一会儿，欧文好像勉勉强强地参加进来了。他起先铲得不熟练，然后找到了节奏，两颊通红，鼻涕都流出来了，他跟史蒂芬和布兰顿开着玩笑，干得相当高兴。他好像忘了他自己。当欧文铲着15英尺的车道，坦诚地谈论着生活、理想、政治、家庭，史蒂芬感到他自己和这个人之间有一种没有料想到的联系。他感到，他在他自己和小舅子之间建立起了一种新的意义重大的融洽关系，这种关系他没有跟霍利提起过。我喜欢他。他也喜欢我。就是这样！但是这种融洽关系没有持续下去。那些在明亮刺眼的白色冬日的严寒里十足的真诚很快消逝了，不久之后，就是欧文给霍利打电话，抱怨他的抑郁，他的失眠，“背信弃义的”朋友们，是的还有他需要钱……

霍利恼火地说："哦是的，铲雪。挺好的。可是我弟弟比那时候稍稍复杂一些，我希望。"

史蒂芬沉默以对。他默默接受了，独自承受。他知道。跟霍利争论欧文是毫无意义的。她爱他的方式是史蒂芬所不能理解的，那种方式甚至是早于她对布兰顿和凯特林而存在的。你可以把这种爱说成是病态，说成是值得赞美，是童年病症的一种症状，或者说是成年人忠贞的一种表达。但是事情就是这样。

好像读懂了史蒂芬的想法，霍利温和下来，轻声说："你得明白，亲爱的。我和欧文在一起，就是《奇幻森林历险记》里的汉泽尔和格蕾太尔。从前。"

这是个玩笑，是打算消除紧张的气氛。史蒂芬笑了，蒂利也笑了。但是这好笑吗，史蒂芬不知道。这对他来说似乎是危险的，不可靠的。把你的童年，当成是虚构的、童话中的来理解的话。

接着，一天晚上，霍利和孩子们在商场里，史蒂芬要跟欧文做会是他的最后一次谈话了。

电话铃响，他接了。是他的小舅子尖声的、有气无力的声音——"霍利在吗？我能跟她说话吗?"

"霍利不在家，欧文。"史蒂芬说。欧文没有费劲地去说明自己的身份，也没有浪费口舌问候史蒂芬，史蒂芬觉得好笑胜过烦恼，"你找她是想要什么?"

"我——什么也不'想要'。只是跟霍利说说话……"欧文的声音沉闷而失望。

"跟我说吧。"

史蒂芬一直在看 CNN，他把音量调低了。他穿着汗衫和牛仔裤，拿着一罐啤酒在喝。感觉挺好。感觉宽宏大量。在纽约城他的办公室里度过富有成效的一天之后，在家中的一个温暖安逸的夜晚来临了。他或许想知道，如果把霍利排除出去，他和欧文之间能否重新建立从前的融洽关系，开诚布公、发自肺腑地交流。但是欧文听上去像是在喝酒，或者是吸毒。他含含糊糊的，说话不太连贯，没有开场白，就开始滔滔不绝地抱怨——他失望的工作，他糟糕的生活，偏头痛，失眠——盗汗，发烧——“新的症状像一个椭圆形的配件，不太起作用，一种确实古怪的感觉，就像一个断了肢体那种虚幻的疼痛——一个截肢病人？像那样？”

史蒂芬猜想，欧文的意思是说“癫痫病患者”。史蒂芬的注意力被电视分散了。电视上，正在播放一部新闻短片片段，是加沙地带不和谐状态的特写，几个投掷石块的年轻小伙子遭到以色列边防军枪击。他稍稍调高了音量，他希望声音不要太大，不要让欧文觉察到。他礼貌地请欧文重复说过的话。欧文详尽地重复了一遍。他唠唠叨叨地说下去，唠唠叨叨地抱怨身体有病，心里悲苦，从前值得信任的医生那方面卑鄙的“渎职”行为。欧文只顾自己，他忘了，他不是在跟霍利而是在跟史蒂芬说话：他正在提到，回到卢瑟福，回到那里，记住什么时候，昨天晚上梦见了，哦主啊。关于加沙地带的新闻短片停止了，接下来是稀奇古怪的 SUV 广告。史蒂芬笑了。

欧文吃惊地沉默了。然后，他受伤的声音小声说：“抱歉，要是我让你觉得好笑，史蒂芬。”

史蒂芬将会回忆他说的话多么轻松，毫无预谋：“欧文，为什么要对说得好笑的话感到抱歉呢？我要说，对于你来说，这是个好事。”

欧文沉默了很长时间，史蒂芬都以为他一定是挂上了电话。史蒂芬调到了 NBC 新闻，正在曝光新奥尔良教区监狱糟透了的条件，那里为联邦移民及归化局扣押了亚洲和海地移民，对明显受伤、结痂的男人的采访，以及监狱当局的严正声明和否认。史蒂芬听得毛骨悚然，欧文此时正重新满腔热情地滔滔不绝地抱怨着，他是多么受伤，多么绝望，过去的6个月就是地狱，他的30岁生日就要来临，有时候他会非常痛苦地想知道，他受到拒绝的画作，就像卢西安·弗洛依德的裸体画，和菲利普·佩尔斯坦的被估价过高的裸体画“一样完全有实力”，还有让他失望的朋友们，还有这个邪恶的世界，有时候他想知道是否还值得活下去。史蒂芬一边听着一位住院治疗的亚洲被扣押者的证词，那个人被监狱的白人守卫打得快死了，一边心不在焉地说：“我想是这样，欧文。”欧文说：“什么?”史蒂芬说：“要么——也许不是这样。这是你的需求。”欧文再一次吃惊地沉默了。

然后，欧文平静地说：“你在说，史蒂夫，我应该——放弃?”

“从你的角度来说？也许吧。”

就是这样。史蒂芬这么说了。

欧文屏住呼吸，差不多是非常急切地说：“你认为——？从我的角度——？你——”

“欧文，是啊。坦率地说，是的。”

史蒂芬把电视调回了CNN。在欧洲的某个地方，总统走出“空军一号”。史蒂芬的心脏迅速跳动，就像是痛快地短跑过后一样。但是他也感到恐惧了。他刚刚设想了说出口的话。去死啊，为什么你不去死。你这个可怜的失败者。自己摆脱痛苦吧。让我喘口气。

当然，下一分钟史蒂芬就在懊悔自己说过的话。他太直率，太残忍。欧文一定非常受打击。他调低电视音量，迅速地说：“欧文？也许不是的。不是的。抱歉我说这些。”

他可以听到欧文听起来湿漉漉的呼吸。然后，欧文用一种古怪的兴高采烈的声音说：“史蒂夫，谢谢！在我整个人生中，你是唯一跟我说实话的。”

这种勉强的、假装的迂回的说法。史蒂芬察觉得出，他的小舅子在摆出某种架势。他恨欧文，有一种纯粹的发自心底的仇恨的火苗。

欧文在说话："——唯一让我有幸认真看待我，而不是迎合牵就我。把我当成一个男人，而不是一个，一个废物。谢谢你。"

史蒂芬不看电视了。他站起身，头脑突然清醒了，他后悔地说："欧文，嗨，我说的不是那个意思。我只是——"

"——发自内心的话，史蒂夫！是的。我感激它。从你——我知道你恨我这样的家伙，我为此钦佩你！——从你，我姐姐的丈夫和她孩子们的爸爸那里，我刚刚得到了对于我人生的最好的他他妈的建议。"

"我的意思只是——"

"相信我，史蒂夫，我已经考虑很久自杀了。我是严肃的。我的意思是——真事。不是胡扯。"欧文突然停下了。他的呼吸也很困难，就像在快速冲刺之后一样。"我没法严肃地跟霍利讨论，她太容易动感情。她自己就在这个边缘。她做些小女孩的事，中学的时候，'割伤'她的手腕——但是不太深。打赌她从没告诉你，史蒂夫！我需要决定的是怎么做。"

史蒂芬惊呆了："怎么做——什么？"

"不吃药片，不用一氧化碳，"欧文嘲笑地哼哼，非常可笑的感觉，"不用刮胡刀片——呃！我在想——在我的车里？开车？"

史蒂芬低声说："开车——是不错。车祸。"

"把车开向一座，你们怎么叫的——桥墩？在 1 号线，天桥旁边——"

"是可以。"

"可以！是可以！而且没有人会他妈的他妈的知道。"

电话突然不通了。史蒂芬站着，不知道自己在哪里，他痛苦地撞上了一把椅子，对着听筒大声喊："欧文？欧文？欧文！"

"爸爸，看到了吗？"

霍利带着凯特林和布兰顿还有他们新买的东西回来了，史蒂芬急切地拥抱他们，仿佛他们出去了好多天。好像他们经历了危险。他的小家庭！他会誓死捍卫他们，他知道。然而，为了他们，他必须掩藏自己爱的残暴。凯特林穿着一件带兜帽的紫色絮棉夹克，在爸爸用双臂举起她亲吻她的时候，往外偷偷看着。而布兰顿在穿新远足靴——“看，爸爸。酷吧，哈？”

经过那天晚上，经过接下来多半是无眠的夜晚，史蒂芬回忆了他自己和他的小舅子之间不同寻常的交流，他不相信自己说过的话。他真的说了那些话吗？他非常吃惊。他因为忧心忡忡而难受。他曾经得意洋洋，兴高采烈。去死啊，为什么你不去死。让我喘口气。

一件没法告诉别人的可怕的事。尤其是你自己的小舅子。“家人”。

史蒂芬微笑着。也许事实是恐怖的？某个人必须说出来一回。

霍利的习惯是，每天晚上她和史蒂芬上床的时候，把话筒从话机上拿下来，她不想让电话铃声把家人吵醒，早上当史蒂芬怀着某种担心检查时，只听到了一次拨号音。一晚上都没有信息。

他放松了。那件事还没有发生。霍利是欧文的近亲，为了防备事故，在他的钱夹身份证明上留下了她的名字。但是，显然通宵都没有有关欧文的“事故”。史蒂芬对自己说，欧文很可能会忘了他们的谈话。很可能他已经忘了。他是个自恋的、肤浅的、懦弱的人，不至于自杀。

几天过去了，一星期过去了。没有一点来自欧文的消息。没有一点关于欧文的消息。也没有医生或是警察打来的紧急电话。霍利偶尔会提起，欧文一定是走了，他有一段没来电话了。她准备晚餐的时候，没有人会打断了，她宽心了，然而，史蒂芬知道，她在开始为欧文担忧。他对她说欧文没事，他最近还简短地跟他说话了。还记得好多次欧文不再打电话吧？有一次他和朋友去了摩洛哥，走了一个月，一句话都没给霍利捎来。

接下来，一天晚上，史蒂芬从城里回来，霍利高兴地对他说，欧文终于来电话了，而且顺便来家里拜访了，“情绪非常乐观”。他只呆了几分钟，因为他要开车去看曼哈顿的一个朋友。好的，史蒂芬说。我不是跟你说了吗，什么事都没有。史蒂芬没有失望，事实上他放心了。当然，他不想让霍利的弟弟死掉……但是，此时霍利接着说：“欧文主动提出带布兰顿去斯科特家，他晚上呆在那里。”史蒂芬瞪着她，他在一瞬间惊呆了，没法做出反应。然后他小心翼翼地措辞说：“你让布兰顿和欧文一起坐车？坐他的车？”霍利说：“也就是在镇子那一边，亲爱的。你知道斯科特住在哪。”史蒂芬嘴发干，他说：“单独和欧文一起？坐他的车？”霍利含含糊糊地说：“哦——为什么不呢？我的意思是——”

霍利看到了史蒂芬脸上没法隐藏的东西。她说：

“可是——怎么了？你——知道欧文什么事吗？你知道欧文的什么事？”

痛苦的一瞬。霍利在想：娈童癖？

史蒂芬马上肯定地对她说没有什么事。他只是有点失望——布兰顿不在家跟他们一起用晚餐了。

哦！——电话铃响了。

但是只是一个推销员。史蒂芬无礼地挂了电话。

现在他在等待电话铃声响起。或者等待电话铃声不要响起。他避开霍利，给斯科特的父母打了电话，他们告诉他，布兰顿还没到。从欧文离开有40分钟了，而斯科特家开车到他们家只有10分钟，但是，史蒂芬对自己说，还没必要报警。欧文和布兰顿可能停在音像店，或是麦当劳……霍利在厨房准备晚餐。史蒂芬坐在家庭活动室，手提电话在他的肘边，凯特林在他的臂弯中读着《柳林风声》。电视开着，CNN的声音几乎听不见，史蒂芬的拇指放在遥控器上，镇定地准备按键。

亡命者

疯狂地爱上了那个人。那样一个男人！她诧异地摇摇头，笑了：她幸运的是，他疯狂地爱上了她。

于是他们结婚了。她迅速地接二连三地有了他的孩子，他们像他一样好看，尽管肤色更淡，女儿，最小的一个，几乎跟她，母亲一样淡。早期他们爱得意乱情迷的时候，他就警告过她（这是他们之间很多玩笑中的一个：他假装以为她可能会接受这样的警告），他家的大多数人是黑皮肤，非常黑，黑到你可以说，柏油一样黑，他们在二十世纪五十年代来自佐治亚州，在密歇根州底特律和这周边定居下来。直到婚礼上，她才见到他的母亲，两个姐姐，三个兄弟，其中一个，D，是一个11岁的孩子，她在场的时候，他的家人微笑着，但是生硬地沉默着。她认为，不是出于对她奶油般的白皮肤和大麦色泛着金光的头发的愤恨，而是由于他们感觉到自己对于她是外星人，而她对于他们，可能像分子和细胞一样，有着巨大的不同。后来，他在他的双臂搂抱中，听到她自己差不多是自怜地受伤地说："我担心你的家人不喜欢我。"她的丈夫调侃地笑着说："从来没有遇到过任何人对你不是极其殷勤的吗，呃，姑娘？——是这个问题？"

当然，他是在开玩笑。调侃。他玩笑的方式有时候是粗俗的。所以她会屏住呼吸，几乎是感到惊恐。但是只是几乎。知道他爱她，喜欢她。他们的灵魂，就像火焰遇到火焰一样熔在一起。

不准让别人嫉妒我们。她的贵格会教徒的谦逊抑制了她心满意足的骄傲。

这么强烈地吸引他的，不是她丈夫的肤色，她肯定这一点。当然，在她的眼里，除了他的皮肤，他的肤色，他的所有一切都是高贵的。他的男人味，他的黑肤色。他不同于任何人的“品质”。因为，还是开明的白人贵格会教徒家庭（富有的费城人，家族历史可以上溯到大革命前的时代）的女儿时，她就完全没有偏见。不再是贵格会的热心教友（就像他，他的丈夫，不再是浸礼会的热心教友）但是保持着贵格会的古老准则，那就是对他人、对公共礼仪、对公平公正、对内心想法的尊重。也许在她心中，还认为在她体内存在着隐秘的火焰般的光亮，如果要给它命名，她会充满感情地倾向于称它为，我的灵魂。或者更确切一些，简地说就是，灵魂。神的本质，上帝的气息，宗教的光辉——诸如此类。你知道它以某种方式存在过，存在着。而爱，肉体的爱，男人和女人之间的爱——在有时候他们激烈地做爱的时候，尤其是他们结婚头几年，对于她来说，就像是他们的灵魂像火焰遇到火焰一样，惊人而耀眼地相熔了。

没有人吃惊，尤其是她爱了他，因为这个男人是这样一个成功人士。在大学里。在研究所里。在纽约城，他在出版队伍里迅速上升，成为一位黑人知识分子，他还是一位运动员（网球，高尔夫球），一位业余爵士乐钢琴家，而且英俊、友善。32 岁的时候，他放弃了纽约的工作，接受了加利福尼亚一家大学出版社主管的职位，这是一家非常好但是还不太著名的出版社，他的朋友和熟人困惑不解，而她，他的妻子，理解他们中没有人理解的：他离开的不是纽约，而是底特律附近。因为他的母亲们，他的姐姐们经常会来电话。要钱（就她所知，他经常给钱：他很少向她吐露有关他家庭的情况，她也从来不愿意去打听），要他回去看看。

他太忙，他有自己的生活。他 17 岁离开底特律，并声称，甚至从来没有再梦到过那里。

于是，他们穿越大陆，搬到了北加利福利亚，距底特律 2500 英里。他们的新社交圈主要是富裕的白人、亚裔美国人，而他们是一对迷人的、受人欢迎的夫妇，就像在纽约时一样。人们把他们称作两个如此特别好的人，有时甚至是在当面这么说。而她觉得，是啊，作为他的妻子，我变得特别好了。

然而，这是要低估她自己吧，毫无疑问？因为她也拥有高级学位。她在一流文学期刊上发表诗歌、散文。她在大学里教授诗歌专题，在他们的孩子上学的声望很高的走读学校的教师家长事务中表现活跃。她不是个美丽的女人（她知道），然而，在她丈夫的陪伴下，她变漂亮了，她的脸喜气洋洋，光芒四射。有时，她碰巧瞥见她的丈夫沿着人行道大踏步走过，进入一个公用房间，她提了气，呼吸不顺畅了。她感到一种虚幻的感觉，眩晕的感觉，向她袭来。这是爱，这是这个的恐怖之处——他的男人味，他的黑色。因为，也许她没有理解到，他的男人味就是他的黑色，他的黑色就是他的男人味。

她不是一个愚蠢的女人，所以看到他，她没有想，我能留住他吗？一个这样的男人？因为她单纯的自负，所以她保留着未经检验的秘密知识：他是黑人，我是白人。没有白人女人会把他从我身边带走，因为没有黑人女人对于他像我一样有吸引力，而别的白人女人会害怕他。

然后，一天晚上，在他们结婚 9 年之后，有人来访了。

那天夜里很晚了，凌晨 2 点钟。孩子们都入睡了，她丈夫的弟弟 D 来了，他 20 岁，她也不认识他。婚礼那天，她没有看他一眼，也没有听过他的声音。他胡子没刮，头发凌乱，身上有股味，开着一辆汽车，它的俄亥俄牌照将会被证明已经在托莱多被窃。他的双眼瞪着，紧盯了她一会儿，没有认出她来。好像他忘了他哥哥娶了她，一个女人女人。好像他忘了她的存在。

这次来访，D的到来，完全是意料之外。他从家里消失已经五个星期了，底特律警察找他去询问一家夜总会的枪杀案。她丈夫没有拒绝D进家门，没法拒绝他进家门，他怎么能做到呢？他对她说，你知道白人警察跟在一个黑人年轻人屁股后面，回到那里他就不会再有机会了。

她会给D准备饭。她不会拒绝他住家庭活动室，因为作为D的哥哥的妻子，他漂亮的孩子们的母亲，她怎么能拒绝呢？她丈夫为D生气，为D恐惧，痛苦，有保护他的责任。兄弟俩一起在家庭活动室里，关着门，声音低沉而急促地谈到凌晨4点。当她在厨房里，把要洗的盘子放到碗碟机里清洗干净，小心翼翼地用一块海绵擦拭塑料贴面餐桌，D没有再看她一眼，狼吞虎咽地大吃起来，弓身驼背地坐在盘子跟前，看上去不到20岁，样子很惊慌。后来安静地溜出了房间，走下长满草的斜坡，走向河边。她的呼吸加快，变浅。她穿着露趾凉鞋的双脚被草打湿了；然后在清晨微弱的曙光里，坐在稍稍腐烂的通向码头的木台阶的下部。(他们的房子是一座漂亮的多级建筑，巨大的平板玻璃窗，推拉门，平屋顶，建在一条又窄又深的河流上方一个斜坡顶上。它在一个住宅区里，那里有着高大树木，有两英亩的场地，是一个郊区农村）凝视着黑色的水冲刷着码头和很多卵石的岸线。想想我是他的妻子，我爱他。他的生活是什么样，我的就是什么样。只是当他来到她跟前的时候，在她上方时，他的脚步声令她畏缩了，她咬紧牙关来面对他的声音，虽然她知道，那会是镇定而克制的声音。他平静地说："回屋吧，他会以为你不想要他在这儿。"她在颤抖，她吸口气，准备回答，可是说不出话来，所以他说："我应该把他送走吗？"她还是无法回答，在河流对面，林木生长线稠密得像一整块柏油物质，厚重而模糊，就像泥刀抹出来的。在门多西诺山脉上方数英里处远，没有雷声的闪电不断地闪着叉状的无声的电光。“好吧，那就，”她丈夫说，“我会把他送走。”接下来她说话了，她的声音嘶哑，“不，你不能这么做。”他和蔼地说，“是。对，我不能。”没有讽刺意味，或者是没有那种她别无选择、只能认为是讽刺的讽刺，这是她丈夫的狡猾、他的善意和老练，他会给她留有余地，让她不知道、不承认这一点。她说话时不想让自己听起来是在恳求：“我爱你。”他说。“但是我可以走，如果你愿意。”她痛苦地很快地说：“不。”他好像在对一个受到恐吓的害怕的孩子，耐心地说：“那就回屋吧，来。”她正凝视着缓缓地一圈圈泛着阴影的水面，那可能根本不是水，而是熔化的铅。细小而无足轻重的河流泛着波浪，在这个紧急的时刻，流向她说不出名字的地方。她明白了，这个人在面前，明明听见了，却像是没有听到的时候，是危险的，但是她仍然没法说话，当她的丈夫吁了口气、喃喃地感叹一声，走上台阶、离开时，她也没有回头看一眼。她看到自己爬上台阶，急急忙忙地追赶他，等等！我来了！她抓住他健壮的胳膊，是的当然我在这里，然而她依然站在台阶上，一动不动地，就像进入了梦境，处于那种意志的暂停，甚至以为是在半梦半醒之间，凝视着河水，等待明白她会做什么，或者已经做了什么。

梅与沃尔夫，1979

他妈的我在想，我又崩溃了。

到这个季节我 13 岁了，对独自呆在纽约州奥尔科特我们新租住的平房里，梅开始感到极其害怕。或者是，哪怕是跟她狗一样忠诚的儿子沃尔夫一起度过这个夜晚的前提下。(按沃尔夫的理论，) 不得不忍受细微的带着哨音的风吹过宽阔的、波涛汹涌的青蓝色的安大略湖。以及，事实上，直到梅签署了 12 个月的租期，她才发现，通向我们的平房的小路，多半是泥沙，夜里黑漆漆的，没有路灯。梅曾经把我们安顿在破败的湖中度假小镇边上，以“100 瓦特情绪”（100 瓦特情绪，梅是这样说她自己高兴和发疯的样子，还有，这个短语恰如其分）签署了租赁合同，所有这一切都是为了逃避敌人。

什么敌人？(沃尔夫没有问。)

梅习惯于用她的指甲翻检沃尔夫的柔情，用她“我只是觉得这是狗屎”的声音说，她怎么知道，如果敌人在夜里突然出现，沃尔夫不会站在敌人一边？

梅给敌人用的代码是“他们”（比如说）我们对他们，但是主要是沃尔夫的‘前父亲’，在奥尔科特的时候，我们设法躲避他至少已经有两年了。（你有‘前父亲’吗？我说的那个家伙，就是梅的前夫。）梅说：“我不会相信你这个年纪的孩子，狼眼以及狼的习性，大脚趾陷在雄性青春期的泥潭里，我会把他扔得远远的。”

“去你妈的，梅。”

沃尔夫屏住呼吸嘟囔着。所以梅听得见或是听不见，她自己选吧。

这是梅的典型特征，在安大略湖南岸躁狂而又沮丧的一年，陷入数小时的沉默，而且除了磨牙不再有语言交流（你能感受到而不是听到，像火车开过一样的压抑的震动声），然后突然发出尖厉的声音打破沉默。梅有时站在门廊上，比如我房间的门廊，在平房布满蜘蛛网的后部，把她细长的长满青筋的双手放在臀部，美丽而坚强的双眼怒视着，有时（最不可思议的次数！）梅说话的时候把头转开，好像是在想得出神，说出了口，私密的想法突然从她塞得满满当当的头脑里迸出来，就像收音机突然开大了，所以沃尔夫（他碰巧在场）有权偷听。最残酷的是一句“甩到脸上”的话，当沃尔夫被剥夺睡眠并受到咒骂，跌跌撞撞地出门，踩着沙子走向纽芬中心学校的校车，万圣节南瓜颜色的校车正向车道上喷着气——“沃尔夫！你每天真的是去学校了吗？一整天？我怎么能相信一个不直视我的眼睛的孩子？”

“你不能信，梅。你他妈的。”

这像是在胳肢梅，用粗糙的手指。在她不想笑的时候让她发笑。

“你是从哪来的这么一张臭嘴，先生？不是从我这里。”

“确实就是：梅。”

凭直觉，我知道防御梅“受挫心境”下的卑鄙状态（受挫心境是梅用来形容自己消沉状态的，这个短语恰如其分）的最好的办法，就是快速而决不悔改的进攻。就像一个拳击手，不想等着对手的猛击就得快速击打对方头部。

“再见，梅！回见。”

“去你妈的。”

大多数的早晨，即使沃尔夫迟到几分钟，车子也在等着他，其他孩子瞪着窗外，就像沃尔夫独自一人是一个奇观，他不只是一个骨瘦如柴的 13 岁少年，双眼朦朦胧胧露着凶光，还有闷闷不乐像个女孩的嘴巴，还有，原因是（梅是偏执狂，但梅是准确的）公交车司机是一个真正的母亲范儿，全都是带着微笑与同情，她怜悯沃尔夫这个“问题母亲的孩子”。奥尔科特是个小镇，在这里，谣言和流言蜚语（并非全是恶意）就像无线电波，持续不断地在空气中轰炸。在几天之内，梅和沃尔夫搬进了海景巷的平房，有着生锈的屏风，还有仿砖沥青外墙，还有，那个杂草丛生的院子看上去像是埋了东西在那里，从邻居那里就已经得知了，这不是正常的美国电视上那种家庭。

没有爸爸，比如说。

“看我说啥吧？人们暗中监视我们。”

“但没有‘敌人’，梅。这儿没有。”

在梅焦躁不安地抽了一夜烟，还有，猫头鹰一样的眼睛警觉地关注着外面以及屋顶上的声音，在黑暗的屋子里徘徊之后，如果梅冒出一星疯狂的闪念，这必然意味着，当校车在下午 3：35 把沃尔夫带回来的时候，她仍会处于这样一种状态中。事实上，这能就意味着，梅吃了药，以及，通过从事“拾得艺术品”的拼贴式雕刻（她从来没有出于迷信来完成它）让她镇静下来了，以及，通过吃富含维生素的午餐（酸奶，麦芽），以及，她可能在起风的海滩步行数英里，以及，甚是至在沙丘中间像猫一样蜷成一团小睡，以及，精神抖擞、生气勃勃、充满母性地返回。所有这些都是可能发生的。梅和沃尔夫存在的世界里，每小时都会重新投掷一次骰子。正面朝上，背面朝上。你不可能一直在输。

所以，梅可能在等着她唯一的孩子从学校回家，一盘花生奶油饼干（只是微微有点焦）在厨房灶台上放凉，微笑，像奥尔科特的任何一位妈妈一样专注。调侃：　“哦，嗨，回来这么快？我想我得让你进来，哈？”

（不像任何一位妈妈，也许。梅会把纱门锁紧，以及，在手能抓到的范围内，在灶台上，有一把她的锋利的刀。）

“我想是这样，梅。”

“哦，我爱你，笨蛋。到这儿来。”

在 13 到 14 岁的时候，你期待避开妈妈的吻，但是我从来不。不碰碰运气，也就不会是最后一次。

沃尔夫这个杜冷丁孩子。梅回忆着。

意味着她通过“天国的”药物怀上我。以及其他药物，锂、二氢吗啡酮，保持头脑清醒地运转。安定不比阿司匹林更奇特。如果你成长过程中有它们陪伴，你会把它们当成绿色的、蓝色的、白色的，大号胶囊，中号胶囊，切成块状的——南瓜籽和贝壳。有一些药丸上面生产时就印着“X 级”，几乎看不见，还有，其他的药丸在突起的中间部位印上了凹线，这样的话，如果你愿意，就可以拿小刀把药片整齐地切成两片而不会把它弄碎。沃尔夫年龄还小的时候，就学会了切药片。

沃尔夫是杜冷丁孩子，但实际上那是拉尔夫。小时候的小拉尔夫，该死的，对于一个天真可爱的家伙，这是怎样一个名字啊，梅说。她后悔的不是没有孩子，而是命运。除非你能逃脱命运，孩子在哪里呢？我们坐在梅借来的颜色沉闷的雪佛兰车上，在漫漫长途中，思索着这些形而上学的谜（车是她从蒙大拿州斯坦利一位男性朋友那里借来的，他一定从来没有认真打算过把它拿回去）。在沉思我们本质上是如何被我们的基因所决定，并被锁定为像蚂蚁一样严格的行为模式时，如果你有判断的视角，梅的情绪很容易受到挫伤，然而梅也会突然提升到“100 瓦特情绪”，这是因为美丽的山脉、云的形状、起伏的山峦、农田的风光，以及奶牛，以及在田野里放牧的马匹，以及对于人类本质自由的认识，一切都有自由的意志，因为我们无法预见未来，以及严格地说直到我们创造未来，才会有未来。“明白我在说什么吧，小伙子？”

他咕哝着肯定。11 岁的时候他就成了一名精神疗法家。

认为梅像打乒乓球一样反复推敲的，只是话语。但是话语有某种穿透内心的力量。

沃尔夫，古怪的名字，是梅与拉尔夫折衷的产物。她是迫于压力(不是来自这个婴儿的父亲，而是婴儿父亲的母亲）同意了那个名字。小拉尔夫。因为父亲是老拉尔夫。他就像在久远的时代一样，拥有自豪的父亲命名还有施洗的方式。施洗！1966 年！梅感到厌恶。当时你会认为基督教会会像渡渡鸟还有鸭嘴兽一样消失，但它恰恰坚持下来了，这让梅大为光火，还有，沃尔夫自作聪明地插嘴说，鸭嘴兽没有绝种，我不这么认为。

梅不管这个。如果你想在她漫不经心的时候纠正她，她会表现出女王般的方式——没听见。

“那些基督徒！他们想的只有吞噬我们的心。”

梅是沃尔夫的妈咪版。“妈么”。梅喜欢说，我是怎样的一个气喘吁吁的胖宝宝，在摇篮里就尖叫着并扑过来引起关注，以及好像用胖乎乎的沾了黄油的手指抓住了别人的话，但是能理解的，只有音节。哄着叫妈咪，即使到蹒跚学步的时候，我能说得最好的也是“妈么”。叫爹地发出的是“都都”（当我滑稽地说的时候），那个极为恼火的家伙自然而然地出去了。即使混蛋也有感情。

沃尔夫，在学校档案上是拉尔夫，被测出智商很高（不是像 160 多的天才，而是像 140 这样相当聪明），这事实上是她情绪低落时用来针对他的。梅相信，你越聪明，就越痛苦。你的大脑越发达，就会出越多的错，就像高速计算机。梅在纽约日内瓦城有个表姐，她有个唐氏病的孩子，而且这个小男孩很可爱！沃尔夫挖苦说，他抱歉自己大脑没坏，而梅说这是典型的聪明男孩，挖苦、讽刺，像我一样坏。梅像是要说，多年来她宁愿有个不管什么性别的可爱的笨蛋孩子，当然没有脑损伤，就是正常人——在美国的所谓正常，男孩女孩无所谓，只要这个孩子没有继承她情绪低落的倾向，忧郁，还有形而上学，还有，无所事事的时候拔掉睫毛。

事实上，无论是梅还是沃尔夫屈服于这个坏习惯都有一段时间了。我们黑刺李一样的眼睛都有像布娃娃一样浓浓的睫毛。

梅说，高智商就像是激光束，窥视着你并不真的想去的幽暗洞穴。她喜欢复述柏拉图关于洞穴的比喻，这有两千多年了，而沃尔夫认为对它评价过高。梅说，“在智人中分两个类别，充满幻想的，和不抱幻想的。你可以以第一种开始，并以第二种结束，却没法反过来。你可以天生具有某一种，而从未改变过一寸。谁知道这是为什么呢?”

梅有着那种老师般的方式，还有，她冰锥一样的眼睛不可抗拒。

在她自己的眼里，她是丑陋的，而且骨瘦如柴、金发碧眼、宽大扁平，实际上，梅是一个漂亮的女人，而且沃尔夫见过男人们在大街上是怎样盯着她，还有，有时候走着路或是在他们的车里跟着她。梅承认，一些错误就是这样犯下的。有几次她去男理发师那里，并且把她的头发剪得像男人一样，以此来捉弄她自己，以及任何想盯着她的人，以及她瘦瘦的颈部，以及可怕的闪闪发光的眼睛，以及，这是真的，梅下巴下方有一道像蜈蚣一样的疤（这是摔的，而且是摔在透明的薄冰上，梅坚持这么说，而沃尔夫回忆起了几年前“前父亲”把梅推倒了，她的脸先摔在燃气炉子上，幸运的是梅没有破相，哦是的，沃尔夫记起了血还有疯狂的尖叫还有那些逝去的日子里的叫喊），梅仍然是一个漂亮的女人，而且她的相貌至少还会保持十年。34 岁，这是 1979 年梅的年龄，她在纽约州奥尔科特，穿着 T 恤衫以及卡基马裤还戴着棒球帽穿着露趾凉鞋，她看上去那么年轻，校车司机不得不问沃尔夫，那是你姐姐吗，而沃尔夫脸红着低声回答的或许是“是”也或许是“不是”，一边跺着脚走到了车后面，这样就不会再遇上这该死的问题了。

搬到奥尔科特，跟前几次突然搬家一样，都是梅自己的临时决定。离开居住的一个地方搬到另一个地方，而且不留下下一站的地址，这让梅感到刺激。(沃尔夫也极其享受。跟梅这样的妈妈在一起，这个孩子没有必要讥笑航模粘合胶像他的“白色垃圾”同学们!）奥尔科特人口有1600，在飓风和海啸之后，这里已经有大约五周和平安宁的生活。梅说她听说过，奥尔科特是一个度假城市，而她可能是跟别的什么地方搞混淆了。租金低廉的湖畔小木屋以及平房，廉价的汽车旅馆，俗气的用木板铺成的小道以及在一英里外他们的平房里可以看到的有一座霓虹粉色摩天轮的游乐场——罗曼蒂克吗，哈？梅问道，夏末的夜晚。但是夏季结束了。一半的人口在劳工节之后离开了，机械还有生意都关张了，天气迅速转冷。安大略湖是个婊子，梅承认，这么他妈的大。刺骨的风从遥远的加拿大湖边吹过来，一股腐烂的蛤蜊和鱼的气味。潮水(沃尔夫就知道它会!）开始渗透到他们的生活中来。挫伤情绪的潮水。梅又开始思索死亡并问如此问题：“也许我们实际上死了而不知道呢?好像你是在做梦，而不知道？因为梦的本质是对你催眠，对吧?”梅把家里五间房的门和窗都锁上，在沃尔夫去上学的时候，有时候也怀疑他是在学校里还是别的什么地方，被敌人绑架了。或者在与敌人密谋。

湖上的风带来了地狱般的夜，梅的肾上腺水平到了这个程度，她没法入睡，还有，她对形而上学的渴求使她保持清醒。但是她太兴奋，也没法阅读。她的意识正穿透到一个更高层次——“超出线性，人!”她练着哑铃，数小时地举起、摇摆着这个黑色的重物。她的肱二头肌胀得像乳房一样。在明尼苏达州的鹰瀑布，她跟一位前海军的导师学习了空手道课程，这是一个稀疏的黑发编成马尾辫的家伙，他爱上了她（是梅说的）并送给她礼物，她本没有希望会包括钱。带着这笔钱，梅和沃尔夫在午夜离开了。如果这种刺激能永远持续就好了！“像那些有名的老鼠，”梅对沃尔夫说，“他们把电极植入它们的大脑，而这些会刺激老鼠的‘快乐区域’，而且非常享受这个，而且忘了吃食，而且死于饥饿。”

沃尔夫半信半疑地说：“那很酷吗，梅？我不这么认为。”

“那是涅槃，宝贝。你也会希望这样的，某一天。”

不久之后，奥尔科特一个起风的晚上，沃尔夫醒来，透过他房间的石膏板墙，听到了喃喃自语和柔和的笑声。他识别出了症状。他悄悄出去看看那个女人到底在干什么。没有吃药（这是显而易见的），她的皮肤感到疼痛和灼烧，他不敢去想，她是以反叛的姿态把每个胶囊和药片倒进了马桶。这个东西价格昂贵，梅，沃尔夫告诉她。梅赤裸着，美妙而赤裸，皮肤因为出了很多汗，像云母一样闪闪发光，双眼愤怒而惊慌地瞪着。她纤细而强健的双腿上覆盖着薄薄的金色毛发，而她头上的头发，沃尔夫注意到，现在长到了几英寸长，薄薄的金发，在灯光中浮动着。哦，梅是个美人！沃尔夫迅速回到梅的卧室，找东西给她穿，再返身回来把人造丝的袍子扔给她，她的脸因为尴尬而发烫，说着，“天哪，要是有人从窗户看到怎么办！你总是担心有人会从我们的窗户往里看。”沃尔夫火了，大怒了（这把他惹恼了，偏执狂患者的前后矛盾），而梅笑他。并不是说她的裸体，而是她胸部、腹部和大腿上眩目的乳白色皮肤，在肩部、胳膊和大腿上晒黑的皮肤相比之下，让沃尔夫大吃一惊。并不是说盯着乳头和一簇金色的阴毛对于他完全是梦幻般的景象。他们一直在一起，梅和沃尔夫，13 年了。梅粗鲁地冲这个孩子的脸嘲笑着，“沃尔夫是个假正经，我想。我怎么生出了个假正经？”但是她拿起袍子，茫然地与袖子做着斗争，并凑合把它穿上了，虽然没有系扣子，也没有系带子。在模模糊糊的客厅地上——沃尔夫刚才在上面跌跌撞撞地走着——是他们搬来时候的纸板箱，没有完全打开，还有，在破烂的藤条沙发上，是梅的半打刀子，长长的闪闪发光的刀刃以及加工过的手柄，梅的所谓刀具收藏是她从一位祖父那里继承的，他是美国军队的一位陆军少校（沃尔夫对这个深信不疑，他从来没有见到过祖父母更别说是曾祖父母)，还有她的武士木偶以及老年服装以及瓷娃娃，都是她在有沃尔夫之前收集的，以及古老的木版画（“运动员”“订婚”“三只小猫”）沃尔夫都有深刻的记忆。那些褐色的和梦幻般的图画，在阴雨天、下大雪的白天和夜晚，在他们居住过而又在有一天逃离了的遥远的地方，梅和沃尔夫曾经试图复制过。沃尔夫的双眼咕噜噜地转着看着这个老掉牙的旧东西，但是他像梅一样迷上木版画是不长时间之前的事。因为古时候，十九世纪八十年代，生活迥然不同。那时，人们更快乐。他们的脸没有这么复杂。他们的身体就像时装模特儿，穿着考究。小猫一直胡须上翘地微笑着的样子，几乎会让泪水涌上你的双眼。在马拉车的家族照片中，甚至是马都是微笑的。

梅抽着她该死的烟，沃尔夫恨这东西，所以让梅走开，他已经把包从她手里抢过来了，他自己点燃了一只，熟练地抽了几口。她眼中含着泪水，梅想知道沃尔夫是不是跟“你知道是谁”接触了。沃尔夫吐出烟雾，傻笑着。像一个有秘密的孩子。梅用指尖触摸着一把不锈钢刀具，动作轻得就像那是滚烫的，她说，“你不想考验我，孩子。你或者是那个混蛋。”沃尔夫说：“哪个混蛋？这对我是个新闻。”梅问他是不是到学校了，他是怎么跟踪它们的？沃尔夫在其他名字下注册了。一个梅不会说出口的名字。沃尔夫耸耸肩说：“爱怎么想怎么想吧，梅。你打算在凌晨 4 点钟随便去想。”对这个，梅不得不笑了。

沃尔夫坐在地上，翻检着之前他帮忙装的箱子，梅抽着烟，拿个脏玻璃杯喝着直接从水龙头上接的水，(沃尔夫想) 这晚上别打算怎么睡了。梅的眼里含着泪，问她为什么那么年轻就失去了幻想。第一次开始发疯的时候，她只有 16 岁，没有后来的情况糟，但是一开始是听到声音，而且大多数是合情合理的声音，而奇怪的不是这些声音，而是她在大约 19 岁的时候得到的启示，其他人头脑中没法像她那样听到这些声音，而他们为自己辩护说这是一种发疯的迹象。

梅恳求道，“你他妈的怎么知道？其他所有人也都没有听到它们？”

沃尔夫不得不承认，“我想，你不会。”

梅被激动了，她说：“它就像一场梦。你在梦中听到了这些声音。你为什么会怀疑它们的真实呢？”

沃尔夫在想，他听到的奇怪的声音都是真实的。

“不过，我对此负责，呃？”梅说，“为我们两个，我想。”听起来她是在思考着揣摩着。现在指尖沿着 12 英寸的刀刃锋利的边缘快速滑动，这是一把带有雕刻的木制手柄的刀。吃牛排用的餐刀？她双唇间的香烟落下滚烫的烟灰，她没有觉察到，落在她乳白色皮肤的小肚子上。“我对你负责有多久了，孩子？”

沃尔夫说：“到我十八岁，成人。这是法律。”

梅说，“也许你活不到 18 岁，笨蛋。”

孩子从母亲身体里挤出来。你怎么能那么小，还像鱼一样，这难于理解。梅用蜡笔画解释过。很久以前。她画了一个女人，有个小头，和微笑的嘴，这个女人大部分是一个肚子，在肚子里，一个小东西像鱼一样盘成一团，双眼闭着。梅看到了他的脸，温柔地笑着说，我们从前都是小鱼。不要害怕想到这个。我们中有一些一直是鱼，而一些进化为直立行走，成了人。它可能是玩笑，亲爱的！别显得那么闷闷不乐。

她亲吻他，胳肢他，直到他笑了，还把他胖胖的手指塞进她的头发。他们最幸福的时光。

在奥尔科特南面 12 公里的纽芬，我们去那里采购杂物、加油，一家娃娃市场外面，这个纹身的怪人坐在正面的台阶上，大约 30 岁，长相英俊，不顾一切地穿着无袖背心，来炫耀他的肌肉和纹身，他抽着烟，喝着一罐百威啤酒。这个家伙留着大鬓角，长长的油腻蓬乱的头发，三天没剃的胡子像黑色的穗状花序，他带着一个满满当当的行李袋，所以我想他是一个搭便车的旅行者。我想他不是这里的。除非是从监狱里出来的，正在回家路上。他占了“娃娃”台阶上的空间，所以梅不得不几乎是要跨过他，而沃尔夫跟她一起，在那一瞬间，机警的沃尔夫看到了梅和那个纹身怪人之间交换了一下表情。

那种表情。从理论上说，沃尔夫年纪太小，并不知道这意味着什么，但是从实际上说，他知道这意味着性。

在商店里面，梅气喘吁吁的，快速地说着话，她注意力不集中，像是不明白要往哪里去，沃尔夫严肃地说：“我们来这里买番茄汤以及冰淇淋以及肥皂以及厕纸别忘了，梅！”而梅迅速地说：“见鬼我要忘了。”她舔着嘴唇，好像嘴唇干了，但是她一次也没有往门口看。

某一种类型的人是她的软肋。前夫至少有工作，销售汽车，挣钱(至少当时不饮酒)，其他这些人都比梅自己情况更坏，其中有几个还惹上官司了。梅在清醒的状态下，知道这些家伙是失败者，这对于一个有特殊问题的人是坏消息；但是当她处在另一种状态下，她是你所说的善感的人。因为她是如此他妈的孤独，她告诉沃尔夫，这就是为什么，只是一个单身妈妈，和一个 13 岁的任性的孩子，没有亲戚朋友关心他们是死是活。沃尔夫告诉她，沃尔夫假笑着告诉她，这更像一个经典的死亡之愿。

梅气愤地说：“孤独，或者是死亡之愿，有什么区别?”

沃尔夫不得不承认，梅有道理。对于一个女人，也许二者是合一的。

孤独一种是女性疾病，纹身怪人是用于治疗的药物，而纹身怪人也是疾病。

十月初的那个星期六，梅继续开着那辆借来的车，去他们有时会去游玩的旧公墓的瞭望台，跳蚤市场和拍卖会，那是个宝藏之所，梅的脸像小姑娘一样熠熠生辉，她可以挥霍 5 美元去买一抱古老的刺绣靠垫，几罐扣子，光头娃娃，和有裂缝的瓷器还有生锈的旧折刀。生活过的证明！梅宣称，好一些陌生人的生活，不管他是谁，都比我们自己的生活更重要。

沃尔夫摇摇头，所有这些他都不会注意。谁在乎这些废话？

露天跳蚤市场在星期六挤满了顾客，大多数是女人。旧货交易活跃，你可以在某些面孔上看到温柔与精明的搜寻便宜货相结合的表情。

梅捅捅沃尔夫的肋部。“你的浪漫气息去哪了？想知道吗？希望吗？你不光是个假正经，孩子，你也是个守财奴。”

这是真的，沃尔夫痴迷于金融。甚至是浪费 5 块钱都会让他犹豫退缩。在蒙大拿和明尼苏达，梅曾经不得不借用应急现金，也从来没为她的交易感到骄傲过。

当他们离开“娃娃”的时候——沃尔夫尽可能让他们在那里多呆些时间，纹身怪人已经从前面的台阶上离开了，在半英里远的路上，那是一条玉米地中间的国家公路，他在阳光下眯着眼睛，竖起大拇指招呼车。农民坐在皮卡上嘎嘎地开过去。谁会为他停下呢？沃尔夫心一沉，他在想，你一定是疯了。

“不，梅，快点！”

“你怎么这么紧张，你？认为有危险，像电视上一样，大白天在宽阔的 78 号公路上？”

果然她踩了刹车，车滑动着停下了，冲窗户外面叫道：“嗨，你要去哪？”纹身怪人（他可能不到 30 岁）眨眨眼睛，像刚知道中了彩票一样咧嘴笑着说：“见鬼，北边随便什么地方，离湖近点。”要不是梅迅速说话，这个家伙会爬到后面，跟我们买的成堆的破烂呆在一起。梅急迫而又客气地说：“沃尔夫，亲爱的，你爬到座位上，让这个人坐在前面吧？他腿长。”

沃尔夫很反感，他一言不发。没有一个字的评论，按梅说的做了。

所以那个纹身怪人跟我们一起坐车去奥尔科特！这个陌生人可能在

旅行包里带着他自己的刀子，如果不是枪的话。这个家伙可能是刚刚从监狱放出来的，或者更糟糕的是从精神病院。梅只是为了刺激，捎上了一个蒙古人类型的人，她后来会宣称这是做件好事。操！沃尔夫不得不听梅像电视上的年轻女记者一样问这个人问题，而这个家伙说，他曾经住在奥尔科特湖滨，他父亲做出让步才回来。梅处在她怪异的100瓦特情绪中，沃尔夫知道！她浅金色的头发乱蓬蓬的，被一顶肮脏的棒球帽压平了，她穿着沃尔夫的T恤衫，和她性感的马裤，她脱掉了拖鞋，光脚开着车。沃尔夫不得不去想，纹身怪人怎么理解梅。有一件事，这个家伙得去想，她是这个孩子的妈妈！从后面看，那个家伙颈部肌肉发达，颜色难看，从侧面看，短短的下巴，鼻孔很大的鼻子，在他疙里疙瘩的左肱二头肌上，一条眼镜蛇纹身，离梅光光的右臂只有几英寸。但是梅的话越多，她在她100瓦特情绪下越兴奋地跟这个家伙说着我们在奥尔科特湖边的住处，还有夜风和夏天的摩天轮灯光，这个家伙越安静，没劲了，到奥尔科特镇边界的时候，他想下车。“好了，夫人。到了。”

梅失望地说：“你不想让我开车送你回家吗？”

“不，夫人，谢谢，这就好了。”

就是这样了。沃尔夫不知道到底是该放心，还是失望。他想，梅在仔细考虑请这个家伙停下来喝一杯，或者天知道，在沙滩上野餐，这是阳光明媚的秋天，六十年代。裸泳！但是纹身怪人爬出车子，手上拽着他的行李包，你可以看出，他是一个年轻的家伙，急着逃脱。梅别无选择，只能继续开车，车上只有她和这个孩子，这个“证明她自己不再是孩子的孩子”，现在梅也没劲了，就像一个真人大小的气球泄气了，她咬着下唇，沃尔夫想调戏她，叫她“夫人”，但是没有，他们在尘土飞扬的很多沙子的车道上颠簸着，到了路的尽头，到了我们已经习惯称作家的沥青面平房。

人生是要活下去。

而不是在脑袋里。

& 首要的是不要畏惧。

人生是要爱着

以及记住：你的儿子。

在一个黑暗的时候记住

你必须为他而活下去。

这个便条，是梅在女学生时用印刷体大写字母用绿油墨印上去的。他曾经震惊地发现，它贴在她的一个五斗柜的抽屉里。他知道这是梅从得到启示的状态到绝望状态的一种信息。

他知道它是反向的遗书。

他关上门，好像把一条蛇关在外面。遮住他的双眼，跑去藏起来。如果他是梅还活着的唯一的理由，那她的人生是他的错吗？

他向她保守着秘密。

他很小的时候就知道，他必须保护她。

真的，沃尔夫有时鼻青脸肿地出现在学校里。（或者，鼻青脸肿的，那天早上不去学校了。）但是梅把自己搞得鼻青脸肿的，更严重。因为对她心爱的儿子的每一个伤害，梅都双倍地施加在自己身上。

“宝贝，不会再发生了。我发誓！”

沃尔夫一直都知道，这个声明是真实的。

另一个秘密是，在明尼苏达州科尔德沃特，他（拉尔夫？L—）曾经被喊出教室，在校长室里，有一位两颊留着胡子的男人，穿着驼毛大衣，他弯着腰，想抓住他的两只胳膊，他往后躲开了，那个男人是他的“前父亲”，像他兴奋地说的，他跟踪他们过了三个州，他的声音太大，校长不习惯了。L—先生，校长说，你让我相信这是家里有紧急事件？沃尔夫站着，像个石头孩子。甚至是他的心跳都像石头一样冷冰冰的。

想到拉尔夫如何是他们的名字，而这是梅不愿意叫出口的名字。小拉尔夫和老拉尔夫。如果他感到惊讶，甚至有兴趣终于看到是他的“前父亲”的老拉尔夫，他也没有做出任何表露，因为梅苦苦地教导他，敌人随时会出现，不要让敌人胁迫你，尤其不要让敌人碰到你。

这个对话，像电视一样：

“嗨，小伙子，你认识我吧，呃？你爸爸。”

（没有一丝认识的意思。沃尔夫的嘴紧闭着。）

“你认识你爸爸，拉尔夫，对吗？过来！”

（不过，沃尔夫在后退。撞到了女校长的膝盖。）

“她认识我，夫人。他肯定认识。拉尔夫，你长成大孩子了。多大了？——10岁？哦天哪。”

（石头一样冷冰冰的沃尔夫像墓地的天使。面无表情，凝视着。）

校长在对“前父亲”说，恐怕他得离开了。这个孩子看上去不认识他。

“前父亲”气炸了，“他妈的他不认识我！他婊子娘是公认的难缠户，她让他跟我作对。”

听到这个，沃尔夫说话了。梅教导过他，当敌人在场的时候要保持冷静，他以小男孩最诚恳的声音说，“我不想呆在这里。我不认识他。我想回到班上去。”

“前父亲”变得兴奋起来。其他走进办公室，来制服他。在那涨红的脸上出现了隐藏的愤怒。镜片模糊的金属边眼镜，在这后面，双眼充血，闪闪发亮。要不是有人阻止了这个绝望的男人，他会弓着身，扑过去抓住那个孩子的双臂，带着他跑掉。可能会像电视上一样，警察射出一连串子弹。

沃尔夫笑着想，他是个多么卑鄙的孩子啊，不认他自己的父亲。还是当着证人的面！这是一种你无法解释的卑鄙，像折磨一只人行道上的一只掉在你脚下面的没毛的小鸟，或者是用你的拳头把窗户打碎，只是为了打碎它，而且没有因为受伤而叫喊，却是像鬣狗笑着。

这些就是沃尔夫向让梅保守的秘密。

——

奥尔科特那个星期六的夜里，风刮得很猛，雨不停地下，大约凌晨两点钟，沃尔夫被玻璃打碎的声音吵醒了，还有他妈妈的尖叫声："出去！你他妈的！滚出去！操你妈！"沃尔夫想：是个男人。纹身怪人。他们之间有种沃尔夫没有理解的信号，沃尔夫上床后，那个家伙一定是来了，梅也让他进来了，悄悄地，就像梅有时会这么干的一样，沃尔夫穿着睡衣跌跌撞撞地进了他房间外面的大厅，他已经闻到了威士忌的气味，喷涌的威士忌，他知道这个气味，不过他在奥尔科特还没有闻到过。沃尔夫听到了打斗的声音，梅的又一声尖叫，他相信他还听到了一个更低沉的愤怒的声音，以及沉重的脚步声，以及更多玻璃打碎的声音，梅赤裸着，站在她光线昏暗的卧室门廊上，一条着裹着她汗光闪闪的身体。看到沃尔夫她尖叫着，"不！别进来！这里不安全。"沃尔夫感到恐惧，他颈后的毛发倒竖起来，膀胱收紧了，但是他除了梅看不见还有别人，除非那个家伙藏在壁橱或是卫生间里？梅房间的灯光古怪地照着天花板和墙壁，灯罩打歪了，还在颤抖着。看上去好像一阵风吹过房间，把床上用品搅动了，把床垫从弹簧褥子上拖开了一部分。床单中间有瓶打翻的威士忌，威士忌的气味冲进沃尔夫的鼻孔，让他感到恶心，它让人产生联想，但是他不愿意去想，不会去想。他看到柜门大开着，里面没有人。梅的衣服在地上，看上去好像是从衣架上猛拉下来的。那个家伙在哪？有人吗？他也许从打破的窗户逃出去了，也许他是从窗户爬进梅房间的？（但是为什么沃尔夫此前没有听到任何声音？）梅在愤怒地呜咽，血从割破的手指流下来，脸上也有伤口，她的双眼膨胀得如此严重，沃尔夫想她一定是瞎了。她盯着他，结结巴巴地说着话，他理解不了她在说什么。他看到，在床边地上，一把带血的长刀闪着光。梅被刺伤了！沃尔夫感到恐惧。梅在发怒，不像是在痛苦之中，他向她走过去，她冲他尖叫着，叫他不要过来，接近她有危险。“叫救护车！叫警察！我遭到了袭击天哪！那个混蛋要杀我！”梅愤怒地把床单扔下，穿上睡衣，沃尔夫恐惧地看到她被刀伤了，刺伤，在她的胸部，她的肚子上，她的大腿，细细地血流迅速从她身体上流下。沃尔夫害怕梅会死去，他跑到电话前要拨打911，但是梅改变了主意，她向他冲过来，把电话从他手上打掉，她说，这不关任何人的事，只怪她自己，她不想要该死的警察闯进她的家，宁愿流血至死，也不愿意叫警察进她的家。沃尔夫设法让她走进浴室，用剧烈颤抖的手指蘸着浴液，轻轻擦拭她的伤口。梅呜咽着，现在更安静一些了，她的呼吸又快又浅，好像一直在跑步，她的头发有汗，暗淡无光。沃尔夫因为恐惧，脸缩紧了，变得苍白，梅从他手上抓过带血的毛巾，自己收拾起伤口，不耐烦地咒骂着。沃尔夫试着问，是不是他们开车捎过的那个家伙，那个纹身的家伙。梅说，“你他妈的以为是谁？那个下流货，我会拿到他的逮捕令。我看到了他的脸。我能把他描述得清清楚楚。我能画出他的像。”但是沃尔夫不能不想知道：有人吗？什么人？强行闯进来的人？卧室地上的刀子是梅收藏的刀子里的一把，一个陌生人是怎么拿到它的？除非梅先露出它了？还有，他从她那里逃走了？

沃尔夫不打算问。

梅身上一打刀伤都在流血。大多数就是表层伤，虽然它们流了大量的血。最深的在双手手指上，好像她曾用手指抓着刀柄，再紧紧握拢。到此时，最坏的情况过去了，沃尔夫开始哭泣，紧张，惊恐，因为如果有过一个男人在梅的房间里，一个打了她、刺伤她的男人，而梅不愿意叫警察，又怎么阻止这件事再次发生呢？——而如果没有一个男人，那就更糟糕，沃尔夫不得不想知道梅是不是得去就医，防止她伤害自己还有他人，那个医院会在哪呢？沃尔夫到时候又该去哪呢？

就算 18 岁以后，他也可以预见他得负责。

或者，也许，不，他会搭便车到西部去。梅再次稳定下来就走。他看过大峡谷洛矶山脉的照片，还有宰恩国家公园和优胜美地国家公园。他会用国家公园服务指南找份工作，他一直在看它，也许当一名防火护林员。紧急情况与他无干。

沃尔夫 13 岁，在纽约州拿驾照都还太小，但是他可以驾驶任何过得去的车辆，他开过车，从明尼苏达的漫长旅途中，大部分是晚上，他跟梅换着开那辆雪佛兰，所以那天早晨，几个小时后，沃尔夫开车带梅去了纽芬的一家医院，早晨 6 点，在近乎废弃的急诊室里，一位年轻医生处置她的伤口，用手指缝上那些深的伤口。医生震惊而又怀疑地询问，这些伤口怎么来的？梅耸耸肩，喃喃地说着话，在几英尺远的沃尔夫听起来，像是“人生”。沃尔夫快步走到梅身边，他焦虑不安，带着保护的姿态。他劝梅来纽芬进行处置（他知道感染），他现在担心就算是在她温和克制的状态下，不洋溢着真实的狂躁气氛，梅也会散发出一种气味，任何专业人士都会看出来，就像狗受训能闻出非法药物。沃尔夫说，“我妈妈是位雕塑家，她雕刻东西，把东西切开，比如漂流木、金属，像这样的材料。有时她会伤到手。”这是如此灵感闪现的回答，甚至是骄傲的，核心是“妈妈”这个词，梅高兴起来，冲沃尔夫微笑着，沃尔夫看到一切都会好的。骰子再一次抛了出去，一切都会好的。“这些其他的伤是怎么回事，你身上还有脸上？”医生问。梅带着胜利的微笑，甚至像是用缝合的和贴了创可贴的手指摸着这个家伙的大腿，“这是成为一名艺术家的危险，医生。但是我可以用点止痛药。”一位护士完成了对梅的处理，用纱布和创可贴包上了梅的伤口，光是脸上就有四处，给梅打了一针破伤风针，梅坚持也要给她儿子打破伤针——“孩子这几天有太多危险。甚至是正常的好孩子。”

从娃娃商店回来让人搭便车的事，他们两人之间再也没有提起过。打电话给警察，或者不打电话，也没有再提起过。不过 12 月的一天，他们在 78 号路上看到了一个骑摩托车的人，像那个家伙，乱蓬蓬的头发，连鬓胡子，但是那不是他，梅和沃尔夫都一言不发地把目光移开了。

——

在急诊室缝合、贴创可贴之后，梅看着镜子里的自己，笑了，这是双倍的“100 瓦特情绪”，梅和沃尔夫都是。现在她有一段时间不会伤害自己了，沃尔夫推断，也不会伤害我。几天之后，他们沿起风的湖边开着车，在一个石头教堂后面，发现了一处古老的墓地，在一个叫哈特维威尔的地方。一如平常这样的时刻，梅感兴趣的不仅仅是被人忽视的墓碑，其中一些被深深的草盖住了，如果有花盆安放在它们前面，花也死了很久了，花盆也裂了。看到一排排照管得很好的墓碑中的这种景象，梅会激动得流下泪来。“你决不会想到，你是怎么死去两次。一次是你死去的时候，还有一次是被所有人遗忘的时候。”沃尔夫笑着说，“哦，你怎么知道的，梅？某个死人告诉你的？”梅说，“我不愿意被遗忘。”于是梅跪在墓地前深深的草中，刺和尖尖的野草扎到了她，萨拉?伊丽萨？伯恩，生于 1891 年，死于 1946 年，墓碑太大，粉色大理石墓碑严重开裂了，忧伤的景象——梅说。沃尔夫也卷入进来。扯了几把野草，墓地中再无旁人，他在一排排墓碑中是徘徊着，拿着一盆看上去像真的粉色的天竺葵，摆在萨拉？伊丽萨？伯恩的墓碑旁。这是公正的：你不得不想到，这些有人照料的墓碑，至少还有一段时间会有人照料，但是无人照料的，却还是无人照料。他们的时代过去了。梅为这种劳动激动起来，她几乎是想到，死者知道我们的努力，并充满感激，谁会说他们不会呢？沃尔夫冷笑着，但是这是沃尔夫的方式，梅预料到了。“在我们两个里面，我是理想主义者。那是因为我坦然面对遗忘，并做出选择：坚持下去。”梅和沃尔夫悄悄地议论，墓地都是按家族聚拢在一起，一块块墓地就像小的社区一样，就像在哈特维威尔有数目众多的布莱克哈尔、戴克曼、林德曼、埃普。然而，在某一天之后，不再有了，好像是这个家族的人死光了，或者是年轻人搬走了。这是令人伤心的吧，呃？或者它是？梅用她的棒球帽擦擦前额，冲沃尔夫微笑着，被这一真相的揭露震撼了。尽管她脸上的创可贴让她看上去像遇到过车祸。不管她现在所说的，与她几分钟之前所说的自相矛盾。“上帝啊，沃尔夫，这难道不让你感到舒服吗，我们没有那种巨大的‘大家族’暗中窥探我们。所有这些人！他们每个人都对你有自己的想法。感恩节还有圣诞节的该死的礼物包好、打开。只有你和我，沃尔夫！我们轻装而行。”这听起来让沃尔夫也感觉很好。另一个人是没法想象的，就像在温暖的天气里被迫穿厚重的衣服，或者被迫吃十倍于你想要的粮食。

自带午餐是陵园参观的一部分，我们有花生酱涂全麦面包，煮鸡蛋，酸奶，还有小麦胚芽、麦金托什苹果、可口可乐，我们坐在哈特维威尔路德教死者中间，像猪一样吃着，尤其是沃尔夫，因为墓地刺激了胃口，而且，这是一个明亮而湿润的十月阳光明媚的一天。梅的想法，沃尔夫那天早晨没有去学校，是由于家庭的宗教上的原因（梅会在给校长的便条里做出解释）。后来，我们站在教堂后面一座摇摇欲坠的石头墙上，向外望着湖泊的方向，以及更美丽的景象，我们多高兴啊，我们笑了起来，看着那个湖泊——虽然我们在它旁边住了几个星期，我们还不知道它的名字，那不是一个湖，而是内陆海，向东西方向延伸，超出了我们的视线，还有朦胧的漂浮的地平线，向北能够看见，据说是加拿大湖岸，我们还没有去过。

黑眼睛女孩

我有过这样的黑眼睛，从前！像画上去的小丑的眼睛。我的双眼瘀紫丑陋，但是右眼肿胀，几乎是闭着了，人们一定看到我了，我不知道他们在想什么，我的意思是，你必定会感到惊讶。没有人说一句话，没有人想牵扯进来，我想。不过，你必定想知道他们脑子里想了些什么。

有时候，我对着镜子看自己，我喜欢午夜起床用卫生间，我看到一张模糊不清的脸，一张我认不出的女人的脸。我看到了那只眼睛。

27 岁。

在美国，这是一生。

这件不可思议的事发生在我身上，我 15 岁的时候，在门洛帕克中学读二年级，跟我的家人一起生活在加州门洛帕克，爸爸在那里当牙医(这是幸运的。我会需要牙科和牙龈外科，来修补损坏的嘴部)。不可思议，乱七八糟。丑陋不堪。我从来没有告诉过现在认识我的人。尤其是我的女儿。我丈夫现在还不知道，他处理不了这件事。我们相识的时候，都快三十了，没有必要把过去的事扯出来。我从来没有。我不是其中之一。我到佛蒙特州上大学的时候，就永远离开了加利福尼亚。我的家人也搬走了。他们现在住在西雅图。我们之间的关系有点生硬，我们从来不谈那个时候。从来不说那个男人的名字。所以就像它从来没有发生过。

或者，如果发生过，也发生在别人的身上。一个二十世纪七十年代的女中学生。一个傻乎乎的小姑娘，穿着背心装和牛仔裤，裤子太紧了，她必须躺在床上，扭动身体，才能穿进去，她取笑她的头发是鬃毛。那个女孩。

当他们找到我的时候，我的头发乱七八糟，凌乱得像扫帚草一样。头发没法梳理，不得不大块地从头上剪掉。像蜘蛛网一样的东西粘在里面。我从 9 年级一直留着长发，在那之后我留了好多年短发。像男人的头发，脖子后面刮过了，耳朵露出来。

我在 15 岁的时候被强行绑架了。有些事可能从外部发生在你身上，“强行绑架”，就像经历了飞机坠毁，或是遭受电击。几乎没有任何人。那个人没有名字。我正走过购物中心停车场，去公交车站，大约是下午五点三十分，一个工作日里，我在放学后跟几个孩子到了购物中心，现在我在往家去，莫名其妙地就发生了，不要问我怎么发生的，一个男人在问我问题，或者是说什么话，我大体上记得，他是一个成年人，或许是我爸爸那个年纪，每个成年人看上去都是我爸爸那个年纪，除非是明显有白发的老人。我对这个男人没有清晰的印象，除了后来我会记起他手指上的戒指，它们可能使我感兴趣地抬眼瞥了他的脸，不过在那一瞬间，有东西猛地砸在我脑后，就在我的一只耳朵后面，砸得我向前扑过去，倒下了，就像他从前面向我扔了个钩子，我脸朝下扑在一辆轿车或是厢式货车被晒得发烫的塑料装饰上，接下来又打了一下或是几下，把我砸晕了。就像麻木了。你出局了。

这是“强行绑架”。在场的目击者能怎么描述呢，他也是受害者。但是他对于发生了什么事毫无记忆，因为发生得如此之快，而她没有亲自牵涉进来。

就像他们说的。你在场，也不在场。他把车开到了索诺玛山脉的这个地方，我后来会知道，人们会把它说成是这间小屋，他强奸我，殴打我，用电线电击我，他还在我的腹部和乳房上把烟蒂踩熄，他跟我说话，就像他认识我，他知道我所有的秘密，我是一个灵魂多么肮脏的女孩，一个多么下流的女孩，而且自私，如他所说的，就像我的“特权阶层”的每一个人那样。我在说，这些对我所做的事，实际上大部分是对我的身体所做的。就像希尔兹堡北部索诺玛山脉的小屋，但是在那 8 天里无处不在，我也无处不在，我坚持活下来，就像你在深深的水底，紧紧抓住靠它呼吸的麦秆。而那个水是不透明的，你看不到表面。

他离开，又回来。他把我绑在床上，那是一张垫着薄床垫的床，非常脏。小木屋只有两扇窗，上面是密不透风的百叶窗。天热了，我猜想这是白天。晚上，天凉了，还非常安静。我的下半身刺痛，阵阵痛苦地抽搐，身体的其他部分也弥漫着疼痛，所以我没法思考，大部分时间我不是清醒的，不是你们所谓的实际的失眠，人格上的。

你怎么称呼你的人格，呃？——它不像实际的骨头，或是牙齿，某种实实在在的东西。它更像火焰。火焰会竖着，火焰还会随风摇曳，火焰会熄灭，毫无痕迹，就像从来没有过。

我的双眼受伤了，他用拳头捣我的双眼。眼皮肿胀，我没法看得太清楚。我没有努力去看，我在保护我的视力，留到自己更有力一点的时候。我实际上没有看到那个男人的脸。我感觉到了他，但是我没有看到他，我没法认出他来。你要是没在镜子里或是画像里看见过自己，你也认不出自己来。

我做过一个梦，在梦里，我告诉我的家人，我暂时看不到他们了，我走了。我走了，我要告别了。他们的脸模糊不清。我的姐姐，我跟她比同父母更亲近，她比我大两岁，我非常喜欢她，我的姐姐哭了，她的脸被泪水模糊了。她问我去哪里，我说我不知道，但是我想说，我想说我爱你。这个梦栩栩如生，对我来说就像确有其事，比那段时间里在我身上发生的其他事更加真实，后来我知道，那段时间是 8 天。

可能是反反复复的同一天，或者是 80 天。那是一个地方，不是一天。就像一个维度，你可能滑进去，或是被海底的回流吸进去。它就在那里，但是没有人意识到它。直到你身在其中，你才会知道。但是当你不在其中时，这就是你知道的全部。所以你别无选择，只能这样说起它。结结巴巴，懵懵懂懂。

他为什么给我水和食物，他为什么决定让我活着，永远也不会搞清楚了。其他人都在几天之后被害了。她们对于他来说，不新鲜了，你只好这样猜想。其中一具尸体被埋在小木屋后面数百码远的树林里，其他的扔在北部克雷森特城那么远的地方。可能还有其他从来不为人所知的人，从没被找到或是被指认出来。这些事实，如果这是事实的话，我后来会知道，我会知道别的姑娘和妇女都比我大，最大的 30 岁，他记录的最小的被害时是 18 岁。所以猜测他可怜我，是因为他在停车场劫持我的时候，不知道我是那么小，我遍体鳞伤呆在小木屋的时候，体重开始下降，在他看起来一定像个孩子。我老是在哭，喊“妈咪！妈－咪！”

像我自己的孩子，长大以会，会叫“妈－咪！”在他们梦魇的时候。但是我从来没想到这些。

这个手指上戴着戒指的男人，说，你没事了——存在着某种我仍然不知道的理由。

后来，我会回想，存在一个转折，一次转机，当他第一次叫我去洗洗的时候。去洗洗！他能看见我不好意思，我是一个天生害羞、干净的姑娘。他允许我去洗。他本来可以稍稍帮帮我。他捉掉了我皮肤上的壁虱，它们藏着，喝饱了血。他讨厌壁虱！它们让他觉得反感。他出去了，又带了食物和根啤回来。我们一起坐在帆布床边上吃饭。他还有一次允许我到外面黄昏下的林间空地上。就像野餐。他的油乎乎的手指，还有我的。炸鸡，炸薯条，生卷心菜，我的双手开始颤抖，我的嘴火辣辣的。我的胃因为饥饿而抽搐，我的身体因为痉挛蜷曲起来，就像他插了把刀子在我的内脏里拧动着。我还能吃点东西，小口小口地吃。我不饿了。看到我的脸色好转，他被打动了，激动起来。他温和地责备道：嗨，蝴蝶吃得都比你多。

我会记得小木屋周围这些小小的浅黄色的蝴蝶。一群蝴蝶。群鸦尖叫着，等待俯冲下来，攫取食物。

我想我病得挺重。神志不清。我的牙床严重感染。我的四颗牙齿弄坏了。血不停地渗到口腔后部，让我恶心，作呕。但是我能斜倚着他走到车边，我能正常地坐在后座上，被扣住，他总是确保把我扣在椅上，一根金属线紧紧地绕着我的双脚踝。然后驶出森林和山麓，我认不出那是索诺玛山脉，太阳高悬在天际，轻薄透明，我没有了时间的概念，感觉不到时间的流逝，但是注意到正走上郊区的公路，更多的红绿灯，我们在停车场中穿梭，它们太大了，看不到边，那些太阳照不到的阴凉地方，还有一排排闪光的像墓碑一样的车子，我突然看到他们在永远的墓地中。

他现在想让我一直呆在他身边，他说。照看着你，姑娘。也许我是他的战利品？公开展示的他大约有 17 个月的绑架/强奸/杀人狂欢活动的唯一女性战利品。没有被打死，被扼死，被强奸致死，被踹死，然后像动物尸体一样被埋葬。(后来，我会听说这些事。）或者，也许他是打算在众人前拿我作个信号，如果众人透过他车子的挡风玻璃看到里面的时候，把我当成他的女儿。一种信号——表示什么呢？“嗨，我是正常的。我是个好人，看到了吧。”

只是这个女儿的头发乱糟糟的，她的双眼淤紫，一只眼睛肿得几乎睁不开了。她的嘴像伤口一样肿胀耷拉着。她脸上、脖颈、胳膊和肋部的伤痕皮开肉绽了，身体皮包骨头，到处渗着脓水，火烧火燎，疼痛难忍。不过他允许我洗了洗，他还允许我洗了衣服，我现在没那么脏了。他给了我一件过大的衣服，衣服破了，但是我对此很感激。我们像捕食的鲨鱼一样穿过那些宽阔的停车场。我察觉到向车子里面扫视的人，只是偶然一瞥，看见了我，或者也许没有看见我，因为太阳，挡风玻璃有反射（有吗?)，所以也许他们没有看见我，或者没有看清我。还有其他人，看到了我，又把视线移开了。当时我没有意识到，一定是在搜寻我，我的脸出现在报纸上，电视上。我的脸，从前的样子。那个时候，我不再去想另一个世界。我基本上停止了思考。就像麻醉了，你向它妥协，这种感觉很安宁，差不多是这样。跟着这个男人巡游时，他顾自吹着口哨，哼着小调，说话柔声细语、和蔼可亲，我明白他也什么都没想，就像捕食鱼在洋面下巡游时不用思考一样。沉默着游走的鲨鱼，从来没有停止它们的行动。我最担心的是不是坐对了位置：我的头在脖子上保持着平衡，这不太容易做到，还有，金属线捆着我的脚踝，致使血液循环不畅。所以，我的双脚麻木了。我听说过坏疽，我听说过脚趾和整双脚腐烂发黑。我听父亲说过牙齿腐烂，牙龈腐烂。我努力不去想那些一定是看到了我的陌生人，他们肯定看到我了，然后转过身去，他们不确定自己看到什么了，但是知道不对劲，也不想知道更多。

只是一只眼变黑了的姑娘，你猜她理应如此。

他说，一定有什么理由放过你。

他说，他的声音与很久以前我爸爸的声音一样，知道吧，姑娘?
一你跟别人不一样。这就是原因。

他们会说他精神失常，这是精神病人的行为。我不同意。不过我知道不是这样。

那个穿卡其色茄克和同样颜色裤子的红头发女人。最终她会有一个名字，但这不是我想知道的名字，实际上哪一个我都不想知道。这是一个女人，不是女孩。他让我坐在车子的后座上，所以副驾驶的位置空着。他给我系上了安全带。好了，姑娘？你没事，哦。黄昏时分，我们在巨大的停车场游弋。华灯初上的时候。（这是什么地方？尤奇亚镇。

我从来没到过那里。如果不是那个红发女人，我不会记得尤奇亚这个地方。）

他摘下了那些戒指。他戴着一顶白色棒球帽。

那个红发女人微笑着来到他旁边，像朋友一样说着话。我瞪着他们，我很震惊。他们正向车子走过来。我从来都想象不出他们俩人在谈些什么！我想他会用我来跟她做交易，我害怕了。这个戴着棒球帽的男人戴着闪闪发亮的墨镜，问那个红发女人——什么呢？方向？他甚至还能让她笑出来，他们俩人有着性的喜悦。她是一个成熟的妇人，身材苗条，胸部丰满，令我嫉妒，紧身卡其色裤子很时髦，腰部有一条细绳，包裹着有型的臀部。我为这个女人感觉到一阵愤怒、蔑视和厌恶，她是多么愚蠢啊，没有丝毫戒备之心，她弯下腰来凝视着我，可能听说是这个男人的女儿坐在这里，他也许说他的女儿有问题要向她求助？需要听一位成年女人的意见？片刻之间，她一头栽在车子前面的座椅上，脸和胸部朝下，完全不由自主，快得你有可能折断手指，快得她没有叫出声来。是那么快，你明白这样的事以前发生过许多次了。后座上的姑娘眨着眼睛，瞪着，说不出话来，虽然她嘴里没有塞东西，就像那个几英寸远的那个女人没法搏斗一样，她也无法呼救。当男人连续用拳重击那个女人时，她颤抖着，呻吟着。他愤怒地嘟哝着，双眼凸了出来。没有目击证人吗？没有人看见吗？他熟练地用毯子把女人裹起来，她没有力气了，他把她的头和胸紧紧地裹起来，把她的双腿塞进了车子，关上车门，钻进驾驶座，快乐地哼着曲子，把车开走了。后座上的姑娘哭泣着。如果她在流泪，那就是在哭。

这个想法多么古怪啊：我想象我是那个女人，裹在毯子里呆在前面座椅上，其实剩下的都没有发生。

就是那个时候，我想，我看到了我妈妈。在停车场。那里有购物的人，大部分是女人。我妈妈是其中之一。我知道那不可能是她，那里离家那么远，我知道我离家有几百公里远，所以不可能，但是我看见了她，妈妈在车前走过，迅速地走到罗德与泰勒百货商场入口。

不过我没法冲她招手，我的胳膊像铅一样沉。是的。在小木屋里，让我目击了他对那个红发女人做的事。我现在明白了这是我对于他的重要价值：我将成为目击者，去面对他的愤怒，他的狂暴，和他反感的东西。把那个女人的双手腕绑在铁床档上，把她的两腿张开，绑住她的脚踝。红发女人赤裸着，没有一点力量。对她来说，现在没有了性的喜悦，没有了自信。你现在不会嫉妒她了。你现在会轻视她。你现在不会希望是她了。她变成了烤肉签子上的鸡肉。

我不得不看着，我没法闭上双眼，或是把视线移开。

因为它已经发生，已经完成。这是确定无疑的，而且平平静静。无法可逃，因为正在发生的已然发生。不止是一次，而是很多次。

当你放弃抗争的时候，有一种爱存在。

红发女人不知道这个，她在恐惧之中。但是我是目击者，我知道。

他们会问我关于他的情况。我只是看到了他的某些部分。就像智力拼图的部件。就像连拍相机是跳着剪辑的一样。他的后背苍白，腰部松弛，肩部肌肉更多一些。后背宽阔，长着小脓疱，流着汗。那是男人的一部分，像我爸爸一样，我不会明白。不是这种方式。不是竭尽全力，肌肉紧绷。男人头发的气味，像凝结的油。他的头发发硬，浓密，夹杂着金属丝一样的银发，头顶上，能看到头发下面的头皮。在他的身体和双腿上，毛发浓密，像水或是草一样起伏。他嘟哝着，发出很高的呻吟声。他转过身来，我看到一张凶狠的模糊的脸，我认不出那张脸。还有乳头。男人两个乳房上的乳头，深红色，像浆果一样。在他的两腿之间，那个愤怒的东西像一节橡皮一样摇摆着，光滑，颜色发暗，上面带着血。

我能记起，是的，他有纹身。涂抹得像墨迹一样。我从没看清过它们。我从没看清过他。我不敢，就像你因为怕刺瞎眼睛不敢直视太阳一样。

他让我们一起在那里呆了三天。我是说，那个红发女人在那里呆了三天，大部分时间神志不清。这是幸运的。你学会了留意小小的幸运，并感激它们。他不会在小木屋里杀死她。当他在跟她做完了以后，反感了她，他架着她出去，朝着车子过去了。我独自呆着，很害怕。但是他又回来，说：好了，姑娘，出去兜兜风吧。我可以行走，只是光着脚。我非常眩晕。我会像一个大布娃娃一样坐在后座上，无精打彩，毫不抗拒。

他把那个女人塞在他身旁，用一个毯子卷起她的头部和上半身，把她藏着。她现在不抵抗了，她的身体软绵绵的，没有反抗，因为她在小木屋里也已经变得虚弱了，她的体重减轻了。你学会了示弱去取悦于他，因为哪怕是最小的事你也不想冒犯他。然而那个女人在努力说话，微弱的憋着的哀求的声音。不要杀我，拜托。我不会告诉任何人。我不会告诉任何人不要杀我。我有个小女儿，请不要杀我。拜托，上帝啊。拜托。

我不能确定这个声音是不是（用某种方法）捏造的声音。我自己想象的声音。或者像在电视上。或者是我自己的声音。是不是我长大了，有了一个女儿。“不要杀我，拜托，上帝啊。”

因为在你独自一人寂静无声的时候，你总是会听到这个声音。

他们最后会推测出他慌乱了。看到电视插播的布告，他的“受害者们”的照片。最后被看见的时间和地点，尤奇亚的门罗公园。有目击者们关于“绑架者”的描述，一位警察画出了他脸部的素描，比他的脸更粗糙、更丑陋、更老，那张脸现在被墨镜伪装了。在画像上，他的胡子刮得干干净净，但是现在他的下巴上留着长了几天的胡须，胡茬，他的头发梳成了马尾巴，头上的棒球帽拉得低低的。不过你可以在素描画像上认出他，那张画像看上去就像是盲人画的。所以他慌乱了。

他开过的第一辆车被他扔在什么地方了，他开着另一辆车，一辆偷来的车，只是换了个牌照。你感觉他的生活是受什么调遣的，他乐此不疲的像个孩子一样，没有任何目的性地去发明一些东西。后来，我会了解到他个人背景资料的细节，他的家在圣何塞，他早年被监禁，到现在从贝克斯菲尔德最高安全等级的监狱假释，我不会想知道这些，因为跟我没什么关系，跟那个男人没什么关系，实际上，在那短暂的时间里，他曾经对于我有着特殊的意义，就像我对于他有着特殊意义，尽管没有名字，因为他从来没有问过我的名字。我不看重“事实”，因为我慢慢知道，事实的堆积不会形成知识，而且，不带个人色彩的知识也无法形成知心的亲密关系。

“知道为什么吧，姑娘？你跟其他人不一样。你与众不同。

“这就是原因。”

车疾驶着，深入到山麓之中。路永远是越来越狭窄崎岖。路上车子很少，都是小型货车和房车。他没有跟他身边那位呻吟低语的红发女人说一句话，却跟后座上的我说话，他从后视镜里看我，过去我坐在后座上的时候，我爸爸常常这样，而妈妈在前面跟他坐一起。他说，你怎样，姑娘？

没事。

没事吧，呃？

嗯。

我想放了你，姑娘，你知道了，呃？给你自由。

我没法回答这句话。我肿胀的嘴唇扯出一丝笑意，就像出于礼貌的微笑。

你不会想换换吧？跟她？

我再一次无法回答。我没法确定这个问题是怎么回事。我的笑容抽搐着，但是这是诚挚的微笑。

他把车子停在大路边一条没有铺柏油的小路上。他等着，没有车子开过。头顶上没有飞机。一切非常安静，除了鸟儿飞过。他说，来吧，帮帮我，姑娘。所以我移动僵硬的双腿，我的双腿皮包骨头，感觉就不是我自己的，我爬出车子，顶住眩晕，帮他一起对付那个绑着的女人，他把她身上的毯子扯掉了，她没有血色的脸肿胀着，她的脸现在没有一点诱惑力了，结了痂的嘴，惊恐的双眼，那是一双棕色的眼睛，我会记得那双祈求的眼睛。因为那是我自己的双眼，但是她难逃一死，而我不会。接着他那么不可思议地说：待在这里，姑娘。看着车。有人来了，摁喇叭。两三下。明白了？

我轻声答是。我紧盯着松软的地面。

我现在没法看那个女人了。我不会看着他们进入树林。

也许这是一次考验，他没有拔下车钥匙。这让我想到，我可以从那里把车开走，我可以开去求援，或者，我可以跑到大路上去求援。也许我能得到帮助。他有枪，他还有刀子，但是我没准能把车开跑。但是太阳烤着我的头，我动弹不了。我的双腿像铅一样沉。我的一只眼睛肿了，睁不开，一跳一跳的。我认为这是一次考验，但是我不确定。后来，他们会问我，在他监禁我的那几天里，我有没有过逃走的机会，我一直都说没有，没有，我没有机会逃跑。因为就是这样。就是这样，我无法解释。

然而，我记得车钥匙他没有拔下，我记得大路就在旁边。他会扼死那个女人，他就是用这种方法杀人的，我好像知道这一点。这需要几分钟。这种杀人方式并不简单。我可以逃跑，我可以沿着大路跑，然后指望有人到来，或者我可以藏起来，在那片荒地里，他找不到我，如果他叫我，我不会回答。但是，我站在那里，在车子旁边，因为我做不了这些。他信任我，而我不能背叛这种信任。哪怕他杀了我，我也不能背叛他。

是的，我听到了树林里她的尖叫。我想我听到了。可能是松鸦的叫声。我听到的可能是我自己的尖叫。但是我听到了。

几天之后他会死去。他会在佩塔卢马的一个汽车旅馆的停车场被警察击毙。他为什么在那里，在那个离小木屋大约 50 英里远的地方，我无从知晓。他把我绑在床上，留在小木屋里。那里很肮脏，到处是苍蝇和蚂蚁。链子够长，我可以自己用马桶。可是马桶堵了。窗帘搭在那些窗户上。我不敢把它们卸下来，也不敢打破窗玻璃，但是我朝外看了，我只看到了一小块空地，一抹绿色。头顶上有时有小型飞机。一架直升机。我愿意去想，有人会来营救我，但是我更知道，我知道没有人会找到我。

可是他们找到了我。

他告诉了他们小木屋在哪里，在他临死的时候。他为我做了这件事。他画了一张草图，那张草图现在在我这里！——不是那张纸，而是一件复制品。他不会再看到我了，我也回忆不起他的脸，因为我从来没有看清过它。

他的照片都不准确。甚至他的名字，印出来的，都是误导。因为那可能是任何一个人的名字，而不是他的。

在我现在的生活中，我从来没有说起过这些事。我没有告诉过任何人。那件事没什么意义。我为什么告诉你呢，我不知道：你可以把我写出来，但是你会尊重我的隐私。

因为如果你写到我，写到那么久之前我身上发生的这些事，也不会有人知道那是我。而且你会伪饰，这样没有人猜得出来了，所以我相信你。

我后来的生活是不真实的。那时的生活，那 8 天，非常真实。这二者看上去没什么关系吧，对吗？我知道你从结果中找不到一点点的起因。哲人对此有争议，但是如果你知道，那么你就知道了。彼此没有关系，虽然人们愿意它有。我被找到之后，回到了门罗公园中学，我和同学们一起毕业，在佛蒙特上了大学，几年之后我在纽约遇到我的丈夫，同他结婚了，有了我们的孩子们，我相信，如果我在 15 岁的时候没有被“绑架”，我的生活没有任何不同之处。

确实，我有时会看到他。最近次数更多。在大街上，在经过的汽车里。我看到他的侧影。戴着他闪光的墨镜，戴着白色棒球帽。这个男人的前臂上，长着浓密的毛发，还有纹身，我看到他了。让我震惊的是，他只有 32 岁。

这是如此年轻，你的人生差不多才刚刚起步呢。

坎伯兰变奏

今天黄昏时分，天空又出现了那种模模糊糊的感觉。风从山脉中吹出，这个 10 月反常地热。就像什么东西拿鼻孔在冲你呼气。外面的白杨树在颤抖。发出刮擦声的低语让人发疯。你吓得要命，但是什么也没有。

她在厨房里嘟囔："耶稣啊。告诉我不是这样—昂—昂—昂。"

在自来水槽边。或者用吸尘器再打扫一遍该死的屋子，直到地毯都磨穿。或者播放从卡车上拿进来的他的一些磁带，她不能听的不是"六月禾"音乐，它会使她想起他的太多太多，因为他喜欢它，还有她曾怎样调侃他。她不能听的，多半是斯普林斯汀，她记在心里。因为她明白，她想要自言自语，她的呻吟像笑声，或是像酒醉的人，她无法控制，她想让我们听她的声音。

"耶稣啊！告诉我不是这样！"

我和泰瑞尔，我们讨厌提到耶稣。尤其是从火灾以来。就像说，耶稣对我们有什么好的？17 天前，爸爸死在坦普兰斯威尔路的火灾中，向耶稣低吟也带不回他了。我知道，妈妈无能为力。她一直在喝法国葡萄酒。，爸爸会让所有人尴尬地去听，甚至是我们这些孩子一起都无所谓。他嘟囔着"操，该死，混蛋"，只要声音不是太大，只要不是指向某个实际的人，但是如果你以任何严肃的方式大声说出耶稣或主耶稣或上帝，爸爸就会有点害怕地看他一眼，像任何人会做的一样。因为人发疯的第一步，就是跟耶稣和上帝交谈，第二步是他们应答你。

我是麦罗拉·罗尔斯，我 13 岁。我的哥哥泰瑞尔，16 岁。我们是罗利·罗尔斯家留在家里的两个孩子。我们一直很亲近，因为泰瑞尔对我做过的某一件事，他不是故意的，在我两岁、他五岁的时候，他玩一把汽枪，枪是我们一个哥哥的，他本来不应该玩，辟啪！一粒子弹嵌入了小麦罗拉的左眼珠，就像刀片切进黄油一样又快又轻松。实际上我那只眼睛没有瞎，在明亮的阳光下，我能看见模模糊糊的形状和颜色。我假装不记得当时的事了，实际上我记得。我不是为了泰瑞尔而假装的。他在这方面像爸爸，马上承担了罪责。

我和泰瑞尔一直很亲近，但是自从爸爸像志愿者一样去帮助兰萨姆威尔·胡克和拉达，在巴恩道拉家的火灾中去世之后，我们差不多就像双胞胎。泰瑞尔话不多，但是他愿意跟我交谈。

"要是我能看到那些蠢货，"泰瑞尔含含糊糊地说，他的声音那么低，还带着羞愧，我差不多都听不见了，"能听到他们说抱歉，就好了。"

意思是说，他能感觉好很多吗？这是他要表达的意思吗？

"人们说有什么蠢东西钻进了他们的头脑，"我厌恶地说，"不保证是真的。"

这句话狠狠地从我嘴里迸出来。我甚至不是在以正常的方式说话，而是牙关紧闭，下腭像是得了牙关紧闭症。

随着火灾之后时间的推移，我越来越充满厌恶。我会泼煤油，自己点火。巴恩道拉家的人喝多了，在床上抽烟，这很可能是火灾起因，可是谁又愿意为了他们放弃自己的生命呢？泰瑞尔说："如果他们是值得这样的人也行啊。如果拜主所赐，爸爸哪怕是喜欢他们。"

我说："他不知道。他没法判断。救火的人只是跑进起火的地方，他们不想死。”

好像我们的爸爸需要向我们解释他的行为。好像这是我的权利，而我知道我到底在说什么。

泰瑞尔摇着砂说：“拜主所赐，巴恩道拉这家蠢货。”

好像是我们在跟爸爸争论，他是那么顽固，我们越来越忍无可忍。好像是他拿自己的命换了他们的命，这种想法是错误的，我知道。好像爸爸愿意去死，愿意报纸上印着他的相片，把他叫作英雄。人们一点都不会在意这些好处，而是会站起来，继续他们没有价值的生命。我现在想跟他说说他身上的笑话，哦，巴恩道拉一家此刻还活着，而你却死了，如果你他妈的死了，作为罗利·罗尔斯，是救火英雄又有什么好处。

你会以为随着时间的流逝，我和泰瑞尔会疲于考虑这个问题，但是我们却没有。就像脖子上缠绕着一条铜斑蛇的狗，努力想把蛇甩开一样，发着疯地转圈，口吐白沫，可是徒劳无功。

葬礼之后，过去了15天。火灾之后，17天了。

十月这一个月，我们没上几天学。妈妈也没有出过门。尤其是下雨的时候，这是个洞穴一样的很小的房子，所以你始终就在这一个或者另一个他妈的房间里。除非你在外面，刻意避开它。有时候，我漫无目的地跑，跑，跑过田野，我的心怦怦跳，我跑得太卖力，但是过一会儿，我会汗流浃背气喘吁吁地转回来，因为无处可去。泰瑞尔也是这样。有某种东西把我拽回来，好像是尽管开始厌烦，我们还是担心我们的母亲。我有过的每一个好的纯洁的想法，似乎在我的脑子里翻来覆去得越多，越变得尖酸刻薄令人厌烦，我不知道这是不是我自己特有的，法律认定瞎了一只眼的麦罗拉·罗尔斯，要么其他人也是这样？

“耶稣！耶稣！不是这样—昂—昂—昂—昂。”

一声哀号，就像有人拿刀子扎进了她的内脏。她用力拧开水龙头，水槽里的水他妈的溢出来了。

如果妈妈相信耶稣是一回事，但是我从来没有听说过她有多相信。她或他都一样。

妈妈呆在家里是件好事。这些天她瘦得惨不忍睹，还脏兮兮的，她深黄色的头发像海草一样，她穿着这些廉价超市里的格子图案宽松长裤，已经穿了一百年了，上面粘着狗毛，上身穿着睡衣，里面什么也没穿。脚上穿着爸爸的羊毛袜，或者是光着脚。（在葬礼之前，妈妈的母亲和姐妹们来了，接管了家里的事，感谢上帝。我和泰瑞尔别指望在这里干点什么了。）妈妈是个漂亮的金发姑娘，你不会相信，她和罗利·罗尔斯的婚纱照就像电视上充满魅力的夫妻。现在妈妈看上去醉醺醺的，脸部肿胀，就像巴恩道拉夫人一样。她接个电话太费劲了，让它直接进入了留言应答状态，然后从来不放留言。“大家把要跟我说的话都说完了。他们可以滚蛋了，让我自己呆着。”妈妈说这话的时候并不愤怒，而是不带感情实事求是地说话。她睡了半天。穿着睡衣躺在床上，翻来覆去。或者在沙发上，电视静音。要么她就在厨房里放水或是用吸尘器在房间里吸着，就像我说过一样，拖着吸尘器转，像一条肿了的腿一样，不小心就撞上什么东西，嘟囔着耶稣啥啥的，没有人想听，尤其是我和泰瑞尔。

当然，我们一开始跟妈妈一起哭泣。我们都那样做。做得够多了。爸爸的每一个亲戚或者不管什么人来到屋子里，放声痛哭，我们就会和他们一起哭，我们在葬礼上听那些颂词如何如何如何的，使我们精疲力竭。像妈妈说的，他们可以滚蛋，不要晾在那里。

太古怪了。我恨它。妈妈的双眼充血，凹陷进去，瞳孔放大，就像她是个盲人，瞪着我，却没有看我。这不光是葡萄酒引起的，还有她的姐妹弗兰妮按她自己的药方给她带来的治神经紧张的胶囊。“帮助你妈妈睡眠。”弗兰妮阿姨对我们说。

好像这个家里，妈妈不睡觉是个问题。

泰瑞尔说到巴恩道拉家人的时候，在擦着他的来复枪。泰瑞尔擦枪上油的时候，还是沉醉于一个22岁年轻人的幻想中。不像我们的父亲，擦他的那些枪的时候，吹着口哨，动作轻快，一种想完成这项工作，好投入到下一项必须做的事情中的感觉。但是自从火灾以后，泰瑞尔就不急于去什么地方了。他鼓起勇气，却又不耐烦地反反复复做着同样的几件事，就像被催眠了的人一样，我也是这种感觉，这种很奇怪的组合，一边是情绪亢奋，一边是心理崩溃，无处发泄。就像爸爸和他的兄弟们过去常常说起的一条狗，他们自己养的狗，扎进柴堆里，突然又像疯了一样，狂吠起来，乱碰乱跳，一条铜斑蛇缠绕在它的脖子上，这条狗竭尽全力想甩掉那条蛇，发疯一样，口吐白沫，转着圈却哪也去不了，直到一个男孩抓走那条蛇，就像拽条绳子一样猛地拉下它，拧断它的脖子。

只是这次，泰瑞尔侧脸瞥了我一眼，他的来复枪的零件放在桌子上的报纸上，他在清理、刮擦、上油，空气中弥漫着清洁剂刺鼻的味道，来复枪长长的蓝色金属枪筒垂直立着。“我们可以改变这个状况，麦罗拉。那些混蛋还活着，爸爸却死了，我们可以改变它。真的容易。”

我们看到火光照亮了天空，像万圣节的恶魔南瓜一样。我们听到3英里外的兰萨姆威尔响起了空袭警报声。如果你住在消防站附近的城镇，那个声音响起的时候，就算你拿双手捂住耳朵，也还是够吵的。声音很响亮，在召唤志愿者就位，那些住在兰萨姆威尔以外的志愿者，像我爸爸。

那是晚上11点钟，爸爸还没睡，但也没有穿戴整齐。他趿上鞋，披上一件衬衣，冲出屋子，就在差不多同一时间上了他的车子。我和泰瑞尔想跟他一起去，可是不行，我们不能去。我们站在自家车道上，看着他开着车走了。爸爸一拐上大路，道奇皮卡红色的尾灯就看不见了。

消防站里的警报还在不停地响着。几分钟之后，救火车的警报声开始了，那个声音会让你的心跳加速。我们能够看到在小溪的那一边两英里远的地方的大火。最后知道是坦姆普朗斯威尔路，巴恩道拉家租借的摇摇欲坠的旧农舍。农舍后面有个倒塌的干草棚，前院停着一辆生锈的哈雷戴维森牌摩托车，手写的“出售”标志至少有一年了。

克莱德·巴恩道拉过去常常骑着这辆摩托车，就像那是电视上的地狱天使自行车一样，大家没法不笑。黑皮夹克紧绷在他的啤酒肚上。防撞头盔。脖子上戴着金链。他是一个管道安装工，要么曾经是。有伤残养老金。43 岁，火灾之后的报纸上这样印着。而罗利·罗尔斯是 42 岁。

爸爸向消防站去的时候，当然不知道是要奔向哪里。那是谁的家。或者，那是不是一个人家。我们的小镇上，没有那么多火灾等着志愿者去扑灭，尽管天气一旦变化火灾会多起来。妈妈总是吓得要命，怕爸爸出什么事，但是我和泰瑞尔，我们从来没有想过。就是想一百万年，我们也想不到，爸爸今晚会死去。

罗利·罗尔斯属于那种志愿者中的一员，他们禁止所有家人在火灾时露面，像某些人那样，跟傻子一样呆呆地站着拍照。比起对那些用柴炉时，火星引燃了毯子或是烟囱，躺在床上抽烟喝酒，由于自己过失导致火灾的人，他更蔑视这种行为。泰瑞尔还是觉得失望，他这次本来想跟父亲一起去，他 16 岁了，有了自己的驾照，相信他能帮上忙。要不是妈妈冲他尖叫着，把他叫回去，他本来都自发去火场了。

“火灾是要命的，该死的！那不是玩的地方。”

泰瑞尔会说，他因为这个而恨她。泰瑞尔会用双手擦着需要刮胡子的下巴，告诉我她用这种话来骂他。说他，泰瑞尔·罗尔斯，打算去火场帮忙，是要去玩。他不是要去玩的孩子，她应该知道他是严肃的。

泰瑞尔在学校被诊断为“诵读困难”，这意味着他要进特殊教育班，他得他妈的努力学习阅读，他最后做到了，他的两只眼睛比只有一只眼睛的麦罗拉小那么多。随着年岁渐长，他成了一个严肃的男孩。

我告诉泰瑞尔，我们的妈妈不是这个意思。她嘴里无论现在还是以前说出的任何话。我告诉他，他应该宽容地对她，爸爸愿意这样。

泰瑞尔厌恶地说："如果我在那里，他就不会死，明白吗？我能做出一些改变。"

我没有说这不可能。我根本什么也没说。

当泰瑞尔陷入某种情绪时，我不去打扰。就像看着着火的房子一样看着他。

其他救火的人回来的时候，他们说，罗利·罗尔斯没有返回。他们说，他闯进了正要倒塌的房子。火势迅猛，超出所有人的预期。这些旧农舍，线路老化，无法绝缘，通风管破败不堪，箱子里成堆的报纸和鬼知道的什么玩意，一个火星就可以引起一场火灾。如果不是罗利·罗尔斯坚持要进去，巴恩道拉夫妇会被烟呛死，他们跌倒在卧室烧着的地板上。他帮他们逃了出来，或者说几乎是逃了出来，天花板垮塌的时候，罗利·罗尔斯被压在下面。"火情迅猛，不可抵挡。厨房起火了，火是从卧室烧起来的，很可能是一根点燃的香烟烧着了毯子。"

泰瑞尔惊异地摇着头，好像房间里有什么东西在我们的眼前飘荡，你可以看见它，却没法相信。"天哪，要是别的什么人就好了。该死的巴恩道拉一家。"

泰瑞尔把来复枪的零件拼装起来。他把沾了油的纱布扔掉。清洁剂闻起来就像碱性肥皂一样刺鼻。我喜欢它，它让我的双眼湿漉漉的。它会刺激我的鼻腔。

我能看到爸爸在擦枪，他的霰弹猎枪。但是模模糊糊的，好像是我那只坏了眼睛看到的一样。我看到爸爸的嘴在动，他在跟我们说着什么，但是我一个字也听不见。就像电视静音了。

泰瑞尔在看着我。好像他问我什么了，而我没有听见。

我说："要是我们开枪打他们，他们就会知道是谁干的。马上所有人都知道了，是吧，泰瑞尔?"

泰瑞尔一动不动地盯着我，好像他从未见过我一样。

泰瑞尔说："我他妈就是要让他们都知道。"

我和泰瑞尔已经出门了。不是要去巴恩道拉夫妇跟他们已经出嫁的女儿和她的孩子们一起住的地方，我们只是出门了。漫无目的。泰瑞尔没有带他的来复枪，甚至没有想到带他的来复枪。只是我们两人在房间里焦躁不安。风从那个方向吹来，穿过小溪，穿过我们过去常常去探险的狼尾草湿地，人们把不想要的东西都扔在那里，有大件，像洗衣机，孩子们的旧自行车，各种轮胎和汽车配件，还有脏得一塌糊涂的床垫，看到它们都是桩奇事。我们过去常在那里玩耍，直到泰瑞尔长大了，对那里不感兴趣了，也许是在他 12 岁的时候，但是在那之前，我们有时会和其他孩子一起过去，包括贾德·巴恩道拉，他比泰瑞尔大一岁左右，我的意思是说，他现在就那么大个年纪，却被关进了雷德班克青少年管教所，因为偷车，试图武装抢劫，还有其他罪名。所有家伙，包括泰瑞尔都会嘲笑他们最终都得雷德班克。但是，泰瑞尔决不会这样开玩笑，我们的父亲会听见。有些事情是内心深处的反应，爸爸会说得挺有趣。

风从马德溪和狼尾草湿地吹过来，让我们闻到了火的气味。户外和室内。不管多大风，窗户上的雨顺着玻璃流下来，像瀑布一样，雨一停，那个气味就回来了。你不愿意去想那股闷烧的臭味，里面可能会有人的身体烧焦了。

泰瑞尔说："他妈的让我们出去。"

现在是晚上 9 点钟。妈妈从来不出去吃晚饭。我和泰瑞尔，我们在冰箱里找到了残羹剩饭，却没有一点味口。现在什么东西都提不起我的胃口，不过我还没有觉得胃里恶心。我们一直在看电视，不停地调台。电视上大多数时候是闪烁的脸，音量调得很大，放出粗俗的音乐声，笑声，还有笨蛋广告的声音。火灾以后，一切都好像不去思想，而真相却扑面而来。爸爸喜欢看运动节目，主要是棒球，我和泰瑞尔努力跟他一起看，却焦躁不安，虽然什么也没有发生。每个赛季爸爸都会有一些他喜欢的新球员，他钟爱的是比赛中不被看好的那些队，在他去世之前，他喜欢的是一个身高六英尺十寸的球员，那个人过分瘦长，动作笨拙，留着柔软的长发，留着胡子，在为亚利桑那州打球，爸爸为他而激动，说这个人就是他中学时代一个老朋友的翻版，那个朋友在车祸中死了。每当这个投手出现的时候，我都会看着爸爸，爸爸的脸紧绷着，他的手握拳放在两膝上，身子坐得直直的，电视机的光在他身上闪着，我有一点嫉妒，我想，泰瑞尔也是这样，对我们的父亲，现实生活中没有什么比某个投球的局外人更有意义，当一位击球手挥拍击球，却是一个空杆时，都会有一种让爸爸快乐的力量，我们想我们永远不可能。

那是在葬礼 4 天之后，我和泰瑞尔走进了夜色之中，徒步穿过田野，到了购物商场旁边的州际公路上。这是附近最丑陋的挖出来的地方。我发誓它永远都在修建之中。妈妈说，我小的时候，这里都是庄稼地和牧场，不过这难以让人相信。看到这么恶心的样子，会让你想砸东西。让你想扔炸弹。虽然泰瑞尔没有什么计划。我们出门，上了天桥，用脚踢着水泥块和石块还有废品，像金属棍、轮胎配件、啤酒瓶，还有罐头瓶，把它们踢到大路上，看着它们砸碎，或是弹起来。这个时候，大约凌晨 2 点钟，没有什么车子。难看的月亮躲在云后面，这几朵云像旧窗帘扯破又吹起来了。泰瑞尔咧着嘴，哼哼着把一大块混凝土拖到边上，把它推下去，它像冰块一下裂开了。这件事有一种魅力，可是我说：

“用它砸哪辆狗日的车吧，你想这么做。”

泰瑞尔轻蔑地说："你自己来吧，独眼。"

这句话很刺耳。我感觉到了这些字眼里的讽刺，我小的时候，学校里的孩子们常常这么叫我。(也许现在还在背后这么叫。) 泰瑞尔不敢在家里说"独眼"，尤其是别让爸爸听到，不然他的屁股会挨踢的。他知道这个，可他还是这么说了，而且就是泰瑞尔自己弄瞎了小妹妹的眼睛，这是要思考的。

我说，"好了，混蛋。我会的。"

我他妈的疯了！感觉就像一只逮谁盯谁的大黄蜂。

我用一只脚把另一大块混凝土推上了天桥。真他妈的重啊，我想至少有两块砖那么重。泰瑞尔一点也没有帮我，他斜靠在扶手上抽烟。他不应该抽烟，在我这么大的时候，他向爸爸保证过。等到我把混凝土块弄到位置，我的夹克里面都汗湿了，从葬礼以后就没洗过的头发油乎乎地沾在前额上。但是我喜欢心跳加快的感觉！就像是爸爸的蓝草音乐，小提琴声此起彼伏。泰瑞尔说："你不会把它弄下去砸谁的，妞。你会弄死他们。住进雷德班克青少年管教所。你可以跟西西·拉玛睡一个铺。"泰瑞尔笑了。(西西·拉玛是认罪闷死了她带过的亲侄子的那个卑鄙的胖姑娘，这个 15 岁的姑娘被送得远远的。)

在州际公路上，跟兰萨姆威尔的其他地方不同，这里没有那么多小山坡，因为这里开发的时候，为了把路弄平，他们把小山都凿开了。所以远处你可以一览无余。尤其是晚上，你可以看到很远地方的车灯，像在地球的边缘一样。第一眼看见的时候就萤火虫那么大。我们看着车灯越来越大。我们都很兴奋，但是也都很平静。就像爸爸过去常常说起的搭便车，现在没人这么干了，但是他小时候大家会这样做，就算是姑娘和妇女们有时也会一路搭便车去奥里斯卡尼港和水牛城，他就站在马路边，竖起拇指作搭车手势，或早或晚就会有人停下车，有女人有男人，有老人有年轻人，他认识的或是完全陌生的人。这对他来说是那么不可思议，这辆车从数英里外向他驶来，为他停下车，开车的人对他一无所知，也毫无期待，他对开车的人也一样，一无所知，毫无期待，而这样的事就会发生，这个人会为他将车停下，至于是谁为他停下车，他无法选择，因为这是命中注定的，你可能会说，从盘古开天地以来就注定了。“你那个数一开出来”，爸爸会说，不是说诸如会被杀害一类的事，而是说就像在赌博中你的数“开出来”，你可以赢一捆票子。

我和泰瑞尔，我们看着这些车灯向我们过来时的感觉，是在近乎荒凉的公路上，钻探设备在夜里向我们驶来。有种如梦如幻的感觉。我放在大块混凝土上的那只脚在它的边缘来回移动。我的心脏真的跳得很厉害，现在就像是在听我爸爸磁带上的《坎伯兰变奏》或《漩涡》一样。我的嘴太干了，只能不停地咽口水。我慢慢想起，我爸爸也是一位货车司机，开到兰萨姆威尔采石场的短途货车，我想到了，要是那是别人的父亲呢，他们在等着回家。但是我没法改变自己的想法，因为泰瑞尔会叫我独眼，会嘲笑我是懦夫，而我对他感觉不爽，所以我等着货车差不多到天桥底下的时候，把这个混凝土块抛了出去，它笔直地砸到了公路边上，而不是已经开过的货车上。我的右眼紧闭着，所以正好我那只盲了的眼睛可以看到会发生的事，但是什么也没有发生，巨大老旧的钻探设备驶过去了，空气中发出柴油废气的味道。我知道泰瑞尔放松了，就像我一样。他像我一样身上在出汗发抖。但是他可恶地笑着说：“看吧，狗屎你干不了。差了一英里。”

我发疯了，我用两个拳头捶泰瑞尔的胸部，他咒骂着还击我，可能他没打算下这么重的手，他比我高太多，而且不打女孩。我在满是碎玻璃茬的人行道上，像婴儿一样放声大哭，在那种情况下，他没法离开。

第二天，泰瑞尔结结巴巴地向我道歉。他罪该万死。伤害了我，还差点弄死一个无辜的人，他想认为自己喝高了，可是实际上他像冷血人一样清醒。

泰瑞尔确实会喝一点。葬礼上留下来的啤酒和麦芽酒在冰箱里，不是妈妈而是泰瑞尔把它们喝完了。

他手里拿着一瓶啤酒，开车去巴恩道拉夫妇住的地方，从火灾毁了他们的房子以后他们就住在那里。至少，我们认为我们听说的巴恩道拉夫妇与他们亲戚一起住的就是那个地方。泰瑞尔哼了一声："放个磁带，麦瑞拉。"在汽车仪表板上的储物箱里，他拿到了爸爸的旧磁带和CD，蓝草音乐、乡村音乐和西部音乐、摇滚乐回荡着。《坎伯兰变奏》是我的第一选择。

在车子后座上，是泰瑞尔上了油、光滑滑的来复枪。子弹上了膛，枪栓拉开了。

爸爸走的时间越长，我越爱他的这些磁带。他一直把它放在他的货车上，把声音开得高高的。在蓝草音乐里，"变奏"意味着音乐人的演奏太快，你几乎听不出每一个音符。没有歌词，只有狂野的亢奋的音乐，就像有人跳舞直到它们终止一样。像我有时候的感觉，我想奔跑，奔跑，奔跑着感受自己心脏狂跳，血液在耳鼓里激荡，直到我没法跑得更快，我头脑里的声音渐弱成风声和风吹拂树叶的声音，白杨和柳树，你会发誓在你身上既有出于本性又有受过训练的一面。

奔跑，奔跑！房顶起火了，房顶要塌了。

他们说他别无选择，一旦它塌下来。陷在那里，其他人没法及时营救他。

他们说，他身体百分之九十的部分三级烧伤。

这是个好的理由，只有一个合上盖子的骨灰盒。我们任何人，甚至罗利·罗尔斯的妻子和他的母亲，都不会看到。

我们的母亲有她的方式，她把爸爸喜欢的这些珍贵的磁带和CD扔出去了，好像它们是可耻的东西。一个醉醺醺的女人揉着凹陷的双眼，"你们的父亲从来没有长大。这就是他的命。"

你没法相信她说的这些恶劣的话，在她没有无故向耶稣发抱怨的时候。

泰瑞尔开的是她的车。他现在有权用它，他有驾照，他在镇上 有份兼职。妈妈也不会出去上什么地方，所以泰瑞尔拿着她的钥匙。没有人打算让泰瑞尔回学校上学。（我自己，我想我会的。将来某个时候。）爸爸的货车放在兰萨姆威尔的一个商人那里出售。就在葬礼之后，我们把它清出去了，当时我们都很亢奋，没法憋在家里。泰瑞尔把它开到车棚下面，妈妈妆容迷人，为了参加葬礼，她的头发吹干了，她把吸尘器拖出去，我帮着她，把车子里面清理得干干净净。

爸爸的堂兄弟们想在葬礼上播放《坎伯兰变奏》这支曲子，但是妈妈不想听到它。几乎是尖叫着说“不!”好像他在音乐上的品位有点让人感到羞耻。我想一定是这样。就像一个男人在意的所有东西，在他死后看上去都是他的弱点。

我在想，死亡就是一个弱点。你没法再为自己说话了，其他每个人都在唠叨，在哭泣，在谈论你，好像他们在把你嚼一嚼，再准备吞下去。我恨它。

拐上了卡朋特路，巴恩道拉一家住在这条路边，泰瑞尔关掉了车灯。我马上说：“嗨，你的车灯关了。”

泰瑞尔笑了，“好眼力。没有你我还能干什么呢?”

我上学两天了。第二天，我走出学校，回家的三英里路一直都走在雨中。

突然有种恶心的感觉，好像我面对着一道计算不出的数学题。列得高高的数字还在往上堆。我数学不错，但是这道题我不会。我觉得恶心，好像一直在呕吐。空气中是从小溪那边过来的气味。

麦罗拉！对不起，亲爱的。我为你父亲感到难过，我……不知道该说什么。

看在上帝的份上，那就什么也不要说了。

你父亲是个非常勇敢的人……

厄克特女士含泪的眼睛低垂着，啜泣的声音很大，教室里的每个人都听得见。哦！哦！她晕倒了！麦罗拉·罗尔斯晕倒了！叫护士，哪位！快点！

混蛋，我想。可以把炸药绑在我的夹克里面，在星期五的早晨走出去，就像那些年龄不比我大的人肉炸弹装备的一样。我会在心里做这件事。就像泰瑞尔咬文嚼字地说的："就让它过去吧。他妈的，这样你就不用老想着它了。"

这就是我们所想的，毫无疑问。

葬礼之后过去了 15 天。17 天，从火灾之后。

每一天，像今天一样，尤其是从学校回来呆在家里的时候，时间过得特－别－慢，就像推着大圆石上山一样。你没法相信时钟指针走得有多慢。

这些天到底是怎么过去的，我不知道。

我希望我能更清楚地听到他的声音。他对我说过的话，说过千万遍，它们在慢慢消逝。

在学校里不光是有厄克特女士，当然还有其他每个人。从上一年教我的老师，还有校长克林克森先生。这位新 9 年级的老师，有着剪影一样的金发，戴着闪光的眼睛，我无意中听到他问一位年长的老师什么事，回答是"儿时的意外事故"，所以我知道他们在说我坏了的那只眼睛。就像罗利·罗尔斯垂死时的挣扎一样，他的女儿会有一只坏了的眼睛。他们所有成年人都会把你叫到一边去谈话。好像他们说的他妈的那么重要，他们准备像电视上的政客一样说话，而你听到了，好像你有那么点在乎对于他们来说感觉不好。天哪，你要听多少次你的爸爸是英雄啊。在追悼会上，难怪罗尔斯一家人有一半人喝醉了。在自助餐厅里，我抓着自己刮破了的双肘，怒视着惊恐的人们走出去，布拉德·拉马尔来了，他妈的，布拉德说："你爸爸跑到火里去救巴恩道两口子，上帝啊，他为什么这么做？我宁愿他们烧死。"

《坎伯兰变奏》要放完了，所以我把磁带翻过来，直接播放。泰瑞尔开着车，没有开灯，只是有月光，但是云朵掠过月亮，月光古怪而又漂移不定，所以他很小心。他突然停下了车。我们在这里吗？在哪里？田野里有一个单独的谷仓，好像在漂浮着。泰瑞尔说："我们可以把那个谷仓烧了。我准备好了。"

我马上说："我们可以。"

我在想，这会比在巴恩道拉家的窗户外面开枪安全些。如果泰瑞尔打算拿他的来复枪做的是那件事话。

泰瑞尔恍恍惚惚地喝完了啤酒，把易拉罐扔出窗外，我不喜欢这样，你不应该这样做。他的两个胳膊围在方向盘上。我差不多可以听到他所想的。做点事情需要你这么糟糕。

罗利·罗尔斯！在火灾以前，只要说到这个名字，都会让人们微笑着。爸爸是那么招人喜欢。

现在别人看到你，马上想起那个名字，他们脸上的表情就像是拿根棍子戳进了屁眼。那么抱歉，似乎很内疚，想从你身边逃脱。而你没法责备他们。

年纪大的姑娘们过去常说我爸爸性感。我讨厌听到这种说法，你不会愿意这样去想你自己的父亲。

性感是什么，这是一个谜。一些人性感，但是多数人不性感。我想，美貌只起一部分作用。

(但是作为独眼，显然被排除在外。我会想到这个。)

他们说，也许会有那么一天，也许是几年，也许很快，你会放下你的伤害和悲痛。我的奶奶罗尔斯讲起过她是怎样最终放下她的儿子，爸爸的哥哥，他是 1967 年 9 岁的时候淹死的，而 1984 年的尤维尔洪水，死了 17 个人，包括同一个家庭的 5 个孩子，其中还有一个婴儿。奶奶说，她当时看到了，老天是公平的，如果其他那些人都淹死了，那么淹死一个 9 岁的男孩也是正常的。奶奶没有解释，但是我们知道她是什么意思。

可是，关于爸爸，我觉得那个时刻永远也不会来，我觉得我不希望是这样。我基本上一点都不在乎将来怎么样，我在考虑的只是现在。

“你来吗？还是愿意呆在车上？”

好像这是个严肃的问题！我告诉他，看在上帝的份上，我跟他一起。

泰瑞尔慢慢地把车开过了巴恩道拉家的位置。那些旧农舍中的一间，用沥青外墙和木瓦屋顶修缮了，甚至像我们的房子一样盖了车棚。它仍然相当破败。前门廊部分坍塌了，废弃物堆在上面，堆在院子里，一条破塑料在风中飘着，这是去年冬天用来蒙窗户的。楼下有亮着灯的窗户，不是所有百页窗都拉到了窗台上，所以任何人都能看见里面。我在想，泰瑞尔会冲这些窗子开几枪，然后我们他妈的跑出去，可是他停在路上，扛着枪出来了。我又害怕又兴奋。为什么不能呆在车里五秒钟，等着他做任何他准备好的事。

“这些该死的活着，可是爸爸死了，我们可以改变这个状况。”

泰瑞尔把我们带回了房子，而不是呆在路上。我们穿过一片庄稼地，干庄稼秆有 7 英尺高，在风中发出沙沙瑟瑟的声音。我们穿过高高的草地，来到巴恩道拉家房子后面。回到这里，楼下的窗户亮着灯，很清楚，透过黑暗，我们可以看到电视画面。泰瑞尔一直用他的胳膊肘轻轻推我，让我藏到他身后。好像我打算冲上前，把事情搞砸！我们可以通过一扇窗户看到厨房里面，有人在走来走去。两个女人。也许有一个男人，淡茶色的头发。泰瑞尔说：“是他们。”我眯着那只正常的眼睛去看，可是它一直模模糊糊的。我猜我可以看到这个大骨架的留着凌乱的灰头发的女人，这个会是克莱德·巴恩道拉的老婆。我妈妈现在不会说起这个女人，但是在火灾前，她会摇摇头，怜悯地说“可怜的珍妮特”。我在兰萨姆威尔小学的时候，巴恩道拉夫人是在那里护送小学生过马路的。这些人穿着桔色带荧光的背心，拿着哨子，这些人很重要，好像在你过街的时候，他们在为你挡车，因为这个，我认出了她。但是她现在看上去老多了。一个长得像克莱德·巴恩道拉的男人走过来，靠近了窗户。他棱角分明的脸的颜色你像烧过的砖。浅茶色的头发竖起来，就像蓝色松鸡的冠，但是他的鬓角快秃了。

只是发生了什么事情，我能想象爸爸说的话，不是你能预计到的，明白吧，我有可能死在任何人的地盘上。

我几乎能听见这些话！但是我辨不出口音，爸爸是讨厌这个结果还是只是就事论事地在向我和泰瑞尔解释。

我在想这个的时候，泰瑞尔慢慢举起了来复枪，在不到30英尺的地方，将枪筒瞄准了克莱德·巴恩道拉。只是在瞄准，我想。不会马上就拉开扳机。

因为泰瑞尔的呼吸有点上气不接下气。就像在一直在跑步。在呼吸平静下来之前，你没法拉开扳机，我知道。

厨房里的狗突然叫了起来，我们看不见。克莱德·巴恩道拉走到窗边，把双手搭在眼睛上，想看到外面黑暗的地方。我惊慌失措地想，泰瑞尔会拉开扳机，我是不是必须碰碰他的胳膊说：“泰瑞尔，不要等！”让他错过目标。就在同时，响起疯了一般的犬吠声，克莱德·巴恩道拉一边走出来看发生了什么事，一边用他可怕的醉醺醺的声音说：“谁在外面？外面有人吗？”有东西撞倒了，是克莱德或者那条狗把一个垃圾桶撞翻了。在黑暗中，在高高的杂草中间，泰瑞尔蜷着背。我就站在那里，好像两条腿瘫痪了。室外灯亮了。我吓得要尿裤子了，但是我微笑着。一个想法出现了：如果他们看到我就好了。泰瑞尔就不会开枪了。

我站在草丛中，克莱德·巴恩道拉拿手电向我照过来。那条狗是个肥肥的黄色猎犬，就在离我几英尺远的地方喘着气狂吠着，颈部的毛立起来了，不过看上去不会咬人。克莱德开口了，好像他没法相信眼前的事：“究竟是谁？你是罗利·罗尔斯的女儿吗？还有别人吗？”泰瑞尔咒骂着我现身了，他把来复枪扔进草丛里保护起来。

我永远不会知道，泰瑞尔为什么不把我扔下自己跑了，不过他没有那么做。他究竟为什么没有开枪，他确实没有。

此刻那两个女人也出来了。巴恩道拉夫人在激动地大声说话，那个年轻点的女人糊里糊涂地问，是万圣节这么早吗？

克莱德·巴恩道拉还在说：“你们是罗利家的两个孩子吗？你们是谁？天哪。”

这个醉醺醺的男人拖着条伤腿，一瘸一拐地走着，就像是一直用一条腿在沼泽里行走一样，他径直来到我和泰瑞尔跟前，我们站在灯光里，眨着眼睛。要我们进屋，跟他们 起吃饭，时间正好。我们说不，不我们不能，但是他们一点也没有注意，就像是聋子一样。我不知道为什么我让他们碰我，让他们抓着我，让这两个我憎恨的人。让珍妮特·巴恩道拉！紧紧抱住我，在她硕大的双乳和腰腹之间揉搓着，她叫我“麦罗拉”，好像她真的认识我。她在说着关于我们父亲的最要命的废话，那是所有人都说过的，可是我没法推开她，从她身边逃脱，我感觉如此无力。她在哭，我也在哭。泰瑞尔喃喃地说：“我们得走了吧，啊？我们该走了。我们只是顺便来看看你们都过得怎么样……”

听到泰瑞尔这么说，你差不多都会相信这是真的。

我们永远不会告诉任何人，这个晚上我们在哪里。

跟巴恩道拉夫妇一起晚餐！我们从来没说我们饿了，可是我们在吃饭。这就像一场梦，那种持续不断的梦，你就在那里。烘肉卷，土豆泥，大份的面包布丁。涂着番茄酱的硬壳肉饼。克莱德·巴恩道拉给了泰瑞尔一听康胜啤酒，泰瑞尔没有拒绝。三个孩子跟我们一起坐在桌上，瞪着眼，好像从来没有见过像我和泰瑞尔一样的人，我他妈的很感谢巴恩道尔夫妇没打算向他们解释我们是谁。这是个喧闹的地方。跟狗一起在厨房里吃饭，它吠叫着，有人从桌上给它扔吃的。这里有股强烈的食物烧焦的味道，狗的气味，香烟的烟雾，旧农场的霉味。饭吃到一半，巴恩道拉夫人像受伤的鸟儿一样叫了一声："哦，嗨！我们忘了。"让我们放下餐叉，垂下头，她用有节奏的音调醉醺醺的声音说："赞美主啊，我们将接受你的赏赐，阿门。"离近了看，巴恩道拉夫人看上去没有那么老，不过她的脸就像被餐叉捣碎了的生肉一样，她过肩的头发是灰色的，油腻，凌乱。她也在喝康胜，在她身后柜台上的烟灰缸里，有一只点着的香烟，她不停地拿起来，呼呼地吸着。克莱德在快速地说话，就像在某个房间里，电视音量调得很高，却没有人看。有什么事发生了，克莱德的声音沙哑了，好像他想放声痛哭，年轻的女人说："好了，爸。没事了。这些孩子。"我正在吃烘肉卷，咀嚼，咽下。比我妈妈做的烘肉卷放的洋葱要多一些。涂了番茄酱的硬壳有点焦了。泰瑞尔阴着脸吃着，没有说几句话。我努力在想说些什么。巴恩道拉夫人问烘肉卷怎么样，我跟她说真的挺好的。狗蹭着我的双膝。巴恩道拉夫人双手和前臂上有疤，看上去是烧伤后留下的。她说她自己的孩子们从来不喜欢洋葱切片。我告诉她，烘肉卷很美味。巴恩道拉夫人开始要说什么，想了想又打住了。克莱德·巴恩道拉一瘸一拐地走到冰箱跟前，取出两罐啤酒，递给我和泰瑞尔。我在做的事，爸爸妈妈见到会给我好看的，我在餐桌上喂狗。把一叉子烘肉卷弄到地上，那只狗急火火地在我椅子下面爬过去，差点要把我撞翻了。

后来，在我们离开之后，泰瑞尔不得不徒步折回去，取回那支该死的来复枪。

家具装饰

赖安·沃伊特曾觉得13岁的莎伦·玛格丽格迷恋他吗？可能。当然。许多女孩都迷恋过赖安·沃伊特。

起初是莎伦的姐姐伊娃在沃伊特兄弟的家具装饰店闲逛，她的闺蜜是凯伦·沃伊特。赖安是凯伦的叔叔。赖安喜欢戏弄人。乐于调戏他兄弟的年幼的孩子们，他们也乐于被这位打打闹闹好脾气的叔叔戏弄。赖安叔叔叫凯伦"亲爱的""宝贝儿""美女"，挖苦她的脚或是罩杯尺寸增大时，凯伦相貌平平的苍白的脸会变得绯红。更小的孩子们在他们的赖安叔叔威胁要戏弄他们的时候，会尖叫着，高声大笑。成年妇女，顾客们，在赖安·沃伊特的工作台前盘桓，看他计划怎样装饰他们的家具，试验各种织物的样品，轻浮地做着买卖，跟他说着近乎淫秽的俏皮话，然后微笑着心满意足地离开（虽然还是个小姑娘，莎伦也能看明白）。"赖安叔叔"比他的弟弟吉米大几岁，不过他看起来，还有表现起来，都好像他要小几岁。他住在市中心主街道的一幢公寓里，开着一辆新款汽车，没有老婆孩子"拖他的后腿"——他乐于这么吹牛。他这么说话的时候，微笑着略显自得地盯着自己的双腿，好像你能看到那双无力的双手紧紧抓住脚踝，却又受到一种力量的抵挡。

他是个结实的男人，眉毛浓重，就像两道柏油画出来的，按低等类人猿的标准，他算得上英俊。他的双手呈方形，像刮刀似的。他锤打的动作像一阵风似的。砸！砸！他把钉子砸到椅子的底面，这些椅子倒放在工作台上，让你想到人腿，倒立着。他有一双精明的小型“X光眼睛”，他自己这么说。他的微笑转瞬即逝，有点诡异。他喜欢大笑，抿着嘴不露出大大的牙齿，他还喜欢引起哄堂大笑。尤其是，他喜欢让你不由自主地笑出来：他眼角上扬的双眼兴高采烈地闪烁着。他和大多数人说话，都是轻松的嘲弄的语气，包括跟他的弟弟和弟媳，还有他店里一起工作的人——就像拖车在大路上滚下，莎伦想。你小心翼翼地防止它突然转弯，向你滚来，然而你不得不仰慕这种力量。

莎伦的母亲几次来沃伊特店里给家具做重新包装，看上去对于结果非常满意。莎伦不知道，她母亲当时是否成了那些在店里磨磨蹭蹭、跟赖安·沃伊特调笑的女人中的一个。如果是这样，莎伦在场时没有见到过。

大学毕业后，莎伦搬到了数百英里远的地方。她很少回到尤维尔的家。伊娃留下来了。莎伦在必要的时候寄钱回来，照顾父亲的还是伊娃，后来，她们的父亲去世之后，寡居的母亲显然越来越没法独自生活，就安排她住进了伊斯威特养老院。伊娃是位中学校长，她教生物和科学概论。她51岁了，是一个外表出色的女人。有某种东西坚定地环绕着她，一种可能令人生畏却又温暖、宽宏、有保护性的力量。莎伦小3岁，对她自己还是对别人，都远没有那么棱角分明。莎伦一直都仰慕伊娃，而不是特别喜欢她。但是现在她们年纪都大了，住得有点远，她开始对姐姐感觉到一种欲言又止的感情——不过，当伊娃在场的时候，她还是感觉不自在，就像隐隐的残疾一样。

伊娃洁净整齐的家让莎伦呼吸困难。她姐姐的生活——丈夫是一位牙齿矫正医师，孩子们都已经长大，毕业于良好的大学——让她自己非常脏乱暧昧的生活有些丢脸。在到访的第二天，她就想走，虽然头天夜里的晚餐相当顺利。伊娃的可爱的晚宴。她们的母亲被安顿在两个成年的女儿中间，处在一种东西笼罩之中——是对她们的爱吗？还是奇怪自己没有被遗弃？桌上的谈话是关于天气，这是个安全的话题，不过你可以对此有自己的观点，甚至是激烈的观点。她们的母亲从一个女儿看向另一个女儿，脸上带着暧昧的甜蜜的微笑，像是在说："无论这是哪里，无论你们为什么把我带到这里来，我都爱你们。"

这天早晨，莎伦从房间溜了出来，她感觉到了背后伊娃的眼睛。不，不吃早饭，还不是时候。她大声说抱歉，给出了个含含糊糊的借口。她在这里可以扮演一个糊里糊涂的妹妹，行为怪诞，你甚至可以说是无礼。这是她的特权。

现在她正走过姐姐家后面一块树木繁茂的土地，这是一块市政用地，通向一片老旧木屋的居民区，卫理公会教堂，托尔盖特语法学校，她和伊娃很多年前在这里上过学。这里，在尤维尔东部，主街道是条三车道的州道。时间还太早，刚过 7 点，交通灯仍然亮着。

她在想，人们怎么不再害怕地狱了。在她自己的一生中，这种恐惧，就像天堂带来的希望一样，似乎消失得无影无踪了。相反，现在是养老院。这是令人恐惧的地方。你对自己说不。我不要。于是她们的母亲有时会情绪冲动地发誓："我不要！"她们的父亲，在生命的最后几年里，不断地因为身体不听使唤而暴怒，他也很固执："我不要，永远都不要。你们的母亲也不要。我们就呆在这里。这是我们的地盘。你们听到了吗？我们不要！"

晚餐的时候，她们的母亲对莎伦说了几次："我有一段没有见爸爸了。"但是她说这句话的时候，困惑多于悲痛。不知为什么，她们的母亲学会了不去问那些暴露她的困惑的问题。她不会问，爸爸在哪里？如果你跟她说些什么话需要她去回忆，她会谨慎地回答，但是常常面带微笑。你几乎就会想（亲戚们这样说着，带着忠诚离开了伊娃的家），她没什么毛病。她一如既往地妩媚动人，穿着优雅，当伊娃和莎伦晚上开车送她返回伊斯威特养老院的时候，她没有表示抗议，而在此之前她偶尔会这么做。

莎伦快步走着，虽然她不知道自己要去哪里。有时候，在曼哈顿，她会离开公寓，这样走着，好像远处的音乐在引导着她，或者是在超出听力所及的范围有一场对话。在这里，在尤维尔，是记忆在牵引着她。她到了附近一个古老的、略显破败的居民区。几乎每座房子都意味着一个名字，一个同学。她的闺蜜英奇·索伦森曾经住在一座灰色的装了护墙板的房子里，那里已经成了一所空手道学校。一个接着一个，那些面对繁忙的公路的旧的独栋住宅都变成了其他的——房地产经济公司，牙医诊所，日间护理中心，中餐外卖店。凯伦·沃伊特曾经住在这附近，住在一座谷仓一样的盖屋板房子里，她的父亲和赖安·沃伊特的家装店就在那里。它也已经变了——变成了一家二手家具店。不过它现在看上去空荡荡的，闲置了。一个“待售”的标志钉在前院的野草中间。

就是这个牵引着她来到这里吗——沃伊特的老房子？她绕着这座房子，从脏兮兮的窗子往里瞧。沃伊特一家曾经住在后面，店铺在前面。沃伊特夫人也在店里缝纫机前工作着。凯伦离开这里去了水牛城的护理学校之后，莎伦临时替沃伊特夫人照管了几次孩子。

在肮脏的前窗里面，曾经是陈列品，一年四季都没有变化——一把带雕花的高背红木靠椅，上面放着丝绒靠垫，织锦面料上皱褶丰富，就像花纹绚丽的蛇。莎伦跟着伊娃和她的朋友凯伦一起出去玩，她俩留在凯伦的房间里，莎伦则会离开她们，到前面的店里去。在那里，赖安·沃伊特常常在他杂乱的工作台前忙碌，如果有情绪，他可能会调戏她，问她关于男孩子们的问题，显示出对她有兴趣，来拍她马屁。这种兴趣在她看来，非常热切而又轻率，就像无聊的男孩把小棍扔进池塘，想要击中什么活物一样。然而她非常兴奋，激动不已。如果有顾客进店，门上方的铃会震动起来，赖安·沃伊特则会马上把她忘掉。他眉毛粗重、皮肤明显杂色、微焦的粗糙的脸上，露出新的表情：机警，成熟，谦恭，乐于助人。那些轻薄会消失得无影无踪，就像一块弄脏的手绢塞进了口袋。而莎伦会嫉妒地想，可是我知道他是谁。他跟我在一起的样子，才是真实的他。

凯伦的父亲，吉米·沃伊特，经常是坐在堆着一堆发票单据、订货单和布样的办公桌前，跟顾客通电话。或者是开着货车出去，带着家具，去送货。赖安·沃伊特有着更熟练的家装商的声望，所以呆在店里。他迅捷地工作着，量布，裁剪。他的双手似乎有着与生俱来的能力。看着它们，莎伦感到一种难以名说的渴望。她 13 岁，终于开始长大了。“长大”——这是通常的表达。像凯伦和伊娃这样的大姑娘对于莎伦来说，就像是成年妇女了，她们有着丰满而又年轻的胸，变宽了的臀，早熟在某种程度上让莎伦既害怕又抵触。她知道像赖安·沃伊特这样的男人“喜欢”姑娘们的胸部。可是为什么呢？她个子瘦高，她的小胸部呈乳白色，小小的乳头就像两只凝视的眼睛。她明白必须让自己对像赖安·沃伊特这样一个男人产生吸引力，来获得他的注意。哪怕是她避开他的注意力的时候。当他眼角上扬的双眼转向她的时候，当他淘气地微笑着叫她“亲爱的”“宝贝儿”“爱人”的时候，她的冲动是转身跑开——然而她只是大胆地向赖安·沃伊特伸伸舌头，告诉他最好是专心做生意。

他笑了，说也许这就是他的生意？这是他的店铺，她自己闯进来了。

她强烈地抗议：“我不是。凯伦约我来的。她是我的朋友。”

“嘿，我不是吗？我当然是啊，亲爱的。赖安·沃伊特是你的朋友。”

这是善意的取笑。跟赖安·沃伊特听的便携式收音机里吵闹的摇滚乐一样没有意义。最多就是消遣。然而对于莎伦，这是第一次有一个男人或是男孩对她产生兴趣，或者是有点这方面的意思。好多年她都认识不到这一点。在那时候，她惊讶自己发出了孩子气的笑声，快速地在口头上做出回应和反击——比如从烟灰缸上抓起赖安·沃伊特点着的香烟。有一次，当莎伦竟有胆量敢拿起一瓶新开的还冰冰凉的黑马麦芽酒时，赖安·沃伊特冲她咧嘴笑着，叫她喝一口。“对你会有好处的，甜心。能长你的——”他朝胸部做了个手势地。他的意思是说，“能长你的乳房。”

莎伦感觉到自己的脸红了，她鄙夷地说：“你是一个——你在长啤酒肚。”

“是吗？”赖安·沃伊特低头看看自己，“我没有长，甜心。”

当时赖安·沃伊特有多大，在他对一个 13 岁的女孩说这种话的时候？莎伦能算出来，在多年以后，当时他应该是四十出头了。然而，他看上去比她父亲要小一代人，她父亲也有四十五六岁了，她从来不会调戏青春期的女儿，而且似乎很少看她们。

有一段时间，伊娃也喜欢被赖安·沃伊特调戏。

伊娃是个 16 岁的姑娘，结实，丰满，有着健康的橄榄色皮肤，唇上部位长着深色的绒毛。赖安·沃伊特的目光被她截住了，你能看出伊娃身上有什么东西吸引他，虽然他对她有所提防，因为在凯伦的女朋友之中，伊娃·玛格丽格是最不怕他的。他必须尊重她的方式，她站在那里，双手放在屁股上，盯得他不敢对视。

有一天，当姑娘们在店里溜达着，懒洋洋地躺在沙发和椅子上来检测这些东西的好坏，假装成谨小慎微的成年女人时，她们偶尔听到赖安·沃伊特说话的声音让人紧张不安，她们以前从来没听到过他这样：他一定是在跟某个借给他钱的人在说话，而他用了攻击性的词（“操”“可恶”“王八蛋”）。她们害怕听到这些，然而却激动不已。当赖安·沃伊特挂上电话，姑娘们假装没有听见。凯伦在紧张地唠叨着。伊娃在丢弃的一堆东西里发现了深红色天鹅绒碎片，正羡慕地举着它们。她问凯伦能不能给她，凯伦说：“当然啊，我想没问题。都是要扔掉的。”赖安·沃伊特点燃一支烟，走过来，问伊娃究竟要拿这些碎片来干什么，伊娃说，她想把它们缝在她放在床上的一个垫子上，这个颜色正合适，这个布很漂亮，赖安·沃伊特把这些碎片从伊娃手中扯出来，说：“我会给你做个垫子的，宝贝儿。”因为刚才那个电话，他很激动很兴奋。他的目光落到伊娃的脚踝，又迅速抬起，“哦，宝贝儿，我会给你做一个极好的垫子，如果你答应我一件事。”

伊娃警惕地说：“什么事？”

赖安·沃伊特说：“如果你坐在它上面。你的可爱的柔软的屁股。我会做这个垫子，如果你答应我你会光着坐在上面。”

伊娃转过脸，嘴里咕哝着，听起来像是在说：“我恨你。”别的姑娘们吃吃地笑了。（虽然莎伦感觉到一阵嫉妒袭过。她知道赖安的提议意味着：他喜欢她姐姐而不是她。）伊娃红着脸，出了店铺前门，砰地把门带上，她身后，门铃叮当响着。

赖安·沃伊特在后面叫道：“嗨，我是认识的，宝儿。你会明白的。”

事实上，赖安·沃伊特真的做了一个垫子，上面覆盖着华丽的深红色天鹅绒，还带着黑丝流苏。大约过了一周左右，莎伦会在她姐姐的床上发现它。“你从哪弄来的？”莎伦吃惊地问。伊娃耸耸肩，带着躲躲闪闪的微笑。这是当时尤维尔中学流行的装模作样的表情，用来对付不希望遇到的问题，言外之意是：“谁想知道呢？”

羞愧会使记忆变模糊。莎伦还是记不住在沃伊特家里发生这些事的那个夜晚具体是在什么时候。

哦，他向后门走过来。用他的指关节敲着玻璃。冲她咧嘴笑着：“嗨，亲爱的，要人陪吗？”

莎伦开门了吗？或者是赖安·沃伊特已经自己打开了？那时刚过晚上9：30。沃伊特一家人开车去水牛城看望亲戚该回来了，沃伊特夫人答应过，晚上11点左右回来。莎伦以前临时帮沃伊特夫人照看过两次孩子，她了解这个家的屋子，在里面感觉很舒适。她应该从里面把门锁上了（像沃伊特夫人说过的那样），可是赖安·沃伊特有自己的钥匙，对吧？他是共有人，对吧？

让她想不起来的，是一系列细小的瞬间、话语、动作。现在她感觉到，回忆这些事就像努力把一块碎了的玻璃拼接起来。她确实记得，在厨房里赖安·沃伊特从她身边蹭过去，只是离得稍有点近了，她前臂上的体毛立起来了。有一种既兴奋又惊奇的感觉，一种快乐和惊慌的感觉。他在"冰箱"旁边，他这么叫那个东西。"嗨，要麦芽酒吗?"他问，莎伦紧张地笑着，说不要谢谢。实际上，她一直在喝百事可乐。她给沃伊特家的孩子们做了爆米花，除了几颗油多了烧糊了的都吃光了。孩子们上床了，她在起居室里做数学作业、看电视，为能独自一人安静地呆着满怀感激。就莎伦知道的，就是那个无法安宁的4岁男孩都睡着了。赖安·沃伊特咧嘴笑着，手把瓶子向她的脸推过来。实际上推进了她嘴里，顶着了她的牙齿。"它不会杀死你，它会对你有好处。"他的双眼布满红丝，他的皮肤粗糙，颜色不匀，好像他那天出去在太阳底下曝晒过。莎伦能闻到他猛烈的喘息，带着啤酒气味。

赖安·沃伊特游逛进了起居室，嘲弄地盯着电视屏幕，换台，然后把电视机关掉——"都是废话。"他说，他顺便来看看小侄子侄女。跟他们玩。他们是很棒的孩子，对他们的叔叔赖安很着迷。他为什么自己不要孩子呢？为什么人要结婚——你知道猫王说过的话，隔着围栏就能喝到牛奶，为什么还要自己买奶牛呢？赖安·沃伊特为这句俏皮话笑了，他瞪着莎伦。他好像不知道她的名字，但是他知道她是谁：他开始问她伊娃的情况，把她说成"你的大姐"——"那个有胸和可爱的屁股的妞儿。”他问伊娃有没有男朋友，又问莎伦有没有男朋友，这时她感觉到的，不是害怕，还不是，而是有点迷惑。她习惯于转向另一个方向，一个她认为理所当然的方向。要不是她现在不在家装店的最前面，要不是现在不是白天，要不是她是单独跟赖安·沃伊特在一起。

他重重地坐在沙发上，要把她的数学作业本压坏了。他把它拿起来，迅速地翻看着，把它扔到地上。他轻轻拍拍他身旁的垫子，叫她坐下。他穿着一件套头运动服，汗在前胸湿透了，他的胡子也需要刮刮了。他微笑着，他的微笑孩子气，脸不对称，他保持笑容时间太长了。莎伦也微笑地站着，她耳朵里有喧闹声，像是远处的笑声。赖安·沃伊特拿起他的麦芽酒瓶，如饥似渴地喝了一大口。他调戏莎伦，告诉她，她看上去好像“屁股上有根棍。”他问她，她给他嫂子看孩子拿多少钱，他说，如果她去他那里照看他，他会付双倍。他问她是不是那种愿意跟年轻人结婚生子的姑娘，问她是不是知道孩子是怎么出来的，她是不是觉得听起来像是玩笑。他突然站起身，从冰箱里又拿了一瓶麦芽酒，从莎伦身上蹭过，她本能地后退了一步。他冲她微笑着，斜靠过来。他脸上有种噎着了的表情，好像什么东西咽下去又反上来了，莎伦能闻到他的呼吸，几乎是可以闻出它的味道。他问他哪个更大，是她的鞋码还是她的罩杯。他问她，如果她只穿着短裤走路，大腿会不会在一起磨擦。她紧张地笑着，她的脸很烫。她没有能力去想，“我不愿意他喜欢我，我想。”她没有能力去想，就像一个伊娃那样的大姑娘会想的，“我会叫醒孩子们，那样他就得回家了。”她都没想到告诉他，“回家。让我一个人呆着。”

她逃到了卫生间。实际上，她不得不用卫生间。赖安·沃伊特慢慢地跟在她身后，像个小男孩一样挑逗着，得意地笑着，只不过，他声音里的无聊卑鄙不是小男孩那种。莎伦迅速关上卫生间的门，摸索着把它锁上。赖安·沃伊特在另一边窃笑着：“时间不要长了，我在听着呢，亲爱的。需要帮你脱裤子吗?”她现在害怕了。她陷入了困境，没法思考。赖安·沃伊特说:“别害羞。你知道你不害羞。你们这些女孩子。”

她看到门把手转动着，她说:“不，让我一个人呆着。拜托。”突然，她在哀求了。她不知道怎么称呼这个男孩:赖安?沃伊特先生?有几次她跟着凯伦，叫他“赖安叔叔”，可是那是开玩笑，而这不是玩笑。赖安·沃伊特笑着撞门，“亲爱的，我在等着。你没掉下去吧，啊?”卫生间只有一扇窗户，而这扇窗户几乎被堵上了，只有很小的孩子能勉强挤过去。然而，在惊恐之中，莎伦想到了这种可能性。更好一点的话，她可以打碎玻璃，爬过去，然后有更大的空间，爬上马桶，然后是洗脸池，然后是窗台。从碎玻璃片中间，她可以逃走。但是沃伊特家人会生她的气。她的父母会生气。赖安·沃伊特会声称他只是调戏她，这可能是真的。毕竟，莎伦经常到家装店来闲逛，而赖安·沃伊特调戏她的时候，她从来没有介意过。她会被嘲笑，被讥讽。每一个邻居，还有学校里的每一个人都会知道。所以她站着，哭了。在某一时刻，她开始哭泣。赖安·沃伊特可能听得见她哭。他停止了敲门。接着，他来到卫生间外面，从窗户跟她说话。就在窗户外面有灌木，地面比室内要低，所以他看不清她。莎伦迅速关了灯。

“拜托让我一个人呆着，请你离开，让我一个人呆着。”她说。她可以离开卫生间，去把孩子们叫醒，她可以跑到电话前面拨 911，但是她的大脑像是锈住了。她在啜泣，她在祈求。她的膀胱被尿憋疼了。

这样僵持了几分钟。然后，他一言不发地走了。

伊娃·玛格丽格站在那里，她 51 岁了，穿着中学校长的海军蓝华达呢套装，皱着眉面对着她的妹妹:“莎伦，你今晚不要回纽约了。”

伊娃说话带着习惯于发号施令并且被服从的语气。这一定是个公理，莎伦想:成年子女，尤其是姐妹们，大家预期她们会为父母更贵重的财产而争吵。中立就是没有爱心，是做作。这类财产——贵重的以及其他的，相当多，都在财产能出售前整理出来了。这个，毕竟，就是莎伦到访的目的。所以她一直在告诉她自己。这是责任，必须做。

在车里，伊娃一针见血地问莎伦她一整天都干什么了。莎伦低声含含糊糊闪烁其辞地说：她在他们的旧居那里走了挺远的路。“一定是挺远的，”伊娃说，“那么多个小时。”浪费时间，你几乎可以听到伊娃说。挥霍时间。

她们在主街道傍晚的车流中向西驶去。现在是9月中旬，干旱的季节。莎伦用眼角瞥着沃伊特的旧房子，几个小时之前，她在那里走过。她不假思索地说：“沃伊特家，他们发生了什么事?”伊娃耸耸肩。莎伦说：“我一直喜欢凯伦。我一直嫉妒你和凯伦。”

伊娃叹口气，“凯伦是个护士。我们寄了卡片。我最亲密的朋友——好像都是那么久远之前了。”那家家装店，她说，在1980年代就停业了，这个莎伦一定知道，他们不得不把店卖掉了。“他们被认为是一流的家装店，沃伊特家。他们给妈妈做的东西，你能看到它们真是经用。三十年了!”

莎伦努力回忆那是些什么东西。赖安·沃伊特在用锤敲打一把倒置的椅子。起居室的沙发：厚实的有酒气的深色织锦面料，莎伦喜欢抚摸它，就像毛皮一样。她听到自己问伊娃，凯伦·沃伊特的叔叔怎么样了。

伊娃说：“他！凯伦的疯叔叔。他是个酒鬼。我想他在水牛城的什么地方，在福利机构。老年痴呆症，我想凯伦说过。”

“老年痴呆症！可是——他有那么老吗?”

“他酗酒多年。还有，是的，他有那么老。”

伊娃把车停在老房子的私人车道上。莎伦注视了一会儿，好像她不知道自己身在何处。那座宽敞的白色殖民风格建筑，姐妹俩曾在这里长大。就像从前一样，进入后门旁边的房子，莎伦听到深深的草里蝈蝈在叫，像铙钹，像响板。她知道她不得不警惕自己：房子里满是她们的东西——笨重的物品和无用的记忆。她想到了赖安·沃伊特，他的手指是怎样拽她的头发，他怎样粗鲁地做出要掐她胸部的手势，怎样拿山楂开玩笑。在卫生间外面，在灌木丛中，他大声撒尿。他想让她听见，她也听见了。莎伦从来没有告诉任何人，那天晚上在沃伊特家发生的事。但是她再也没有帮沃伊特家照看过孩子了。她也不再跟着伊娃和凯伦了。她也没有再踏入家装店，或者是听到铜铃在头顶叮当作响。

哦，此后莎伦看到过几次赖安·沃伊特。一次，是从大学回家来，她看到他在尤维尔市中心的街道上，大个子，红脸庞，表情就像急转的车子一样，他可能看见了她，但是认不出她来了，因为她变化太大，或者是没有表现出认出她来。她带着返家的激动，知道自己二十来岁，比赖安·沃伊特可能猜想的要大很多了，实际上，她举起手，朝他挥了挥，是出于真诚还是嘲弄，她没法说。但是赖安·沃伊特已经转过脸去，消失在正午的人群中。

狼头湖

这是薄暮时分的湖上，因为天空上是大理石一样的云层，有一些是黑暗的、沉重的，就像肿胀的皮肉要爆裂。这是薄暮时分，因为整个下午都雷声隆隆，就像大笑时震动尾椎骨的声浪。没有雷声的闪电，像快速痉挛的神经，在天空划出叉型，然后在你看清之前迅速消逝。湖上只有几艘摩托艇出来了，男人们在打鱼，再没有人游泳了，这是夏季的一天，白天早早结束了。我穿着潮湿起皱的两件式泳衣，斜靠在木结构小屋门口，11 号，拉着生锈的纱门的弹簧。你感觉到手指上砂粒状的东西，才会发现纱门生锈了，你摸摸你的脸，你的嘴唇，需要感觉一下我在这里！活着，你尝了尝铁锈，拍打卵石滩的波浪跟那种味道混合在一起。沿着肖托夸山麓的狼头湖，记忆中的小木屋，聚集在湖水南部的边缘，严格地呈网格状分布着。据说，湖的形状像一个巨大的狼头。多沙的尘土飞扬的车道，和不长草的地段，毛巾和泳衣挂在晒衣绳上，在暮色四合中显出粉笔一般的白色。收音机音量开得高高的。孩子们扯开嗓门，大声喊叫着。他开着一辆车，恰好就是乌云的颜色。他缓缓地开着，你可以说是漫无目的。他不急于打开前大灯。只是逡巡着。在 23 号线的双车道柏油路上，逡巡着，他也许是从奥里斯卡尼港来，也许他住在那里，或者是曾经住在那里，但是他现在离开了，或者，如果他在出租屋里留下了一些衣服和东西，他也不会回去认领了。你有一个叔叔，他中枪了，在战争中。当他说起这件事时，没有痛苦，甚至没有讥讽，他说，现在对他有好处的，就是在奥里斯卡尼港开了一家廉价旅馆。他就这样讲那些家伙的故事，他们怎样出现，然后又是怎样消失。没有踪迹，除非警察在寻找他们，而且就算是这样，许多时候，还是了无踪迹。他们来自何方，就像枫树种子随风吹散。而你认为枫树种子想要的，只不过是用它这个物种丰富世界。他戴着黑色眼镜，好像黑暗降临了。绕着那些木屋，听着孩子们的吵嚷，狗的吠叫。他也许有同伴。在奥里斯卡尼港按周计算的宾馆房间里，这些家伙有同伴，他们的同伴是个女人。这对我来说是古怪的，然而，我开始看到她。她是个肌肉发达胸部很大的女人，像我母亲的姐姐。她的头发漂淡了，但是底下有长出来的部分。她咧着大嘴迅速地一笑，好像一把刀子切过什么软东西一样。她是那种会先开口说话的人。问你是不是知道某个人的木屋在哪，而你不知道；或者是，说你在走向那个湖泊，在雷鸣的黄昏，或者坐在码头的台阶上，大孩子们在码头上喝听装啤酒，把烟蒂扔进湖水里，天更晚了，更黑了，空气中有雨的气味，虽然还没有开始下雨，她问你想不想去兜风，去奥尔科特，那里有嘉年华，有摩天轮，到那里只有几英里远。问你叫什么名字，你太害羞，没有说话。在车子前座下面，副驾驶座下面，有一根晒衣绳。你永远也想象不到晒衣绳有这么结实。他们每一个都有一把刀。那种折叠刀。从海军用品店里买来的。用来打猎，捕鱼。他们用这些刀来做一些事，彼此之间，出现细细的血流，但是我不太确定这件事，我从来没有亲眼见到过。我靠在门口，纱门的弹簧锈得几乎要断开了。蚊子从黑暗中出来，叮着我发烫的皮肤。我看到了湖面上方，一英里远的地方，23号路上的汽车大灯。我看到那条慢车道，他小心翼翼地，环绕着那些木屋，在寻找入口。

幸福

在安大略湖铺满卵石的南岸，酷热的阳光下。所有的东西都刺目而清晰，好像是用孩子的蜡笔画出来的。颜色明亮、大胆、清楚。一直都在刮风。没有一点阴影。也许是风把影子都吹跑了？

这个故事是用孩子的蜡笔写出来的。磨砂黑，或者紫色，带点暗油光。“绘儿乐”就像我们小时候一起玩的那种。

你那天看到什么了？

凯瑟丽。我那天看到什么了，我什么也没看见。我看到东西锋利的边缘。我听到狗吠，但是我没看到狗。我径直走进屋，因为我在寻找爱尔兰。他那时不是我的未婚夫。他不是。我不知怎么在屋子里。穿过厨房，说着“爱尔兰？你在哪里，爱尔兰？”因为也许这是一场游戏，爱尔兰是游戏中的男孩，你见到他还不到一分钟，就会被他逗笑，爱尔兰从不知道什么地方走出来，我想是在我身后，在大厅里，抓住我的胳膊，我光溜溜的前臂，用他两个大大的长了茧的手指，我踮着脚尖站在那里，站在房间的门槛上（我闻到了吗，我想是的：血。浓浓的稍稍令人作呕的气味和嗡嗡的声音！是的我想一定是有蝇子，在麦克尤恩农场，马蝇有你的拇指那么大）像一个舞者，他的一只胳膊迅速搂住我的腰，让我转向他，他说“凯瑟丽，不你不想看见”，我就在那里，闭上双眼，就像一个受惊的小姑娘，紧靠在他的胸前，他搂着我，哦我感觉到了他猛烈而平稳的心跳，可是那天在麦克尤恩农场我看到了什么，我什么也没有看到。

爱尔兰·麦克尤恩是我的初恋，我的唯一。我一生都会相信他的无辜。我 16 岁，在农场的那一天。

尼德拉。我那天看到什么了，我不知道！我就是从那时候开始神经兮兮的。我糟糕的双眼。就是现在，我也恨突然袭击。如果我从学校回来，正好是冬天，天黑的时候，家里没有人，我都不敢进屋。从在麦克尤恩农场那天之后，我有很多年晚上无法安眠。如果雷德，我们的博德牧羊犬开始狂吠，我就吓得心都要跳出来了！人们拿这种事开玩笑，可是这有什么好玩的？在家里我要上楼去，如果天黑了，就有人必须陪着我。有很长时间。差不多是，我在晚上没法用卫生间。没法睡觉，想着我看到的。不，不是想，这些闪现在我面前，就像坐过山车一样。对面房间的凯瑟丽睡着了。或者是假装睡着了。凯瑟丽没有看见，她拿着圣经发誓。她在法庭上的证词。她的宣誓证词书。

这些话我们以前没有人知道。但是现在我们说，它们就像电视上的人一样容易。

凯瑟丽。我那天看到了什么，我什么也没有看见。向警察发誓，向法庭发誓，我所知道的，就是我回忆的。将我的手置于圣经之上，帮助我，上帝。我祈求帮助和指引，来进行回忆，但是当我尝试去做的时候，我的头脑里嗡嗡一片，火热的光线就像闪光灯在闪烁。

“凯瑟丽，不你不想看见。来吧！”

就是现在，多年以后。如果尝试，我还是想吐。

不，不会告诉霍利。如果我知道有谁告诉她了，我会更加疯狂！这是警告。

尼德拉。我看到了什么，哦，天哪：我向房间直视过去。我跑到门口，哪怕是爱尔兰抓住我，我也没法停下，他没有抓住我，他没有看见我我想，我差不多是藏在冰箱后面。吓得半死，但是咯咯傻笑，就像这是一场游戏？捉迷藏。

我是那样。我的意思是说，我当时是那样。一个假小子。爱出风头。

在学校里排队的时候，我一直不得不站在排头。或者是举手回答老师的问题。我都是快速敏捷。这不是意味着自私——哦，也许是吧，但是不仅仅是这样，但是好像我是好动，紧张不安的。墨西哥跳豆，奶奶这样叫我。就像手表发条上得太紧，它只能比其他表走得快，不然就会爆掉。

我们在乡村公路上往回行驶了多久，我不知道。从桑伯恩出发，大约下午 2 点钟，我是说，爱尔兰和凯瑟丽在那个时候搭上我的。我们开车去奥尔科特海滩，然后是湖岛酒店，爱尔兰在那里喝啤酒，我和凯瑟丽喝可乐，我们玩弹球机，爱尔兰和几个年长的男人玩纸牌，碰巧他赢了 57 美元。他脸上那表情！我和凯瑟丽点了数，大多数都是一元和五元。爱尔兰不停地说，他不是玩牌的人，一定是走运，就像是给闪电击中了一样。

然后，凯瑟丽说，我们最好是回家去。尼德拉和她。爱尔兰马上同意了。那个下午，我们都和他在一起。我担心奶奶会给家里打电话，告诉妈妈——或者要是爸爸接电话，会怎么样！——我们怎样跟什么人上了一辆皮卡，她都没看清（她从前窗向外看），但是她相信那是一个大男孩，不是凯瑟丽那个年纪。那种长条型的暗红色头发，也许是麦克尤恩家的人？（麦克尤恩家在当地很有名。主要原因，是男人们臭名昭著。不是爱尔兰·麦克尤恩——每个人都喜欢爱尔兰，他在史特莱克斯威尔中学踢足球，而是其他人，尤其是马拉基老人。）

所以爱尔兰请湖岛酒店的每个人饮酒，吃烤牛肉三明治和炸薯条。花掉了他赢的半数钱，好像他需要把它干掉一样。

我们离开的时候，是下午 5 点过一点儿。尽管我可能搞错了。现在是夏季，阳光就像正午一样明亮，一样刺眼火热。湖面上闪着微光，一阵风过，吹来温暖的咸咸的味道，死鱼和蛤蚌的味道。爱尔兰在开车送我们回家，打牌赢了，他显出快乐的情绪，他说，也许他的运气变了，这在我看来有点奇怪，听到一个像爱尔兰·麦克尤恩这样的男孩说这样的事，好像他的人生不完美，虽然他自己是完美的（在 13 岁的眼中，我是说）。在前座上，凯瑟丽坐在爱尔兰旁边，挤在我和他中间，她的头发是成熟的小麦的颜色，被风吹乱了。她的裙子跑到了膝盖上面，所以她使劲把它往下拽。她还在偷偷看爱尔兰。他也看她。他们在酒馆跳了会舞，投硬币到自动唱机里。在海滩上，我看到他吻她。我不嫉妒，我只有 13 岁，我知道如果任何男孩更别说是爱尔兰·麦克尤恩要跟我跳舞，或者甚至是用任何特殊的方式跟我谈话，我都会吓得要死。我是这个神经兮兮的平凡的女孩，我母亲会说不成熟，对于我这个年纪来说。或许我也喜欢爱尔兰·麦克尤恩，超出我应该的程度，但是我知道他从来没有多看我一眼，还有，更奇怪的是他似乎对凯瑟丽感兴趣，而她从来没有过男朋友，，当男孩子们说起她，或者调戏她的时候，她是那样甜美、紧张、羞涩，虽然她会跟女孩子们和成年人好好交谈，她在学校会得 B。单纯！一些孩子这样说我的姐姐，这绝对不正确。现在爱尔兰·麦克尤恩在礼貌地问我们住在哪里，恰好？——他认为他知道，但是要更确定。凯瑟丽告诉他了。我们在史特莱克斯威尔路上，一条双车道柏油路，从酒店所在的安大略湖通向外面。有人会说，爱尔兰·麦克尤恩那天下午喝了一打啤酒，他血液里的酒精量很高，但是我们和爱尔兰在一起的时候，他开车没有一点问题，对我和凯瑟丽，还有我们遇到的每一个人，也都很有礼貌。他肩宽体壮，你可能会拿他跟后腿站起来的公牛相比。他身体强壮，可能还有点笨手笨脚。对于一个在户外工作的男孩来说，他的肤色显得苍白，脸上有发散状的雀斑，浓密的暗红色头发凌乱，从耳朵上方一直到脖子上，他本来应该很英俊，只是爱皱着眉，咧着嘴做鬼脸，就像我父亲听力有问题，拧着脸想听清别人在说什么一样糟糕。爱尔兰·麦克尤恩 23 岁，前额上的皱纹就像是两倍于这个年纪的人。

接下来，在史特莱克斯威尔路上，爱尔兰突然说，他有种感觉，他最好是先回一下自己家。因为他父亲有点盼着他了，而他还没有回去。因为跟凯瑟丽偶遇，然后又遇到了我。而他父亲希望他中午前后回去，但是他那时候跟凯瑟丽在一起，然后忘了时间。凯瑟丽说好的，当然。所以我们就那样做了。麦克尤恩家住的地方，或者是曾经住过的地方，是在史特莱克斯威尔路上，到湖的距离比我们家近大约两英里，我们住在辅路上，所以在爱尔兰送我们回家之前先回一下他家，也讲得通。麦克尤恩家（实际上，它不如在报纸和电视上看上去那么好，那么庄严）是从公路往回走大约四分之一英里。这些崎岖不平、有车辙的、肮脏的道路中的一条。要不是房子在稍高一点的地方，前院的常绿植物差不多都死了，你从路上可能看不到它。那些红砖已经褪色的旧房子在安大略湖沿岸，从外面看比实际上要大一些，有几分尊贵，像城里的房子，除了百叶窗和装饰腐烂了，屋顶漏了，还有烟囱，没有隔热，还有水管设施（正如我做木匠的父亲会说的）很可能坏得一塌糊涂了。还有附属建筑物外形更糟糕，需要修葺了。麦克尤恩家是农夫，或者曾经是，但是对农场劳动没有多大兴趣，至少马拉基和约翰尼在城里干临时工，但是从来没有干长过。麦克尤恩家的这些男人是急脾气，他们不愿意被人发号施令，尤其是在他们喝了酒的时候。所以当我们行驶在有车辙的路上，一边是长势很差的麦地，另一边是布满碎石的草地，当爱尔兰开车颠簸着扬起尘土时，一些放牧着的根西乳牛抬起头看着我们。“我爸是疯到家了，”爱尔兰紧张地笑着说，“他要我中午到这里来。”车停在铺了煤渣的私人车道上。有一辆旧雪佛兰轿车，和另一辆皮卡停在私人车道上。附近没有人。除了脏兮兮的鸡镇定自若地在土里啄食，一只狗在叫。这是一条黑色的混血拉布拉多猎犬，缩在房子的后门边，当爱尔兰从皮卡上爬出来的时候，这只狗吠叫着躲开了，好像没有认出他来。爱尔兰对狗说，“米克，怎么了？你不认识我了？”可是这只狗闪开了，呜咽着，跑到了房子的角落。

这是第一件奇怪的事。

这个褪色红砖砌成的荒凉古怪的旧房子。窗户上还飘荡着塑料条，上个冬天一直飘到现在。丢失的墙面板，弯曲的百叶窗。后阳台几乎烂穿了。直横条从二楼窗户下面的房子掉下来，说起来都让恶心，男人和男孩子们从窗户撒尿。你能看出，这个房子没有女人住。（因为爱尔兰的母亲几年前就死了，这个家分崩离析了。在报纸和电视上，这些看上去都让人糊里糊涂的，是谁在这房子里住过，谁又没住。听起来可疑的是，他们把爱尔兰确认为塞伦·麦克尤恩，这个名字没有人知道，而且一直把他的年龄搞成 23 岁。这些事实看上去既古怪又是被歪曲了。）

那一天，1969 年 8 月 11 日，恰好只有马拉基老人和长子约翰尼确实住在这座房子里。而麦克尤恩家的其他人，包括马拉基 36 岁的为摩托车手儿子，从他第一次结婚起，也许会在任何时候顺路来看看，或者甚至是在这里过夜。马拉基也可能从酒馆里带个女人回来呆几天。这个家里一度有 6 个孩子，四个兄弟，两个姐妹，但是除了约翰尼，全都搬走了。爱尔兰在他母亲去世以后，马上搬走，独自居住了，那时他 17 岁，住在史特莱克斯威尔，一个理发店上面的一间房子里，他在一家贮木场工作，我父亲就在那里结识他，喜欢上他。8 月的大多数星期六，爱尔兰都离开了。所以他碰巧出现在桑伯恩，六英里远的一个小镇上，在这座湖边，碰巧凯瑟丽在那里我们姨妈格洛丽亚的美发沙龙工作，如她在一些周六所做的一样，不过不是每一个周六她都在那里，我在图书馆呆了一会儿，然后呆在我们的奶奶家。“这些事刚好发生了，就像骰子摇晃之后扔了出去，或者是像弹球游戏，没有更多的目的。我发誓!”

爱尔兰进了后门旁边他父亲的房间，说他马上回来。暗室（爱尔兰说它还是个酒馆的时候，他就知道这个地方）藏在门廊后面。凯瑟丽说，“哦，尼德拉，你觉得爱尔兰喜欢我吗?”她激动了，没法安安静静地坐着，舔着嘴唇，从脏兮兮的后视镜偷偷看自己。我卑鄙地说，男孩子会喜欢所有跟他们约会的女孩。虽然我知道事实并非如此，像爱尔兰这样的大男孩会习惯于亲吻女孩，而姑娘们会回吻他们，另外还有很多，而凯瑟丽，学校里一些男孩大声喊出的就那几个字就让她惊呆了，她永远不会同意的。“尼德拉，你不怎么样。”我说着，用胳膊肘推了推她的腰，腰上有点婴儿肥，凯瑟丽讨厌因为这个被取笑，“我想你觉得你是的？亲亲”我噘着嘴，扮着最丑的样子。

凯瑟丽说，“有时候我恨你。”

于是凯瑟丽生气发火了，爬出了皮卡，向纱门走过去，纱门生锈了，弹簧坏了，敞开着，爱尔兰就是从那里进去的。她穿着蓝色条纹吊带裙，腰部有弹性，裙子短短的，这让她看上去像个洋娃娃，她蓬松的波浪式长发披到肩上，她的脸颊有点有点红扑扑的，兴奋得像挨了耳光。因为凯瑟丽·哈根不是你指望被人看到跟爱尔兰·麦克尤恩这种男孩在一起的那种好姑娘。她在叫，“爱尔兰？爱尔兰?”她压低声音，带着喘息，一点也不像如果恰好我，她的妹妹在旁边时你会听到的她的声音。大约过了一分钟左右，她走过去看纱门里面，说着，“爱尔兰？我可以进来吗?”我吃惊的是，凯瑟丽打开门，转过身，背对我，伸出她的舌头，进屋不见了，好像这间屋子她以前进去过似的，我当然知道没有。我也跳下了皮卡。然后，（我不知道这种行为有多愚蠢，后来才认识到）蹲在门廊边，试着去看藏在它下面的那条黑狗，我能听到喘息和咆哮声，我轻声说：“米克！好狗狗！不要害怕，我是尼德拉。”

好像我是上帝给动物们的礼物。如果爱尔兰·麦克尤恩会成为凯瑟丽的男朋友，我也不会嫉妒，因为我能跟动物对话，至少是一些动物。好像我不想跟人类交谈。

但是那只狗不会朝我走过来，我不耐烦了，没有消停，我跟着凯瑟丽进了麦克尤恩家，就像我习惯于做这种事。一走进去，我马上感到毛骨悚然，我的心脏就要跳出胸膛了。那个厨房！一个真正够旧的冰箱，一个肮脏的煤气炉，塑料桌子上放着脏兮兮的盘子，更多的脏盘子在水池里面放着，满是油污的墙壁和天花板上，满是蜘蛛网和裂缝。烧糊了的食物放久了之后的恶心的气味。更浓的像发酵的苹果的味道。而且更糟糕。我揉揉双眼，几乎看不见了。你会认为我会喊"凯瑟丽？凯瑟丽？爱尔兰？"但是好像我的舌头麻木了。我就穿了一件背心和毛边牛仔短裤，和从伍尔沃斯折扣柜上买来的橡胶人字拖。身上在奥尔科特海滩打湿了，我们在海浪中奔跑。我乱蓬蓬的头发贴在脸上，是那种乏味的金色，不是凯瑟丽的那样柔软可爱的颜色。凯瑟丽站在门廊上，背对着我。她在向前屋窥视（在新闻故事中，前屋会被叫作"会客室"，而不是起居室），在我看来，我能看到她的后背在发抖，虽然她站在那里一动不动，我看到的还是意想不到的，大厅里有一座落地式老爷钟，不走了，钟摆一动不动，一座高大漂亮的木雕钟，带罗马数字，后来我会知道这座钟属于爱尔兰的母亲，她嫁给马拉基·麦克尤恩的时候把它一起带过来了。当然它坏了。就像这间屋子里的每件东西一样。爱尔兰出现在凯瑟丽身后。从大厅那边的一间屋子里过来。卫生间，我这样想，因为爱尔兰在大腿上擦手，好像他刚洗过手一样。或者是，也许他的手脏了，他的 T 恤汗透了。他脸上是这种表情，饥饿，害怕，但是当他碰到我的姐姐，他变得温和了，他用两个大手指抓住她的手腕，凯瑟丽马上转过身，抬头看着他，像个婴儿一样，惊慌而又信任，或者也许她不知所措，处于震惊的状态之中，而爱尔兰轻快地移动胳膊，搂住了她的腰，她说的话我听不见，凯瑟丽紧靠着他，藏住了她的脸，当爱尔兰转身离开她，回到厨房，走出屋子的时候，我藏在厨房的角落里，不让他们看见，他们也没有看见我。我非常激动，我知道在前屋里有什么东西我不得不看。我可以闻到它，我太害怕了，我在发抖，或者也许只是兴奋，就像我们的猫咪闻到了我们看不见也察觉不到，却是无法抗拒的猎物时，表现得非常兴奋，眼睛发黄，尾巴一下一下地摆动。我是尼德拉，爱出风头。我是尼德拉，126。幸运的是你姐姐先来了，人们调侃说，因为你母亲不会愿意要第二个你。我是尼德拉，如果爱尔兰没有从那个房间里出来，我会从凯瑟丽身边挤过去。所以在一间对我而言陌生的房子里，我跑到了门前，冒冒失失，多管闲事。而我看见了。我像那只在门廊下面喘息的狗一样，而我看见了。我不知道我在看什么，应该是什么名称，我所看见的，和电视上闪过的一样不真实，像我无所事事的时候还有没有人在那里责备我的时候所做的一样。也许我在微笑。我是那种在紧张或是害怕的时候会微笑的女孩，例如，如果男孩子们用某种方式看着我，而我是一个人，身边没有人了解我的情况，不知道我是谁（因为我不希望这样），也不知道我是谁的女儿。我的鼻孔里满是强烈的气味，我开始捂住嘴。有种腐败的有点令人作呕的东西，像内脏，还有人屎，一种不体面的味道，你不用辨别就认得出来。我听到有蝇子。也看到了它们。像金属屑一样，嗡嗡的一团，在两个男人破了的头上。我不认识的男人。成年男人，其中一个浓密的白发上有血污。血和脑髓在这个会被叫作会客室的房子肮脏的地毯上。像一个孩子拿“绘儿乐”涂在画上，涂成了深红色。溅到了一个破旧的沙发和那些椅子上。这两具尸体像是自己爬到了他们呆的地方。被血浸透的工作服，血在曾经是脸的沟缝处和隆起处。然而，他们轻松地躺着，好像睡着了。这对于我是多么不可思议，看着成年男人躺在地上，而我几乎是站在他们身旁！除了那些马蝇，它们现在也平静下来了。

凯瑟丽。不，那一天，爱尔兰·麦克尤恩不是我的未婚夫。也不是我的男朋友。所有那些，我交待。

我交待，我们每一分钟都在一起。从那天上午大约 11 点，或是 11 点半。一直到治安队的人来，响着警笛，来到这座房子。是爱尔兰打电话求助的。他回到了房子里面，用电话。是的，所有那些时间我都跟他在一起。起先，只是爱尔兰和我，然后，我们在奶奶家接到了尼德拉。哦，我们开车走过的所有地方，我不知道……我们在说话，在笑。在听托米·李·赖安，“只是吻别，”还有“草地鹨”，“甜蜜的恋爱时光”，还有排行榜前十名。

我会被询问十多次，而我一直都会发誓。我开始恶心，微微恶心，就在进入他们的一座大楼的时候。我的父亲当然会带着我。但是你不会习惯这样。人们看着你，好像你没有说真话。好像是你本人就是罪犯或者是凶手！“不要害怕他们，亲爱的”爱尔兰会安慰我。“他们什么也对你做不了。他们对我也什么都做不了，我保证。”我知道是这样，但是我充满忧虑。

我为格洛丽亚姨妈冲洗最后一名顾客的头发，大约是在 10 点，一位没有预订的客人。然后我打扫清理，把垃圾等等弄到巷子里。干了一个小时，也许是。就在这个时候我看到爱尔兰·麦克尤恩开车经过。在尼亚加拉街上。11 点左右。稍后，我看到他停在桥附近。格洛丽亚说，要是我稍早一点停下就好了，美发沙龙的夏季是缓慢的。所以我在 12 点差一刻左右离开了，我确定。如果格洛丽亚姨妈记得的晚一些，一点左右，哦她搞错了，但是我从来不愿意当面争论。对年长的亲戚，对成年人，我一直彬彬有礼。你不会粗鲁的，在我家里不会。我跑到街上，跟爱尔兰·麦克尤恩打招呼，我父亲认识他。从史特莱克斯威尔。不，我从来不认识他父亲或是兄弟。他父亲他们叫他麦克尤恩老人（并不是因为马拉基·麦克尤恩真的老了，在报纸上，他的年龄是 57 岁。）

是的，爱尔兰知道我的名字。他说出来了——凯瑟丽。这是我的保姆给我取的名字，那时她拼不出凯瑟琳。所以每个人都叫我凯瑟丽，那是我的专用名，我喜欢这个名字。

我们说着话，开着玩笑，爱尔兰问我是不是愿意坐车转一会儿，我说好的，所以我们就开车了，然后他问我是不是愿意开车去奥尔科特海滩，到那里有9英里，我说好的，我希望我们能带上我的妹妹尼德拉，她在我们的奶奶家。所以我们去接上了尼德拉，她没精打彩地在奶奶的门廊读书。这是什么时间，也许是12点半了。尼德拉！她是个书呆子。每个星期六，她都去图书馆还书，然后带走更多的书，她有两个图书馆的卡，这对于她还不够。她会上大学，所有人都预期她成为一名图书管理员或者是老师。哈根家第一个出去上学的。我会是第一个中学毕业的，要不是嫁给爱尔兰·麦克尤恩，像我在大三那年做的那样，我不得不辍学了。它只是没有完成。你被开除了。没有人质疑这个，就像没有人质疑越南战争。(记得那场战争吗?) 如今女孩子可以未婚先孕，她可以自由地呆在学校里，没有人抗议。至少，没有官方的行动。今天，这个新的世纪，这是一个开明的时代，或者是一个堕落的时代。这是一个更加宽容的时代，作为一个基督徒能看到这一点，或者它是一个没有羞耻的时代。但是当时，在1970年代早期，我们生活在纽约北部的伊甸园县，我们就是那样的人，我和爱尔兰·麦克尤恩一结婚，我就从学校退学了，我安于做他的妻子，很快当上了母亲。离开了史特莱克斯威尔，我的感觉是终于摆脱了，人们愿意说我们就说吧。甚至是所谓的好人，甚至是我们的朋友们。因为他们嫉妒。因为我如此幸福，我们结婚以后13个月，就有了我的宝宝（我知道，每个人都在数月份），没有人要骗取我应得的东西。我对着圣经发誓，11点钟爱尔兰·麦克尤恩在桑伯恩，几个小时里我都陪着他，我们开车去他父亲农场的时候，他一直在我眼皮底下，几秒都没有离开，直到看到屋子里的情况。他只有震惊。但是他的第一个念头是想到了我。“凯瑟丽，”他说，“不你不想看见。”他的脸色发白，浑身发抖，但是他第一个念头是想到了我。他把我从门廊拉开，而我没有看见。他说，他们被猎枪击中，死了，他感觉是那样。他没兴奋也不歇斯底里，而是平静地说话，然而他搞错了。爱尔兰还说，他知道是谁干的，但是后来他不会重复这些话，甚至对我他都没有再重复过，甚至是在我们结婚以后。然后搬离了史特莱克斯威尔。农场（多半是抵押）出售了。

不。尼德拉从来没有进那间屋子。她在私人车道上爱尔兰的皮卡上。她害怕出来，因为狗在叫。她说她跟我进了屋，她看到了死人，但是那只是尼德拉无中生有。她一直都神经质，在黑暗中看到东西。

任何实实在在的东西，不是书本里的，尼德拉就无法处理。因为她所有爱出风头的行为和讽刺的语言。是的，她聪明，她分数高，但是有她理解不了的事。她从来没有一个真正的男朋友。可能喜欢过她的男孩子，她都用自作聪明的话把他们吓跑了，而其他男孩子，他们不会看尼德拉这种精瘦的女孩子第二眼。她藐视他们，或者是假装成这样。在我和爱尔兰结婚并居住在尤维尔之后，而霍利大概有一岁了，她用颤抖的声音诚挚地说：“凯瑟丽，你怎么能这样呢？一个男人干了什么？它没有伤害吗？或者你是习惯了？还有了孩子，它伤得不痛吗？”我很吃惊我妹妹说这些话，我笑了，但是我也愤怒，我说：“尼德拉！注意你的嘴。这个宝宝会懂懂得这些话，多年以后还会记得。”

尼德拉。有人在背后走近我，碰了碰我的肩膀。就在我正好呆着的地方。是爱尔兰，他对我彬彬有礼，就像他对凯瑟丽一样，叫着我的名字，“尼德拉”，他叫得有点古怪，他说我最好跟他一起出去，不要再看了。

好像那里有危险，而他必须营救我。有危险，而他将营救我。

没有搂着我，就像他搂着凯瑟丽一样。但是他拉着我的手，我的手麻木得像冰一样，好像我是个小姑娘，要领着走路，他领着我，头晕目眩，跌跌撞撞地出来了，凯瑟丽在那里哭泣、呜咽，说着“哦！哦！哦”但是我没有哭，我不会哭，这对于我还不是真实的。或者，我在想“他们是谁，我一个都不认识。为什么我要哭。”但是一股热腾腾的酸酸的糊糊从我身体里面翻腾出来，从我的胃里，我呕吐了，溅在我脚边的地上，溅到我从伍尔沃斯买来的黄色橡胶人字拖上，我会永远地把它扔了，在那天之后。

我不会成为证人。我不会做出陈述。我13岁，县里争论说我不是孩子了，他们争论说，我够大了，能提供陈述，但是我的父母告诉他们是的我太小了，相对于我的年纪，我是个不成熟的女孩，而我认为自己可能看到了的，不必要相信。因为凯瑟丽发誓，她在屋里什么也没看见，凯瑟丽还坚持说我甚至没有进屋。“因为她嫉妒。爱尔兰·麦克尤恩领着我出了屋子，握着我的手。那个长着黑眼睛的红头发男孩，温柔地对待她的妹妹。”

后来，我的双眼再不一样了。秋天，我会被诊断为双眼近视，不得不戴上眼镜，在让我看的东西面前，没有人会相信我的眼睛是好的，我的生活改变了。在几年时间里，没有眼镜我能“看到”的只是模糊不清的东西，部分原因是我的阅读习惯，阅读，一直阅读，直到深夜，只点着一盏灯，但是大部分却是因为那一天我在麦克尤恩农场所见的东西，我的姐姐凯瑟丽否认我曾见过的东西！“尼德拉那是你想象的。你在那房子附近哪里也没去。爱尔兰说，他不记得你进去了。那里发生了太多事，都与你无关。”

我会希望自己那一天根本没有去桑伯恩。或者，我会希望我呆在奶奶家。我有从图书馆借来的那些书，我在帮奶奶用纸样裁剪衣服的图样，用大头针把它钉住，把它靠着我举起来。(是我的羊毛格子图案套头衫。后来，每当我穿上它，就会有像要吐的感觉。）爱尔兰和凯瑟丽过来接我的时候，我不知道当时是几点。是在午饭后，但是有多长时间，我不知道。他们也会询问奶奶，她糊涂而又固执，最后他们厌恶地放弃了，因为就算奶奶说了一件事，第二天早晨她也会想变卦，最后他们对我不抱希望了。因为我不能与我姐姐相矛盾，她对她所知道的事如此肯定。我不能与我姐姐相矛盾，她宣誓说她认为我在紧张状态下的时候，不能宣誓说那些是真的，甚至也不能宣誓说我认为可能是真的。他们来接我的时候，是不是过了两点，开着铁灰色格栅生锈了的福特皮卡，在奶奶家房子外面的路边停下来，或者是在中午之前呢，我没法发誓。我说不出是哪个时间。因为看到我姐姐凯瑟丽跟任何男孩在一起，高兴地冲我招手，都很让人吃惊，更不要说是那个人尽皆知的红头发的爱尔兰·麦克尤恩了。当你 13 岁，被人开着一辆 23 年的老皮卡带着兜风，在奥尔科特海滨，在木板路上，笑着，叫着，沿海滨奔跑着，就像你这辈子见到过的那些姑娘一样，和男孩子们在一起，但是从来没有梦想过那会是你，你没法记住一幅清晰的画面，关于哪些发生过，哪些没有发生过。尤其是如果它是接近你的人造成的伤害。

“尼德拉，你知道。只是说出事实。”

“爱尔兰来接我是在中午之前。只是在几分钟之后，我们到奶奶家接你。你知道的!”

“他不可能在农场。那件事发生的时候。他们说的那件事发生的时间，他和我在一起。每一分钟，爱尔兰都和我在一起。尼德拉，你知道的!”

但是我希望我没有。即使在现在这么久以后。一个邻居在那天正午前后还看到麦克尤恩先生和他的儿子约翰尼活着。验尸官判定，他们被害的时间是那个时间到大约下午 2 点之间。但是凯瑟丽早在上午 11:30 就看到爱尔兰在桑伯恩。她会发誓。所以爱尔兰不可能是凶手，这是事实。“尼德拉，你也看到了他。说你看到了。说你看到了! 说事实。”

可是我不能。我变得头晕目眩，结结巴巴，摇晃得厉害，他们推测我可能是“癫痫病”。就是从那时候，我的双眼开始恶化。因为对我所看见的东西发誓，因为凯瑟丽坚持我没有看见，那我又怎么对我没有看见的发誓？

我姐姐双眼里的表情！就像云母在阳光下闪烁。

我姐姐发生了改变，这种改变永远不会离开。她恋爱了。她现在不是凯瑟丽了。那么凶猛，我相信她会像猫一样挖出我的双眼。但是甚至更早，在奥尔科特的时候。她身上就有种野蛮的东西。因为在他们离开我的时候，爱尔兰·麦克尤恩吻她了，在此之前，从来没有男孩吻过她(我对此有把握！)当时我赤脚站在腥臭的浪涛中，把蛤壳扔进湖里。追着他们，调侃地喊“亲亲！你们好恶心啊！我恨你们两个！”

但是风把我的话吹走了。真希望那天我没有跟他们一起去奥尔科特。没有去麦克尤恩农场！爱尔兰喝酒了，但是他没有醉，我相信。他容易兴奋，爱出风头，但是你可以说，那是唯一的天性，因为他害怕那位老人，老人以坏脾气还有对妻儿的粗暴而闻名。毫无疑问地，他们全都挨过爱尔兰父亲的打。报纸上会曝出来。你可以说，那条狗米克一直都认识爱尔兰，那一天却害怕他，跑到门廊下躲起来，是被凶杀案吓着了，被尖叫和喊叫声吓着了，被所有动物都能辨别的死亡的可怕气味吓着了。

那些蝇子！有时我感觉到它们擦着我的嘴唇。我的眼皮。让我尖叫着惊醒。

斧头，不我没有看到斧头。(没有找到任何凶器。人们说，他把它埋了，或者是把它扔进了纽约河。)我在前屋里没有看到斧子，但是我后来会知道，凶器是一把双刃斧子，侦查员推断出。麦克尤恩家的斧子也从农场消失了，再没有找到。第一眼震惊地看到两具尸体，爱尔兰会想到他父亲和哥哥是被霰弹猎枪打死的。爱尔兰还会对我们说，他知道凶手是谁。他知道！他用低沉而缓慢的声音说，“有人想要爸死，很长时间了，现在这件事发生了。”但是警察来了以后，爱尔兰没有告诉他们这个。他不会对任何人说这些话，他再也没有说。

我从不撒谎，因为我从未作过证。而且，如果我宣誓了，我不会撒谎，因为除了像恶梦中那样混乱而奔忙的事，我没法记住。我是个平平常常的女孩，有点儿笨，我会长大成为一个平平常常的女人，有一颗忧郁的心。除了在看到我的外甥女霍利的时候，我的心里会充满有几分像幸福的东西。因为我爱这个孩子如同己出。因为我从来没有过女儿，也永远不会有。确实，我对我的学生有点软弱（我在史特莱克斯威尔初中教七年级英语），在他们眼里，我是哈根小姐，一位没有废话、有趣、令人愉快的老师，因为我对他们掩藏了我的忧郁，但是我的情绪不是非常真实或者持久，一到 9 月学期结束，我不会想到这些孩子，在将来也很少会记起他们。也许我不是一个幸福的女人，但是我认为幸福是一个我们可以安居的所在，哪怕只是短暂的一段时间。当我和凯瑟丽还有我的外甥女霍利在一起的时候，我安居于这种幸福之中。因为她们是我的家人，基本上来说。还有，当我和她们在一起的时候，我表现得像个幸福的女人，所以也许就是这样。

凯瑟丽。事实是，那天早晨，“爱尔兰·麦克尤恩不在”他父亲的房间里，“他第一次看到两具尸体时过了下午 5 点，当时跟我和尼德拉一起在农场逗留。但是许多人怀疑他，起初。有很长时间很艰难。人们有多愿意相信最坏的啊，哦我慢慢知道人们怎样，甚至是基督徒：在你们的心里是卑鄙、恶意和伤害。然而——见到了爱尔兰，正如那些人所做的一样，直视着他的双眼，那双温暖丰富的褐色的，十足的褐色的，几乎是黑的了，那双美丽的眼睛，你可以从他身上看到善良，然后相信他。

警察询问了那么多人，为什么所有人都想集中于爱尔兰？有那种愿意相信最坏情况的人：儿子会谋杀他的父亲（还有他的长兄!）以如此恐怖的方式。但是住在隔壁的麦尔文·胡克怎么样呢，大家都知道他和麦克尤恩家有旧怨，马拉基射杀过胡克家的一只狗，说它弄死了他的几只鸡。还有人借了马拉基的钱，他们各处都有。还有他的儿子佩蒂，经常跟他打架。而梅迪纳家，马拉基已故的妻子安妮娘家，他们痛恨马拉基对待她的态度。据说，马拉基在他的妻子第一次怀孕的时候，就不再爱他，不再尊重他，而她会有 6 个孩子！当她因为乳腺癌而日渐消瘦，因为化疗掉光了头发，马拉基一点也不掩饰对她，甚至对他们的孩子的厌恶。而且一点也不掩饰他跟女人们的事。

那些窃窃私语就像就像干燥的麦地里的风一样传到了我耳朵里。“倘若一个人该死。而且是暴死。倘若一个人应该得到上帝的报复。”

但是爱尔兰不会说死者的坏话。爱尔兰尊重一切。我们在卫理公会教堂结婚，我们的宝宝在那里施洗。我母亲马上接受了我的丈夫，甚至，我相信爱上了他。我的父亲，患有糖尿病，他脑子里打定反对我们，他从来没有真的了解爱尔兰，甚至是，让这位老人惭愧的是，没有真正了解她漂亮的外孙女。

爱尔兰说，“他是个好人。我们不应该评判他。”

这是事实，我和爱尔兰结婚的时候，彼此深爱着对方。但是，这不是个轻松的婚姻，有如此一个阴影笼罩着我们，就像巨大的乌云笼罩着安大略湖，你吃惊地抬头看着，几分钟之前，天空还是一片明朗。因为人们坚持在我们背后说那些下流的事。因为爱尔兰找工作不容易，这就是我们如此频繁地搬家的原因。喝酒是爱尔兰的弱点，就像麦克尤恩家的所有男人一样，他羞愧地把这说成是他唯一真实可靠的幸福，希望他能改变，然而发现改变是如此艰难，而我会同情他，因为我有抽烟这样一个坏习惯，就像水蛭用它丑陋的唇吸住我，很多年。然而这是事实：爱尔兰是个好丈夫，还是一个好父亲，尽他所能。我理解他头脑中是不安的，杀害他父亲和哥哥的真正的凶手一直没有抓到。他似乎知道也接受了那是谁。最早的那一个小时，在农场里，当他发现尸体，挡着不让我看见的时候，我像个傻子一样跟在他后面，他就知道了那是谁，最可能的凶手，但是他永远不会说。永远，面对警察的询问，不会指证另一个人，甚至是为自己辩护。

“告诉他们你所知道的，亲爱的。”我乞求他。

“我知道什么？”爱尔兰问，他举起双手，微笑着，“你告诉我，宝贝。”

当然，所有麦克尤恩家的孩子都受到了警察的询问。住在尼亚加拉瀑布的 36 岁的摩托车手，还有犯罪记录。爱尔兰的异母兄弟，是最大的嫌疑人。但是没有什么证据指向他。像爱尔兰一样，佩蒂・麦克尤恩能数出在凶杀的那段时间他在哪里。而且他在数英里以外。有一个女人声称他跟她在一起，也许这是事实。

家庭农场只有 12 英亩。大部分抵押给了尤维尔银行。这些财产会及时归马拉基・麦克尤恩在世的儿女所有，但是，在缴税和做完其他评定之后，几乎一文不值了，没有一位继承人愿意住在那里，甚至是到那里去看看，我跟爱尔兰说我们可以去，有一天，我冒出了这样一个疯狂的想法，但是一旦头脑里有了这个想法，我就不假思索地说了出来，“亲爱的，为什么我们不在农场出售之前开车过去，也带上霍利看看？”

霍利那时刚好两岁。我们住在尤维尔。

爱尔兰说，“让霍利看什么？”

“农场。你长大的地方。那片土地，那个谷仓……”

“那个房子？你想让她看那个房子？”

“都清理过了，不是吗？”

“是吗？”

“哦，我是说，”到这里我开始结结巴巴，感觉自己是这样一个傻子，而爱尔兰盯着我，严厉地微笑着，这是他表达愤怒的方式，但是他尽量不流露出来——“是吗？清理过了？”

我没有看前屋里面。像尼德拉说她做过的那样。我只是眼前一片糊涂，一阵眩晕。皮肤上有鲜艳的深红色斑点，和乱纷纷的闪光（我随后会知道，这些是马蝇！令人厌恶的肮脏的马蝇）但是我什么也没有看见，我也不知道。现在爱尔兰正想让我回答——什么呢？我甚至没法去想我们说的是什么！我的思维如此混乱。

然后我记起来了：是的，房子已经清扫了。当然！否则，如此房产怎么能出售？在警察把他们想要的东西拿走之后，雇了中学的看门人，擦洗了地板、墙壁，和所有的一切。肮脏的溅了血的旧地毯被警察拖走了，用来破案。所以“会客室”现在应该是干净的。但是我们当然不会走进那个死人呆过的地方，我的意思从来就不是说让霍利去看那个房间！这个我会向爱尔兰解释——爱尔兰去哪里了？

在外面的私人车道上，我听到皮卡发动了。他可能一个通宵不回来，一天，未来的几年，霍利上了初中，他还是根本没有回来。

那天晚上，我注视着霍利，像我常常做的那样，她睡在她自己的小床上。我并不担心她会停止呼吸，像那些神经紧张的母亲所做的一样，而是因为爱她而恍恍惚惚地盯着。“你的祖父不得不死去”，突如其来的想法闪过，“这样你才可能出生。”一种巨大的幸福充斥着我的内心。巨大的平静降临在我身上。我所知道的，对于我能用成年人的思维来表达的，似乎太巨大了，作为一个母亲，本能地知道她孩子的需要。在我照料霍利的时候，在很远的房间里，我能感觉到她醒了，饿了找奶吃，而我的乳房似乎也醒来了，流出甜蜜温暖的乳汁，我是在恍恍惚惚的爱中奔向她。

因为我的生活就是与她，我的宝贝相关。它根本与爱尔兰·麦克尤恩无关。

尼德拉。那些夜晚！我无法入睡。凯瑟丽不想再跟我住一间屋子，说我让她紧张，所以我不得不睡在一间极小的屋子里，在楼上大厅里，不比衣橱大多少。因为书读多了，我的双眼开始变坏。纸上的强光（我床上一个曲颈的灯照下来的）和页面之外的黑暗。我的双眼盯着，盯着纸上印的字，直到它一片模糊。微弱的嗡嗡声开始了，我不肯去听，因为我知道那不是真的。有时我会从床上跳下来，去卫生间，或者，我会踮着脚尖走到窗前楼梯上，一些夜晚，衬着月色，你可以看到几英里远的湖水，地平线上一条窄窄的薄雾。大多数夜晚，只有香烟雾那么厚，没有月亮，也没有星星。

给我的外甥女霍利过她的第二个生日，我会送她一大盒“绘儿乐”。我还是小姑娘的时候，就喜欢“绘儿乐”。我们会在一起画画，我和我的外甥女，互相讲傻傻的故事。

霍利常常笑着，碰碰我的面颊，“尼德拉姨妈，我爱你!”

这个关于我看见却没有看到过的东西的故事。我没有看到的东西。我会终我一生来看，来讲给我自己。

火

是纵火案吗？在葬礼之后，缓缓地，她驾车经过教堂街 819 号她父亲房屋烧毁后的残骸。这是火灾之后的第 4 天。但是很难想象，这个一切都平静死寂的地方，发生过一场火灾。11 月寒冷的风。让她吃惊的是，她发现她开着自己的车，进了教堂街最尽头的死－胡－同，不得不艰难地把车倒出来，第二次绕地蛾，开车经过烧毁的房子。她被警告过不要这么做。她还是这样做了。她甚至从家里带来一个宝丽莱相机，打算拍照。但是看到这个曾经是她家房子的地方，变成的废墟，让她感到不快。有死亡。燃烧过的东西发生的恶臭，下面潮湿的有机物腐烂的气味。佩里斯堡镇当局都用木板把门窗围住了一部分，丑陋的黄色胶带缠着走廊上被烟熏黑了的圆石柱子。提示：勿入。从大街上看，医生的旧房子看上去依然威严，它有着宽阔的擅自占用的阳台，和石头墙面，但是从外面，你可以看见这座房子的，，是怎么没有了，灰泥和木制品自己瓦解了。楼梯后方，火灾开始的地方，成了一张黑壳。有白纱一样的东西，从二楼破窗上，像一面破烂的旗子在风中飘荡，那里曾是薇薇安的房间。后楼梯没有遮掩，像骨骼一样。隔壁的车库，在另一个时代曾经是马厩和放马车的地方，大部分损毁了。屋子旁边高大庄严的橡树，曾是威斯特医生的最爱，也损毁了。房产前面 8 英尺高的红杉篱笆，像屏障一样挡住了教堂街越来越多的车流和噪音，也已经被消防队员撞倒，一段段地躺在地上。因为可以说是一晚上火情“凶猛失控”——正如当地报纸报道的。“成千加仑的水”被佩里斯堡消防员倾倒在房子上。火灾的起因正“在调查中”，但是“故障”电线在这座城市的旧房子里司空见惯，这个很可疑。上了年纪的退休医师，梅纳得·威斯特，83岁，自从妻子在1994年去世后，就是这座房子的唯一所有者，他在火焰中“失去了”生命。

失去了！这个词的辛酸打击着威斯特医师的女儿。

她想知道：他是怎样“失去了”生命，你的生命又会“失去”到哪里，如果你的生命“失去了”它还能找回来吗？如果是这样，由谁找回来？要么，它会一直就这么“失去”，永远地失去吗？薇薇安微笑着，思忖着。也许有一个属于“失去的生命”“失去的灵魂”的网络空间。就像冥府，无形的幽灵像中风患者一样四处游荡，被他们残酷的命运所阻碍。

“哦，妈的。”再一次，她开着车鬼使神差地进了死一胡一同，不得不调过头来。好像她没有认出这熟悉的环境。好像她没有在这房里、在这条街上住过18年之久；好像她童年时在纽约佩里斯堡的失去了的旧街坊，不比她现在住的地方——任何地方更真实。

这种飘浮的感觉。这种嘴里发干的感觉。除了血管里没有毒品流动，她跟吸了毒似的。也许这意味着，现在薇薇安的父母亲都不在了，她——怎么呢？自由了？

在哥哥哈维第一次打电话的时候，她结结巴巴地对他这样说。震惊。谬误。突然。“他们都走了，哈维？我们的父母？”

葬礼上，家里的亲戚们提醒薇薇安不要现在就检验她们的老房子。他们知道她可疑的病只。“你只会让自己不安，薇薇安。”她以12岁的莽撞说，“这应该不安，不是吗，在你父亲刚死的时候？”她没料到自己声音这么大，引起了注意。愤怒像火焰一样迅速燃起，现在她没有用药物治疗来对付阵阵情绪，也没有饮酒。但是她没有说，“当你的父亲烧死了，死得这么恐怖的时候。”她在说出这些话之前阻止了自己。

事实上，他死于——根据验尸官的报告，烟雾窒息，这造成了他的心博骤停。他死于恐惧之中，也许这比躺在床上糊里糊涂地活活烧死还可怕。

在《佩里斯堡日报》上，冷酷地指出，在火灾现场发现了威斯特医生“可怕的炭化遗骸”。薇薇安想知道，病理学家怎么能检测这样的遗骸。她盯着盒上的棺木，她想知道，那些遗骸看上去是什么样子。但是她的头脑干不了这件事。她甚至没法清晰地回忆起父亲生前是什么样子：她最后一次见她，6 个月前，他拥抱着同她告别，她不自主地避开他呼吸产生的新鲜的特殊的气味，它就像握在潮湿的手掌中的铜币……她确实觉得这样确实古怪，可以用一种反讽性的评论，一位老人的“可怕的炭化遗骸”，这位老人因为种种疾病，身体虚弱，死的时候，体重还不到 140 磅，却需要如此一个巨大的、奢侈的、闪闪发光的乌木制的容器。威斯特医生嘲讽过如此不节制的行为。而且，既然他死于火灾，哈维和其他亲属为什么不安排他的遗骸火葬呢？薇薇安的父亲是最现实、最不易动情的人，他还有种幽默感。

尘归尘，土归土。死亡诗篇。

薇薇安开始剧烈地颤抖。这里有如此巨大的事情，她无法了解。强制性的吞咽变得更糟糕。她知道人们批判性地看待她。临床上。她太瘦了，穿着一件没形的针织连衣裙，几乎到了脚踝。她生疼的双眼藏在超大黑塑料边框黑色太阳镜后面，这让她，一个身材瘦长、皮肤苍白、美丽正在褪去的女人，显出过去那个堕落的时代中，一些摇滚歌手那样的瘾君子特别的外表。70 年代？她生于 1966 年，这对于她来说，就像是在一个星系，飞驰在高速旋转的空间，在非常久远之前。

“薇薇，来，不要这样。他们只是想好些。”这是她哥哥哈维，抓着她的胳膊，低声说。在这次聚会中，哈维是唯一的成人，男人或是女人，他有权抓着她的胳膊肘，对当局施加压力；一种压力，暗示着胁迫，实实在在的疼痛。“他们也处于一种震惊状态中。你不是唯一的。”

薇薇安不知道哈维在说些什么。她低声说：“这是纵火案，对吗？在那个街区。”因为在旧教堂街附近，在过去的几年里，有好多起疑似纵火案，你可以说，从哈维还有随后薇薇安在80年代中期离开家以来，这里变了，恶化了。巨大的、漂亮的独栋住宅大多数已经变成很多家庭居住或者变成了办公大楼；在佩里斯堡市中心和河流附近肮脏的街区，有分散的空房子被吸毒者和妓女接手了。在母亲去世之后，哈维和薇薇安催促过父亲卖掉房子，搬到别处去，到郊区的公寓或退休村，他多年都没有同意。哈维给房子里安装了防盗和火警系统，但是他们的父亲忘了打开。他不是一个多疑的老人，他说。他跟邻居们相处和睦。他曾告诉他们，这座房子是他幸福的居所。我的幸福好像不会再来了。

哈维在跟她说，不要提那事了。不要在这里。

“纵火意味着谋杀。有人谋害我们的父亲。”

乌木花篮上，突然有剪刀样的闪光。一行诗出现在薇薇安脑中，好像来自那道闪光之中。有压力的时候，诗歌是她的慰藉。但是只是迷失的诗行，就像吹过夜空的云朵。“一切都改变了，在蓝色吉他上。”

意味着什么呢？蓝色吉他对于火灾无动于衷？

葬礼之后，薇薇安没有跟任何说一句话，就离开了墓地。没有回头看一眼。不像罗德的妻子，她没有打算因为心痛变成石头。薇薇安·威斯特不会的！可以观察到，她穿着黑色高跟鞋，摇摇晃晃。她的头发看上去染成了黑色，对于一个35岁以下的女人来说太过黑亮了，被风吹散了，有点凌乱。她深红色的唇膏在嘴上涂得太重，她在用嘴呼吸。虽然她没有嗑药，也没有饮酒。那天还没有。

哈维解释说：“薇薇受惊了。让她自己呆着吧。”

开车沿教堂街走着，紧紧握着方向盘……“我做我想做的事。”薇薇安的童年是傲慢的。现在她是成了，自夸显得古怪。

因为你很少知道自己想要什么。即使在你做了之后，到底那就是你想要的，还是碰巧发生在你身上，你也说不清，就像天气一样。

她绕教堂街 819 号转了三圈，然后停在路边。车道被一个锯木架上黄色的胶带封上了。警告：勿入。在附近的角落里，孩子们正在街上嬉戏，黑人小孩互相喊叫着。这里已经成了许多孩子的邻里。有青少年在后面盯着薇薇安的车。她下车的时候，拿着宝丽莱相机，有人冲着她的方向大叫。

她决定把这个喊声解释为玩笑，不带个人色彩。就像是：“嗨，女士!”她迅速地挥挥手打了招呼，转过脸去。大概他们以为她是官方的摄影师吧。相机是她丈夫的。难道你不认为我应该跟你一起吗？他犹豫着问过。

不。薇薇安想独自呆着，带着悲伤，带着这种悲伤的愧疚。

这对于她依然陌生。她在多多少少独自生活多年后再婚了。他是罗切斯特公立中小学的副校长。比薇薇安大 12 岁，有两个快成年的儿子。薇薇安告诉哈维这个消息的时候，他吹了吹口哨。你怎么遇到了这个家伙？这都是什么时候发生的？听起来不错，薇薇。

哈维的意思是，这听起来很安全。

薇薇安艰难地紧紧抓住笨重的相机。燃烧过的东西的气味吓住了她。她非常努力地让自己不要呕吐。“不要嗑药，再也不要了。对于我来说活生生的现实。”她从来不是瘾君子，她只是开了从来没有过的处方药，然而那些药几乎毁了她，所以你可以证明，最活生生的现实是少冒点险。这个，她曾向父亲发过誓，他看来是相信她的。

她产生了一种变态的想法：消防员经常到人肉燃烧的气味吗？烧熟的人肉？显而易见，是这样的。你习惯了它，她猜想。就像所有一切。

一座房子的废墟可怕地出现在她上方。70年代中期，教堂街附近的价格开始下降，像佩里斯堡这样尊贵住宅区的房产曾经价值数十万美元。今天，在这座城市市郊，尼亚加拉河边的房子，价格都到了100万美元。漂亮的实木地板，优雅的造型和护墙板，丝质壁纸，庄严的屋顶，法式门窗朝向风景如画的阳台……薇薇安一阵颤栗，她想到，要是父亲在火灾中活了下来，失去这座房子也会要了他的命。

决不离开我幸福的家，我怎么能够。

过去一两年中，薇薇安的父亲变得年老体弱。医生不期望屈服于他的病人的常见症状。薇薇安曾经请他卖掉房子，搬到罗切斯特，跟她和她的丈夫一起住，但是当然被他拒绝了。她也没有坚持。因为薇薇安当然不会真的想父亲跟她一起。她爱他，但是有距离。威斯特医生焦躁不安，容易厌烦。佛罗里达的退休生活不适合威斯特医生。他在76岁的时候，才因为健康原因，勉强退休，不上手操作了，然而，他还是继续免费给附近的病人看病。他在当地一家妇科诊所当顾问。他跟薇薇安或是其他任何人一起生活都会痛苦的。

现在太晚了，现在他死了，薇薇安感到后悔，她感到愧疚。罪恶感掠过我们心头太晚了。

她趺趺撞撞地走在搅动过的肮脏的雪中。找条路进去？这太疯狂了。到处都是警示牌。“警告：勿入。佩里斯堡消防委员长颁。”烧焦的木板摆在头顶松松地摆动，在风中吱吱作响。碎玻璃掉在脚下。如果冒险进了以前的厨房，碎片会落到她的头上。你究竟为什么要这样做，我没有提醒你吗，哈维可能会这样问。薇薇安无法回答，除了说，这是我的不幸。

头顶上，可怕的窗帘碎片像是在羞怯地召唤她。

她张着嘴，呼吸困难。她拍的头几张快照都是令人失望的东西。它们可能是任何被烧毁的房子，没有表达特殊的意义或情感。她没有指望这个。

也许她期待她逝去的父亲的灵魂安居于此地？荒谬。

会有对火灾的官方调查，但是，除了这个，教堂街819号庄严的旧宅子，梅纳得·威斯特医生40多年的居所，不再有任何意义。“这一切都改变了。”这处房产——邻近峡谷和森林，属于乡镇后面的两英亩土地，将会出售。燃烧过的废墟将被夷平。那些笨重的圆石柱，已经很少用做建筑材料了，它们将被倾卸卡车拖走。繁茂的老橡树，比房子还高，将被连根拔起，用电锯切断，放在地上，被人们遗忘。薇薇安想道，如果她的父亲是自然死亡，这座房子会留给她和哈维共同继承。这是威斯特医生遗嘱中的条款。他俩都不愿意住在这里，哪怕是哈维这样还呆在佩里斯堡，住在河边一处独立产权的高层公寓里，不过他们也不会愿意把它卖了。因为过去一旦消逝，它就真的消逝了。薇薇安过去并不是特别地幸福，但是那是属于她的。就像是，在她不到三十岁的时候，被恶梦惊扰，她还是会珍惜这些景象，因为它们是属于她的。

她突然为了一个久远的记忆微笑了。他们小时候，在峡谷沿岸玩丛林战的时候，哈维和两个朋友曾是怎样去吓邻居的孩子们，男孩子们扛着锐利的长矛，长矛装饰着黑色土耳其秃鹰羽毛。哈维10岁，当酋长，他用峡谷里的红粘土在脸颊上画上了条纹。他曾是一个强壮而淘气的孩子。非常聪明，但是在学校桀骜不驯。他那帮人放过了小维信，因为她是他的妹妹。一个男孩差点淹死在峡谷沟渠的水中，这之后恐怖统治结束了，那个孩子是被哈维和他的那帮人连推带踟弄下船的……

现在哈维·威斯特38岁了，是佩里斯堡边上Shop－Rite商场的负责人，商会和扶轮社的一员。他遵循了父亲在投资和房产方面的榜样，还有，薇薇安推测，他挣了些钱。哈维对自己的私人情况一直闭口不谈，包括感情上的事。所以她没法确定。

“现在保险金会归我们？共同继承？”这个想法令人不快：她不想从

父亲的死亡中获益。她不想从一位长者的苦难和死亡中获取一点点幸福和快乐。

她也不想让哈维从中获益。

她在等着照片显影，看着神秘的形状、线条、微弱的色彩从化学味道的空白处显现，突然出现一个念头：也许是哈维纵火？

船屋。船尾急流。戴维迪兹绅士俱乐部。歌舞酒吧。右舷。好时光。一和十运动俱乐部。米奇的酒馆和保龄球馆。当薄暮迅速降临时，巡游在佩里斯堡滨河区。在市中心的一家宾馆里，有家叫“蓝色吉他”的破旧而浪漫的鸡尾酒廊，她好像记得这个。几年前她曾经被一个男人带到那里，这个人的名字她现在回忆不起来了，或者是不想回忆，不过她还鲜明地记得，他是一个已婚男人，而她喜欢这个：拿走属于别人东西的那种擅自入侵的刺激。只要是暂时性的。

她没有找到过“蓝色吉他”。但是河边有家“冷杉酒馆与码头”。靠近市中心的警察局，据说这是警察下班后有名的巢穴。每扇窗户都霓虹闪烁。酒馆后面是码头。帆船组成的小型船队。高高的桅杆上的旗帜，在风中飘扬。快艇，游艇，随着波浪摇摆。在酒馆前厅，暖熏熏、臭烘烘的气味扑面而来，好像过去一样。她的心跳加速了。她来到这里有多么如释重负啊。避开了亲戚。葬礼午宴是她父亲的妹妹举办的。亲戚们低声抱怨着，指责着，薇薇安去哪了？哈维会重复着说，她受惊了。我跟你说，让她自己呆着吧。

哈维爱她。哈维，她的哥哥。哈维会保护薇薇。

薇薇安走进了灯光昏暗的酒吧，迅速盘算了一下坐在哪里：坐在酒吧里，或者是一个小包间里。进包间一直都是谨慎的想法。但是在酒吧里，她可以在一排排闪光的瓶子后面的镜子中捕捉到自己模糊的脸。她三十多岁，某种程度上，她成了一个在俗丽的灯光下显得最好看的女人。闪闪的霓虹灯像发烧时候的脉搏。她放松了，很容易笑出来。即使在她是英文系严肃的研究生时，即使在她是宾厄姆顿纽约州立大学一位有前途的助教时，她也会去这种地方度过艰难的时候，以此来安慰自己。

薇薇安坐在酒吧里。除了一对恋人，姑娘穿着迷你皮裙和网眼长筒袜，头发蓬松，酒吧里其他八九位顾客都是男人。她点了一杯加冰的苏格兰威士忌。酒吧侍者尽量不对她表示好奇，她希望天哪她没有跟他一同在佩里斯堡中学上过学。

喝澄啤。混乱不堪。她微笑着想，从某个角度，他父亲葬礼那一整天，包括从合上的棺材传出来的闪烁的视觉效果，都导向了这一刻的恩典：薇薇安数月里第一次酗酒。

她想一个人呆着，她会这样说。一个面孔熟悉的身体强壮、留着胡子的男人隔着几个凳子坐着，靠过来打招呼，问她是否是薇薇·威斯特，薇薇安摇摇头，没有回答。但是过了一会儿，当她想要第二杯酒的时候，另一个男人握着他的饮料，游荡过去，她抬眼一瞥，他们的目光相遇了，他说，嗨，我可以和你一起吗？薇薇安表示可以，没问题。那个男人她不认识，她确定。他大约40来岁。他看上去已婚，但是没戴戒指。他眯起眼睛看她，看到一张忧伤的脸。一张非常苍白的脸。她用眉笔画出了一副黑色的显得唐突而清晰的眉毛。她用黑色的眼影涂着双眼，就像是马蒂斯画里的眼睛。她的嘴肉肉地撅着。进来之前，她在车里摘下了结婚戒指。她的同伴说，“有些人，有些女人，不喜欢警察所以我会直截了当地你：我跟警察在一起。”

薇薇安笑了，“我不是‘有些女人’。”

他们交换了名字。他们甚至握了手。他是一名便衣，侦探。欲望突然在她身体里流淌，像电流一样。

“我不认识他。我不信任他。我爱他。”

她说的是她的哥哥哈维，她在自言自语。在父亲惨死时驾车回佩里斯堡，也就是回佩里斯堡与哈维相聚。薇薇安想到她哥哥的时候，她的心脏都会发紧，半是亲切，半是惧怕。

整个童年时代，他都是薇薇的保护神。称得上是贯穿她的少女时期。她的女伴们都嫉妒她有个哥哥，一个这么牛气的哥哥。一个在公立学校就读的女孩，有个大她三岁的哥哥，意味着要接受各种挑战，包括男孩子们粗鲁的评判的目光，捂嘴笑着，暗中讥讽。如果一个男孩带薇薇·威斯特出去约会，他就是带着哈维·威斯特的妹妹。“我因你而受到尊重地对待。”他们长大以后，薇薇安有一次平静地跟哈维讲起了过去，“也许你从没意识到这个。”

哈维说，“我当然知道。哪个小子盯你一眼，我都会把他打出去。”

他们都吃惊地笑了。好像因为这种景象而兴奋。

近些年，随着他们鳏居的父亲老了，薇薇安和哈维，他仅有的两个孩子，必然地联系更加紧密。哈维住在佩里斯堡，承担起了责任，他不可能指望像年轻人一样。薇薇安住在 90 英里以外的罗切斯特，更加频繁地回到佩里斯堡，电话与父亲和哈维的交流也晚加频繁。一道拧紧的套索，她感觉到了它。

但是不是这样。她爱她的父亲。她也爱哈维，如果有距离的话。

哈维跟薇薇安说，他们的父亲如何越来越健忘，要是你提出这个问题，他会如何光火。哈维在电话里笑着说：“我越来越怕这老头了。他跟大黄蜂一样叮人。”薇薇安也注意到了房子里越来越多的污垢。一种没有清洗的东西发出的陈腐的气味。还有她父亲自己的气味，她不会说到这个，就像他在场的时候她不会说脏话。薇薇安和哈维讨论雇个人的可能性，尽管父亲反对，还是要雇个年轻的，更可靠的女清洁工，但是最后还是决定作罢。“不光是爸爸会生气，还是兰特夫人”——他们说到这个体格魁伟的黑人妇女，一直尊重地称呼她的大名，是这样教他们的——“会受到伤害。还有她的儿子们……”哈维的声音减弱了，显得犹豫不决。薇薇安想：她害怕他们？他们会对爸爸做什么呢？

火灾之后，薇薇安想知道兰特夫人的儿子们跟它有没有什么关系。她和哈维还住在家里的时候，他们谈起过兰特夫人的几个儿子跟警察之间的麻烦。他们在少管所呆过，最终进了监狱。

但是，当薇薇安向哈维提出这种可能性时，他的反应是恼火。“看吧，薇薇，警察局长说，他觉得可能就是，或者小型取暖器。记得爸爸那台老旧的小型取暖器吧？不要为这次事故产生幻想了。不要考虑种族。”

薇薇安感觉到他的脸红了，他充满责备。

她还是想：威斯特医生相信邻居们尊敬他，总体说来，这可能是真的。但是那些年里，有过入室盗窃，故意毁坏财物的行为。在有人闯入他父亲的办公室，寻找药品和现金之后，哈维安上了防盗报警器。“爸爸想认为每个人都爱他，但是也许不是每个人都这样。只要有一个。也许火灾是为了掩盖抢劫行为，也许是掩盖谋杀……”薇薇安平静地说。她没有说出凶手。

哈维耸耸肩。这个问题显然是冒犯了他。他再一次对她说，他们的父亲如何渐渐被遗忘，以及他是如何让成堆的医学期刊和其他杂志堆在楼下，家里后面房子里。哈维质疑过父亲存这些东西的意义，比如说，《科学》和《新英格兰医学杂志》的复印件，日期上溯到70年代。70年代！30年了！“我怎么能还没有通读就把什么东西扔了呢？”爸爸问我，他像是在跟一个白痴解释，“而且如果我读过了，划了线，做了注释，它就有了价值，我又怎么能把它扔了呢？”

他们心神不宁地笑笑，哈维模仿他们死去的父亲的声音，是如此惟妙惟肖。

不是在那个时候，薇薇安第一次想到，“你放火了吗，哈维？要是你干的，我会恨我。但是，我永远不会出卖你。”后来，她产生了这个念头，当时她正盯着宝丽来相机拍出的图像突然慢慢地出现在她眼前，图像上是设了路障的入口和变黑了的灰泥。

他在向她解释，纵火案通常很容易侦破，如果不是专业人士干的。

“合乎逻辑的火灾，是事故。它需要时间蔓延。它会闷烧，经常会熄灭。它会不规律不均匀地穿过房间。不像是助燃剂点起来的火，像煤油，火机油，火势会呈直线移动，而且速度快。而且温度高。意外火灾开始得慢，然后发展起来，在一个房间里，我的意思是说。而且在一座房子里。当然，如果在楼上的房间或是阁楼里起火，那就不同了。还有，要是有易燃物地话。但是，多数意外火灾，都是电线老化，小型取暖器，离窗帘太近，或者是被孩子们碰倒了，蜡烛倒了，烟囱迸出火花，有人躺在床上抽烟，然后睡着了，或者 ，这个发生在老人身上，他们把壶放在炉子上烧，然后走开了，把这件事忘了……每一桩火灾都有自己的历史，大家这样说。就像它发生的那个家庭一样。”他实事求是地很专业地讲述着。薇薇安倾听着，好像他是在做专业性描述。没有插话，没有明显的情绪。她告诉他，她为什么在佩里斯堡：一个亲属死于火灾。教堂街恐怖的大火。当然，他知道这件事。可能他会猜想薇薇安是那位老医生的女儿，但是他是个老练的人，没有说出口。如果他们再次相遇，她到时会告诉他。或者，也许吧。

他们从酒吧挪到了一个包间里。在那里，他们的谈话可能更加私密。他们在喝第三杯了。他在付款，他以某种方式巧妙处理了这个过程。薇薇安只告诉了他她的名字，她在想，她想把这个男人浓密的卷发握在自己手里，她想紧紧地拥抱他，因为她不认识他，他充满无限可能，充满神秘感。他的名是阿诺德——他的朋友们叫他阿诺。“阿诺。”薇薇安说着这个名字，好像是在检测它。阿诺，我想跟你做爱。

不，这不会起作用的。薇薇安不想跟任何男人做爱，即使是佩里斯堡警局的便衣侦探，他的名字叫阿诺。

他的姓，她后来知道了，是马林斯基，马林奥斯基。她不会请他重复或者是拼写出来。很可能是的，但是他和他的妻子分居了，感觉到压力、孤独、心情沉重，操心他的孩子们（因为显然有孩子），她希望他不会更痛苦，不为女人生气，因为他为一个女人生气。不过如果这是真的，她也没法责备他，难道不是吗？

“在蓝色吉他上咚咚擂鼓。”薇薇安微笑着。

她的同伴告诉她，教堂街附近经常起火，尤其是每年冬天，因为那些旧房子，还有其中一些房子里住了太多人。“死的通常是小孩子。单身母亲，她们救不了他们。”薇薇安点点头，好像是巧妙地责备。她喜欢这个男人的方式。他有权威，但是他不仗势欺人。他有她所需要的知识，但是他不炫耀自己。他让她知道：事故发生了，有人死于火灾，其中一些还是小孩子，而不是老人。

“还有，也许他不想活了，也许在他生命的尽头，这是他的秘密。”薇薇安不愿意这么想。

薇薇安问侦探，他是怎样成了火灾方面的专家，一个女人对男人做出这种评价，是因为她在他身上感觉到了一种吸引力，完全不是严肃的评价，这个男人可以当它是严肃的，正如这个男人所做的，他说他不是专家，他告诉她的只是一般知识。他没有加上“我是一名侦探，你这是在对我胡扯吗，女士？”

这个男人不想要一个女人的奉承话。也许这意识着他对她也是诚实的。

薇薇安不确定这是她想要的。

在你父亲葬礼这天晚上，在旧吧里偶遇一个男人的目的，与想要诚实、真挚没有多大关系。她先前看到侦探盯着她的无名指，现在不自在地想知道，是不是显而易见，她只是摘掉了戒指，而这标志着什么。

不时有人经过他们的包间，薇薇安的同伴微笑着，冲他们招手，但是没有鼓励他们逗留，那是他的朋友们，警察。薇薇安知道他们一定对她感到好奇。阿诺是跟在一起？那个女人的目光避开了，偶尔抬起一只手挡住她的脸。她害怕有人认出她。哈维有警察朋友。中学的哥们。他们认识她是哈维·威斯特的妹妹，都长大了。

她说："如果是纵火案，那么。你是说容易侦破？"

她的话表达得不像她希望的那样清晰。酒精暖暖地在她的血管里起作用了，她感觉像是圣诞灯饰一样照亮了她的血管，但是现在动作拐了个弯，就像白纸在河上打旋。眩晕的感觉，她不得不克制住想笑的冲动，然后抓着包房的桌子边缘，让自己平稳下来。

他说："容易侦破？我没有这么说。不好侦破，如果火灾是专干的。"

"专——？"

"专业纵火犯。"

薇薇安盯着她的同伴。在酒吧的灯光下，他的皮肤显得粗糙，左眼上方有一道疤痕。但是他在笑着，他看上去几乎是孩子气，满怀希望的。现在，在这种折射光下，部分被他自己的香烟的烟雾遮挡了，他的特征更加不突出了，她也拿准他眼中的表情。他会认为她是个傻瓜吗？他在计算他相处的机会吗，性方面？结果又会是什么呢，如果真有的话？或者也许，现在作为一名侦探，通过本能还有训练，他看到她处于一种震惊、麻木的状态，不确定自己想要从他那里或是从这次交谈中得到什么。一个决心要醉酒的女人，不是独自一人。

薇薇安声音微弱地说："我想我没有认识到。还有专业纵火犯。"

"薇薇安，什么都有专业的。"

薇薇安再一次受到了指责，她感到自己的脸发烧，她表示歉意后离开了，去了女洗手间，一个肮脏的粉红色壁柜，像子宫的内部，镜子前是她熟练地化过妆的脸，惊人的年轻而又目空一切。她摸索着包里面的手机，拨了哈维的号码。没有应答。也没有电话应答机。“你该死，哈维。你在哪！”她用了厕所，洗了手，她又涂了一遍唇膏，像女学生一样把它糊上了。她想知道他是不是有安全套，显然是有。薇薇安包里从来不会装任何如此会受牵连的，或是如此给人以希望的东西。现在她结婚了，当然不会。

然后她突然想到，他没有等我。他走了。这就让事情简单多了。

这个想法如此令人信服，当她看到那个管自己叫阿诺的侦探在包间里等着她，带着爱人一样的耐心，抱着胳膊，抽着烟，眯眼看着她，她了。他有着乌黑浓密的头发，在耳朵上面剪得高高的。他穿着一件没有特点的深色夹克，白衬衣，没有打领带。她希望最后不要是他跟哈维一起上过学，他大约就是那个年纪。有一瞬间，她也看到了他脸上的欲望。没有经过修饰，看上去像一种吃惊的感觉，完全不是故意的。还有某种渴望，脆弱。在男人脸上，在如此环境下，很少看到这样一种表情。这个男人是多了解女人啊。这是多么丑陋的事实啊，没有化妆技能，没有魅力，不像女性可以伪装。

她本应该表现得犹豫不决。她苍白的脸上有一丝微笑。他站在她身旁，轻轻碰碰她的胳膊。

“我们应该走了吧？去哪呢？这是你想要的吗，薇薇安？”

他平静地说着话。他没有设法强迫她。他叫出她的名字，这使她有了虚弱和和宿命的感觉。

“是的，”薇薇安说，“这是我想要的。”

“如此即是生命，事物如其所是。”

她努力回忆起它的其他部分。“它在蓝色吉他上择路而行。”

哈维问她去哪了。是那种属于兄长的反感腔调，表示他没指望得到真实的回答。他对自己很小心，不想大脑中的水晶蜂窝在这过于强烈的日光中粉碎。薇薇安想知道哈维头天晚上在哪里喝酒，跟谁在一起。

“我昨晚在旅馆试着给你打电话。没有应答。”他说。

薇薇安坚持说呆在佩里斯堡的一家汽车旅馆酒店。没有跟任何亲戚一起。甚至没有跟哈维在一起，他有空房子。如果她可以呆在教堂街819号，她自己的旧房间里，她想独自一人与悲伤相伴，在一个中间地带。亲戚们会同情她，就是哈维也猜不到，在她踏上从罗切斯特出发的旅程前，就如何模模糊糊地想象，她游荡在市中心的那些酒吧，找到一个男人，就像是发烧病人幻想一些安慰那样，实际上，她没法迫使自己去相信这种安慰。

她是在“蓝色吉他”找到他的吗？薇薇安会努力这样记住。

她申辩说：“我给你打电话了，哈维。好几次。没有应答。”

哈维没打算问“你出去喝酒了?”他没打算把墨镜从她眼睛上摘下来。

她哥哥有着意外的机智，和微妙的方式。不想揭露薇薇安，或者让她受窘。或者令她难堪。他没有表现出这种类型。他把自己说成是一个轻重量给，一百九十英磅附近，他体内有种退役拳击手的信心，他有一张精明的面无表情的脸，生硬得像铲子一样，戴着线框眼镜，还配上了珍珠母护鼻。哈维的这一面，你几乎可以说是女性化的一面，让他对女人产生了吸引力，也让他对女人不是一直都有好结果。他现在抱怨说该死的他有多担心她，在那样的情况下。

“哈维，抱歉。我需要一个人呆着……”

这是他们父亲葬礼第二天的下午三点左右。他们在哈维位于七层楼的公寓里，眺望着狂风大作、波涛汹涌的尼亚加拉河。一条变幻莫测的河流，尤其是在几英里远的大瀑布上方。对于忧郁的人、自我惩罚的人，像磁铁一样。你可以想象一种简便快捷的死亡，只是尼亚加拉大瀑布上的死亡是如此残酷，死者通常无法辨认。薇薇安不打算说“我不想自杀”。

加拿大鹅在高空中飞出精确的V队形，向南方飞去。这种景象总是让人愉快的。就像指南针指向正南方。

薇薇安明白，她精明的兄长这天下午在她脸上看到什么，头天晚上留下的印记，还有那个夜晚长时间的梦幻，这是他不希望看见的。但是他没法知道。正如结果证明的，阿诺认识哈维·威斯特，不过跟他不太熟，薇薇安知道他没有理由给哈维打电话。如果不是他想再次见到薇薇安的话。

哈维责难地说："薇薇。你在笑什么?"

他是在开玩笑。但是薇薇安是在微笑着，盯着那群远去的鹅。

她快速地说："想想爱达姑妈昨天的晚安。他们对我说的，'可怜的薇薇！这么瘦'——那些老女人。只有爸爸是好人，对吧？他到死都不烦人。"

"薇薇。"

她不想说这个。他们像发疯的孩子一样笑成一团。

他们在滑动玻璃门边的一张桌前坐着，玻璃门可以从地面滑动到天花板，外面是阳台。阳光耀眼，薇薇安有个好借口还戴着墨镜。哈维把他们父亲的法律文件和其他一些文件摊在桌上。他有实际的事要告诉她，询问她。薇薇安已经忘了死亡会是何等乏味。后果，还要整理。我们现在没有死者的制式服装，没有庄严的洗礼、药膏、裹尸布，只有法律文件。遗嘱，保险单。但是还有家具，火灾没有烧毁的一些东西("但是有烟熏味")还有许多存储下来的东西，从他们父母双方家里继承下来的家具，这些东西薇薇安都已经忘掉了。也许这些东西里，有一些是值钱的古董。薇薇安的想法是，哈维想让她要其中一些东西，一个伤感的姿态。但是她什么也不想要。宝丽来快照，头天晚上她给她的情人看了，什么也看不出来，不包含情感上的暗示，在白天的日常光下，仅仅是伤人心的东西。哈维说话的时候，薇薇安点点头。在这种场合下，他的声音低沉、吃力。“这是他妈的麻烦，我知道。所以你也不能幸免。”薇薇安插嘴道，“你知道有专业纵火犯吗，哈维？那种以纵火为生的人，没法侦破？”薇薇安从侧面注视着她的哥哥。他凝视着她，“哦，你当然会知道。什么事都有专业的，我想。”

薇薇安可以听到哈维在缓缓地吸气。她想知道他会说什么。但是，过了一会儿，他只是说，“这不是可以由什么人来侦破的纵火案。我确定。我希望你不要想这个问题了，好吗？火灾正在接受调查。如果保险公司不相信这个裁决，保险公司也会进行调查。牵涉了大量的钱。但是我们有其他的事情要谈。”

“纵火就意味着谋杀，哈维。如果我们的父亲是被谋杀的，我们得谈谈这个。”

哈维拿支钢笔轻敲着他的眼镜。他不屑地说：“也许是谋杀，薇。但是我们不要探究这个。”

薇薇安兴奋地说：“爸爸不会想这样死去！他不相信不必要的痛苦。他有别的选项——巴比妥盐，吗啡。”

“这都能侦测出来。他知道的。”

薇薇安伤感地说：“爸爸跟你说过这些事吗？”

哈维敷衍地说：“他总得有人说说话。他是个老人，病人。我是他儿子，是吗？我住在这儿。”

薇薇安结结巴巴地说：“我也——爱他。我来看他。我给他打电话……”

哈维不耐烦地摇摇头。他受够这个话题了。

他有文件要薇薇安审读。她得在父亲律师在场的时候签署法律表单。薇薇安努力集中精力，但是感到虚弱无力。遗产比她预期的要巨大。财产保险，人生保险。房地产投资。数百万美元。但是她没指望过什么。她从手提包里摸索出一页纸。手提包里有那位侦探的名片。名字叫"阿诺德·约瑟夫·马林奥斯基"。他在警局号码下面潦草地写上了家里的电话。她是对的，他跟妻子分居了。也跟孩子们不在一起。他的心受过伤，她知道。但是他没有问她的细节。她也没有问他的。那个夜晚剩下的时间，他们一直彼此拥抱着。他是一位热烈的情人，饥渴而绝望，就像薇薇安本人一样。她经历了急剧的、强烈的性快感，现在还在她的记忆中回荡。她女性的身体拥有自己隐密的记忆。她预见到自己的生命会再一次变得神秘、富有而堕落。

"死亡是美丽之母。"诗行像音乐一样飘向她。她以前从未当它是真的，只有当成悖论和烦恼，诗歌的悖论就是烦恼。现在她看到，它也许是真的。在合适的情况下。她没法为父亲的死亡而哭泣。他可怕的苦难和死亡。直到她的情人把她带到破损和崩溃的顶点。然后，她像一个落水的女人一样抓住他，她哭了，她尖叫着，哭泣着，她有多年没有这样哭过了。她说着胡话，说她有多么爱他，她爱他，一个在那一刻她都说不出名字的男人。将近早晨，他告诉她，如果她还想再见他，给他打电话。他给了她名片。他希望她会打，非常希望。他会开车去罗切斯特看她。他不会给她打电话，不会给她压力。他可以爱她，他说。听到这些温柔而荒谬的话，薇薇安咬住下唇，让自己不要笑出来。"但是我怎么能爱你，我从里面死去了。我是一个死了的女人。"

现在，白天，注视着鹅在河上方编队飞行，看着波涛汹涌的海浪剪刀样的闪光，她有了不同的感受。它是如此简单：她的生命将会有新的转折。

"生动的，华丽的，沉闷的天空。"

"薇薇？你在听吧，是吗？"

"没有。哦。抱歉，哈维。"

"这也是我的地狱，薇薇。我也可以喝酒。"

"太早了，哈维。我们不能。"

哈维去给他们取来了酒。尊尼获加倒进了两只烈酒杯。他的，他一饮而尽。薇薇安像个拿不准的孩子一样闻了闻她的那杯。

“他太害怕了，薇薇。我从没预计到他这样。他会说，‘不要告诉你母亲，我失去了对膀胱的控制能力。即使是在白天。要是她知道了，我太丢脸了。’他会抓着我的胳膊说，‘哈维，把我从痛苦中解脱出来。你会为了一只狗这么做的。’”

薇薇安迅速地说，“哈维，不。”

“他说，‘你和你的妹妹’——他就像是忘掉了你的名字，薇薇——‘在等着我走吗？你们愿意这样对吗，你们小混蛋。’”

薇薇想用双手堵住耳朵。她想搧哈维的脸，把那副过于讲究的眼镜打飞，“我们不必不必有这样的谈话，哈维。”

“好了，那就，薇薇，”哈维说着，正了正鼻梁上的眼科，“随你便吧。我们不会的。”

指导老师

她会永远记得：她起初没有注意到他。

阿诺·C·凯西。计算机打印出来的32个名字之一。名字后面是一个星号，页末的星号破译出来了：特别生，进修部。但是参加101作文班的大多数学生在大学进修部。他们全都是成年人，他们明显比27岁的指导老师埃·谢格洛夫年纪大，谢格洛夫是个小个子、微笑的、紧张的女人，看上去比她的年纪要小很多。她的声音沙哑而颤抖。“我认识到我的名字——谢格洛夫——”她慢慢拼出它来，好像是个扬扬格，“——不好读，拼写更困难，但是请试一试。任何合理的相似都有用。”这是打算幽默一下吗？班上有几个更加聪明、更善于交际的学生会心地笑了，而其他人坐在那里瞪着她。

埃尔玛·谢格洛夫后来会带着一阵懊恼，她想知道，阿诺·C·凯西是那些沉默着瞪着她的学生中的一个吗？

我不是我看起来的样子！我远远超过这些。

作为一个年轻女人，身高几乎不超过五英尺、体重低于100磅的，这是像缺陷一样的劣势。埃尔玛·谢格洛夫的尺码似乎一直在对她的雄心和自负提出责难。多年前，当她告诉她的父母，她想教你的时候，他们难道没有指责她吗！你不够强壮！太害羞！经常结巴！她穿着中跟皮靴，能给她增高一点点，也能给她增加一点点威信。临时的身高和虚假的威信，但这不是通常情况，在文明程度上？她的脸是突出的、雕刻一样的脸，像石雕；朴实、热烈，与埃米莉·狄更生相似，流浪女人，怀着隐秘的、难以抚慰的心愿。埃尔玛把她细细的深色卷发严格地梳成中分式，狄更生范儿，把它全部往后梳，编成一个粗硬的辫子，在她纤弱的肩胛骨之间，就像矮种马的鬃毛。她的双眼又大又智慧，在她兴奋或是紧张的时候，会变得朦胧起来。一大早，她从租住的公寓步行四分之一英里，顶着严寒来到大学游泳池，埃尔玛不停地眨着眼睛，她的双眼在不由自主地流泪，泪水像是要冻结在她的双颊上。她没有用任何化妆品，有很多次，她的皮肤发着光，好像她拿钢丝绒刷过，来刮掉它占主导地位的女性特征。她害怕她的男学生带着性趣盯着她，或者实际上是学术以外的任何兴趣。

请尊重我！我必须说动你们，我不能失败。

埃尔玛·谢格洛夫是个诗人，虽然最近，她生命中一段情感复杂的时光里，不写诗了；她，更实际地说，是一位文艺复兴学者，在 60 英里以外的州立大学精英主校区完成博士学位，学术论文方向是 17 世纪玄学派诗歌（约翰·邓恩，理查德·克拉肖，亨利·沃恩，乔治·赫伯特）。她对朋友们说，她申请这份薪酬适中的教职，是因为她需要钱：她在赡养在宾夕法尼亚的年迈体弱的父母。她想在研究生研讨会课程和无休止研究项目的稀薄空气以外进行自我测试。她想成为成年人。

第一天晚上，埃尔玛给 101 作文班读班级名单时，她戏剧般颤抖的声音清晰而又小心翼翼地读着那些名字（以及那些不同寻常的名字），好像她不是在读杂七杂八的东西，而是在读一首神秘的超现实主义诗歌。她年轻而又浪漫，足以相信这些陌生人，他们看来似乎是碰巧加入到写作实习课中来，分配给她，埃·谢格洛夫，必定意味着什么，他们将在她的关照下度过 12 周。她想把自己知道的一切都教授给他们！约瑟夫·布莱丽。奥尔本·德拉维加。E·G·爱尔德里奇，汉帕斯·菲利斯。洛丽特·V·哈斯蒂。她一边读出这些名字，一边环视着这间屋子，在每个人低声答“到”或者“是的，女士”或者害羞地沉默着举起手时微笑着点头。这间教室比例不协调，宽度大于深度，有着高高的铁皮天花板，刷了淡绿色漆，漆都剥落了，废弃的荧光灯管发出嗡嗡声，好像是在临床环境中,，教室里有微弱的空洞的回声。西尔万·英格拉。纳达·雅博里。阿诺·C·凯西。安德里·马蒙。西蒙·菩欧克。马他·波塔斯。卡洛尔·普林斯勒。如此这般读到字母排列的名单末尾。一首咒语的诗！但是她没有特别注意到阿诺·C·凯西。

要不是，几个小时以后，在埃尔玛的公寓里，从她的第一个班级的兴奋中安静下来，她开始通读学生们写的东西，这是她即兴布置的——“我是谁？我的自画像”——她被陌生的凯西的作文惊呆了。

我是谁

首先是，当你在死囚牢呆的时候够长，你就不会问“我是谁”了，因为你知道没有人会在那里。在镜子里也看不到任何的脸（因为对你来说没有镜子是可信的）你接受了没有脸，所以可以是任何人。

我要说，我今晚之前看到你了。到现在还不知道你的名字。埃·谢格洛夫指导老师。你是我的灯塔。你一直都在发光。

在死囚牢里，我像动物一样被定了罪，我发誓我会看到的脸是你的。不久以前——5 周，16 天。你是一个标志谢格洛夫小姐，我的运气会改变。设施（埃德加镇）里有个拘留所，因为之前这里出过麻烦。(不是在死囚牢我是说，我们在我们的牢房里。）我的 24 小时的户外活动。

第二天一名警卫带我去见来访者。他给我的手腕紧紧地戴上手拷给我带来痛苦。他们希望你乞求但是我从来没有。他把我带去见来访者。我的律师在那里我没有见多长时间。你的罪翻案了他说。我还是没有坐下，我告诉他该死的我知道我是无辜的。整个8年我都在设法告诉你。

那是你的脸埃·谢格洛夫我相信那天我在我的牢房里看到的。你认识我尽管我（还）不认识你。你说，阿诺不要放弃希望。阿诺，我在等着你。永远不要放弃希望那是过失。

但是，我没有死。这是绝对的真理所有那些年里我都是无辜的。那是我的辩护。

这篇作文埃尔玛读了又读。事实上，它看上去不像一篇作文，泰然自若，而是发自内心的辩护，好像阿诺·凯西跟她在那间房子里，在跟她说话。她的呼吸开始变快。她试着从班上的学生里回忆起凯西：一个微笑的相当年轻的黑人男子，铅笔粗细的胡子，在房子后面？要么就是一个脸部生硬的高加索人，不到四十岁，穿着白色T恤，穿着脏兮兮的工作裤，头发梳成马尾巴，在最后一排，窗户旁边？她似乎回忆起来，当她点他名字的时候，这个男人怎样偷偷地举起手，只有几英寸高，又不发一言地迅速放下。

凯西的自传是手写在单张划了格子的便笺纸上，字迹拥挤而潦草。他的字写到了纸的边缘。他的用词造句都很清楚，但是这些字挤在一起，效果就像是幽闭恐怖症患者，显得有点疯狂。那种语气！埃尔玛颤抖着，把那张纸放到了一边。

凯西跟他的同学们多么不同啊：

你好！我的名字叫卡洛尔·普林斯勒，我32岁了。回到学校是因为我最小的儿子都上学了（终于）而我偶尔有机会喘口气了！我的愿望是提高我的写作技巧并在公共关系领域找到工作。

我的名字叫戴夫·斯潘诺斯，29岁。我是一名邮局职员（市区支局）。我是在这座城市出生的公民。我也参加了电脑课学习（周三晚上）。我希望提高我的技能，以“升级”我在邮局的地位，我已经柜台上卖了7年邮票。不过我喜欢这个工作，因为我喜欢人们……

还有E·G·爱尔德里奇，一个圆乎乎的闪闪发光的胖子，五十多岁的黑人男子，穿着套装，打着领带，散发出强烈的古龙水的香气。把自画像交给埃尔玛的时候，他用力地握了握她的手。

请允许我介绍我自己，我是基督门徒教会的E·G·爱尔德里奇牧师。我是这个城市和上帝之城的骄傲的居民。多年来，我是9个孩子的父亲，我有11个孙子，我是一个丈夫。我很幸运，拥有健康的身体，和提高我的同胞的渴望。你已经以你的开场白给了我们信心，谢格洛夫小姐，我们将会写，写，写，就像练习一种乐器一样——实践使你完美。

埃尔玛把这些放到一边，重读起阿诺·C·凯西的作文。他说的是什么意思呢，他看到了她的脸？在他的牢房里？她紧张地微笑着。但是这不是玩笑，当然。凯西是认真的。（她不想认为他可能是精神有问题。）为什么不把这种夸张的想象解释为一种诗歌呢？散文诗。一个陌生人极度痛苦而又亲密的声音。

我好像也认识他。

她微笑着。她的心脏迅速跳动。因为春季的学期，她已经在一座破败的维多利亚式房子里租下了楼上拥挤、简朴的带家具的房子，就在大学医院附近。警报声经常回荡在空中，狂野而带着渴望的哭泣声越来越大，又突然停止，就像情人们的哭泣。就像一个中立的观察者一样倾听，会感觉到既被卷入其中，又被排除在外。埃尔玛对自己前方的景象感到惊奇。她无法控制去不情愿地见证一场场危机。但是她的女房东向埃尔玛保证过，她会习惯警报——“我们都习惯了。”

那天晚上，她不断地醒来，听到一个男人渴望的声音，混杂着真实或是想象的警报声。她坐起身，起初不知道自己身在何处。埃尔玛害怕有人会闯进这座公寓。但是一片静寂。就连警报声都没有。

在她三室的公寓门上，就像房子楼下的前门上一样，有让人放心的耶尔弹簧锁。她在里面的时候，也可以把她的门锁上。

周四晚上，她的第二次课，埃·谢格洛夫压制住想要寻找阿诺·C·凯西的冲动。

埃·谢格洛夫，指导老师。神秘的是，一走进教室，她的紧张感就开始上升。从周二晚上，她就在期待这一时刻。太害羞！过去常常结巴！记住你是怎么哭泣的！但是现在，在忙碌的教室里，这么多张脸，全都变得黯淡了。埃尔玛知道，她有有用的信息要传递，她还知道，从他们的自画像来看，这些成年人有动力去学习。他们不是那种白天在大学上学的青春期的孩子。这些是有责任感的成年人。他们有全职工作，有家庭。有一些人离婚带着孩子，有一些人是新入籍的美国公民，有几个退休了，有几个受到难以理解的折磨（一个妇女患有缓解多发性硬化症，一只眼“法定失明”的前海军)。他们同样的愿望是，埃·谢格洛夫教的101作文班能在某种程度上改善他们的生活。埃尔玛的博士导师表示过一种担心，那就是这种基础教育会耗尽她，耽误她完成她的论文；她的智慧和她的感情太微妙，他担心，对于英语补习来说；她一定会成为一名大学教授和诗人。埃尔玛感到荣幸并不为所动。她顶住了这个男人的反对，不管怎样继续往前走着，毫无愧疚地接受了这个工作。几年前，埃尔玛的父母曾努力鼓励她，让她不要搬到中西部、离家上千英里的地方去，好像这种搬离是人身的背叛。(有可能，在埃尔玛心里隐秘之处，这就是背叛。）但是埃尔玛是一个安静而胆识过人的年轻女人。我的生命是我自己的。你们会明白的！

上课中途，埃尔玛把学生们的自画像发还给了他们，并请人自愿大声朗诵他们的作品，这引起了一阵兴奋和戏剧性场面。她在他们的纸章上写下了评语，但是没有分数。(她害怕他们看到分数的情景！你怎么给这些成年人打分呢，他们推心置腹地对你，带着完全的信任。）她交回阿诺·凯西的作文时，震惊地看见，他呆板地从教室后面的座位上站起身，不太情愿地走上前，这是一个愁眉不展的男人，快四十岁了，脸部凹陷，背着光，双眼下吊着。他的脸神秘地毁容了，好像缝到了一起，大量的伤疤。剃刀留下的疤，痤疮？他尴尬地咕哝着——“谢谢你，女士。”在他的自画像中，把埃尔玛·谢格洛夫的脸说成是灯塔的灯光，看上去现在他也许被她照得看不见了，他走近她，避免与她的目光相遇，哪怕埃尔玛使劲微笑着，下决心尽可能表现得正常些。她提前为这一时刻进行了预演，但是凯西从她手指间拿过那张纸，没有做进一步的表示，马上把它折起来，转过身，一摇一晃地回到了自己的座位上，就像个不安的孩子一样。这就是阿诺·C·凯西。不是那个留着小胡子的英俊的黑人，那个人在课堂上一直如此欣然地冲她微笑着，也不是那个留着邋遢的马尾巴直拖到后背上的高加索人。他个子高高的，他的骨头像滑动的蛇一样软绵绵的。他油脂分泌过多的头发在头顶减少了，呈粗糙的姜灰色。他的下巴上，胡子拉茬，硬梆梆的，闪着光。他的双眼躲躲闪闪的，眼窝淤青、凹陷。但是他穿着廉价的时尚运动外套，仿麂皮的，浅黄褐色，让他有一种性感的招摇的感觉，这与他并不协调。它的下面是一件黑色 T 恤，徽标是一个粗俗的咧着嘴的骷髅，伸着粉红色的舌头。一个在死囚牢里度过了 8 年的男人，而且可能已经被处决……

埃尔玛不知道其他人能否感受到紧张的情绪，这种紧张，在凯西的身体里。它似乎是从他苍白的皮肤向外辐射的，就像电波一样。

凯西回到他的座位上，没有看指导老师的脸。他的嘴抽搐着。埃尔玛坚定地把目光转开了。她打算跟他说：阿诺……凯西先生？……这是非常强大，令人信服的作品……如果你愿意在课后跟我聊聊……但是这些话堵在她嗓子眼里。

这堂课末尾，许多学生围着指导老师，想跟她交谈，阿诺·凯西从后面的出口迅速离开了。埃尔玛看到他没有回头看她，也没有跟其他人一起走。一个独行者。一个非常古怪的人。漫长的课程结束以后，埃尔玛有点头晕、疲劳，但是她决定跟学生们聊聊，好像他们想跟她交谈，她很开心。后来，她会想知道她是否会为一个前罪犯的古怪行为感到失望，还是为他跟她保持距离而轻松。

埃尔玛给凯西的自画像，还有她自己的评语都留了复印件，为了妥善保管好。她急切地想看到下一篇会写什么。(或者到中途她会希望他中止课程吗?) 一位朋友从研究生院来电话，问她第一周的教学工作是怎么过的，埃尔玛热情地说："我热爱它。我是说——我以前从未有过这样的体验。"她不可能说出这些颤抖的词语意味着什么。

你是我的灯塔。埃·谢格洛夫。

你相信我看见过你的脸。

在她位于格里尔大厅三楼的办公室里，一把临时安排的办公桌前，埃尔玛抬起头来，有人犹犹豫豫地敲着敞开的门，或者是嘟囔着与她名字近似的发音。但是，整个一月剩下的时间里，来的都不是阿诺·凯西。

因为她只是个兼职指导老师，就教一个学期，埃尔玛·谢格洛夫没有长期办公室。她跟另外两三名指导老师合用一张破旧的铝桌子，看上去很大，像军用的，像坦克，那些人在其他时间上课，她从来没有见过他们。桌子抽屉被消失很久了的学生们塞满了旧的黄色纸张，教学大纲、备忘录和大学里打印的东西。她在一面有水渍的墙上整齐地贴上一张由乔治亚·欧姬芙创作的美丽而简朴的画的复制品——一个公牛颅骨漂浮在清澈的蓝天上。跟凯西丑陋的 T 恤相似，只是一个巧合。在办公室那些下垂的书架上，拥挤而脏乱的，是些老旧的书，被它们的主人抛弃了；硬皮本，平装本；教科书，过时的字典还有大学的号码簿。在高低不平的地面上是一个肮脏的地毯，太阳晒得颜色退成了洗碗水一样，阳光是晴天的时候从天花板高的没有安好的窗户照进办公室的。屋子里弥漫着尘土、老鼠屎和被弃的欲望的气味。丢失的或是破损的希望。在门上方，埃尔玛坐在办公桌前时正对着的，是一个过时的钟，不光是不动了，不知怎么回事，连分针也丢了。

除了埃尔玛的办公室在她的教室上方，有三级陡峭的台阶，而她的教室在格里尔大厅地下室，因此不太招人过来以外，她非常喜欢它。我的第一间办公室！直到我被开除。她在宾夕法尼亚的伊利市的童年不是特别幸福，在一个有几个哥哥的家里，但是她经常回忆某些任意的时刻，她走进一个意想不到的、神奇的空间，室内或是室外，不过通常是室内，一个神奇的空间在等待着她；等待着她一个人；灯光温暖而又眩目。即使这个空间不大，她仍然有一种广阔感。而这间办公室非常巨大，甚至是又大又深；尤其是在晚上，窗玻璃只能反映出室内的时候。

夜校部的指导老师都被要求每周有两个小时办公时间，最好是每次上课之前，埃尔玛是周二和周四晚 6 点和 7 点；但是她每晚又增加了一个小时，在课后，因为她想让学生们都有机会见见她。“来见我吧，我会在楼上的办公室里。”在她对他们的自画像产生最初的兴奋之后，埃尔玛对他们的写作技巧已经有了更为现实的评估。这个班上三分之二的人大概是 8 年级水平，有几个几乎不识字。有两三个，除阿诺·凯西以外，根本不交作业，埃尔玛不知道他们的动机是什么。

不过她感到乐观。不顾后果！

一种神秘的力量弥漫着她的白天甚至夜晚。早晨 6 点半，她在黑暗中起床，到大学游泳池去游泳，在陌生人中间；她每天在大学图书馆和她的公寓里花几个小时在她的学术工作上；她勤奋地为 101 作文班备课，从他们的教科书中挑选范文进行教授，并浏览报纸和杂志，做剪报让她的学生看到什么是好的有说服力的作品。她爱自己的独居生活。她从不孤独。那种身体上的孤独！关于这个，我没法说。事实上，她来到这个坐落在一条有名的受到污染的河流上的老化的后工业城市，部分上是让自己和一个男人之间产生了距离，她对这个男人产生了复杂的情感，她发现（有悖于诗意的暗示），距离，60 英里大雪纷飞的州际公路和单调、平静的乡村，这个不可隐讳的事实，是一种治疗。远离这个州的知识和文化中心，在大学的主校区里，埃尔玛感觉就像是从正常的、被大家认可的生活中变节了。她感觉这是不正当的，是重新开始。

他不是一个要推着走的人，显然。他受了罪。

阿诺·凯西没有交接下来布置的两篇作文（“描述一个环境”，“描述一个行动或过程”），他也没有跟埃尔玛说任何理由。她决定不叫他做出说明，现在还不能。她会等下周左右，询问之前先单独跟他谈谈。

我害怕他吗？

我不怕。

那双眼睛。受伤的，痛苦的。总是游移不定的。藏在他抬起的指节粗大的双手后面，偷偷摸摸地盯着指导老师。

经常在图书馆里，在研究逝去的 17 世纪各种各样的教会分立期间，埃尔玛发现自己想起了阿诺·C·凯西。他看来像是变形了走起路来却又大摇大摆的身体。他受尽折磨的脸。还有那双眼睛。他穿着廉价的时尚外套和黑色 T 恤，站着，不是在她面前，而是在她视野的边缘，就像一场不完全地回忆起来的梦。他的行为是猜不透的谜，总有一天她会破解。

与此同时，她成了一名真正的老师。一名指导老师。她正在发现教授目的明确的成年人而获得的真正的满足感，他们渴望知道将来生活中所需要的基本技能。埃尔玛·谢格洛夫感到是多么充满激情啊，她对她的学生们说：“你们许多人本能地拥有了这些技能，现在你们将使它们成形。你们会修改你们的作文，这意味着你们在稳步提高。这是我们的目标！”奇怪而又美好的是，埃尔玛的学生似乎相信她。他们似乎喜欢她。他们一定是原谅了她的年轻和经验不足，他们正在开始欣赏她并不直接的幽默感。(阿诺·凯西为她的笑话微笑了吗？埃尔玛不敢看。)其他夜课老师提醒埃尔玛，不要花太多时间在她的课程上，这都是大学里低报酬、没出路的工作，但是埃尔玛固执地想，当你重要地参与到他人之中时，什么叫太多时间呢？"他们需要我。有的人喜欢我。谁能帮助他们，而不是严厉地做出判决。"

自从成为一名指导老师，她个性上的一些缺点，如她所看见的——害羞、忸怩、不自信、对于细节和准确性的过度关注——在她一走进这间教室的时候，好像都不复存在了，当她的学生一看见她的时候。好像这个普普通通的房间里嗡嗡闪烁的荧光灯拥有神奇地改变她的力量。

她下定决心，阿诺·凯西不会让她分心。根本不会有人会猜想(凯西本人不可能猜想)她认识他。事实是，他无精打采地坐在教室后面的座位上，目不转睛地盯着她。她对自己说，这个人在我身边。在三个星期里，凯西没有误过一次课，但是他从不参加通常是很热烈的讨论。直到埃尔玛可以搜集到，他避免跟他的同学们的所有联系。(他们也一样避免跟他联系。)经常，在埃尔玛说话的时候，他开始迅速地在笔记本上乱画。他是左撇子，写字的时候身体有一些扭曲。一个被囚禁在狭小空间里的男人。她的心里涌起对他的怜悯。

她打算在阿诺·凯西最终跟她说话的时候，向他表示同情。她排练着自己要说的话，甚至是面部表情。她会静静地同情他，他会劝他说话。如果他想说话。关于他对她产生的幻想，(当然)她会一言不发；他不知为何会相信在遇到她前就认识她。阿诺不要放弃希望。阿诺我在等你。她忍不住想知道他曾经离执行死刑有多近。数月，几个星期？她相信，迟早，他会告诉她。

她还想知道他干了什么，或者是错误地被判定干了什么，以至于宣判死刑。只可能是谋杀。谋杀。在这个中西部州，死刑几十年来都已经罕见了，但是在一位共和党州长和州议会治下正在恢复。埃尔玛曾经提出询问，并知道了这个州不再处以电刑，而是用注射执行死刑。

然而，晚上 8：15 下课的时候，阿诺·凯西突然离开了。他没有上前来跟她说话，甚至没有像其他人那样说再见。他正收起他的帆布旅行袋，耸肩穿上一件看上去对他来说太大了的大衣，熟练地轻轻拍拍衣领上方姜灰色的头发。他迅速从后面的出口离开了。埃尔玛看着其他人是怎样跟他一样离开。

不能用惯常的标准来判断他。一个从死囚牢活下来的人。

二月初的一天晚上，埃尔玛在最后一个学生离开后，呆在她的办公室里。时间将近晚上 9：30。格里尔大厅感觉像陵墓一样荒凉。她与几个学生进行了交谈，其中一位是热情洋溢、讨人喜欢的埃尔德里奇牧师，现在剩下了她一个人，意识到她办公室外面的走廊黑着灯。她感觉到些许担忧，准备离开。前一个小时，看门人一直在主走廊里工作，尤其是这个走廊；当他工作完成以后，他显然是估计所有人都离开了，他关掉了地板上所有的灯。

所以埃尔玛犹犹豫豫地站在办公室的门口。她办公室的顶灯仍然亮着；开关在门口。不远处，大约五十英尺，是一个灯光昏暗的楼梯，是她离开时的必经之地；她的车停在附近，就在大楼的后面。安着嵌入式窗户的沉重的双扇门，把楼梯和走廊分开了，这样照到走廊上的灯光就很昏暗；在埃尔玛的办公室和楼梯之间，是惊人的黑暗，埃尔玛几乎都辨不出墙壁。那里有办公室的门，公告牌，自动饮水器，看门人的衣橱，全都迷失在黑暗之中。埃尔玛艰难地咽了咽口水。她不太了解格里尔大厅，不记得她走廊上的电灯开关在哪，不过她估计它一定是在双扇门的旁边。在这座巨大的都市校园里，有频繁的实施和企图攻击学生们的行为，尤其是针对单身女性；埃尔玛知道这是个危险的处境。她可以打电话给大学的某位学监——大家这么称呼他们，让他们来陪她到车那里去……“该死的！我不会被吓倒。”没有遇到明确的危险却寻求援助只会强调一个女人的弱点。埃尔玛·谢格洛夫的弱点。

埃尔玛可以这样做：让她办公室的门开着，这样她就可以看到走廊那头几码远的地方，她就可以迅速走到电灯开关那里（如果她能找到位置的话），打开灯，再回到办公室，关灯，锁门，小心翼翼地做完这些事，不过如果有人等着袭击她，这也没多大用，除了说当然了，她可以看到攻击者，然后可以尖叫，尖叫可能把他吓跑……但是，是的，它可能有用：灯光会阻止攻击者，即使在格里尔大厅里没有其他人。一个神志正常的、有理性的攻击者。

埃尔玛的脑子在急速运转。她听到自己急促的呼吸。

她决定不这样多虑。大楼处于绝对的沉寂之中。这里不会有任何人。她关掉了办公室的灯，关上门，表现得好像走廊里的灯光足够亮，而不是漆黑一团，而她也不害怕。她可以看到前方的楼梯，昏昏暗暗的。她只能从那里走。她没有跑，因为她可能撞上什么东西，伤着自己。她就像个盲人一样走着，一只手在墙壁上摸索。呼吸放松。像游泳一样。划水时吸气，在水里吐气。不要吸到水！她想起她的哥哥莱尔无数次埋伏在那里等她……她抛开所有关于莱尔的想法，这些想法现在不合时宜，她也不再想到莱尔，或者其他人了，她不是被困的女孩，只能想到莱尔，想到她的家人。埃尔玛轻松地微笑着推开双扇门，就在那里，蹲在楼梯过渡平台上，抽着烟，就像一场恶梦中的身影静静地来到了现实中，是那张长着像是缝合的脸、梳着马尾巴的阿诺·凯西。

埃尔玛尖叫起来。她一生中从来没有如此恐惧。

结结巴巴地，“你——你——你想要干什么——”知道凯西在这里等她，不能假装在这一危急时刻他不是这样，假装这是偶然的相遇。凯西马上站起身。他多高啊，像高高的塔俯瞰着埃尔玛。他是一个夜行动物，见到光就失明了。他嘟囔着什么，埃尔玛辨别不出，他转过身去，跑下了楼梯。

她因为受到震惊而变得软弱无力。她虚弱地斜靠在栏杆上。听着一个男人的脚步在灯光昏暗的楼梯上发出的回声，直到他离开大楼，走了。

2、

“他疯了。”

但是就是如此简单吗？他可以开除他吗，而他代表的是什么，用一个直接、丑陋的词语？

作业＃2：描述

关于埃德加镇死囚牢的描述。

囚室宽 6 英尺 11 英寸长 9 英尺。

有小床。马桶。上锁的门。

有空气，你呼吸过，弄脏过

还必须再呼吸。或者窒息。

有水泥砖墙

墙体是一个三面墙。

首先，你在囚室里面。然后，囚室

在你里面。如果我闭上我们的眼睛（像现在一样）

我在那里。入眠的时候，我在那里。

但是每次表达的时候，

都辞不达意。

这段描述写了这么多次。

我要说，我失败了。

他们说有理由起诉，

对于非法的监禁。但是回想起其他时间

（在埃德加镇死囚牢之前）你必须再次

成为别人。但他离开了。
我承认他所说的做了，
因为我确实不知道我没有做。
后来我知道了，我是无辜的。
像动物一样关进笼子的时候我 31 岁。
他是＃DY4889。但是那个人离开了。
他们用剃刀划破了他的脸。
他没法看见伤口。但是，
他可以用手指感觉到。
你试着描述，很久以后，
那些话是假的。
埃·谢格洛夫你的名字请理解
我不是生来就是坏蛋。我说我是无辜的
他们笑了。坏蛋
永远都这么说他们告诉我。
如果我伤害了那些说是我伤害了的人，
他们的血液里会有记忆，
我相信。但是我记得的是我自己的血。
你的脸告诉我，永远有希望。
我不知道你会怎样等待。
关于格里尔大厅＃417 房间的描述
比死囚牢的牢房大三倍。
窗户非常高，到了天花板。
窗玻璃没有安好。有泄漏。
办公桌很大，旧了。
书柜有许多书看上去

又老又旧。

桌子后面有一把椅子。

指导老师埃·谢格洛夫坐在这把椅子上。

指导老师埃·谢格洛夫和其他教导老师

一起用这张桌子。

墙上有一个在蓝天上的颅骨!

指导老师埃·谢格洛夫把这张图挂在

墙上。到她头上,

她的双手紧张地颤抖。

我没有卷尺测量这间屋子但是相信

它可能是长 30 宽 20。

房顶可能是 12 英尺高。

有一个顶灯,办公桌上有一盏灯。

门上方的钟坏了,时针没有了。

见到一个钟坏成这样很奇怪。

你久久地看着它不知道,问题在哪里。

当指导老师呆在这里太晚,窗玻璃黑了下来。

你看不到外面。

指导老师呆在这里太晚有危险。

一个女人自己呆着有危险。有坏人。

我会保护埃·谢格洛夫我保证。

我相信我为这个目的被召唤而来。

在我的囚室里没法看清她的脸。

像天使一样美丽的脸。

你在办公桌前的时候看着你,而你没有看见

我(你的头发像我的一样!)我想说

我会保护你我保证永远。

我想说我不是一个坏人

因为哪怕我的双手干了他们所说的，

我相信不是这样，

我没有放弃希望。

埃尔玛读了几次阿诺·凯西的“描述”。她感觉到一阵惊恐和同情。那个人当然是精神错乱，然而……“他是发自内心的表述。他没有停下来想它听上去会怎么样。”她独自一人呆在小公寓的卧室里，时间是午夜。那天早晨在游泳池里，她眼睛里进了氯，一整天，她的双眼都刺痛流泪，没法读凯西又小又挤在一起的字，它们写在一张有横线没有边的便笺纸上。

埃尔玛感到不安，凯西曾用某种方式注视着她，在格里尔大厅她的办公桌前。他必定曾在楼梯上等着她。为了保护她？为此目的而来。

她知道她应该把凯西的作文给其他人看看。夜间部项目负责人。“但是他信任我。我不能出卖他。”

埃尔玛焦虑不安，她站起身，对着床边五斗橱上的椭圆镜子盯着自己。你的头发跟我的一样！她拽住辫子，迅速解开头发。从现在起，她会把头发散开。更好的是，把它剪了。凯西怎么会想象她的头发跟他的像啊！她的双颊因为受到侮辱而发烫。

像天使一样美。

阿诺·凯西爱上了埃尔玛·谢格洛夫，对吗？

“但是他不认识我。这是他的错觉。”

阿诺·凯西在存心骚扰她。伪装成保护她。

然而他真的相信自己是在保护她。他不希望（埃尔玛确信）伤害她。

（或者这是，埃尔玛不知道，是她自己的错觉？这么坚定。）

他知道那天晚上格里尔大厅没有人，埃尔玛的走廊漆黑一片，而他在下课之后呆在那里，为了保护她。防止出现危险，她需要他。

恍恍忽忽中，看到她自己的光影重又推开了那座双扇门，进了楼梯，那里有阿诺·凯西恶梦般的身影，他看起来像缝合过的脸和凝视的眼睛，蹲在地上抽烟。我相信我得到了召唤。

“如果他想的话，他当时可以伤害我。我们单独呆在那里。”

小插曲发生在星期四晚上。星期四，凯西交了第二篇布置的作文。“描述。”晚了几周。他通过其他同学把它交给指导老师，折了几遍。埃尔玛收到它的时候，看到凯西无精打采地坐在座位上，好像是藏着；他的前臂抬起，挡住了脸。从那一天夜里，他们互相认识了。他们之间有种联系，不可改变。他看到了她的脸，她试图掩藏的对她的恐惧。她看到了他的脸，他眼中的震惊和爱慕。埃尔玛在班上讲课的时候，她明白了凯西，她以前没有明白过。她说话的时候，有几次思路断了，注意到学生们探询地看着她。

那是隆冬时节萎靡不振的校园。许多学生得了流感。她有点沮丧。32 个学生中有 7 个那天晚上缺课了。

课上完，埃尔玛没有上楼去自己的办公室。她没法去。她留在教室里，跟那几个安排了与她交流的学生说话。“这就省得我们爬楼梯了。那么陡的楼梯。”她在另一个女学生陪伴下离开大楼时，有个想法，凯西一定在附近，看着。

你瞧，我不需要你保护我。

但是那天晚上，在她的公寓里，门锁上，插了插销，电话听筒摘下来了（以防她的前男友来电话，因为他打过，很晚，那周打了几次）没有警报声搅扰她的孤独，埃尔玛一读再读阿诺·凯西的“描述”，没法判定：这是疯子的声音，还是发自惊人的洞见？也可能二者兼有？

她也没法判定，它是爱的宣言呢，还是隐约的威胁。

一个女人独处有危险。有坏人。

她不知道，要是她的前男友开车来看她，会发什么什么事。她不让他来。要是阿诺·凯西看到他们在一起。

她上了床，关上灯，时间是凌晨2点。虽然知道自己没法入睡。床不熟悉，地方不熟悉。她闭上眼睛。凯西在那里，蹲着。受伤的、充满希望的双眼盯着她。还有在游泳池里。就是因为这个，她的双眼一整天流泪吧？在埃尔玛·谢格洛夫深呼吸、头朝下跳入水中之前，在游泳池起伏的浅绿色水中，隐隐约约看见一个马尾辫男人。

这些都是中西部白雪刺目的日子。平坦的大地，广袤的天空。埃尔玛的双眼在墨镜后面流着泪。

她记起了（她恨记忆!）在宾夕法尼亚州伊利城的日子，在铁轨附近，擅自占用的土地上建起的丑陋的柏油面的房子里，她像监禁一样住了18年，她的父母过着阴沉而沮丧的生活，由于身体疾病和饮酒而使身体变得虚弱，他们不顾她的兄弟们无情地捉弄她。埃尔玛！埃尔—玛你藏在哪！小贱货。裘德，比埃尔玛大6岁；托米，大3岁；莱尔，大18个月。他最像她。莱尔长着黑色的脸庞，浓密的睫毛下聪明的眼睛闪着仇恨的光。莱尔夸张地泄愤时，讲话口吃。小贱货。讨—讨—讨厌鬼。你在这里吗？踢着卫生间的门，门上一把烂锁。门猛地开了，他咯咯地笑着，埃尔玛曝露在他面前，吓坏了，尴尬地从马桶上站起来，努力拉扯着衣服。莱尔追着她，胳肢她，捏她，一个万圣节的夜晚，戴着蝙蝠侠面具，掐，掐，掐，手指掐着埃尔玛的脖子，直到她晕倒在地上。

“你们这些孩子。你们这些孩子在干什么啊，他妈的。”

太多了，这种“捉弄”。在卫生间或者是卫生间附近。在楼梯顶上。一个单人用的加热不好的卫生间，他们六个人用。肮脏的马桶。肮脏的洗脸池和浴缸。当时，埃尔玛的母亲胆囊手术手恢复，有一年时间，没有做一点家务。埃尔玛的父亲经常不在家。楼下，看着日间电视节目，埃尔玛的母亲对头顶上的哭声和重击声充耳不闻。有一次，13 岁的时候，埃尔玛不顾一切地拍打莱尔，当时，裘德和托米看着大笑，而莱尔大发雷霆，一拳打在她的后背上，下手太重，她感觉被打昏了，没法呼吸。他们的母亲在楼上嘶哑地冲他们叫喊着，“闭嘴！我会让你爸揍你们！你们几个孩子让我恶心。”

阿诺·凯西会保护她免受莱尔欺负。免受她所有的兄弟们欺负。

除非（她不想考虑这个！）阿诺·凯西是她的一个兄弟。

现在，十年以后，埃尔玛离开了宾夕法尼亚州伊利城，她内疚地图谋再也不回去。她父亲心绞痛、体重严重减轻，她没有回去。她母亲关节肿大、黑蒙性痴呆、“神经”，她没有回去。裘德的婚礼，还有几乎不到一年之后致命的车祸，她没有回去。莱尔与警察“神秘的麻烦”，她没有回去。每月在电话里跟她的父母说两三次话，她喜欢电话线里轻微的噼啪声。你可以听到大草原上洁净的风呼啸着。你可以听到刺骨的雪粒。每次打电话回家之前，埃尔玛都会紧张、焦虑，但是她尽职尽责地打着电话，她声音里带着微笑。因为现在他们老了，有着严重的病痛，就像恶犬套上了皮带，他们的卑鄙也减轻了。“我什么时候回家，我不确定啊，妈妈。我这个学期结束要到　　然后，我还有一个暑期研究资助项目……”但是她给他们寄支票。相对于她的贫穷，支票数目相当慷慨了。

为了自由地呆着，她向绑架者支付赎金。

哦，感激不尽！她正是为此而微笑。

作业＃3：申辩

有时它就是那么简单，你想改善

你的生活成为一个有价值的公民。

很难说什么是我真正的希望

因为我高中没有毕业。
我所有的科目都有麻烦尤其是
英语，老师恨我。甚至是体育，
我不及格。教练恨我！
他们想如果你是安安静静的，你就是恨他们。
你在想招儿伤害他们。
我的申辩就是，美国还指望什么
如果你们把我们当成狗屁？8 年，在
死囚牢里，后来说他们抱歉，
抱歉我还活着他们的意思是。上诉
进行得这么慢。(这个大楼里的一个男人，他的上诉
进得更快然后被驳回，所以他
被执行死刑，而新的法律适用到我身上，
本来可以救他的命，然而书上没有。
他受到了嘲笑。)
我在晚上开车，因为我孤独寂寞。
这个城市里有如此之多的房子。
有时，你没有把你的影子
拉到窗台上，我在想。
可以从任何一扇亮着灯的窗户扔下一把梳子。
人们看着电视，或者吃着晚餐。
我们怎么在这里过夜呢。
我辞去五月花搬家工。这不是计划之中的
生活。我没法相信——我 39 岁。
哪里是从我身上夺去的生活，我不知道。
我的申辩是回到学校里，在那里

我兜了错误的一圈。如果我有相当的技能
比如电脑方面。我也开始学会计
但是干得不太好。我的头脑焦躁在
某些问题上。判一个男人死刑
是错误的，如果他是无辜的或者 哪怕
他不是。我想有一天能结婚
但是在埃德加镇我受到如此伤害
还（我相信）患上了各种病，但是
保险公司不会管它。他们说
在我进来之前，在另一个州。
那里有记录但是（他们说）没有这个记录。
对我的定罪翻案了于是我自由了，
我有时候仍然希望谋杀你们所有人。
我不是生来就是坏人，这是我的申辩。

3、

是时候了。无法避免。埃尔玛去向计划部主任请求。法尔华斯先生是一个热心的、面容疲倦、看上去显老的年轻人，大约40岁，他看上去没有认出她来，直到她两次向他说了自己的名字。“我的头发，”她抱歉地说，“我剪了头发。”她的长辫子不见了，她的头发像羽毛一样纤细、起伏，勾画出冬天一般苍白、看上去很精致的脸。法尔华斯笑了笑，是那种迅速地而模糊的社交性笑容，也说起了他的头发，在作文补习课上掉光了。他用手指沿着几乎秃了的头发边缘做了个颤抖的手势。这样一个手势的意思只是说我喜欢你，我是一个正派的人。但是不要给我找麻烦。埃尔玛随身带了大量的学生作文要给法尔华斯看，她打分的抽样范围；在它们中间有阿诺·凯西三篇没有成绩的作文，她想实事求是地让他看看，好像凯西仅仅是个学术上的问题，而不是个人的问题。他们一谈话，埃尔玛就开始怀疑她的计划是不是智慧的。她预先准备好了对法尔华斯说，您对这些有什么看法，我没法用我所知道的任何标准来给它们打分，它像散文诗不是吗，或者它只是没有文化、没法接受，这个学生不遵守任何准则对吗，您有什么建议，法尔华斯先生？她猜想计划部主任会震惊。其他更有经验的指导老师们告诉过埃尔玛，夜间部接受几乎所有的申请人，只要是这个州的居民。州议会看的是数字，而不是学历。毫无疑问，夜间部的客户里面会有精神病患者，甚至是罪犯。毫无疑问，新来的指导老师会频频遇到问题，尤其是女老师。法尔华斯可能就会是这个答案。他可能打电话叫阿诺·凯西来见他。他可能会严厉地跟凯西谈话，他可能建议凯西退学。因为凯西的第三篇作文似乎包含了暴力威胁，法尔华斯可以向当局报告他。

或者，同样可能的是，他也许会烦这位没有经验的年轻女老师，带着这样一个问题来找他。男指导老师会有这个问题吗？在他们谈话的时候，近一个小时的时间里，埃尔玛意识到她不能出卖阿诺·凯西；他是有精神病，但是他信任她；他永远不会伤害她。我会保护你我保证。埃尔玛把凯西手写的几张纸滑进了她的公文包；如果法尔华斯注意到它们，他也不会打算要更多的作文来进行检查。他干脆地说："你看来干得不错，埃尔玛。这件工作干得不错。"这是真诚的，埃尔玛感觉一阵轻松。有点内疚，但是大部分是轻松。谈话以积极的论调结束了。法尔华斯看着她走到他办公室门口，她猜想他很少对来访者表现出这种姿态。他问她，是否愿意教秋季的计划，可能有两个课程，给她的工资超过两倍，埃尔玛听到自己说好的，可能会愿意。"我以前没有这方面的经验。"

"我们最成功的指导老师一直这么说，"法尔华斯微笑着说，"是其他人，那些有问题……"他的声音低下来，听不见了，有种不赞成的感觉。

埃尔玛·谢格洛夫没说错话。

第二天，她在注册办公室对阿诺·C·凯西进行了调查。但是作为夜间部的一位特殊学生，在作文 101 和会计 101 班入学登记这学期之前，凯西没有成绩单。似乎没有必须的高中成绩单或者是推荐书。埃尔玛走进夜间部系主任办公室，在那里得到允许看了关于凯西的同样微乎其微的材料。(铝制文件柜塞满了大部分房间，里面是数千学生的文件，自 1947 年以来的！看上去是令人生畏的感觉，就像是看一个巨大的停尸间。）这里有一封信的差劲的影印件，日期是 1989 年 9 月，一个县的假释官证明阿诺·C·凯西守时，他愿意与当局合作，与他的“收养性”，埃尔玛估计一定是“适应性”。然而，这封信只是一件套用信函，收件的是“敬启者”；它最后是一个免责声明——

阿诺·C·凯西被认为是中等以上智力，但是不容易交流。法庭的精神科医生的报告是，他是一种“边缘性”人格，能够知道对与错，因此在法律方面是明智的。他一直声称自己的行为完全是无辜的，甚至是目击者的证词和现场证据都证明他有罪的那些事。

无论凯西做了什么，或者曾被判定做了什么，在这种情况下，那都是 1980 年以前的事了。而 1989 是很久以前。

埃尔玛看到凯西的地址是大桥街 81 号。

但是他是多么边缘呢？危险吗？

他用诗一般的语言暴露自己。

也许（埃尔玛承认！）她为此感到遗憾。但是她没有把凯西最近的、最困惑的作文给任何人看。她把那张单张的、折了好几折的便笺纸放在卧室柜子顶上，一件简单的组合家具，刷成了蛋青色，装饰着小小的粉色玫瑰花苞，这是女孩子的衣柜，上面有浪漫的椭圆形的不清晰的镜子，里面是埃尔玛自己的脸，少女般的、相当苍白、忧郁却常常微笑的脸，浮动着；一周以内，她反复读了很多遍信，此后，它看上去不再像是威胁了。它是一篇散文诗。她可以听到凯西极其痛苦的声音背诵它。而这是为她，凯西的指导老师而写的。我不是生来就是坏蛋，这是我的申辩。埃尔玛想到了莎士比亚的凯列班。弥尔顿《失乐园》里背叛的撒旦。她仍然没法尝试给他打分，因为他怎么能给一个男人的灵魂打分呢？

他向我暴露了他自己。只是向我。

周四的夜晚到来了，他们的下一次课。埃尔玛气喘吁吁地赶到教室，被寒冷刺激得格外精神，凯西已经躲在了他的角落里，无精打采地往下看着。在这么多人中间，凯西也许会被忽视，即使是指导老师敏锐地意识到了他，他搜索的眼睛。她知道他会被她的头发惊呆。两个肩胛之间厚厚的辫子，突然消失了。

现在是二月下旬，大雪纷飞的中西部城市，冬季学期开始了。流感在当地很猖獗，9 名学生缺课。埃尔玛期待过教授佐拉·尼尔·赫斯顿的自画像《作为有色的我是什么感觉》　　这个选择她估计会遭遇热情，因为它写得热情洋溢，然而又能真正窥见这位辉煌的黑人女作家的灵魂。但是，令她吃惊和懊恼的是，E·G·爱尔德里奇牧师大声地反对，他的理由是赫斯顿“嘲弄的语气”和美国黑人生活中“对于耶稣基督的地方的无知”。反过来，其他人反对牧师莽撞、吵闹的陈辞。整个学期都沉默着的学生们加入进来了。但是埃尔德里奇高高在上，显然习惯于在任何聚会中都成为权威。埃尔玛发现自己作为指导老师的危险地位了，她强烈反对一名学生，却要尊重他的观点，而且希望，或者是表现得，中立。同其他人一样，大多数女人，无论黑人还是高加索人，都在为赫斯顿辩护，而牧师和其他几个人攻击她，埃尔玛犹豫不决地站在他们面前，局面不再由她控制。她也许可以站在几码远的地方观察一场突然燃起的战火。一位黑人妇女尖刻地嘲弄着对爱尔德里奇说：“这位赫斯顿是一位天才，你这个男人，你这个可怜的混蛋。”埃尔玛惊呆了，结结巴巴地说：“哦，罗丽特！这不太——礼貌。”爱尔德里奇愤怒地呲着牙齿反击，“你，这个女人，就是明明白白的愚－昧－无－知。”埃尔玛想转移他们的注意力，“爱尔德里奇先生，请你——”埃尔德里奇转向这位年轻女指导老师，几个星期以来，他对她都是礼貌得过头的，他一直温和的脸带着蔑视，“女士！抱歉！你没有资格谈论这个话题！”

指导老师的恶梦显现了。这全都是一场游戏。他根本就不尊重我。是不是他们所有人……？

埃尔玛的脸发烧。她看上去一定像一个被掌掴了、受到公开羞辱的孩子。爱尔德里奇，已经走得太远了，他意识到了自己的错误并开始修正。其他人，那些没有参与这场吵嚷的讨论的，像观察员看着汽车残骸一样注视着。一些人惊呆了，有几个掩藏着微笑和得意的笑。阿诺·凯西已经开始从他的书桌前站起身，从其他人头顶往下凝视着。他像是缝合过的高加索脸庞闪耀着愤怒。爱尔德里奇一再道歉，已经变回了他一贯的仁慈面目。埃尔玛微笑着说：“好了，爱尔德里奇牧师。我承认错误。”她是想把不愉快的交锋变成善意的玩笑，尽管爱尔德里奇圆圆的硬梆梆的脸上油亮的汗珠闪着光，而埃尔玛还在发抖。洛丽特咬牙切齿地说：“哦，谢格小姐退出了，我们女人怎么去抗衡？黑人男人自我暴露了。”爱尔德里奇想笑着面对这个评价，他勉强地手绢抹着脸。埃尔玛把课转向了另一篇，更安全的散文。她没有回看阿诺·凯西。这堂课余下的时间，每个人的表现都很好，当然，到最后，爱尔德里奇牧师会上前来，表示了进一步的道歉。他担忧了。他向我露出了真实的面目。他一直希望得高分。埃尔玛的醒悟了，但是对爱尔德里奇表示了宽容。她说，他没有让她不高兴；事实上，她很高兴他们的讨论如此生机勃勃。“这是加强写作的目标，难道不是吗？为了刺激思维。”

这个时候，凯西已经从后面的出口消失了。埃尔玛想交还他的《申辩》，并请他跟她谈谈这篇文章，但是当她筋疲力尽、沮丧地抬起头来，凯西已经走了。

下一次班会，还有下下次，E·G·爱尔德里奇都没有来。埃尔玛感觉被公众的责难刺痛了。她不知道爱尔德里奇是否退出了这门课程要么就是暂时不来，以此来惩罚她。她希望这个人回来，予以补偿；虽然她厌恶过他，她也没法忍受他会厌恶她自己。她去主任办公室询问，仅仅被告知，爱尔德里奇的妻子打过电话，说他看病了，可能不会回到学校来了。埃尔玛感到吃惊，“但是他看上去很健康。他是个身体强壮、精力旺盛的人……”

她内疚地想知道，不管怎么说，是不是应该怪她。

作业＃4：观察与分析

这座房子有两层，褐色木瓦看上去
像是柔软的腐烂的木头。有前廊
和侧廊。屋顶是黑色沥青油纸。
你会觉得这只是一座普通的房子
从外面看。它在医院旁边。
她住在这个地方，在第二层。
楼梯拥挤。有一股烹饪味道
从楼下传来。地面上有油布
瓷砖。邮箱在楼下。
前门的锁不严实。
她的皮肤非常白皙哪怕是在阴影中。
有收音机音乐在演奏，非常柔和。
她在头发上包裹了一条白色的毛巾。
摘掉它的时候，对于她有点古怪，
它变得更短了。这让她更年轻。

有一撮蓬乱的毛发，颜色更浅
在她的两腿之间。它卷曲着，如果你
让一根毛发变成了土黄色，它会痒痒！
这座公寓里只有三个房间，
这是件令人惊奇的事。不是一个大学教师
应该住的。除了蓝色的柜子
和几张树的图片，她挂在她的墙上
这个地方不够好看。
百叶窗拉下来了但是你可以看到里面。
也许它们没有拉到窗户横档上。
门上的锁和楼下的锁一样。
来自医院，有警报声。
她从雾气腾腾的浴室走出来在弄干
她的头发，另一个毛巾裹着她。
他的双手帮助她。他握着大浴巾，
她感觉到他的双手抚过衣服，颤抖着。
他会抬头看但是她那时没有看到他。
然而她微笑着。因为她知道他在那里。
他为她给柜子刷了油漆。一个小木柜
上面有粉色的玫瑰花苞，把手是玻璃做的。
他向她解释说他想结婚
想有孩子要不是他们烦得让他泄气了
他。这是他们的希望，对生活泄气。
他们笑了，如果你打算上吊，他们提供
布。他们假装没有看见勺子，
让你来把它削尖。他们希望更低级的

像狗一样灭绝。

在他知道她的名字埃尔玛·谢格洛夫之前

他得到允许熟悉了她的脸。

如果你爱某个人，这就是全部。

如果你分析它你会失败。

在它开始之前，你们彼此相识。

他总是会回忆她的脸

它带给他希望。

因为你没法离开希望而活下去。

他会保护她免受所有敌人伤害。

他会切开他们的脸和他们的心脏。

为了保护她他不会害怕

动用他所有的力量。

没有她，他活不下去，他感觉到。

"'边缘性'。但是是什么的'边缘性'呢?"

她看到一个唯一的、孤独的单一民族国家漂浮在黑暗之中，它的边缘什么也接触不到。

在市中心公共图书馆空无一人的资料室里，埃尔玛·谢格洛夫在回看都市报纸的缩影胶片版本。她充满焦虑，对可能从一排排微微发光的印刷品中找到的东西充满恐惧。与国内和国际重大新闻的大标题并列的，是当地新闻，而所有这一切都沦落成了历史。时光流逝。不同凡响的与平平常常的放在一起。她关注的是县新闻，报纸的第二部分。浏览了数周的竞选活动报道，微笑的政客们的照片，镇上的会议，下水道债券发行，教育委员会的讨论，校车安全，火灾，纵火案，抢劫犯遭到逮捕，小偷，醉驾，武装袭击。女性慈善集市，教会新闻，大主教去世，奖学金获得者，彩票中奖者，纵火嫌疑，纵火疑犯被拘，盗用银行资

金，学校负责人死去，大学的商学院院长退休，名誉学位授予，在毒品搜查中逮捕，突然出现了

埃德加镇死囚区罪犯，39 岁

在 8 年苦难经历之后获释

日期是头年 12 月 2 日。她一直盯着阿诺·凯西的照片，没有认出他来，他 31 岁，相貌年轻，受伤的眯着的双眼，胡须的阴影，还有残忍地剪得短短的头发。

凯西曾被判定于 1990 年 7 月在州公园强奸并谋杀一名妇女和她 13 岁的女儿；他被目击者指认出，在犯罪现场附近，有“证据”把他和犯罪地点联系在一起，他向警方招供了，一名警方报案人在审讯时作证，说自己承认目击犯罪是吹牛皮。凯西因此撤回招供，宣称自己招到了警方殴打。他有“吸毒史”。他在衣阿华州的康复中心呆过。他还因受到持械抢劫指控，在衣阿华州重罪监狱呆过。在对他的审讯中，他接受了证人席，但是成了“紧张性精神症患者”，因而无法作证。在他的两个星期审讯中，他开始显示出暴力倾向，不得不放在审判室里处于监管之下。陪审团发现他在两起谋杀和两起强奸案中有犯罪嫌疑，他被判执行注射死刑。他的案件自动上诉。他的宣判被翻案，由于县里的一个男人因为贩毒被警察逮捕，他告诉警方，强奸谋杀案是另一个男人所为，而不是凯西；随后的 DNA 证据证明，凯西不是强奸犯，这是另一位嫌疑犯犯下的罪行。8 年后，当凯西从死囚室释放时，电视记者请他评论自己的痛苦经历，但是凯西“一言不发地摇摇头，走开了”。

埃尔玛擦擦双眼。摇摇头，走开了。更有男人味的姿态啊！

就在埃尔玛把一卷卷缩影胶片还给图书管理员时，她碰巧看到，就在桌子上，散开的本城报纸。她的目光立刻跳到一张熟悉的脸的照片上。E·G·爱尔德里奇牧师。还有大标题：牧师遭遇抢劫受重伤。

埃尔玛惊恐地看着，E·G·爱尔德里奇，51 岁，上一周的周五，

在他基督门徒教会的教堂后面停车场，正要走进车子的时候，受到凶犯持剃刀进行袭击。袭击发生在晚7时，天黑之后，但是在一个有光亮的地方。爱尔德里奇没有看到袭击者。他的脸部和手部严重受伤，住在医院里，病情稳定。不明身份的袭击者从爱尔德里奇的外套口袋里拿走了他的钱包，但是把它扔在他附近，没有拿走钱或信用卡。警方认为他被街上的人吓跑了，但是还没有犯罪的目击证人出现。

“为了我。他干的，为了我。”

她目瞪口呆地坐了有几分钟。然后，她小心翼翼地折起报纸，把它们按正常的顺序插进去，再放回到图书管理员的办公桌上，当地报纸的现刊就保存在那里。

她拿起电话听筒。她要打电话给警方，她会小心翼翼地说：“我想我知道谁可能袭击了爱尔德里奇牧师。他的名字叫……”

她把话筒握在汗湿的手里那么久，她的耳朵里，拨号声变成了难听的机械的嘎嘎声。附近的什么地方，警报响起了。又开始下雪了，风带来了雨夹雪。还不到三月，埃尔玛生命中的这个冬天似乎永远伴随着对那些疯狂的作品的崇拜迷恋：《仙后》《玫瑰的浪漫》……机械的嘎嘎声已经停止，她才把话筒放回去。没有拨号音，没有声音，好像电话线被切断了。

这不可能发生对吗？我不是真的在这里。

通过车子粘上冰珠的侧窗，埃尔玛看到大桥街81号灯光昏黄的窗户。一座破旧的红砖别墅，在类似的破败的联排住宅附近，近旁是巨大的大桥匝道。在这里，人的生命是微不足道的，人们居住的地方像洞穴，蜂箱。虽然近在咫尺，被污染了的河流也看不见了。

她不知道凯西在不在家。如果他是独自一人。

我不能爱你。你不可以爱我。你不了解我：我的脸不是我的。

你不可以因为我的原因伤害他人……

然而现在他们之间的联系被这种词语伪造得太深。

埃尔玛说出的什么话都不会对凯西起作用，什么话都不会改变他的爱慕。

他会离开课堂。他不会再回来，埃尔玛明白。所以她必须去找他，如果他们再也不会相见。他会因为她的原因去伤害甚至杀人，但是他认为自己配不上她。

不确定要做什么，埃尔玛继续开车向前。她有着病态的激动、兴奋。她随身带着凯西的最后一篇作文，要单独交给他。多么疯狂啊！然而她会这么做，如果她能强迫自己。她相信，她已经成了一个更强大的人：固执，坚决。像那个爱慕她的人一样，不顾危险。

比如说，她最后一次打电话回家。义不容辞的女儿。温柔地宽恕一切、从不做出判断的女儿。她母亲以一种受伤的呜呜声说你为什么离我们那么远埃尔玛，为什么我们这么老了你把我们丢下，像你的兄弟们一样，还不如你的兄弟们，你为什么觉得你可以“教书”，你不是那个类型，从来不是，你害羞，你过去常常结巴得那么厉害，记得其他孩子捉弄你，你回家时怎么哭的，所以——她母亲的话音未落，埃尔玛就挂上了话筒。微笑着，想着：联系已断开。谁也没有错。

不到一个小时之后，她安排好修改电话号码，不列入电话号码簿。

她会告诉凯西，也许。他们会一起笑。她会对凯西说这类事情，在中西部她新的未曾体验过的生活中，或是已经逝去的过去在东部的生活中，她都从来没有告诉过任何人。她会告诉他，他们没有任何人了解我，我是如此孤独。

埃尔玛在绕着这个街区转，显然。她察觉了自己正做什么。单车道的大街，狭窄。车子停在街上，有一些废弃了。人行道上倾倒了垃圾，翻倒的垃圾桶。在这一背景下，凯西的《观察与分析》获得了一种感人的、滑稽的意义。英语补习，教给一个如此世界中的居民。散文的策略，有说服力的散文，拯救生命的散文，教给死刑犯。出于尊重，埃尔玛没有给凯西的作文打分。出于对他的害怕，是的；但是也出于尊重。她会亲自把作文交给他，当作满怀敬意的行为，但是她没有致力于采取超出于此之外的任何行动。她是一个愿意相信人类动机先于行动的人，因为她是（她之前一直是）一个理性的人然而显然有时候（这算其中的一次吗？）行动可能先于动机，甚至让动机变得无用。

单车道的大街让这个城市的这一部分变成了一个迷宫。埃尔玛被迫开过了几个街区。回家！继续呆在家里，谁也不知道你到过这里。她从古老而又丑陋的维多利亚时代的大桥的又一个坡道下面经过。天气更暖些的时候，在这个城市的这个地方开车，对于埃尔玛来说会是危险的，一个单身的白人妇女开着一辆小型轿车，但是今天晚上大街上没有人。虽然她的心怦怦直跳，她知道这是焦虑的症状。愉快！她看到自己又开回了大桥街，向南开。街道号码是递减的：231，184，101……她再一次靠近了凯西的家。她确信有人在家。电视闪着微光，像淡蓝色的海底。她在路边停下车：在随意地拉上的帘子后面，一个模糊的身影正走过窗边。我在夜里开着车，因为我孤独。可以从任意一扇亮着灯的窗户扔下一把梳子。埃尔玛关掉了发动机。她看到，这条街上其他联排房子的门廊乱糟糟地堆满了东西，椅子，自行车，垃圾桶，而大桥 81 号的门廊除了唯一一个垃圾桶，什么也没有。

他独自一人住。他在那里，独自一人。

埃尔玛小心翼翼地走上结了冰的人行道。走上了门廊。穿过薄薄的、有裂缝的遮篷，在她按下门铃的时候，她有这样的印象，一个男人的身影正迅速地移到门边。门在几秒之内打开了，就像呼吸时吸气一样：阿诺·凯西站在那里，盯着她。

他穿着一件干净的白色 T 恤。工作裤，远足靴。一条长长的蜘蛛网一样的蓝色纹身覆盖了他的左前臂。他的双眼深陷，震惊。好像他一直期待着一位来客，他刚刚刮胡子了，细小的血珠在他下巴下方闪着光。他还用剪子剪了头发，现在那头姜黄色的头发只是刚刚到了他耳朵下方，刚刚洗过，松软而稀疏。

埃尔玛听到了她预备好的话：“凯西先生，我可以跟你聊聊吗？阿诺。”

颅骨：爱情故事

他们用一个塑料袋给他带来了颅骨，碎片。它就像破碎的陶器。一个人的颅骨撞成了大约两百个碎片，少数足够大，立刻可以辨认（下颚部分三英寸大小，带着几个牙齿，头盖骨上最大的一部分），最小的大约是他最小的手指的尺寸。与通常的看法相反，人的头盖骨不是一个头盔形状的完整骨头，而是 14 根骨头融合在一起，而这些，在受害者身上，已经用钝器击碎了，击碎，挫伤，穿透，好像不明身份的杀手不仅仅是想杀死受害者，还要抹掉她的存在。这里有一种几乎是显而易见的愿望，死者应该停止甚至是作为物质的存在：根本不应该存在。任何颅骨碎片上都没有留下毛发，因为没有留下头皮来保存头发，但是和骨骼一起发现了大片日晒后颜色变浅的棕色头发，用一个单独的塑料袋带给了他。因为在现场发现的腐烂了的衣服是女人的，受害者被认定为女性。一个女人，一个年纪较大的青春女孩。

“一个拼图游戏。立体的。”

他微笑着。从孩提时期，他就钟爱拼图游戏。

他不老。看上去老，表现得不老，也不认为自己老。然而他知道，其他人嫉妒他，希望认为他老，而这激怒了他。他是一个穿着时髦的人。经常可以看见他穿着黑色高翻领毛衣，长过膝盖的酒红色皮外套。天气暖和的时候，他穿着领部开口的衬衫，有时是 T 恤，可以显现出他健壮的胳膊和肩部肌肉。五十五六岁的时候，他的头发开始变得稀疏，他剃光头，他的头渐渐变成橄榄色，可以看到脉搏跳动着，充满活力、充满战斗力和良好的幽默感，一看就是一个正直的男性的器官。你不可能不注意到凯尔·卡西蒂，并对他做出反应：把这样一个人看成是“长者”是荒谬的，也是贬低他。

现在他 67 岁了。他将不得不承认，年轻的时候，他经常忽视他的前辈们。他认为他们是理所当然的，他看不起他们，认为他们不相干。当然，凯尔·卡西蒂是一个不同类型的老年人。没有一个人像他一样。

一个特立独行的人，他这样认为自己。没法被界定。1935 年生于宾夕法尼亚州的哈里斯堡，新泽西州韦恩的长期居民：独一无二，不可代替。

在他众多的亲戚中间，他一直是一个谜：危机时慷慨，否则疏远、冷漠。真的，他差不多有个花花公子的名声，直到近年，然而，他 40 年就娶了一位心爱的妻子。他的三个孩子，在家里的时候，争着引起他们父亲的注意，但是他们爱他，你可以说，他们崇拜他，尽管现在是成人了，他们跟母亲感情上更亲近些。(在他的婚姻以外，他的家人不知道的是，凯尔还养育了一个孩子，一个女儿，他从不知道她的消息。)在专业上，凯尔·卡西蒂博士也有几分特立独行。是新泽西州威廉帕特森学院的资深教授，既适合在白天教授大学生，又适合在夜间教授成年人，既适合在艺术学校的雕塑工场授课，又适合在卫生、教育和科学学校里教授研究生。他的高级学位是在人类学、社会学和法医学领域：他上了一年医学院，一年法学院。在帕特森学院，他开设过一门课程，叫作“美国的‘犯罪’社会学”，在凯西蒂教授退休前，吸引了多到 400 名学生，被他自己的声望所征服。

他在新泽西公众中的声誉是控方证人权威和时常出入于新泽西州辩论学部的教授。他曾经是众多媒体介绍的主题，包括星期日杂志《纽瓦克明星纪事报》的封面故事，标着抢眼的标题：雕塑家凯尔·凯西蒂用指尖同犯罪作战。这样的宣传会让人尴尬吗？或者是，在某种程度上，有时能满足他孩子气的虚荣心，他不仅仅是要知名而是要著名，不仅是喜欢而是很喜欢？从他内心来说，他不是一个有雄心的人。

他把他的许多雕塑作品送给了个人、博物馆、学校。他在全州做免费演讲。

作为一名科学家，他没有多少伤感情绪。他知道，个体在种族之内，是微不足道的；种族的生存就是一切。但是作为一名法医专家，他把注意力集中到个体身上：犯罪受害者的唯一性，以及犯下这些罪行的那些人的唯一性。只要有受害者，就会有一个或是多个罪犯。这里可以没有模棱两可的话。凯尔对于条件没有耐心……“无罪推定”。一旦你犯罪，你就是有罪的，极端有罪。

作为凯尔·凯西蒂博士，他的工作对象是遇害者的遗体。他们经常受到严重分解、肢解，或者是破碎了，看似对过去的重建和识别。他擅长于他的工作，多年来他已经做得越来越好。他喜欢一款不错的益智游戏。这款游戏除了凯尔·凯西蒂，没有人可以解开。他把模模糊糊、面目不清至今仍不知名的罪犯，看成是他正在追捕、并获准猎杀的猎物。

“可怜的姑娘。它本不应该结束得这么快吧，呃？”

这个颅骨！真是一团糟。凯尔从来没有见过碎成这样的骨头。得有多少下强力度的击打才能把颅骨、脸和活的大脑变成这么破碎的东西，凯尔试着想象：20 下？30 下？40 下？一个疯狂的杀手，你可以推测出。最好是想象成疯子，而不是这个杀手冷酷而有条不紊地把受害者的颅骨、脸、牙齿都击碎，目的是为了辨认不出身份。

没有指尖——没有指尖——留下来，当然。受害者裸露的肉体早已从骨头上烂掉了。尸体是晚春或初夏的某个时候扔掉的，扔在这个州南部汤姆斯河边一个废弃的砾石坑上方的田地里，这里离大西洋城有半小时车程。骨头被野生生物弄散了，但是大部分已经找到并重新组合：受害者大约五英尺二英寸，小个子，体重大约在100到110镑。从头发判断，是白种人。

这是一个可怕的细节，没有公开发布：不仅是受害者的颅骨被击碎，而且州验尸官已经发现，她的胳膊和腿被像斧子一样“锋利的钝器”从她身上切下来了。

凯尔耸耸肩，读着报道。天哪！——他希望肢解是发生在死亡之后，而不是之前。

他觉得这看来古怪：凶手花了疯狂的精力，以最直接的方式，来毁坏受害者的身体，他可以用来挖一个深深的墓穴，用岩石和砂砾盖住它，这样就永远不会被发现。当然一个被弃的尸体最终总是会被发现的。

然而凶手没有埋掉这具尸体，为什么不呢？

“一定是希望它被发现。一定是为了他自己所做的事感到骄傲。”

凶手破坏掉的，凯西蒂教授要把它们重新组合起来。毫无疑问，他可以做到这件事。骨头的碎片当然会丢失，但是他可以用合成材料弥补这一点。一旦他有一个看似真实的颅骨，就能用粘土再造出一个看似真实的脸，而一旦他有了这个，他和过去一直共事的一位女性素描艺术家，就会用彩笔画出脸部多个角度的彩图，用于调查工作。凯尔·凯西蒂重新组合的作品会在这个州广播，会印在传单上，出现在网络上。

除非能识别受害者身份，不然凶杀案很少能侦破。凯尔过去进行了大量成功的脸部重组，不过从来没有在这样不利的条件下工作。这是一种罕见的情况。然而，这是一个暂时性的任务：骨头碎片已经给他了，他只需要把它们拼到一起。

凯尔在大学里他的实验室中开始拼合这具颅骨时，受害者已经死了大约四个月：过了南新泽西州类似热带一样炎热的夏季。在他的工作间里，凯尔把空调开到65华氏度。他开着CD，播放着巴赫的《平均律》和《戈德堡变奏曲》，由格伦·古尔德演奏，最适合他。华丽和精准、快速的音乐，如同瀑布一样令人眼花缭乱，仅仅在当下存在；不带情感，不带联想的音乐。

某个人的女儿。丢了四个月。到现在他们一定知道了。一定认命了。

头发！金黄色的头发，被日光漂成了棕色，带着丝丝红色，还能看出明显的波浪。从犯罪现场收集到6个长条，用单独的塑料袋带回了他的实验室。凯尔把它们放在窗台上，当他从手头的镊子和碎骨头中抬起头时，可以清晰地看到它们。最长的长条有7英寸。受害者的头发留得挺长，到了肩部。凯尔不时地伸出手去触摸它。

阳光暖暖地照在窗台上。带着光辉的褐色。他的手指碰到时产生了静电，好像是活着的。

8天：会比凯尔预期的花费的时间更长。因为他的工作慢得令人恼火，他出的小错误也比往常要多得多。

他的双手和任何时候一样稳稳当当的。他的眼睛上戴着双光眼睛，视力好多了，跟任何时候一样可靠。

然而似乎是，当凯尔离开实验室的时候，他的双手在明显地颤抖，好像是因为紧张，或者恐惧。而他一旦离开强荧光灯，他的视力也不那么敏锐了。

他不会向任何人提起这件事。也不会有任何人注意到。毫无疑问，不会一直这样。第二天结束的时候，他已经厌倦了格伦·古尔德演奏的巴赫。钢琴家的演奏古怪起来，变得难以忍受。另一个人熟悉的思想，就像体味一样，你实在不想分享。他试着听另一些CD，钢琴曲，无伴奏大提琴，然后又放弃了，在静寂中工作着，当然也不是静寂的：耳朵里有下面的交通噪声，纽瓦克国际机场的飞机起降声，和他自己的血液律动的声音。

奇怪：凶手没有埋葬她。

奇怪：恨一个人到了如此地步。

希望她是死了以后他才开始用斧子……

" 凯尔，新的工作是什么？你看上去这么……"

心烦意乱，薇薇安可能是想说。她的声音犹疑、温和，没有一点对抗的意味。这两个人结婚已经超过 40 年了，凯尔的妻子早就学会了如何评估他的情绪，如何解释他不祥的沉默。看到他现在停在楼梯上，皱着眉，手不安地搓着光滑、暗红、血管暴起的头，好像有什么想法突然向他袭来。

"……看上去这么精神紧张。凯尔？"

凯尔的目光朝她看过去，又顿住了。然后他像是愣过神来，微笑着说："是吗？我没事。"

他用这种方式，礼貌而愉快地挡回了她的话。他对于打断自己思维的话做出的迅即反应，常常就是微笑。

"有……什么事我们可以谈谈吗？"

"有什么'我们可以谈谈的事'？"

他没有对薇微安生气，他是保护薇薇安。但是他相当不满她用精神紧张这个词。

他没有兴趣跟妻子，或者专业同事以外的任何人谈论他的法医工作。她幼稚的问题和始终没变的情绪反应困扰着他。如果他向薇薇安吐露那个颅骨的事，她柔和的脸会变得僵硬。她的手指会在脖子上焦躁不安地动着，她的双眼会流露出惊慌、恐惧，甚至是受伤。

哦凯尔，你怎么可以从事这么丑陋，这么可怕的……

那你为什么要问呢？

你是我的丈夫，我想知道。我想分担……

不，你不用。

在凯尔的家庭生活中，他尽所有努力做个好脾气的人。年轻时候，他不是这样：但是那些时光过去了。他不再允许工作中的挫折导致在家里发脾气。他不再看其他女人，他不再与有性的吸引力、贫穷的、有操纵倾向的女人纠缠。他不再拥有的准确说来不是激情，因为他仍然经常感觉到性欲带来的任性的痛苦，而是认真对待激情的能力。在那些他最亲近的人中间，凯尔培养起了一种好脾气，就像纸面具一样。不是橡胶面具，粘在他的脸上，可能会影响他的呼吸，不是那种会吸引人注意的滴水嘴式的面具。凯尔·凯西蒂的面具是微笑、慈祥、和蔼、耐心。他成了大学里极具魅力的讲师，他在家里也继续保持着一些这种醒目的和蔼可亲。有时候，他甚至可以通过这个面具的嘴去亲吻。用他的唇轻触是他妻子的这个女人的唇。用他的唇轻触是他长大的孩子们的成年人的面颊，而现在是小孩子们，他并不了解他们，他们是他的孙子。通过面具微笑的眼部，他注视着这个世界，那个无限混乱、悲伤和残忍的地方，带着一种乐观的平静。

薇薇安在说话，没有指责，而只是在说，带着一种可以叫神秘的态度，说他像是睡得太晚，说他胃口不好，她不知道他是不是在做什么压力重的工作……“我希望你能告诉我。是不是有什么你可以说说的?”

“薇薇安，是的。当然。”

他出去了。虽然将近晚上 10 点了。他想回去工作。晚餐的时候他就为颅骨的想法分神了，现在大约有四分之一重新组合好了。在重新组合的工作中，他一旦到了一个临界点，余下的工作就快了：就像完成一个拼图游戏一样。他的心渴望着这一时刻，如同年轻的情侣的渴望一样。

他的唇碰碰这个女人的面颊，走过去了。

在凯西蒂教授与他的实验室相连的宽敞高大的办公室里，有一个沙发。又破又旧，但是很舒服，结结实实用了很多年了。必要的时候，他可以在那里睡觉。

“现在你有朋友了，亲爱的。凯尔是你的朋友。”

据估计，受害人18到30岁。4号，小码服装，他们估算了她已经腐烂的衣服的尺码。6号，在砾石坑里发现了一只露趾鞋。她是小胸廓，小骨盆。

没有办法判断她是否怀孕或是生育过。

在散开的骨头中间没有发现戒指。只有一对银耳环，穿孔式的。受害人的耳朵不见了，好像从来就不曾有过，只有耳环还闪着暗淡的光。

“也许他拿了你的戒指。你一定有戒指。”

那具颅骨有着窄窄的额头，还有窄窄的、轻微向后收的下巴。颧骨又高又尖。这有利于给脸部造型。特征突出。她的牙齿还有一个覆咬合。凯尔不知道她的鼻子是长是短，是扁平鼻子，还是窄鼻尖。绘制草图的时候，他们会尝试各种不同的鼻子，头发的类型，眼睛颜色的渐变。

“你漂亮吗？‘漂亮’给你惹麻烦了。”

在窗台上，死去的姑娘的头发有光泽而又卷曲地分成几股。凯尔伸出手去触摸它：如此柔软。

婚姻状况：一个谜。

一个男人，没有长期与一个个体相处的气质，没有在家庭生活、家庭和孩子方面的明显的才能，维持着婚姻，看上去幸福地过了四十多年，这是怎样才成为可能的？

凯尔笑了，“不知怎么，就这样了。”

他是这个婚姻内三个孩子的父亲，他爱他们。现在他们长大了——长到稍稍远了，离开了新泽西州韦恩市。大的两个自己都为人父母了。

他们，和他们的母亲，对于他们模模糊糊的异母妹妹一无所知。

凯尔也一无所知。他在 26 年前就和她母亲失去了联系。

他和薇薇安的关系从来不是太有激情。他想要一个妻子，而不是主妇。他不想算他们最后一次做爱是多久之前的事了。就算是他们新婚的时候，他们做爱也很别扭，因为薇薇安没有一点经验，甜蜜、幼稚而又害羞，这曾经有点像是她的吸引力。他们经常在黑暗中做爱。两个人说不上几句话。如果薇薇安说话，凯尔就会分神。他经常看着她入睡，不想叫醒她。他曾经轻轻地碰碰她，抚摸她毫无知觉的身体，然后抚摸自己。

现在他 67 岁了。不老：他知道这个。然而，他最后一次发生性关系，是在匹兹堡参加一次会议时和一个女人，头一年的四月；在此之前，是和一个年纪是他三分之一的女人，身份不明确，可能是个妓女。

不过她没有找他要钱。她在聚会上向他做了自我介绍，说在新泽西网络上见过他做访谈，是吗？在他们一起度过的唯一的一个夜晚结束时，她举起他的手，以一种尊崇和自我牺牲的姿态，亲吻着他的手指。

"'凯西蒂博士'，我崇敬你这样的男人。"

重要的骨头全都在适当的位置上：颧骨，眼睛上方，两腮，下巴。这决定了脸部的基本轮廓。比如说，两眼之间的间隔。比如说，前额的宽度要与鼻部脸的宽度成比例。在表皮的面具之下，是不容否认的骨头构造。

凯尔现在开始看着她。

仍然不清晰，因为她的脸在阴影之中。那个模糊的灰色阴影，荧光灯的灯光照射不到。固执而又阴沉的影子，就像薄纱似的健忘的头脑。她的嗓音也不清晰。她站在离凯尔大约 15 英尺远的地方，在通向他办公室的门廊里。腰部稍稍扭过来，好像她只是要注意他，或者好像是想显示她虽然小却尖挺的乳房，她纤细的腰肢。她的腰，一个男人的两只手就可以握住。她的耳朵上，银耳环闪闪发光。她的微笑甜蜜、羞涩、犹疑。她的下巴窄得像孩子一样，她的鼻子又小又短又平。她的皮肤苍白、光滑、明亮。她的头发卷曲、有光泽，缠在一起，长过她的肩，看起来好像刚刚刷过。

凯西蒂博士！爸一爸。我崇敬你？

凯尔吃了一惊，清醒了。他的头朝前落在交叉抱着的双臂上。他在工作台前睡着了，在闪亮的荧光灯下。骨头碎片压着他温暖的前额。他擦擦脸，擦擦昏花的双眼。

想要声明，以前他从来没有发生过这样的事。

颅骨上的眼睛平静地注视着他。无论他提出什么问题，凯尔都不得不回答自己。

凯西蒂博士。他有哲学博士学位，不是医学博士。对于他敏感的耳朵，“博士”头衔一直都有种微妙的嘲讽戏弄的成分。

他不再请他的毕业生叫他“凯尔”。他现在老了，有了自己的声望，这些年轻人没有谁能跟他亲密地交谈。他们需要崇敬他，他推测。他们需要他们之间年龄的距离，这是一个无法逾越的深渊。

凯西蒂博士。在凯尔家里，这个人是他的祖父。宾夕法尼亚州哈里斯堡的一位内科医师，他的专业领域是肠胃病学。童年时，凯尔崇敬他的祖父，他想成为一名医生。他被祖父图书馆里的书籍所吸引：大量的医学文章，看起来拥有对于所有问题的答案，解剖图和颜色图版显示出人体不同凡响的内部构造。这些有许多都放大了，用明亮鲜活的色彩复制，看上去潮潮的。有令人震惊的裸体图片，解剖过程中的人体。悄悄地盯着这些的时候，凯尔的心脏猛烈地跳动着。这种事应该！这种事应该得到允许！有人，像凯尔自己的祖父这样的人，有权利拿着尖厉的器具，在人肉上切开口子，然后开始切割……几十年以后，凯尔有时会感觉到性的冲动，腹股沟痛苦的悸动，一些视角上的线索，让他想起他早已死去的祖父那些禁止去看的旧医学书。

大约从 11 岁开始，他就悄悄复制一些图片和图版，他把描图纸放在它们上面，用铅笔描。后来，他开始自己画图，不再需要用描图纸。他会发现，有种魔力紧紧抓住了他，他能完成得惊人地相似。在学校的艺术课上，他被单独表扬。他最擅长快速炭笔素描，半闭着双眼完成。后来，雕塑半身和全身像。他的双手快速动作，粘土成型，再次成型。

“我的双手就这么动，我想。他们有自己的思维方式。”

这种“天才”的出现使他困窘不安。为了在极端境况下掩藏他对于人体的兴趣，他也学会了做其他各种雕塑。他隐密的兴趣被隐藏起来，他认为，藏在其他兴趣之中。

事实会证明，他不喜欢医学院。实验室会让他极为厌恶，而不是引起他的兴趣。他差点昏倒在他的第一个病理学实验室。他恨医学院狂热的竞争，几乎是军事霸权。他会在除名前离开。法医学让他更接受于人体，但是在这里，正如他告诉采访者们时说的，他的任务是重新组合，而不是解剖。

那具颅骨就要完工了。在凯尔看来有着美丽的外形，就像一尊希腊胸像。空空的眼窝和鼻腔，在另一位观察者看来会觉得丑陋，凯尔看上去却是填好的，因为这个姑娘向他表露过自己。那个梦转瞬即逝，然而却留在他身边，在他内心看来，比他最近的现实生活中经历的任何事都要生动。

她还活着吗，在哪呢？

他丢失的女儿。他的思维从颅骨挪开，转到她的身上，她只不过吸引了他，连名字都没有。

他见过她两次，还是婴儿，每次都很短暂。当时她母亲情绪不稳定，还没有给她取名；或者是如果已经取名，为了什么原因她也不想让凯尔知道。

“她现在还不需要名字。她是我的。”

凯尔受了这个自称“莉蒂西娅”的女人的骗，这很可能是一个虚构的名字，一名脱衣舞娘的幻想，虽然或许它是真的。莉蒂西娅曾在大学里找到凯尔·凯西蒂，他是一个非常有才能的教师，39 岁。她来到他办公室的借口，是寻求精神科社会工作的职业建议。她宣称参加了这所大学的夜校，这个后来证明不是真实的。她宣称是一个被丈夫疏远的妻子，他在“威胁”她，这个可能是真的。

凯尔因为这个年轻女人的注意而受宠若惊。她显然很吸引他。最后，他给了她钱。一直是现金，从没给过支票。他也从没给她写过信：虽然她给他留下热情洋溢的情书，放在他办公室门下面，放在他车子的挡风玻璃下面，他从来没有回过信。作为一个精通法律的人，他知道：永远不要用手写的东西表态！同样，在最近的几年里，凯尔·凯斯蒂从来不会发任何电子邮件，他不想大白于天下。

他没有完全信任过莉蒂西娅，但是他被她唤起了性欲，他喜欢成为她的伴侣。她比他年轻十几岁，不计后果，不可靠。不漂亮，但是非常性感、诱人。在她从他生活中消失之后，他会想，当然，她已经和别的男人在一起了，从别的男人那里拿钱。然而，他承认怀孕是他的责任。她告诉他，孩子是他的，而他没有不相信她。他不希望在她生活中这个艰难的时刻跟莉蒂西娅分开，不过他自己的孩子们 12 岁、9 岁、5 岁了。而且薇薇安爱他，大概也信任他，如果她知道了他的事，一定会很受伤。

虽然薇薇安也许知道了。知道什么事。凯尔很少跟她做爱，沉默着笨手笨脚地摸索着。

但是，1976 年 12 月，莉蒂西娅和女婴突然离开了新泽西。甚至是在生育之前，莉蒂西亚就离开了她已婚情人的生活。他只能认为他找到了另一个男人，那个人对于她更有意义。他只能认为，永远也不会有人告诉他的女儿，她真正的父亲是谁。26 年以后，如果还活着，莉蒂西娅都不会记得凯尔·凯西蒂的名字了。

“现在，告诉我们你的名字，亲爱的。”

在一周又一天的辛苦工作之后，颅骨完工了。所有的骨头碎片都用上了，凯尔还用上了人造碎片把颅骨结合到一起。他兴奋地做了一个颅骨的模具，在这个模具上，他开始用粘土塑出一张脸来。他的手指快速地工作着，就像是有记忆一样。在这一阶段的重塑工作中，他打开了新的 CD 来庆祝：几张巴赫的咏叹调，贝多芬的第七和第九交响曲，玛丽亚·卡拉斯的《托斯卡》。

10 月初，受害人的身份确定了：她的名字叫萨布莱娜·杰克逊，一位在社区学院兼职学习计算机技术的学生，同时在宾夕法尼亚州伊斯顿当鸡尾酒女招待。5 月中旬，这个年轻女人的家人报告了她失踪。她失踪的时候 23 岁，体重 150 镑，她的照片与凯尔·凯西蒂和他的助手绘制出的图像异常相似。3 月，她与一个男人分手，此前她和他一起生活了几年，她对朋友们说，她不上学也不工作了，要与新男朋友“开始新的生活”，他在大西洋城娱乐场有“重要位置”。她收拾好行李，关了她的公寓，在答录留言服务里留了条玩笑的谜一般的留言：

嗨你好！我是萨布莱娜。实在抱歉不能接你的电话，但是我出城了，直到进一步通知。没法说我什么时候回来不过我会努力的。

从那以后谁也没有萨布莱娜·杰克逊的消息。大西洋城没有人记得见过她，侦探询问赌场雇员也一无所获。在伊斯顿也没有任何人像是知道她一起走的那个男人的身份。萨布莱娜·杰克逊过去不止一次地这样消失过，有男人们陪着，所以她的家人和朋友们起初对于报告她失踪犹豫不决。一直在盼着萨布莱娜“出现”。但是汤姆斯河边受害者的图像明明白白地与萨布莱娜·杰克逊相似，遗体一起发现的银耳环也被指认是她的。

“萨布莱娜。”

这是一个美丽的名字。但是萨布莱娜·杰克逊不是一个美丽的年轻女人。

凯尔盯着这个失踪女人的照片，她长了暗疮的皮肤对他是个打击。她的皮肤也不像他想象的一样苍白，而是相当黑，还有油。她的眉毛不是他画出来的优美的拱形，而是重重的射束状，就像她肉乎乎的嘴的轮廓被唇膏夸大了。额头仍然是窄的，短而平的鼻子，小的往回收的下巴。齐肩长的头发，波浪形，光亮的褐色，正如凯尔描述的一样。当你从彩色钢笔绘制的素描往这个女人真实的照片看去，你会忍不住想，这一个是比另一个年轻些的、感伤的理想化的版本；或者，两个姑娘是姐妹，一个是非常漂亮、有女人气质，而另一个粗糙，给人带来感官的刺激。

“是你？一直就是，是你。”

对于他来说，奇怪的是，难以认识到：他重新组合起来的颅骨就是这个女人的，萨布莱娜·杰克逊，而不是他画出来的那个姑娘的。一直就是，萨布莱娜·杰克逊才是受害者。凯尔·凯西蒂因为他杰出的工作受到了祝贺，但是他感觉在他身上耍了个把戏。

他为照片里那个微笑的、打扮漂亮、斜眼看着相机的女孩沉思良久，好像是为了帮助他。不知道我们怎么必须死去：我们变幻莫测的姿态是怎样长于我们的生命。萨布莱娜·杰克逊有瑕疵的脸上的浓妆使她看上去不止 23 岁。她穿着廉价的紧身性感服装，背心和 V 领上衣，迷你皮裙，皮裤，高跟靴。她抽烟。她确实显示出有幽默感，凯尔喜欢她身上的这一点。伸手要抓相机。噘着嘴作亲吻状。不是那种会直接找男人要钱的类型，但是如果你给钱，她当然不会拒绝。一个小小的得意的微笑会改变她的脸，好像这是最高级别的恭维。嘟囔着谢谢！钞票会迅速地塞过来，滑进她的口袋，然后这个交易就再也没有什么要说了。

颅骨从凯尔的实验室搬走了。在宾夕法尼亚州伊斯顿会有萨布莱娜

·杰克逊的私人葬礼。现在都知道这个年轻女人死了，将会加大对于她失踪的调查。凯尔不用怀疑，最后就会是逮捕。

凯尔·凯西蒂！祝贺。

真是令人吃惊，你做的工作。

是退休的好时候了吧，呃？该激流勇退了。

大学里不再有强迫退休了。作为一名雕塑家，一名艺术家，他永远不用退休。因为他是特约顾问，而不是受到本州退休法管辖的员工，他可以继续为新泽西州工作。他心里升起这些抗议的话，但是他没有说出口。

他关掉了播放的新CD。他的办公室和实验室都非常安静。他头上，脉搏沉闷地跳动。失望！因为萨布莱娜·杰克逊不是他寻找的那个人。

“我讨厌这个。你痴痴地想着那个死人。”

他吃了一惊，从他拿在面前的《纽瓦克明星纪事报》上抬起头来。他一直在读关于萨布莱娜·杰克逊的报道，她的谋杀案调查中的新线索。从他把颅骨寄送回去，已经有一个星期了。他一直盯着这个年轻女人神气活现的微笑着的照片，在报纸第二部分第一页的突出位置上。薇薇安一定是沉默着走到了他身后。

凯尔被他妻子声音里的痛苦震惊了，还有她笨手笨脚地抓住报纸的动作，就像孩子干的一样。“一个到了你这个年纪的男人！让一个女孩愚弄自己，她年纪小得足够当你的——孙女。”

“薇薇安，拜托。我只是刚好在看这张报纸。这是——”

“我知道那是什么！一直都是死人！你从来没有这么关心过杰克。你从来没有这么关心过我们任何人。”

“薇薇安——”

“不。别碰我。你冰冷的手让我讨厌。”

在他们多年的婚姻生活中，薇薇安从来没有这样跟凯尔·凯西蒂说过话。

她用拳头打他也不会让他如此震惊。她离开了房间，她的脚步走在楼梯上，沉重，不得体。凯尔知道他必须跟着她，虽然他害怕这样。

在这个女人的脸上，他没有看见对他的爱。也没有尊重。

楼上他们的卧室里，弥漫着薰衣草香袋的气味，这是薇薇安放在衣柜抽屉里的，她在哭泣，但是泪水像热酸一样在她脸上闪着光。凯尔想碰碰她，她推开了他的手。“你的‘偶像’——这就是它们。头盖骨。骨头。死人的图纸。死了的女人。我看到它们了，它们让我厌恶。”凯尔又一次震惊了，同时又感到深深的困窘。薇薇安看到过他书房的文件抽屉？他收集了清晰的解剖图和彩色图版，都藏起来了，他好多年没有看过一眼。薇薇安义愤填膺地说：“你从来不会在灯光下碰我，是吧！从来不会在知道那是我的时候跟我做爱。我知道你的其他女人。每一个都知道。我们的孩子也知道，这就是为什么他们长大以后不再尊重你——这就是为什么他们现在不尊重你。我不打算把我的丈夫让给那些女人，我想要你。我想我爱你。但是现在——”

凯尔理屈词穷，除了不可信的大白话，这些话连他自己也不相信，“薇薇安，你不是认真的。你说的那些话——”

“我这一次说的是事实。最后这一次，你这样的行为，大部分时间都出去，晚上悄悄在房间里踱步，粗鲁，自私，痴痴地想着她，不管她是谁，又一个死人。一个你这年纪的男人！”薇薇安说话像卡拉斯一样流畅而有激情，她的声音提高到了疯狂的程度。“你让我厌恶，我已经决定了，我不想再生活在厌恶之中，不想了，我这个年纪了。我应该有更好的。我要和杰克呆在一起。我已经给她打电话了，已经决定了。我不知道我什么时候会回来。”杰克是他们已经长大成人的女儿，现在40岁了，她跟她的家人住在伊利诺伊州的埃文斯顿。

凯尔当时很难理解他听到的话。他的耳朵里一片轰鸣。决定了？有什么事已经决定了。

“薇薇安，别傻了。你不可能——”

“我可能。我能，而且我会的。我就这样。”

凯尔微笑地站着，这是一个遭受了致命打击的男人可能发出的微笑。结束了。她知道了我的心。他尽量跟薇薇安讲道理，但是她不听劝。在她暴躁的脸上，闪着复仇的英勇。凯尔摸索着去拥抱她，她带着蔑视的表情把他推开了。

“我们太老了，没法爱了。我们把自己搞得很可笑。”

早晨，薇薇安准备离开，凯尔平静地跟她告别，没有怨恨。他握着她柔软的手，感觉那只手在他的手中，那样软，那样脆弱，他本来要用双臂拥抱她，来一个笨拙的告别，她痛苦地叫了一声，走到一边，她的脸避开了。她害怕离开，凯尔看到了。但是他不会再一次劝说她。正如她看透了他的心，他也看透了她。不过他知道他不会在家里接电话，他说：“今天晚上给我来电话。保持联系。”40 年后，他没法鼓起勇气再一次说出她的名字。

在出租车来接薇薇安去纽瓦克机场之前，凯尔走了。他会开车去宾夕法尼亚州伊斯顿，他一直犹豫不决地计划了好几天。他的心脏跳动着，带着对年轻情人的渴望。

“长官。进来。”

萨布莱娜·杰克逊母亲的脸很紧致，就像在肠衣里的香肠一样。她尽力微笑着，就像一个伤心的女人尽量显出乐观，但是想让你知道，她是为了你在努力这样做。她以沉闷而渴望的声音欢迎着凯尔·凯西蒂，她坚持叫他“长官”，虽然他向她解释说自己不是警官，只是协助调查的一介平民。他是绘出了她女儿复合草图的那个人，由此她这个失踪的女孩的其他亲属才得以确定身份。

严格地说，这当然不是真的。凯尔没有画出萨布莱娜·杰克逊的草图，他画出的是那个假想的姑娘。他给了他保管的颅骨以生命，却没有给他从未听说过的萨布莱娜·杰克逊。孤立无助的杰克逊夫人没有在意这种形而上学的微妙之处，她盯着凯尔，好像是，尽管他刚刚提醒了她，她还是没法回忆起他为什么来，他到底是谁。伊斯顿警方的一个便衣警官，还是从新泽西来的什么人？

凯尔温和地提醒她：萨布莱娜的画像？在电视、报纸上出现过？在网络上，全世界范围？

“是，是的，那张图。”杰克逊夫人慢慢地说，好像每个字都是她喉咙里扎人的卵石。她小小的温暖的充血的双眼，挤在她堆满脂肪的脸上，绝望而急迫地注视着他。“当我们在电视上看到那张图……我们就知道了。”

凯尔喃喃地说着抱歉。他感觉自己要对什么东西负责。他椭圆形的光头从来没有感觉如此暴露如此脆弱，血管带着热量跳动着。

“杰克逊夫人，我希望事情会变得不同。”

“她总是做些最疯狂的事，不止一次我放弃了她，我烦透了她，但是她有双脚，你明白吗？——像猫一样。那个萨布莱娜！算上她的两个兄弟，她也是唯一让我们这么担忧的孩子。”杰克逊夫人古怪地微笑着。她气恼她的女儿，但是显然在某种程度上也为她骄傲。“她有一副好心肠，不过，长官。萨布莱娜只要努力去做，可以是最甜美的女孩。就像那次，是母亲节，我气坏了因为我知道，我就知道，他们没有一个人会打电话——”

凯尔感到又奇怪又不安，这个死去的姑娘的母亲是如此年轻：不超过45岁。一个显得臃肿的小个子女人，长着粗糙、红润的脸，穿着休闲裤和印花衬衫，胖乎乎的光脚上穿着人字拖，蹒跚着，一个母亲的悲伤在她脸上就像是附加的脂肪层。严格地说，她年轻得足以做凯尔·凯西蒂的女儿。

哦！看起来，整个世界正在变得年轻，年轻到足以做凯尔·凯西蒂的女儿。

“我想看看萨布莱娜的照片，杰克逊夫人。我只是来表达我的敬意。”

“哦，我已经拿到了。它们全都可以看。每个人来这里都想看看。我的意思不止是说家人，还有萨布莱娜的朋友们，你不会以为是那个姑娘从高中就交的所有朋友，而是电视台的人，报纸记者。越来越多的人来这里，长官，在过去的 10 到 12 天里，比我们到现在的一生都要多。”

“我为此感到遗憾，杰克逊夫人。我不是想打扰你。”

“哦，不！这是一定要做的，我想。”

杰克逊夫人让凯尔看塞在家庭相册里的一大堆快照时，电话铃响了几次，但是这个肉乎乎的小个子女人，坐地沙发上，没有打算去接。甚至是坐在沙发上一动不动，呼吸急促，喘着粗气。“那些电话会转到应答服务上。我现在一直都用这个。哦，我不知道谁还会再打电话。过去常常是，就是我能预想到的哪个人，这个世上十个人中的哪一个，或者是我刚刚拨打过的哪个该死的律师，但是现在，可能是任何人，差不多是。人们打电话来这里，说他们可能知道是一个婊子有罪的儿子对萨布莱娜做了这些，但是我让他们打给警察，明白吗？打给警察，而不是我。我不是警察。”

杰克逊夫人言辞激烈地说着。她的身上散发出一种紧张而激动的情绪的气味。凯尔迟疑地靠向她，皱眉看着那些快照。一些是老宝丽莱快照，退色了。其他的有折痕和卷角。在几年前的全家福中，没法马上辨认出哪个姑娘是萨布莱娜，杰克逊夫人只得指出她来。凯尔看到一个看上去被惯坏了的少女，双手放在屁股上，在镜头前咧嘴笑着。作为一个青春期的少女，她的皮肤也不好，这一定使她的骄傲与活力得到承认都变得很难。在一些特写镜头中，凯尔看到一个近乎有吸引力的姑娘，温暖，充满希望，率真地恳求：嗨，看着我！爱我。他想要去爱她。他想不让她失望。杰克逊夫人重重地叹口气：“人们说，那些图像看上去就像是萨布莱娜，他们就是那样认出她来了，你知道，我想我能明白这个，但是不见得。如果你是母亲你能看出不同的东西。萨布莱娜从来没有画像上那么漂亮，她要是看到这个一定会大笑。它就像是有人把她的脸进行了改造，像整容手术，你明白吗？萨布莱娜想要的，她带着几分玩笑但是严肃地说起过，是，什么呢，‘下巴注射’？‘移植’？”杰克逊夫人悲伤地抚摸着下巴，她的下巴像她女儿一样向后倾斜。

凯尔好像是鼓励地说：“萨布莱娜非常有魅力。她不需要整容手术。姑娘们爱说这类话。我有个女儿，在她成长的过程中……你不能把他们说的太当真。”

“这是真的，长官。不能。”

“萨布莱娜有个性。你能看到这一点，杰克逊夫人，在她所有的照片里。”

“哦！天哪。她一直都是那样。”

杰克逊夫人往后一退，好像在相册中那些松散的、分散开的快照中，她的手指碰上了什么尖锐的东西。

有一段时间，他们继续察看那些快照。凯尔认为，这位悲痛欲绝的母亲，通过一位陌生人的双眼，再次看到她失去的女儿，在某种程度上还活着。他说不清为什么看这些快照对于他似乎已经很重要。为这次来访他计划了好几天，他鼓起勇气顺便来拜访杰克逊夫人。他几乎忘了头天晚上与薇薇安的痛苦插曲：几乎根本不会想到薇薇安。毫无疑问，她会回到他们的婚姻生活。毫无疑问，他们的婚姻生活还要持续。婚姻破裂的时候过去了：薇薇安是对的，他们这个年纪的人很容易让自己可笑。杰克逊夫人让他看一张萨布莱娜的磨砂彩色毕业照，萨布莱娜戴着白色帽子，穿着长袍，摆动着手指，冲相机咧嘴笑着，她说："高中是萨布莱娜的快乐时光。她是那么，那么受欢迎。她应该直接上大学，而不是像她做的那样，那她现在一定还活着。"杰克逊夫人的情绪突然变了，她开始痛苦地抱怨："你不会相信！人们说着关于萨布莱娜的最残酷的事。你认为应该是她的老朋友的那些人，还有学校里的老师，说她'野性'——'难以预料'。好像我女儿所做的一切就是在酒吧里闲逛。跟已婚男人出去。"杰克逊夫人红润的皮肤因为愤怒变得暗淡了。她的胳膊下面现出半月形的汗迹。她气喘吁吁地说："如果警察不管，会更好些，差不多是。我们五月就报告了她失踪。夏天，就像每个人都在说的，'萨布莱娜去哪了，她现在去哪了？'我们一群人去了大西洋城，到处找，但是没有人看到她，那是个大地方，到处都是人来人往，警察不停地说'你女儿是成年人'这之类的废话，好像是萨布莱娜自己决定消失的。他们听了她的录音，然后得出了这个结论。这甚至不是'失踪人'的案件。所以——我们想也许萨布莱娜就是跟她的这个男性朋友一起旅行去了。谣言说，这个家伙像唐纳德·特兰普一样有钱。他是一个高风险的赌徒。他们在大西洋城呆烦了，去了维加斯。也许他们驾车到了墨西哥。萨布莱娜一直说她有多想去墨西哥看看。现在——一切都结束了。"杰克逊夫人笨手笨脚地合上相册，一些照片掉到地上。"看，长官，事情也许已经偏离了它们的轨道。我们都在等着萨布莱娜回来，每分每秒。但是像你这样的人插手了，'调查'，把关于我女儿的乱七八糟的东西印在报纸上，我甚至不知道你为什么在这里占用我的时候或者，你到底是谁。"

凯尔大吃一惊。杰克逊夫人突然变得如此具有攻击性。"我——我抱歉。我只是想——"

"哦，我们不要你的同情。我们不需要你他妈的同情，先生。你可以回到新泽西或其他任何地方去，回到不管你是从哪里来的，从哪里闯入我女儿的生活中。”

杰克逊夫人的双眼湿漉漉的，肿胀着，充满指责。她的皮肤看上去好像是摸着烫人。凯尔确信她没有喝酒，他能闻到她呼吸里没有酒气，但是她可能吸毒了。因为服用了冰毒而兴奋，这在宾夕法尼亚州的这个地方、像伊斯顿这样破旧的城市里臭名昭著。

凯尔申辩道：“但是，杰克逊夫人，您和您的家人想要知道，对吗？我的意思是说，那些碰巧……”他尴尬地止住了，不知道怎么继续。为什么他们应该想要知道呢？他会想知道吗，如果处在他们的位置？

杰克逊夫人用充满讽刺的声音说：“哦，当然。你告诉我，长官。你有了全部答案。”

她站起身。这标志着她不受欢迎的客人该离开了。

凯尔斗胆拿出了他的钱包。他被深深地羞辱了，但是决定保持镇静。“杰克逊夫人，我可以帮你吗？葬礼的花销，我是说。”

这个小个子女人气冲冲地说：“我们不需要任何人的慈善！我们自己就能做好。”

“只是代表—— 我的同情。”

杰克逊夫人的目光从他摸索着的手指挪开，用《电视指南》扇着她的脸。他从钱包里拿出钱来，50美元的钞票，一张一百美元，小心翼翼地把它们折好，放在桌子边上。

愤怒的杰克逊夫人还是没有感谢他。她也没有麻烦自己看着他走到门口。

他在哪里？附近肮脏的木结构平房，联排别墅。宾夕法尼亚州伊斯顿的南部郊区。正午：开始喝酒还太早。凯尔沿着坑坑洼洼的街道驾着车，不确定自己要开到哪里去。他不得不再一次穿过河流，来到州际公路南边……他在7－11便利店买了一包六盒的浓烈的黑啤酒，把车停在墓地和公路斜坡之间一个杂草丛生的死胡同里，喝酒。酒是冰镇的，喝得让他头痛，没有不愉快。这是十月明媚而狂风大作的一天，天空中一面是透明的蓝天，一面是风起云涌。在这个城市的地平线上，是咀嚼过的烟草汁液模糊的颜色。凯尔·凯西蒂当然知道自己在哪里：但是，比起其他任何事，决定过的至关重要的事，他在哪里无关紧要，但是现在他还回忆不起来那是什么事，他决定过的是什么事。他只知道至关重要。只是他年轻时候这么多看似至关重要的事，都证明不是这样，或者不那么重要了。一个约摸 14 岁的姑娘踩着脚踏车经过，马尾巴在她脑后飞了起来。她穿着紧身牛仔裤，背着背包。她没有注意到他，就好像他和他坐着的车子都是无形的。他的目光跟随着她。跟随着她，她迅速地踩着脚踏车走出了他的视线。如此渴望，如此的爱弥漫在他心中！他抚摸着就在下巴下方有力地搏动着的动脉，看着那个姑娘消失。

死亡：挽歌

“克里西？你好。”

电话来自于虚空。鼻音那么像她自己的声音。她不可能指望这样一个电话，她有多年没有想到他了。就像是我们开始滑冰时保持身体平稳一样，她对于关于她家庭的善意的询问的反应就是，出于本能地脱口而出：她没有。

她母亲在克里斯汀 6 岁时就死于乳腺癌，仅仅在她母亲死去数周之后，她父亲和 9 岁的哥哥在纽约州奥尔科特死于车祸。

在她觉得有必要解释的时候，她平静地做出这种解释。出于尊严的态度——还是孩子时候，克里斯汀就有着有教养的尊严，出于一种对它的反面的反感——阻止别人的怜悯。对于克里斯汀更为重要的是，它阻止了进一步的问题。

那对你太可怕了……哦，我很小。我被姨妈领养了。我不缺爱。

所有这些既真实又不真实。克里斯汀当然缺少爱，但是她不是一个期望得到爱的人。她原来的家没有爱。她父亲，也许有。有时候。不喝酒的时候。她母亲，克里斯汀记不清了。

因为记忆是一种道德行为，一种选择。你可以选择记忆。你可以选择忘却。

现在来电话了。“克里西？我是亨利。”

好像他需要确定自己的身份。

那是他的声音，有鼻音，尖细，她的耳朵听起来不舒服，错不了，就是西部纽约州的口音，她一直努力从她自己的口音里面去除掉它。她马上听出了那个声音。还有“克里西”：在离开纽约州奥尔科特的生活中，没有人叫她“克里西”。意味着有 20 多年没人叫她童年时的名字了。

她迅速地计算着，哪怕是听筒还在耳朵上，她还要努力搞清他恳求而又急切的话是什么意思：现在是 2002 年 6 月，死亡发生在 1981 年 6 月。也就是说，亨利 30 岁了。30 岁！

她努力想象他：四肢细长的 9 岁孩子，双眼漆黑明亮，就像他们的父亲一样，还有他们母亲美丽的红棕色头发。亨利，成年人了。在某种程度上，这是不可能的。她的大脑不同意这个。

克里斯汀自己 27 岁。这对于她完全有可能，可能。事实上，她感觉更大。她决不会成为那种令人生厌的人，会公开宣称，怀疑他们的年龄——也许这是真实的感觉。还是个 6 岁孩子的时候，她就成了一个大人，她喜欢这样。成为一个大人——甚至还是个孩子的时候，是要做出判断，和控制。是要成功地抵挡自怨自怜，并阻止别人的怜悯，这是人们对他人最卑鄙的反应。

没有人，甚至是在她的接二连三的情人中，没有一个情人，得到鼓励叫她“克里西”。

然而这个名字在重复着。不时地出现在她哥哥的谈话中。迫使她知道，是的，他能想到这个妹妹的，就是她是“克里西”，因为他们中的哪一个小时候在父母叫他们第一个名字的时候，都会觉得那么不自然，不可能。

他们曾经是年轻的父母。早婚，早育。早死：三十刚出头。

克里斯汀全名是“克里斯汀 · 华德”。她姨妈收养了她。亨利的名字还是“亨利·伊利”，过去的姓。她会奇怪他是怎么查到她搬的地方，但是估计是他们的姨妈告诉他的。她反感这个，但是永远不会跟姨妈说。她只是好意。

亨利在问：“我们能见见吗？我想是时候了。”

克里斯汀的反应是出于本能地脱口而出：“为什么？”

没有想到的反应，也没法回答。亨利沉默了一会儿。如果他们的谈话是一场乒乓球赛，亨利没有接住对手凶狠的球，他甚至没有看到它飞过来。

亨利在提出问题并指出他问题的逻辑性时，没有太多争辩，他说，“因为我在这里，在东南部，克里西。而且时间太多了。我主要是生活在海湾地区。旧金山。我想过，我要租辆车，开着去看你，我们两个人可以一起开车去奥尔科特，去湖边。我们可以这么做。”

克里斯汀没法相信她听到的话。

“你没有回去过，是吗？”亨利顿了顿，好像在听克里斯汀喃喃的回答，尽管事实上她什么也没说，甚至是用作回答的套话也没有。“我也没有回去过，当然。”

克里斯汀说：“我要挂电话了。”

“你怎么会不愿意呢？重游奥尔科特？在这么久之后？第19个6月了，1981年。”

克里斯汀挂上了电话。

不。决不。

虽然她明白，在她一生中，一直在等这样一个电话。是她失散的哥哥亨利，或者是别的人打来的。（在半睡半醒之间朦朦胧胧的意识中，她等待的当然是她的父母。他们的声音，他们的手抚摸着她。他们年轻迷人的脸去哪里了，克里斯汀的记忆模模糊糊，好像是透过有波纹的玻璃看到的脸，或者是从水下。在那些最糟糕的梦中，克里斯汀睁着双眼，但是什么也看不见。她的眼睛睁得越大，越无助地什么也看不见。)

可能她性格中某些好斗的成份起源于这个：她一直在等一个电话，一个解释。应该给她这个。一个被揭露的真相。就像是等着电话铃声响起——电话铃声会响起。除非你离开了，电话铃会响起，而你错过了你的机会。如果拒绝电话和打电话的人，就把话筒挂回去。谢谢你。不。

现在电话铃响过了。电话来过了。但是那是她的哥哥，对于发生在他们身上的事为什么发生，他知道的不比她多。她哥哥知道的不会比她知道的多。(因为，他怎么会知道呢？她拒绝相信或许有这种可能，尽管他大三岁。) 她哥哥没法告诉她，她想听到的。你父亲没有杀死你母亲。另一个人在海边杀死了她。你父亲死了，是因为他没法忍受孤独。他的死是一次事故。

然而那个电话，真相被揭露的电话，从来没有来。她准备好了，她已经准备了很久，想要听到它。但是它没有来。另一个电话来了，一个多余的电话。

她大声宣誓："不。决不。"

然而，几天之后，克里斯汀·华德站在她公寓大楼的前门前台阶上，等着她 20 年未曾谋面的哥哥亨利。他又打电话回来了，克里斯汀一定是变得软弱了，改变了想法。不知怎么的，这件事发生了。

这不像克里斯汀，这样的逆转。这件事还是发生了。

她的穿着随意而雅致。浅色亚麻布长裤，丝绸上衣，精梳棉线衫。这些都是低调朴素的高品质名牌运动服装。她的头发是淡红棕色，用银线系着，修剪得很短，像帽子一样紧紧地扣在头顶，一个棒状银发卡多此一举地别在左耳后边。这是克里斯汀·华德独特的外表：恰当，时尚，没有半点疏忽。

她只带着一个短途旅行用的小包。因为他们得呆一夜，否则开车太远了。克里斯汀估计他们会在奥尔科特湖滨找到一家汽车旅馆。她似乎记得那个地方的汽车旅馆，那里是中等收入者的度假胜地。在安大略湖铺满卵石的南岸，有数不清的小汽车旅馆。他们预先没有明确的计划，至少克里斯汀不知道她哥哥亨利也许有什么计划。他们会重游湖上的旧木屋——从远处，或许是，因为现在会有陌生人住在里面——他们会沿着湖滨漫步。他们会一起交谈，重新变得熟悉。为什么呢？克里斯汀不知道。幸好，克里斯汀最近没有情人。她可以不用跟他解释，为什么。

我失散的兄弟。我必须爱他。

奥尔科特湖滨在她的记忆中仍然是令人兴奋的节日气氛。有一条木板路，可以远眺湖水，有各种娱乐项目：摩天轮，旋转木马，碰碰车。尖声刺耳的音乐。食品的气味，热乎乎，油腻腻。她和亨利被带来玩过——是谁带的呢？那个大人的身影模糊了。一种可能是妈妈，另一个会是爸爸。她努力去看，可是看不见。然而，她能鲜明地回忆起粉红色的棉花糖。根汁汽水，巧克力蛋筒。她现在决不知甜食，不喜欢糖的味道。宁愿咽下一口毛玻璃，也不愿意吃一口糖。

亨利计划中午 11：00 到达。他开车从纽约城往北到奥尔巴尼，他已经在纽约城呆了几天。然而他最终把车停在路边时，已经是 11：20 了。到这个时候，克里斯汀已经感觉愤怒，想跑了。她对这个她看成她哥哥的男人的第一句话是："你迟到了。我一直在这里等你，可是你迟到了。"为什么她选择在外面等着，而不是呆在她位于六层的公寓里，她不知道。

这个留着胡须的男人，头发比她预想的颜色更灰，脸更瘦，像是怀疑一样盯着她看了半天。接下来，他微笑了，既孩子气又咄咄逼人的微笑打动了她，他说："克里西？是你吗？上来。"

她上了车。她后来想，她可以选择对他说，她根本不想跟他一起走，她改变主意了，但是没有，她的脸刺痛，好像被掴了耳光一样，她上了车。租赁的便宜的紧凑型车，她的头碰在了门框上。她本来可以哭。这不是亨利。我不认识这个人。她笨手笨脚地握着伸向她的手。有一会儿，她害怕要哭出来。她的心脏愤怒地跳着，拒绝哭出来。那个留胡子的男人在惊叹：“哦。克里西。看你。”他的眼中也许闪耀过泪花。他微笑着，他的牙齿闪着光。他试图拥抱她，她僵硬地呆着，既没有拒绝也没有同意，他的气味突然传过来，她屏住了呼吸，乱蓬蓬的头发，凌乱的胡子，T 恤衫和牛仔背心都该洗了，如果她退回到自己内心的某个地方，那个熟悉的地方，一点光变得越来越小，越来越小，就要熄灭了。

看你。这是一个大人的声音，然而立刻可以辨认出来。这是克里斯汀失散的哥哥的声音，她从 6 岁就再也没有见过的哥哥。

在那两起死亡之后，孩子们被亲戚们领养了。克里斯汀去跟她母亲的姐姐一起生活，她叫她爱伦姨妈，而亨利去跟他父亲的父母一起生活。孩子们可能表达过一种愿望——克里斯汀似乎记得这个，因为她非常爱她的哥哥——那就是，他们可以生活在一起。但是爱伦姨妈和伊利爷爷奶奶都不想两个孩子都要。有花销。有责任。他们还认为，只要孩子们分开养，他们就会更乐意忘记那些死亡。

死亡：就是这么叫的。1981 年 6 月 19 日的灾难性事件，雷克·伊利用一把羊角锤杀死了他的妻子洛林，当她在奥尔科特湖滨尖叫着跑开时，他砸碎了她的颅骨，那天晚上接下来，雷克·伊利驾着自己的车撞到高速公路桥基上自杀了。

按照逻辑去想，正如克里斯汀后来想到的，死亡发生在同一时间。在安大略湖上伊利家的木屋远处的湖滨，不是一起死亡，而是，大约 40 分钟以后，15 英里远的地方，还有一起。

死亡。死亡。不是谋杀、自杀，而是死亡。

最后，按克里斯汀的推理，她哥哥也会全神贯注于死亡之中。就在这件事发生的时候，克里斯汀是多大，或者是多小，她后来不会回忆了。因为爱伦姨妈从来没有说起过亨利，好像他消失了。好像消失了，死了。克里斯汀跟其他人说起她童年时的故事，总是很简短，看似客观，她会说她妈妈死于乳腺癌（因为有如此多的女人，学校的朋友和熟人的母亲，似乎都死于或者是患上了癌症，这是一个合乎逻辑的解释），而她父亲和 9 岁的哥哥亨利死于只有几周之后的一次车祸。

这对你多可怕啊……

哦，我太小了。

有时候，不是经常而是有时候，克里斯汀会因为消灭了亨利感到一阵内疚。同一天夜里，在洛克波特南部，跟他们的父亲一起遇到车祸。为什么她要这么干呢？她不愿意说起他。她不愿意想到他。她不愿意陌生人去仔细打听她的生活。她害怕不可避免的探听。你和你哥哥一定非常亲近吧，你们一定经常见面吧？、

克里斯汀母亲的姐姐爱伦·华德曾经是纽约州尤蒂卡市一所公立学校的老师。未婚，这样方便。她父亲的父母，被他们儿子据说是对他妻子和他自己所做的事彻底打垮了，从他们一直生活的洛克波特小城搬走，定居在辛辛那提。两家之间开车距离不到 600 英里，但是似乎是有 6000 公里远。从来没有带两个孩子见见面，也不鼓励他们写信或是电话里说说话。大人之间也变得疏远了。爱伦姨妈必须怎么对待伊利一家呢？她又没嫁给这家人。

奇怪的是，一开始克里斯汀每天晚上哭着不肯睡觉，她是那么想她的爸爸和妈妈，还有她的哥哥亨利，但是突然，似乎是一夜之间，她忘记了。因为爱伦姨妈拒绝说到那次死亡，它自然开始被遗忘。没有话语，记忆就无处扎根。到 11 月第一次下大雪，这个孩子就开始忘记了。到年底年初的时候，就麻木了。像下雪一样麻木。像在雪中沉沉地入睡一样麻木。麻木的状态钻进了她戴着手套的手，钻进了她穿着靴子的脚。羊毛手套，羊毛袜子，防水胶皮靴子都挡不住这种麻木的状态。因

为这种麻木也让人愉快。

没有家人？一个也没有？

我被姨妈收养了。我不缺少爱。

2、

他们加速向西横向穿过纽约州山峦起伏人烟稀少的地区。在地图上，他们的目的地是安大略湖南岸一个针刺的小孔。克里斯汀一直在查看地图，好像害怕遗失了它：奥尔科特。亨利说话了。

“见到我吃惊吗，克里西？我是说，见到我。像我一样。”

“不，一点也不。”

“我看上去跟你想象的一样吗？真的？”

她哥哥在直截了当地问克里斯汀：因为她当然没有说实话。她不会说实话，因为这不是她的习惯。作为一名律师，受雇于奥尔巴尼一家大型公司，一个律师团队中的一员，她习惯于处理问题从自身利益出发，而不是事实。

实际上，她被她哥哥的外表震惊了。震惊和不安。她希望她从来没有答应见他。她希望他从来没有打电话给她，他两次打电话，她都把电话挂断了。她希望他不存在。

亨利，她崇拜过的哥哥。他的体重不会超过 135 镑。他是高个子，也许 有 5 英尺 10 英寸，却很消瘦。故意这样，你可以看出。他的胡子凌乱，就像一把旧刷子，而且过早地变成了灰色。他的头发落到肩上，头顶部稀疏。极瘦的雪貂似的狡猾的脸，食尸鬼一样的眼睛闪着光。薄薄的胸，让人受不了的救世主一样的举止。他的皮肤呈蜡黄色，两颊还有痤疮斑痕。他的声音像砂纸磨擦一样。每一句话都是戏弄。五分钟之内，亨利就向他 21 年未见的妹妹确认了自己的身份，是一个世界公民，但是名义上是美国公民。他是一个素食者，是有执照的瑜珈练习者和教练。他从17岁就“逃离”辛辛那提，住到了北加利福尼亚。他是奥克兰一家“当地著名的”有机食品店和餐馆的经理和共有人，他“有时，上电视，有线，讨论瑜珈生活方式”。事实上，他一直在曼哈顿生活，拍摄一部纪录片，并把第二稿提供给他的出版商。他说：“这是我的第一本书，克里西，在后座上。我是说，那是给你的。从去年9月以来已经印了8次。”

克里斯汀感到吃惊：这是一本由巴兰坦出版社出版的有吸引力的平装书。《瑜珈：生活的艺术》，作者是H·S·伊利。在献辞页上，用红墨水写着：给我亲爱的妹妹，克里西·E。久未相见。一直是，你的哥哥亨利。2002年6月18日。

克里斯汀喃喃地说：“谢谢你。”

她一言不发地迅速翻着这本书的页面。她永远不会读它。瑜珈！荒谬。她感觉受骗了：她的哥哥把自己的生活和她分开了。北加利福尼亚的生活。完全虚构的生活。应该保护她的哥哥，显然是把她忘记了。他彻底把她抹去了，正如她把他抹去一样。更容易想象那个孩子克里西死了。那些死亡中的一起。

亨利用雪貂似的眼神侧着看看她，以烦人的戏弄的口气说：“你看起来太迷人了，克里西。你像洛林一样漂亮。除了你的头发……”

洛林！克里斯汀感觉到小小的一击。

“我的头发怎么了？”

“它是如此，不知怎么，像是雕刻。它不像是真的，对吧？”

克里斯汀还没有来得及阻止他，亨利竟伸出手来触摸——用手指，触摸她的头发。她气恼地躲开他。

“雕刻的东西是真实的。”克里斯汀生硬地，以她富有逻辑性的律师的口音说：“雕塑的东西跟非雕塑的东西一样真实。”

她让他感到惊奇，他看到。好啊！如果亨利一直把她当成是他的小妹妹，因为那些死亡受到了永远的精神创伤，他就得改变他的想法。

亨利温和地说："可是你的眼睛，克里西。"

"我的眼睛怎么了？"

"罗林的双眼。我马上看到了。"

"不。"

"真的，是这样。你有她的特点。"

"这真是荒谬。我没有。"

"克里西，你有。"

"我没有。"

克里斯汀正盯着地图。心脏愤怒地抽搐着。

"而且我希望你不要叫我'克里西'，你介意吗？没有别人这么叫。"

"可是没有别人是你的哥哥。"

他开着玩笑这样说。他想逗她笑。像很久以前一样逗她发笑，家里的小宝贝。他们都爱她。克里西，那个甜美漂亮的小姑娘。现在所有一切都结束了，当然。然而，亨利会记得。"你是一名律师，爱伦姨妈说过？"

克里斯汀耸耸肩。她修剪整齐但是没有抛光的指甲在地图上，沿着高速公路，向西经过锡拉丘兹、手指湖地区、罗切斯特。他们过了罗切斯特出高速，然后走一条国家公路向北去安大略湖。21 年她没有回去过。在十五六岁青春期的时候，她短暂地想过回去，但没有去。沿着湖滨走。跑步。朝着她跑的方向。

就像在青春期的时候，我们痛苦，并用自杀的想法来自我安慰。一种惩罚来赎所有的罪：我们自己，还有所有发生在我们身上的。

"一位律师。'公司'。在奥尔巴尼？"亨利笑着，那种砂纸的声音。他不知道他发出的声音有多么烦人，多么令人不快，他有一种奇怪的性自满。一个吸引女人的男人？哪种女人？克里斯汀厌恶地看着他紧握方向盘的手指，它就像爪子一样。“你喜欢那种生活方式，对吗，克里西？”

克里斯汀不由得想说不。我恨它。我让它成为我的生活因为我恨它，混蛋。

她大声说：“你完全不了解我的‘生活方式’，亨利。”

“你没有结婚，呃。”

这甚至不是一个问题。克里斯汀没有费心去回答。

“我也没有，永远不会。”亨利笑了，“我没有。”

他知道她在哪里上大学，在哪里上法律学院，他们的姨妈告诉他了。他在三个学期之后从旧金山退学了，知道为什么吗？

他的声音洋洋自得，令人不能容忍，“信息不是知识。知识比事实更深远。”

克里斯汀恼火地说：“你从大学里不光是学到事实。好大学不会是这样。你学到方法。你学到怎么思考。你学到智慧。”

“智慧！”亨利尽情地笑了。

克里斯汀知道最好是不要争吵，她不是那种会被拖到无聊的争吵中的人，然而她听到自己说：“我就是，我读哲学，我读莎士比亚。我读悲剧。我读我能读的一切。我们的父母没有受到良好的教育，但是我下决心要受教育，还有很多我需要知道的，我还差得很远。”

克里斯汀喘不过气来。作为一名律师，她经常代表客户做如此慷慨激昂的陈辞，然而她从来没有代表自己做过这样的发言。但是亨利没有被打动。

“你需要知道，克里西，是在里面。”

“‘在里面’——什么？我的头盖骨？我的肚脐？你们瑜珈修行者冥想的是什么，难道不是他们的肚脐吗？”

克里斯汀说话带着令人震惊的敌意，但是亨利笑了。

“‘专注是灵魂对其自身的吸引力。’冥想是许多东西，克里西。你会做是比从你的肚脐开始更糟糕。”

他的态度是如此滑稽、如此令人不快的亲密，克里斯汀没有完全让自己硬起心肠，以为他会伸出手，抓着她，胳肢她的肚子逗她笑。然而，亨利做了件更加令人恼火的事：他开始顾自哼哼着歌。把他如救世主般稀疏灰白的头发从眼睛上拨开，哼哼着，直到车子摆动起来。他们正在经过通往麦地那和蔡尔兹的出口。

克里斯汀抓着地图，盯着窗外。她多么瞧不起这个人啊，他到底是谁，这个荒谬的男人伪装成她崇拜的哥哥。

克里西！过来。

他冲她叫着。拖着她去什么地方。走廊下面？她想挣脱他，但是他抓住了她的两个手腕，她的手腕会淤青，他是如此强壮。他汗湿的手掌捂住他的嘴。

她看到湖滨更远处发生的事了吗，她没有，因为天太黑。没有月亮，天太黑了。击打着湖滨、发出嘶嘶声卷上沙滩的波浪，泡沫和海藻还有小小的闪着银光的死鱼。

她只是个小女孩，当寒冷的带着泡沫的水冲刷着她的光脚趾，就像是鱼一口口啃着一样，她尖叫着，咯咯地笑着，没有人责怪她。

她看到了吗，她没有。没有看到，也没有听到。没有听到那个是她母亲的女人尖叫着求救。

“我哥哥？他在他 9 岁的时候死了。”

从来没有任何人让她可以说起亨利。她已经精明地把他从她自己所有的描述中抹去了。她和在学校当教师的挑剔的姨妈一起住在尤蒂卡的时候，也没有人鼓励她记着她有一个哥哥，她也很少求着要见他。“所有那一切，”她的姨妈说着，恼火地挥挥双手，好像可以把苍蝇赶走，“所有那一切都结束了。”爱伦姨妈甚至不会让她自己提到那些死亡。

现在难以相信，起初克里斯汀爱那个女人。绝望地。一位给克里斯汀书读、帮助她计算的初中英语老师，书，还是书。一个身体矮壮、表情紧张的女人，双眼像五分钱硬币一样，对她侄女在学校的好成绩非常满意，这很好地反映在她的身上。

刚到青春期的时候，克里斯汀认定她恨她的姨妈。

为什么呢？为什么不。

她一离开尤蒂卡，就开始了遗忘的过程，她不再感受到对这个女人的任何情感。所有那一切都结束了。她看到了这样一句话的逻辑性。这就是事实。然而，作为一个感情用事的姿态，她邀请她的姨妈到伊萨卡参加法律学院的毕业典礼，因为没有其他亲戚可以邀请，而当这个女人到达的时候——这个中年女人，到现在相当胖了，喘着气，穿得过于讲究，蜡黄的脸上抹着斑斑点点的胭红，就像一个疯狂的小丑，克里斯汀表现得冷漠而礼貌，好像几乎不认识她。她的姨妈抓着克里斯汀的双手，眼里突然流下眼泪，说："你母亲会为你感到骄傲，亲爱的，但——但愿——"克里斯汀转过身去，充耳不闻。后来，她当时的情人问到她姨妈，克里斯汀解释说，这个老妇人不是"真正的"姨妈，只是家里的一个朋友。

她不会再做出感情用事的姿态了。这个，她已经学会了。

作为奥尔科特的男孩，亨利曾经和一堆同龄的男孩一起奔跑过。其中一些是湖滨的夏季居民，其他人，像克里斯汀一家一样，是一年到头都住在这里的，他们住在平房和"过冬的"木屋里，眺望着湖水。(他们的父亲为尼亚加拉县工作：修路，扫雪。他为夏季居民看守木屋获得报酬。）亨利曾经是一个貌似幸福的男孩。他大嗓门、固执、有闯劲。一个粗野的男孩，跟其他孩子一起。到了9岁，他在她看来似乎是个大男孩了：他骑辆自行车，他游泳，从奥尔科特湖边码头跳水。在她看来，他似乎在肉体上无所畏惧。在他跟其他男孩子玩的时候，经常是处于统治地位。红棕色头发，健康结实，晒得黑乎乎的男孩，体格健壮。只在在父亲身边的时候，亨利会变得安静、警惕。恭顺。如果他向父亲“回嘴”，气氛会兴奋激动起来。(“再给我回句嘴，你这个小混蛋，你的屁股会发热的，明白吗?”）要是他们的父亲一直在喝酒，危险就会增加，但是你没法总是能分辨他什么时候会一直喝酒。这就像结冰的湖面解冻：你没法分辨什么时候冰会在你脚下弯曲破裂。

他父亲很少会发出警告，事后也从来不会道歉。他们的母亲试图调解，她低声恳求。亲爱的，拜托！他不是那个意思……

不知什么原因，克里斯汀会一直记得，有一点对湖面上这段路上的所有家庭是至关重要的，那就是孩子们对他们父亲的尊重。招致误解，就像把点着的火柴扔到涌出的汽油上，这是冒险行为，结局是灾难性的。尤其是男孩子们。男孩是脆弱的。男孩子们容易顶嘴，向他们的父亲“回嘴”。有时候，像亨利这样的男孩在父亲在场的情况下，只能沉着脸局促不安，这会招致他父亲的愤怒。小混蛋。我看到了，以为我是瞎子？过来。

克里西是那样一个小女孩，那样一个大眼睛漂亮的小女孩，她自然是爸爸的最爱。爸爸从来不会处罚他心爱的小女儿，与他在一起的时候，她是如此漂亮，如此害羞，像玩具一样可爱。

克里斯汀回忆起一些事。那些脸一晃而过，就像是在快速地分发纸牌。她没有保留住她父亲和母亲的脸（那么年轻！认识到有多年轻让人心碎），就像她没有保留住她父亲手中血淋淋的羊角锤的景象。但是她清晰地看到了她哥哥儿时的脸。她看到了它，在这个荒谬地留着胡子、颧骨有痤疮印的男人的脸上。一个孩子的脸，被困在另一张脸中间。她想指责他。

你原来就这样欺负我们。你是愿意的。你就不是个男人，我们父亲那样才是男人。你更像个女人。像我们的妈妈。

“暴风云，看到了吗？像以前湖上一样。”

他苦笑着满意地说。一件让人欢迎的事变得糟糕了，是为了在这张失望的脸上证实他的平和。

因为到此时，傍晚时分，他们到达了奥尔科特湖上，头顶的天空层层叠叠着薄纱条似的云。在更远处几乎看不见的湖边，加拿大安大略省，是白色的，风编织成的母马尾蔓延数英里。暴风云。

在湖上，天气瞬息万变。什么都不能看成是理所当然的。突然是寒冷的北风、雷暴和危险的夏季风暴。一场急雨转为钉子一样的雨夹雪，打在他们木屋的房顶上，这是克里斯汀过去的记忆。这个风暴肆虐的湖。愤怒的波浪击打在散落的沙子上。

有人说，只要你在湖上住过，面临过所有这种空旷的场景，你就永远不想住在任何别的地方。

亨利沿着国家公路一到奥尔科特湖边，克里斯汀就开始看到情况不妙。不对。一座用木板封住的加油站，一座破败的戴斯酒店。公路沿线生意看上去都不太景气。甜筒站去哪了？那些夏季居民去哪了？克里斯汀小心翼翼地说：“也许——我们不应该在这里。”

亨利半天没有回话，好像他也晕头转向了。然后，他以一个哥哥恼人的漫不经心的口吻说：“还有哪儿？我们应该在什么别的地方？”

“那不是重点。”克里斯汀变得紧张起来。孩子们骑着自行车在公路边逆行，擦着亨利车子的右挡泥板经过。她没有看见摩天轮的标志。过山车。除非游乐场不在这一边，而她忘记了。

哦，过去的学校还在那里：奥尔科特小学。饱经风霜，毫无生气，但是还在那里，在拐角……

那条老路。邮路，与湖泊平行，还是铺着碎石和泥土，没有柏油或是水泥。但是大约离湖边一个街区距离，过去是一片空地的地方，现在是一个拖车停车场。在城市这一端的湖滩，克里斯汀能看到，正在遭受严重的侵蚀。

这是奥尔科特贫穷的一面。更大的房子和夏季木屋在另一个方向。邮路在这些年中没有繁荣起来。并没有像克里斯蒂害怕的那样建设和发展起来，而是开始废弃了。大量木屋用木板围起来，被抛弃了。“出售”的标志看上去好像是立在地上有年头了。

克里斯汀站在亨利的立场说：“这就是经济。我们是在经济衰退的州北部地区。没有任何工作可做。”

亨利反对说：“但是是这个湖。看景色。”

他们的房子。“过冬的”木屋。有人增加了一个停车场，并把墙板刷成了暗绿色，但是这也不是最近的事了，因为油漆剥落了，屋顶看上去腐烂了。厨房背后有一个气鼓，锈得很厉害。有一堆垃圾。碎掉的东西。“是空的。”亨利宽慰地说。

上了锁，窗户用胶带和塑料膜封上了。克里斯汀以身为律师的注意力说：“不过，没有出售。我没有看到标志。”

她尽量平静地说话。他们正在进行一场日常的交谈。

亨利停了车。没有打算出去。

亨利说：“我们在这儿。”

亨利努力不显出指责的声音说：“奇怪——你从来没有回到这里业，克里西。你住得这么近。”

“奥尔巴尼不近。奥尔巴尼他妈的到这里要穿过整个州。”

他妈的。穿过整个州。克里斯汀震惊了，她从来没有这样说过话。

他们出来了。附近没有一个人。远处，孩子们在大喊大叫。虽然湖上正在起风，可以看见刮起白色的水波，离岸稍远处仍然有许多帆船。他们旧木屋相邻的那些木屋看起来状况也并不好一些。克里斯汀呼吸着新鲜空气，希望能清醒清醒头脑。她的呼吸有些困难，好像细小的种子或是棉绒碎片堆积在她的肺部。

亨利用手指着说："旧电视天线。"

"那不会是我们的。过去那么久了。"

"为什么不是？我打赌就是。"

克里斯汀很想从窗户往里瞧瞧。但是丑陋的塑料薄膜挡住了。"不过，车棚是新的。"

"不是。是爸爸建的那个车棚。"

"他建的？他……我不这么想。"

"我们把自行车放在那下面。你有一个，你是怎么叫它的，一辆儿童自行车，三个轮子……"

"三轮车。"

"对。还有我的自行车，我们放回到这里。"

车棚没有地基，只有厚实的砾石，草从上面生长出来。在车棚后面，是另一堆垃圾，包括一张张有钉子的石膏板。克里斯汀多此一举地说："没有车。他们不在家。"

"他们有一段时间不在家了。看邮箱里的垃圾。"

下垂的门廊上也有。被水弄脏了的广告宣传单，撕烂的小册子。亨利小心翼翼地走上门廊，它在他身体的重量之下吱嘎作响。门廊下方是一个狭窄、阴暗的地方。克里斯汀记起了这个地方：小时候，她蜷在门廊下面。她从阴影处往明亮的日光下瞅着。她看到了大人的脚和光腿。克里西？你在哪？

克里斯汀还没来得及阻止，亨利试了试木屋的门。幸运的是，它锁着。他说："这就是它开始的地方。就在这扇门里面。他刚到家。天晚了。她过来开门，因为她把门锁上了，不让他进来，他冲她大叫着，让他进来。他喝醉了。我还在床上，我没有看到他从橱柜里拿锤子。或者也许他是从外面把它拿进来了。从车棚里。"

克里斯汀说："没有车棚，它根本就不存在。"

“或者从一个抽屉。在厨房里。他放在那里。”亨利顿了顿，抚摸着他凌乱的胡子。他的声音在古怪地颤抖，“我听到了她被击中之前的尖叫。因为她知道要发生什么事。”

克里斯汀说：“不。她先打他的。她拿着那把锤子。我看到了。”

亨利盯着她，“你看到了？怎么?”

“我醒着。我在看着。我听到了车的声音。我听到他喊开门。”

“她先打她的。她拿着锤子，从橱柜里拿的。她准备好了，她举起了它，就在他破门而入的时候。”

“他没有破门而入。那就是个纱门。”

“纱门。它用碰锁锁上了，他踢开它进来了。”

“但是他有锤子，克里斯汀。他拿着锤子进来了。她只穿着一件睡袍，有花边吊带。她害怕他。她先是在跟什么人打电话，然后上床睡了。我们都在床上。开始的时候，你睡着了，你只是小孩子。”

“哦，不。我看见了。”克里斯汀走上门廊，握住纱门，晃了晃。纱门锈得厉害。纱门和里面的门都锁上了。“她醒着，在等他。她也喝酒了。没有人愿意说，我们的母亲喝得怎么样。只是啤酒，但是她喝了。她跟她认识的某个人打电话，某个男人。你从来不知道，但是我知道。我看到过他们在一起。他们有见面的地方，像7—11便利店。后来，没有人想说。她一直在叫，在吵闹。他回家的时候，她拿着那把锤子袭击他。她打了他，他从她那里把它夺走了——”

“克里西，你错了。你从来没有看到。”

“他从她手中扭夺那把锤子，因为她想杀他。他从她那里拿到它——”

“不是这样的，该死的。他把她拖到外面。他拿着那把锤子，他把她拖出去，打她。她大尖叫。她挣脱了他，他追着他到了湖边。她光着脚，只穿着睡袍。他把它从她身上扯下来了。我看到了。”

“我看到了。我醒着，我在看着。她拿着那把锤子，他从她手上夺过去的。她对他说了什么。她激怒了他。她嘲笑他，她总是嘲笑他。她想杀他。”

“是他醉了。他醉醺醺地回了家。”

“她醉了。他突然转向她，把她吓跑了。他没打算打她。”

亨利愤怒地笑状：“当然他没打算打她！之前他打了她无数次了。他打我，他甚至打你。因为尿床。”

“他没有。我父亲从来没有碰过我。”

“他有过很多次。不光是她和我。”

“他爱我。他最爱我。”

“也许他是。那又怎么样！他喝醉了，他是个混蛋，我高兴他杀死了自己，他早就该自杀了。妈妈在努力保护我们。”

“她激怒了他。那个男人来了，爸爸出去的时候……”

“他们是朋友。有许多人。他们出去在湖边喝酒。他们都年轻。”

克里斯汀走出门廊，她在演示锤子摆动。她手里没有锤子，但是她可以看到它，她可以感觉到它的重量。亨利盯着她，好像他也可以看见它。克里斯汀说：“像这样！她挥舞着威胁他。她威胁他，像这样。”

克里斯汀向脑后挥舞着那把看不见的羊角锤，然后结束了，挥动的弧度迅速而致命。亨利跳出了可以被击打到的路线。

“克里斯汀！你疯了。”

“因为我没有看到你看见的？我知道我看到了。”

“你什么也没有看到。你在屋子里面。我看见了。”

“我看到她向他挥舞着，我还看到他从她手上夺过了锤子。她从他身边跑走了，他追着她，而我——我在那之后就没看到任何东西了，天太黑了。”

亨利说：“看，有证人。就算是他们没有看见，他们也听得见。沿着整个一条路。他在冲她吼叫，他要杀了她。他们会告诉警察，几个月来，雷克·伊利一直打老婆，威胁她。我们都知道有一天他会严重地伤害她。我们认为，他还会伤到孩子。”

克里斯汀固执地说：“爸爸只是打算把她吓跑。他就是这个意思。”

“他打碎了她的头盖骨！但是这还不够，他用锤子一直在打她。我希望我那时够大够强壮，能够阻止他，但是我不行。他在呜咽，在咒骂。他叫她的全名。她要死了，而他叫她的全名。他是那种混蛋的凶手。狗娘养的凶手。你不在这儿。你躲在房间里。”

“我听到了。我听到她冲他尖叫，她有多恨他。”

“他把她丢下，扔在水里。他把她半裸着丢下——我们的母亲。她的颅骨弄破了，到处都是血，一道血迹。他把她的脑子打出来了。然后他来找我们。”

“是她先开始的，亨利。她激怒了他。”

“他有许多女性朋友。”

“我听到他们争吵——”

“我听到他们争吵——”

“她责怪他——”

“他责怪她——”

“她引起的。”

“他是凶手。”

他们尖刻地冲对方说着话。亨利握住克里斯汀的双肩，摇晃着她。克里斯汀把他推开了：她不是一个柔弱的年轻女人，她的肩膀、胳膊和腿上的肌肉不大，但是很硬，发育得很好。他们在湖边，克里斯汀跌跌撞撞地挣脱亨利。他们的脚陷进了湿沙子里。突然一阵腐烂的海藻、鱼、蛤蚧发出的恶臭。到处都是玻璃碎片，啤酒瓶，泡沫塑料杯。更高处，一条碎石路上竖着杆子，几个骑自行车的孩子在看着，亨利狂躁地说："他想我们跟他一起走，他来接我们，他的双手上有血，这就是为什么我们身上有血。知道他说什么吗？"

克里斯汀用双手捂住耳朵，她哥哥的话，她一个字也没有听到。

"他说：'你们孩子怎么会喜欢冰淇淋蛋筒呢？'他试图抓住我们。这时候你起床了，你只穿着睡衣，他来抓你。当时是凌晨一点左右。他想让我们跟他一起上车，这个狗娘养的想把我们也杀死。"

"他没有。我一点也不记得这个。"

"看，他试图把你跟他一起拖上车。这就是为什么你身上有血。你在尖叫。你知道他要干什么。你只有6岁，但是你知道。"

"我——不知道。我一点也没有看见。"

"我把你从他那里拉过来。我把你从他手中拉出来。我把你一起拖到门廊下面。我们藏在门廊下面。我们就是这样得救的。我们藏在门廊下面泥土里，他醉醺醺的，发疯了，没法抓住我们，他开车走了，留下了我们，我们就是这样得救的，这是我们今天还活着的唯一的该死的原因。"

克里斯汀笑了。这是如此荒谬。

"我恨你！我希望你也死了。"

"你神经质。"

克里斯汀动作太快，亨利没有抓住她。她的手挣脱出来，她的手指划过他的脸。血出现在他凹凸不平的脸上，就像惊讶的叫声。亨利咒骂着，用力把克里斯汀推开，她踉踉跄跄地，却没有跌倒，她在想，孩子们在看着：目击者。哪怕就是在恐惧和混乱之中，她也还在像一名律师一样思考着。她后退着，看着他脸上的怒火。谁是这个长着食尸鬼的眼睛、留着胡子、在向她发起进攻的男人？她跑了起来，她的双脚陷在沙子里。她在雨中沿杂乱的湖滩跑着，她的双肘在身体两侧，她抽泣着，冲自己笑着。

什么时候开始下雨的？几分钟之内天黑了，湖泊变得波涛汹涌、激荡不安。

她本能地知道跑到哪里去：长着密密的树苗满是沙子的岬角。有一个腐烂的原木，已经在那里有几十年了。克里斯汀蜷在原木后面，希望能藏住。雨下大了。雨落在起伏的湖面上，就像机枪子弹在扫射。她听到有人在喊克里西？克里西？朝着她的方向过来。

乔丽（和杰米）：一份供述

哪一个是我，人们过去曾经试图猜测。但是现在不会了。

你是杰米，还是乔丽？他们会微笑着问。好像我们可以选择我们是哪一个。好像看到双胞胎小姑娘，就有什么能让你发笑。

我讨厌谈到这个！我妈妈，不该怪她。我过去曾经恨乔丽，但是我不知道。不该怪任何人，但是尤其不该怪我妈妈。我现在想见我妈妈……好吧，如果我告诉你是怎么回事我可以见我妈妈吗？我恨对我撒谎的人，我不再相信任何人，就像在学校里我的老师看到我哭，护士告诉我她会保守所有秘密，她保证，然后我马上跟她说了乔丽，她在打电话，这之后一切都改变了。我恨所有人怎么都把我当成小孩子，而我13岁了。

不，我们不是同卵双胞胎。我们是所谓的“异卵”双胞胎。（“异卵”意味着兄弟，男孩。好像对于像我们这样的双胞胎姐妹没有临床术语。）

你是杰米，要么你是乔丽？爸爸会开玩笑这么问，假装他不知道。但是那是很久以前的事，那时我们还小，你会把我们搞混，后来乔丽开始变化。

首先是后面的卧室，不管怎么样，她得跟我、她的双胞胎姐妹一起住，人们认为这是“正常”的。只要有一个属于她的地方，一开始就是归我们俩人的。因为房子小，我们有四个人。然后，尖叫声和拳打脚踢的声音太大的时候，邻居们打电话来抱怨，然后就会有太多的破坏，大厅里衣橱里的东西都弄出来了，然后是地下室，不是整个地下室，而是在大雨过后有时会漏水的储藏室，灯泡在链子上摇摆，妈妈把它摘下来，因为害怕乔丽会跳起来，用牙去抓灯光，咬到玻璃，把它吞下去。

神经功能损害这个词，我们慢慢知道了，额页、大脑皮层，只是命名这些吓了我一跳，诵读障碍，注意力缺陷障碍。只是这些读音和音节就像是外语。我对妈妈说，它也会发生在我身上吗，我像乔丽不是吗，我和乔丽是双胞胎不是吗，我哭着对妈妈说我有多害怕，不要把我和她一起锁在地下室里，妈妈，你不会的妈妈，对吗？妈妈抱着我，还有我的弟弟卡尔文，我们都在哭，妈妈抱着我们，亲吻我们，她的脸上被泪水打湿了，她说，哦永远不会。

我现在可以见我妈妈吗？我什么时候能见到我妈妈？

我想我妈妈。我恨这里，我是如此孤单。

这里的床有股味。床垫！我这个年纪的孩子，你以为他们不会尿床！像乔丽一样坏。但是乔丽有意使坏，尿床，这不一样。

起初妈妈给乔丽用药就是在卧室里，所以她会睡觉。门没有锁，所以妈妈在把手上绑了根绳，我帮她在两侧把它固定好，有时我们会推一个重桌子挡住它，大部分时候这会有用，如果乔丽没有暴怒着要推开出来。因为发怒的时候，她很有力量。你也会害怕她。她又抓又咬。我胳膊上的这些痕迹，看到了吗？妈妈说这是猫抓的，我是这么对护士说的，但是她检查了，她说，这些都是牙印，人的。护士马上看到了，她脸上的表情像是害怕，她自己。我知道有危险，我努力不哭喊。但是我没有力量，我放弃了。我恨自己放弃！

那不是妈妈至少，是我。先前我是这么说的，但是没有人相信我。是我。

后面的卧室不管怎么说是我们睡觉的地方。有时候让乔丽呆在那里没有什么问题，这样妈妈就能得到一点安静，她说。她自己要服用一片乔丽的镇静剂，她太紧张了。这些药片对乔丽并不是一直能起作用，所以妈妈会吃。那间房子没有什么问题，直到乔丽把它搞得一团糟。用她的赤脚砸碎了玻璃，窗台上到处都是血，地毯上，床上。我的床上，也是！而她在笑，好像根本就没有伤到她。好像她什么也感觉不到，而妈妈几乎晕倒了。我讨厌看见血，这让我变得虚弱、恶心，但是乔丽在挥着双手笑，血溅得到处都是。杰一米！杰一米！她笑着冲我大叫，向我跑过来，好像这是一场抓人游戏，她把血糊糊的手往我身上抹。

而且她晚上会尿床，我们的床。她尿了多少次，我不知道。爸爸还和我们在一起的时候，他会扮着苦相，皱着鼻子走开，说着坏！坏姑娘们，好像我们没有什么不同。但是妈妈一直都知道。

你不会预料到一个十岁、十一岁、十二岁的女孩会尿床，你不知道她故意这么干。乔丽不止一次这么干着，还咯咯笑着叫醒我，折磨我。妈妈跌跌撞撞、摇摇晃晃地走过来，乔丽会用这种可恶的诵经般的声音说：不是我是杰一米！杰米在床上尿一尿！羞一羞杰米杰米！好像她是五岁。

我知道，乔丽不能用正常的标准来评判。我们都知道，甚至是卡尔文。可是。

有时候我恨她，希望她没有生下来。或者她不是我的双胞胎姐妹。以致人们看看她，又看看我。想着：她也是疯子吗？她一定是！

有一件关于乔丽的事，她从不撒谎。也许她不知道怎么说。也许她大脑中让她撒谎的那一部分损坏了。我也从不撒谎。

妈妈管它们叫“轮班”。“轮班”是妈妈用来形容乔丽的一切东西的词，从乔丽小的时候，吐出她的食物，再像反射一样呛住，就像她忍不住一样，直到过去的这一年，她冲我们尖叫，就像她恨我们，所以她的前额血管暴出，双眼像落入陷阱和处于危险中的野兽一样鼓出来。“轮班”就是当乔丽的脸变得煞白，和她倒在地上踢着、打着、抽搐（这种抽搐叫作癫痫，虽然乔丽没有诊断出真正的癫痫病）的时候。当这些“轮班”开始的时候，妈妈会知道，乔丽没有吞下药片，只是假装吃了。

妈妈愿意相信，有一个“好的”乔丽，还有一个“坏的”乔丽，是“轮班”让她变坏，而这些会过去。像糟糕的天气轮班一样。像坏运气轮班一样。妈妈会说，亲爱的来吧！亲爱的来吧振作起来，好像有什么东西乔丽可以抖掉，就像狗抖掉毛皮上的水一样。

哦，有时似乎就是这样。我们还小的时候，我想是。乔丽那时病得还不重，也许。她会“演戏”来达到目的，为了引起爸爸的注意、戏弄妈妈、夺我的玩具。从我的手上抢走她甚至不想要的食物，把它扔到地板上。如果有客人什么的在旁边（妈妈那时经常有客人），乔丽会闹笑话、尖叫、演戏来引起注意，要是有人跟我哪怕说一分钟话，她也会嫉妒，把我推到一边或者是扯我的头发。杰一米！*丑一八一怪*！她会咬着下唇，笑着，她黑蜂蜜一样的双眼狡猾而又如此美丽，你会希望乔丽好好的，并且身体也好，你希望她只是表现得粗暴一点，她不是故意的。你会原谅乔丽的一切。她是如此漂亮。

强迫症。非语言学习障碍。多动症。轻度自闭症。这是他们给我们的词。这些可怕的词，让妈妈哭了。双手捂住耳朵。

她小的时候，每个人相信她是一个美丽的天使般的孩子。而且这是真的。我不漂亮，但是我是一平平常常的女孩。我们小的时候，乔丽哭，我也哭，好像同一张皮肤包裹着我们，但是乔丽不值得信任，她会亲我、搂我，用她弯弯的胳膊搂着我的脖子，然后（比如）咬我的耳朵，我痛苦地尖叫，她也不会放过我，或者（比如）她会让我告诉她一些小事，然后跑到妈妈那里去，叫着，笑着，复述这些话，所以，这些都是废话，但是太吵了，妈妈不得不把她赶到卫生间里面，尽量让她平静下来，后来会是壁橱，再后来就是地下室的储藏间。邻居会打电话给警察。乔丽，不要！

妈妈爱我，妈妈也爱卡尔文，但是妈妈会最爱乔丽，如果她从她的"轮班"中恢复过来。每个人都会最爱乔丽。(甚至是我。)我们不知道，乔丽知道这个吗？想让我心碎，妈妈会说。有时候，她是如此筋疲力尽，她会躺在沙发上说，我做了什么要这样对我，我有什么错啊。几年前，爸爸走了以后。那不是我的错，我知道！妈妈会说。它不是谁的错。对我和卡尔文，她会说，它不是你们姐姐的错，你们知道的对吗，而我和卡尔文会说，是的妈妈。

起初，爸爸不认为乔丽会变得多糟糕，乔丽在他面前藏起了她的坏。她是他的天使，如此漂亮，狡猾的眼睛，就像她在使眼色，在逗乐，在只跟爸爸一个人做游戏。爸爸叫她天使宝贝，然后看到我看着，我的拳头在嘴里，爸爸会马上说，你也是，杰米，你也是爸爸的天使宝贝。但是爸爸已经离开很久了。爸爸不知道。

这样一来，妈妈不能带我们去运动场，或者是只能去这个城市里不同地方的不同运动场，因为有乔丽打其他孩子的危险，她还会抢走他们的玩具，或者偷偷过去吓他们，好像她在追捕他们，而这是一个会让她尖叫着大笑的游戏。别的母亲尽量对乔丽好，但是没有用。你可以看到他们会为妈妈还有为我感到遗憾，我是那个古怪的小女孩的双胞胎姐妹，没法让人相信她，不到五分钟就要胡作非为，他们为婴儿车里的卡尔文感到遗憾，但是最终他们到哪里都不希望我们在旁边。他们带着孩子远离秋千、跷跷板、单杠和玩具沙箱。他们带着孩子远离涉水池。好像这些地方被污染了。好像乔丽以她的尖声（比如）冲一些小孩子留在沙里的玩具娃娃大叫，就像那是真孩子一样，会影响整个运动场、整个公园。起初，妈妈会恳求：请原谅，抱歉，我想你能看出来，我的女儿是——是不——太好。但是后来，妈妈没法对那些从我们身边逃走的母亲说任何话，而且在那段时间在学校也有麻烦，甚至是乔丽在的特殊班上。而且爸爸走得越来越多，妈妈只是在电话前，哭，或者是尽量不哭。

在你的妈妈尽量不哭的时候，比起她哭的时候，几乎是更糟糕。因为在她尽量不哭的时候，你觉得你可以想方设法帮她不哭。你可拥抱她，或者亲吻她，你可以搂着她。但是，如果她哭了，那就太晚了，就像窗户已经打碎了。于是你也开始哭泣。

在这种时候，乔丽会冲妈妈笑。乔丽喊我傻孩子、丑杰米，还掐我，好像我应该为妈妈的软弱负责。乔丽对他人的软弱一直有一种本能反应，甚至是对成年人。甚至是她的老师们。乔丽鄙视他们，尤其是在妈妈软弱的时候，她恨妈妈，所以乔丽会激起妈妈对她生气，把又踢又叫又笑的她弄到地下室去，妈妈气喘吁吁，脸通红，她的胳膊紧紧地缠着乔丽的胳膊，把她抓住，因为如果乔丽拒绝服药，她只会变得更糟，她的皮肤发烧，直到乔丽陷入她的一种“轮班”，打人，抽搐，只是个时间问题。有时这些似乎是故意的，有时不是。

它就这样开始了。只是在家里有一点安宁。只是暂时的。于是妈妈可以休息。于是卡尔文可以打盹。于是我可以做作业。不超过一个小时，或者是两个小时。后来可能会更长些。四个小时。五个。因为这个家里没有乔丽是如此宁静。你姐姐是安全的。把她锁着了，是安全的，妈妈对我和卡尔文说，努力想微笑，但是她的双眼里是惊慌。

因为家里的安静是这么好！因为当你拥有这种安静的时候，你想它继续下去。而妈妈知道这个，妈妈害怕这会意味着什么。

你听不到乔丽在地下室怎么样，门关着。邻居也听不见。也许电视开着，或者在厨房开着收音机。如此安静！你可以听到收音机起飞和降落（我们的家靠近纽瓦克机场）还有邻居家的孩子们在喊，狗在叫，汽车和卡车在开过，有时会有警报声，但是屋子里却非常安静，像梦一样。

我的心跳得不快，也不焦虑，我的肩胛之间没有感觉到压力，当我感觉到乔丽在我身后的时候。在厨房里，我帮妈妈做饭。我们笑着，像普通人一样开着玩笑。不用担心乔丽冲进厨房，哼哼着，冲自己唠叨着，嘲笑我们，或者是无视我们的存在，翻着冰箱，东西掉出来，打碎了。不用担心乔丽在别的房间里把电视声音开大，开到头。不用担心乔丽捉弄卡尔文直到把他弄哭，然后嘲笑卡尔－文卡尔－文宝－贝宝－贝，于是妈妈不得不出面。不用担心某个邻居给我们电话，或者是敲着前门，因为乔丽未经妈妈允许溜了出去，冲街上玩的孩子们扔石头，或者折磨人家的狗，或者从窗户往里看着吓人，或者是在从街上经过的车前跑，看多近她能被撞上。不用担心乔丽的“轮班”毁掉我们一起的晚餐时间，或者发出噎住的声音，因为她不喜欢这种食物，或者突然让她的椅子倒在地上，踢着，打着，噎着，“抽搐着”。

你不会知道这是真的，还是假装。乔丽是没有吃药，真的不舒服了，还是乔丽在耍她的把戏。

这个家里没有乔丽的时候，像梦一样。

四个小时，或者五个。也许是六个。

如果妈妈不得不带上卡尔文或我到医生那里去，也许时间会更长一些。

或者妈妈会带我们去购物中心。走自动扶梯。盯着为了圣诞节点燃的闪闪发光的人造喷泉，还有商店的橱窗里面。也许妈妈会带我们去看场电影。也许最后在塔可钟快餐店用餐。我们喜欢塔可钟。我们没有忘记乔丽，她不会被忽略。我们会带吃的回来给她。但是这是安静的时光。

当妈妈打开储藏室的门，乔丽走出来时就像是半睡着一样，她也会很安静。眨着眼睛，擦着眼睛。因为正常光会刺眼，储藏室没有灯。因为乔丽会需要妈妈的拥抱，她也不会拒绝拥抱和亲吻，就像她再也不会那样了。妈妈－我的－你爱－我吗，乔丽会像个小女孩一样问，而妈妈会说亲爱的是的。妈妈非常非常爱你。一开始，乔丽会往门上撞，又撞又踢，直到淤青，出血，但是过了一会儿，她会放弃，会躺下，可能她睡着了，因为太黑了，什么也看不见。她太虚弱，没法不吃让她镇静下来的药了。而且会高高兴兴地把药吃下去。

妈妈说，现在你好点吗，乔丽？乔丽说，是的，妈妈。我好点了。乔丽确实如此，过不了多久。

——

爸爸离开了。我能记得爸爸，但是乔丽不记得了。她说她不记得。有时候她记不起昨天，或者是几分钟之前的事。有一位医生告诉妈妈，乔丽大脑里的线路跟其他人不一样，所以现在我（几乎）可以看到乔丽头脑中像电灯泡里一样的细丝，其中有一些断了，碰在一起。我为乔丽达感到遗憾，她不记得爸爸，只知道他走了。乔丽说，我不管他妈的谁的爸爸，他们都会下地狱的。她笑着，抽着鼻子，还用手背擦鼻子，她这样做能让妈妈发疯。我没有告诉乔丽，爸爸以前经常把她放在双臂中摇着，在她耳边悄悄说话，因为他最爱她。我可以告诉乔丽，爸爸最爱我！也许她会相信。

在幼儿园的时候，乔丽开始表现异常。她从来不和我一样想去学校。她会发脾气，让自己发烧、恶心，妈妈只能让她呆在家里。乔丽一直都跟我不一样。她是双胞胎中活泼的那一个。我知道人们叫她“可爱的" 双胞胎。好像就算乔丽安静地坐不了几分钟，有时就是几秒，她也是个“聪明的”双胞胎。你可以感觉到从她皮肤上升起的热量。你可以看到她的双眼在抽搐在转动。乔丽更容易打坏一件玩具，而不是把它拿来玩。乔丽更容易把一本书里所有页面撕坏，而不是读它。买个小电脑给乔丽和杰米玩也无济于事，因为乔丽会用头把屏撞碎，或者是把后盖打坏，把电线拽出来。起初，爸爸跟妈妈一起去诊所，带着乔丽去做检查。过了一段时间，妈妈一个个带乔丽去。有许多“测试”。有许多“脑扫描”。有许多医生、特定疗法技师、营养学家、特殊教师。爸爸经常离开家。我想爸爸，但是乔丽哼哼着，对自己唠叨说不需要爸爸，所以当他真的回家的时候，乔丽的目光穿过他，好像他根本不存在。嗨，天使宝贝？乔丽？我能看出爸爸受到了伤害。他爱我和卡尔文，但是跟他爱乔丽不同，而她从他身边走过，她美丽的发烧的脸上的表情，就像是她在另一个世界里，甚至是爸爸都没法走进去。有一次，爸爸看到乔丽在她的一次“轮班”中，他没有相信过妈妈说的这可能会怎么样，可怜的爸爸后退着，她盯着哆嗦着，干呕着，倒在地上，扭动着，抽搐着，就像要死了……

随着乔丽表现得越来越疯狂，爸爸走得越来越频繁，“旅行”，“公务”，妈妈这么告诉我们。从学校休学了，从学校除名了，不得不用校车送到一所“学习障碍残疾儿童”的特殊学校，最后也从那所学校休学了。她从外面捡狗屎，拿回家里，扔得到处都是，狂笑着看着我们的脸。她整晚整晚不睡觉，每夜都是。凌晨4点，她跑到厨房，在冰箱里乱翻，找到什么吃什么，确定妈妈不会把冰淇淋放在冰箱里太久，乔丽会用手指从容器里弄出来吃光，然后敞着冰箱门离开。她会逛进客厅，把电视声音开得大大的，这样如果爸爸碰巧在家，他会发火，会厌烦，怪妈妈管不住乔丽。

对妈妈说，我在努力。你要的太多。这谁都怪不了。这不怪不了我。我得养你。我得养家。她的药费。我从来没有要求过这个。你怀这两个孩子的时候抽烟，不我不是在怪你，我也知道你不是整整9个月都在抽烟可是你确实抽烟了，一定会有坏作用。不要那么大声跟我说话，我不愿意跟声音那么大的人在一起，不愿意住在这样的猪圈里。我说该死的你不要这么大声跟我说话——

爸爸搬走的时候，我和乔丽10岁了。

那时有一段混乱的时光。妈妈在打电话。要么有时候妈妈在自言自语。她摇摇晃晃的，她吃了乔丽的药片，来平静自己紧张的情绪。或者哭得精疲力竭。说着，你不能！你不能离开我。妈妈绝望地恳求着。妈妈的声音像什么受伤的、垂死的东西。我干什么了应该这样啊，我爱你，我想爱你，但是我也爱她，我爱我的孩子们，我能怎么办，你不能离开我们，我曾经是个幸福的人，我想再成为一个幸福的人，我只有31岁，还不老！

在另一座城市的诊所里。在那里他们又给乔丽做了检查。又是那些丑陋的词。神经损害。额页。大脑皮层。自闭症。一位女医生告诉妈妈，这是你的孩子，你可以学会跟残疾孩子生活。妈妈问这会是多久，医生没有明白，多久？多少年？妈妈努力解释她还有另外两个孩子，她还有乔丽的双胞胎姐妹和5岁的卡尔文，他也有轻微的诵读困难，她担心乔丽在家里会让卡尔文变得更糟，她担心乔丽会给她的弟弟带来身体上的伤害，医生打断她，说妈妈得管好乔丽，保护她的弟弟，也许乔丽到了青春期也许到那时如果还认为她“危险”，她可以进收容机构，妈妈马上说不，我永远不会把我的女儿送进收容机构，我不会放弃。我不会。

离开诊所，乔丽跳下一段水泥台阶，她跌倒了，扭了脚踝，扭伤了。她痛苦地尖叫着，这对乔丽很罕见。

在地下室，在晚上。你能听到她吗？

杰米！她在大叫，杰—米！救我。

这不是妈妈的错，乔丽吐掉了药片。乔丽尿尿不用盆。乔丽不吃东西。尖叫着往墙上撞，鼻子和嘴出血了，就像万圣节的南瓜。我特别害怕看见乔丽的脸肿着，它像我自己的脸，扭曲而丑陋。如果你是双胞胎中的一个，你会希望另一个像天使一样美丽。我们害怕有人来把我们的妈妈从我们身边带走，妈妈身体不好，偏头痛，头晕眼花，在房间里走过都没法不绊倒，她在沙发上，身边是她气味浓烈的瓶子中的一个，她抽着烟，烟灰会落到垫子上，我们用手打掉闷烧着的火焰，也叫不醒她。妈妈！妈妈！醒醒！

妈妈说，有人认为，像乔丽这样的孩子是对母亲应有的惩罚。妈妈说，爸爸和他的家人都怪她。与她无关。我爱我的女儿。我不想伤害我的小女孩。我知道她忍不住。只是为了得到一点休息。一点安宁。为了保护其他人。暂时的。但是在晚上，在地下室里，如果乔丽不停发怒，不能让她出来，妈妈说她会心跳得厉害，她不敢把她疯狂的要命的心肝宝贝放出来伤害其他人。那会是罪恶。真正的罪恶。

不是他们说的那样。妈妈给乔丽留吃的。妈妈留了。

如果妈妈忘了，我会拿吃的给乔丽。有时她是那么虚弱，她不会打我。不会想打我。我把我吃的东西跟乔丽分享，我的姐妹。我不会让她饿死，我妈妈也不会。但是妈妈有时也会生病。我和卡尔文，会不上学，呆在这里照顾她。

妈妈有大学文凭，或者差不多。她退学结婚了她说，她要她的双胞胎女婴。她不想堕胎。她恋爱了，她爱爸爸，想跟他结婚，而现在爸爸“切断了”所有与她的联系。这是因为乔丽，但是不该怪乔丽，乔丽控制不住自己。然而如果乔丽吃了药。如果乔丽接受治疗。如果乔丽不咬，不踢，不叫，不怒。不倒地抽搐。妈妈说，我不恨我的女儿，我不愿意恨我的女儿。因为我爱我的女儿。

这是谎话，他们这么说妈妈。在报纸上。这是邻居们说的。如果乔丽体重只有59磅，那是因为她拒绝吃东西。或者就是她也吃，这会让她恶心，又吐出来。乔丽，我说，求求你把这吃了，我拿手电筒照着盘子，我蹲在她旁边，直到我看到她开始吃。然后妈妈会冲着下面叫我。杰米！上来，把门锁上。乔丽抓着我的胳膊，咧着嘴，用牙使劲咬我的手腕。那么快，我都没法相信。

不。我妈妈没有干那件事。有我一个。

不！我妈妈不知道那件事。我和卡尔文，我们负责任。

因为——为什么呢？妈妈太累了，得睡觉。而乔丽不让她睡觉。五月开始的。妈妈说这是乔丽身上的罪恶。所以我们——我想就是那时候，我们几乎一直把她锁在储藏室里。

我不知道！但是是我，不是我妈妈。

我爱我妈妈，我会为她做一切。她不是人们说的那样。我和卡尔文，我们也属于彼此。我们不想要个“新家”。我们不想要“寄养家庭”。我们彼此需要，我们要妈妈。我们也要乔丽，在乔丽身体身体好的时候。

不，我不会为妈妈撒谎。我没有说谎。我在说事实。

乔丽会说事实，在她身体够好的时候。他们还不让我看她。他们说她“营养不良”——“失语”。他们说，她“受到精神创伤”。我最后一次看到她的时候，她不看我。她的双眼模模糊糊的很奇怪，好像它们在睡着。我小声说，乔丽过来！乔丽醒醒！但是她没有。

校护士问我为什么哭，为什么我如此紧张，我手腕上的牙印是什么，如果我有秘密，她答应会为我保守秘密。但是她说谎了。

我知道，现在这样对乔丽更好。对我们所有人都更好。

妈妈说，谢天谢地。结束了。谢天谢地。

但是在监狱里，妈妈受到“防止自杀巡视”。我想见我妈妈，卡尔文也想。今天。马上！

你答应过。

哈利法克斯夫人和雷克·斯万：民谣

这些全都是以前发生的。千万次。像淹死了，你的生命在你眼前一闪。就像那样。

雷克·斯万大约 15 岁的时候，个头远远高于年纪小些的同班同学，为什么还是八年级呢，这是因为他留了两次级，雷克认为，每一次都不公平。第一次，太久以前了，他几乎都记不起来了，他母亲还没有嫁给德克斯塔·斯万，他还“临时安置”在泽西市一个寄养家庭中，所以他一年级上了两年，第二次是，在东奥兰治上五年级，因为张力缺陷病或者什么像这样的胡说八道的缘故，他不得不又上了一年。所以到在格罗弗·克里夫兰上初中的时候，雷克是班上所有男孩中个子最高的，到八年级，他跟有一些教师一样高了，有他在场，老师会不放松，所以愿意安排他在教室最后面坐。雷克皮包骨头，总在不停地扭动，就像蛇在摆尾找平衡一样。他的眼中经常闪烁着怒火和模模糊糊的受伤感，就像云母碎片一样。他的下巴上浅黄色的胡茬闪着银色光泽。他的头发像扫帚一样扫着衣领。他的喉结像什么东西堵在喉咙中间。他在格罗弗·克里夫兰几乎没有朋友，老师上课的时候也很少叫他，因为他会习惯性地惊惶失措、面无表情地盯着他们，好像没有听见一样，而且要是他努力咕哝出个答案，很可能也是错的。他有可能突然从桌子底下伸直他的长腿，一边蹭着鼻子一边走出教室的时候，老师也不会惩罚他。

雷克的分数不好预知。有时候他数学会做得惊人地好。他慢慢地写字，句子向上倾斜，字像大气球一样。老师们鼓励他，但是他经常在考试中途放弃，把卷子折起来，低声自言自语着摇摇晃晃地出了教室。

在哈利法克斯夫人的第四节社会科学的课堂上，雷克·斯万被安排在教室后面的一个座位上。哈利法克斯夫人很少叫他。并不是说她害怕他。(哈利法克斯夫人不害怕任何学生!) 在他们的风流韵事之前，他的分数是 C，C－。哈利法克斯夫人在格罗弗·克里夫兰的同事没有一个能回忆起，当他们在教师休息室，说起他们的学生并对照笔记的时候，听她提起过雷克·斯万。

你觉得雷克·斯万怎么样?

心理不正常的孩子。等着爆发。

见过他妈妈吗?

事实上，斯万夫人从来没到格罗弗·克里夫兰来跟他儿子的老师们见过面，虽然她收到过这样的建议。也没有出席过家长老师联谊会。她对于跟政府合作的任何事都有一种不信任，这包括公立学校。然而斯万夫人有她自己的行为准则，而这些非常严苛。她经常评论说雷克没有好好洗洗，事实上他的腋下，新长出的腋毛，泡在粘液里面。如斯万夫人古怪地定义的他的“男孩装备”正在生长，她知道，而且很快会带来问题。到了八年级，雷克开始不愿意照镜子了。他的脸上经常爆出红疹子。虽然因为他迅速长到了五英尺十英寸，在街上会有厚颜无耻的女人冲他眨眼睛，对着他的行迹喃喃地说着话，听上去像是在说：性感男孩亲亲！这让他想大声喊叫，用拳砸，用牙咬什么人的喉咙。

你不能不崇敬雷克的妈妈。雷克在邻居里面几乎没有朋友，不过她有些特色。对于一个这么大（她也许 35 岁了）的女人来说，不难看，并且像一些电视喜剧演员一样好笑。她把一件可洗的衣服扔给雷克：“洗。”当铜锈一样的尘垢在雷克手上、前臂上、脖子上越积越多，这是新泽西工业污染造成的致病的灰色空气带来的，她会扔给他一个羊毛垫：“擦。”与给她丈夫德克斯塔·斯万买的同样的高效除臭剂，她很中肯地塞给雷克：“用这个。现在。”在雷克长到有他妈妈高、体重超出她 20 磅之前，斯万夫人敢把他的下巴抓在手里，检查他的牙齿，就像检查马的牙齿一样：“刷。”现在雷克远远高过他妈妈，有时候会坏脾气突然发作，她也就不再这么干了。

无论雷克的妈妈曾经是谁，她现在都是德克斯塔·斯万夫人。雷克叫她妈妈，她丈夫德克斯塔·斯万（他是雷克的继父，不是他亲生父亲，但是对雷克视同己出）叫她亲。她有一张精明的雪貂一样的脸，肘部尖得像锤子耙过。他们单独在一起、一个“幸存者”的家庭的 9 年中，有许多次，她告诉雷克，她是一周大的婴儿时，怎样被她素不相识的母亲抛弃，留在新泽西州泽西市一家塔克钟快餐店后面的垃圾罐里活活地给老鼠吃——“但是我肯定不会扔掉我的孩子。”雷克不得不得知了，她有机会也可能想扔掉他，不是一次，而是许多次。斯万夫人的双眼像她儿子的一样闪闪发光，带着警觉和嘲弄。作为一个孤儿长大，在这个世上没有“兄弟姐妹”或者任何对她“在乎一点点”的人，给过她一种猜忌夹杂着欢乐的气氛。

雷克尽量去爱他的继父，他大部分时间呆在家里，在一把按摩椅上，通过鼻子上的管子，大声吸氧，并不停地调换着 99 个电视频道。斯万先生患了肺气肿，因为长年累月地呼吸被绑着要宰杀的猪的有毒的气味。斯万先生说，猪和母牛不同，知道它们要送到里去，所以地接连不断地拉稀，你不光是在他卡车的驾驶室里能闻到，在车子到过的每个地方都能闻到。对于难逃一死的猪的腹泻问题的思索，一直徘徊不去，甚至是在斯万先生退休以后，跟他的“新家庭”一起时，都一直缠着他，他曾希望这会是幸福的时光。过了这些年，雷克已经习惯了他继父的气味，几乎再也注意不到它了。

怪异的是，雷克爱他的母亲，但是跟她在一起如此紧张，比如说，吃饭的时候他没法安静地坐着超过两三分钟。没法跟他继父一起看电视，因为他妈妈有可能在那里自己不看电视，而是通过雷克的眼睛来看，于是，比如说，一个性感挑逗的女人在屏幕上出现，雷克的妈妈会确切地知道这在雷克看来怎么样，然后调侃：“‘大开眼戒’啊，年轻人。”斯万夫人似乎与雷克的“男孩装备”关系亲密，并且能感受到它的每一次颤抖和搏动。雷克开始想，他得杀了他妈妈，就为了阻止她的 X 光眼睛盯着他，他知道她的厌恶和嘲笑是正当的，或者是以防在他把那样的成绩单带回家时对他失望，雷克·斯万别无选择，只能带回家来让她签字。不光是学习成绩分数低，还有不可思议的类别，比如行为、公民身份、同伴交往。他们就像是连体双胎，雷克想，他和他妈妈，一个从另一个的脊柱生长出来，另一个就像是歪脖子树一样，或者，雷克见过最吓人的一幕，一天晚上在探索频道上看的，一个双胞胎头朝下从另一个头盖骨长出来。

雷克爱他的妈妈，但是如果他不得不杀了她，他会打碎她的头盖骨，也许是用锤子。他的继父把工具放在地下室，在它们中间有一把羊角锤。不是什么锋利的东西。不是刀子。想到刺伤和血，会让他想吐。雷克猜想，头盖骨会像陶器一样破碎，并且没有痛苦。你来到毫无戒备之心的受害者身后，用锤子狠狠地砸下去，这个人马上会像车子打转向一样毫无知觉地倒下去，会死掉，而且永远不知道发生了什么，更别说是谁干的。

不过，雷克永远不会干这样的事。雷克非常爱他的妈妈。

她有些学生恨她，害怕她。有些学生爱她。哈利法克斯夫人很酷，他们不得不承认。

她基本上是个爱取笑他人的人。她取笑她最喜欢的学生，另一方面也嘲弄生她气的学生。所以你从来不知道她对你是什么态度。如果哈利法克斯夫人冲你使眼色，通常是一个好的迹象，虽然不是一直这样。如果她越过你的脑袋，冲全班使眼色，这显然就不是好的迹象了。这一开始听起来像表扬——“为什么这份报告你全是独立完成的，吉米?”——她的声音稍稍滑动一点、嘴往下一撇，就变成了讽刺。

尽管不比大多数学生高多少，哈利法克斯夫人还是流露出一个有权威的女巨人的神态。她是一个结实的小个子女人，她的胸脯从侧面看，就像是从她身上突起的一块。她的脸上释放出永久的戏剧性的热量，不过她的皮肤苍白得就像冷霜一样。她的双眼是温暖而闪亮的褐色。她舔着嘴唇，她的唇饱满锃亮，像塑料樱桃一样。她有时候抚摸着赤裸的、长了绒毛的前臂和胸部，好像是在爱抚一只猫。哈利法克斯夫人班上最最成熟的男孩盯着她性感地抚摸着的手，都会被弄得焦虑不安。她铁锈色的头发有时盘成某种教师的顶髻，但是其他时间都松散着，波浪一样披在她的肩上。虽然哈利法克斯夫人正式的科目是社会研究，她有时也会给她的学生们读诗，她相信，虽然她把这些诗归功于真正的诗人，它们也是她自己的努力，甚至对于最聪明的学生都是神秘的。哈利法克斯读这些诗，它们中间有这样的词语：骚动——悲伤——命运——灵魂——灵魂伴侣——死后。她美丽的褐色眼睛充满的不是嘲弄，而是颤抖的泪水。

因为我们是命中注定。灵魂伴侣是什么，是命运。

这就是为什么我是无罪的。决不会有任何人能以任何方式使我承认我有罪。

所以这样认为：雷克·斯万也是命中注定的。习惯于放学后在市中心晃荡而不是回家，在家中，他的继父德克斯塔·斯万不是个坏人，他通过鼻子上的塑料管子呼哧呼哧地吸着氧，浏览着电视，而他妈妈——哦，不过你从来不知道吧，对吗？也许斯万夫人会一直等着她儿子回家，要么也许，最近更频繁的是，斯万夫人自己不回家，而是去杂货店，这样她有时到天黑之后才回来，带着冰镐一样的表情，向她的两个男人示意：你们两张嘴饿吗？我，也饿了。如果走运，他们会得到用微波炉加热的冷冻快餐。为了避免这些冲突，雷克在他 15 岁这年秋天养成了一个习惯，在 7－11 便利店闲逛，或者是在附近的小型商场徘徊，在温迪汉堡、塔可钟快餐店、三叶草酒馆 & 保龄球馆闲逛，在那里，是他朋友的那些年纪较大的人，可以说是有工作的了。一天晚上，在“三叶草”后面，雷克看到一辆车像他妈妈的二手的马自达，车牌号开头是 TZ，他想，搞什么呀！然后从后面进了保龄球馆，不知道这是怎样的命运，就像哈利法克斯夫人后来会向他阐明的，他的生活因为一个原因永远地改变了。

“妈妈？”

就像是伴随着前卫音乐出现的一个电影镜头，雷克站在那里站在那里，目瞪口呆地凝视着斯万夫人，她穿着带金色亮片的高领毛衣和黑色紧身尼龙裤，她在笑着喝啤酒、打保龄球，在一个皮肤粗糙、大约与她同龄的男人陪伴下，显然过得很快乐，那个男人长着厚实的雪貂脸和她一样的冰锥一样的眼睛，不过这个家伙肌肉发达，有纹身，姜灰色的头发绑成了马尾巴，留着连鬓胡子，好像是挖进他双颊上的，长着啤酒肚，笑着，昂首阔步地往前一冲，让一个黑色保龄球滑动起来，沿着球道，笔直地击中木瓶，把它们都撞飞了——“打—呀！”斯万夫人抗议道，“嗨，你怎么能这么干！”她用拳捶着那个家伙裸露的胳膊，好像她严重怀疑他推出了完美的一击：打保龄球的时候你怎么能欺骗呢？在众目睽睽之下？雷克突然看到，那个留马尾的家伙不是跟他妈妈单独来的，还有一个大约11岁的稍胖的女孩跟他们一起，她的右腿用一个支架固定着，女孩的脸是柔和的大饼形状，她张着嘴，你会看出她——用你在学校里学的词说，是心智发育不全，而不是智障或傻子。这些人是谁？斯万夫人为什么跟他们一起闲逛？雷克看出，那个女孩是马尾巴男人的女儿，因为轮到她打球时，他那么温和地注视着她拖着那条僵硬的腿，摇摇晃晃地上前，把她的球（儿童尺寸，带桔色斑点）扔向球道，球像石头一样慢慢地向前滚——慢慢地！——滚向木瓶，慢慢地过了几秒之后，那个桔色斑点的球转到沟槽里，没有击中一个木瓶。雷克轻蔑地想，这个真他妈的难完成。

然而这个女孩很受宠，你可以看出来。她扔出的第二个球跟第一个一样，滚到了沟槽里。然而，她爸爸咧嘴笑着冲她鼓掌。

“该我了！”

斯万夫人露着肘、呲着牙上场了。雷克这辈子也没有跟她在一起见过保龄球，也确定她从来没有带她打过保龄球。斯万夫人为了那个留马尾辫的家伙，像十几岁的女孩一样，穿着显眼而又卖弄的金色亮片高领毛衣，然而，她摆动手腕抛出球的技术却让人意想不到，球快速滚动，分毫不差地落在球道上，以如此力度击中木瓶，把8个木瓶都打飞了，她的第二球，又把余下两个球打中了，真他妈的好，雷克不得不承认，不过雷克看到那个马尾辫男人和一条腿用支架的胖姑娘在为他妈妈鼓掌，他也感到不安，感到怨恨。他的妈妈！那个家伙叫她“勒诺”，女孩叫她“勒诺阿姨”。那他妈是他妈妈的名字吗，勒诺？她从来没有告诉过她自己的儿子雷克。

“三叶草”的噪音震耳欲聋。不光是打保龄球的，还有乡村摇滚音乐在头顶刺耳地响着。或许在雷克的耳中，它是喧哗的。不知道他是应该在妈妈看见他之前逃离这里，还是应该闲逛着，说“嗨，妈！”让那条母狗知道他知道了，就在雷克犹豫不决的时候，斯万夫人环视四周，看见了他，她的脸僵住了，有可怕的一瞬间——雷克一生都会记得这个，他知道——看上去几乎就像是她妈妈认不出他来了。接着，她的态度缓和了。用一种内疚的声音，但是笑嘻嘻地说：“年轻人，嗨。你在这儿啊，这是我的哥哥斯坦和我可爱的小侄女克莉奥佩特拉。”

哥哥？小侄女？什么？

就像是，圣经里因为看到禁止的事被上帝变成盐柱的人一样，雷克一动不动地站在那里，冲他妈妈眨着眼睛，他妈妈如此灿烂地冲他笑着，她像梭鱼一样粉红色的牙龈像她身体的某个私处一样暴露着。雷克太震惊了，以至于没有提出异议：可是妈妈，你一直说你是个孤儿！没有家人！就像关了电视一样，他的大脑一片空白。“斯坦”——那个肌肉发达、留着纹身的家伙一定就是雷克的叔叔，冲他点点头，低声招呼了一声。“克莉奥佩特拉”——那个一定就是雷克表妹的胖姑娘，他知道的唯一的表亲，一只手指放在嘴里，害羞地微笑着。可是雷克说不出任何打招呼的话。哦妈的，他的舌头打结了吗。斯万夫人走上前来，以冰锥的表情警告说：“这是我们的秘密，雷克，好吧？不用跟你亲爱的老爸嚼舌头。”在另一个球道里，一个黑色保龄球在一片震耳欲聋的嘈杂声中冲向木瓶。雷克感觉自己被击中了五脏六腑，要退出这该死的地方，他结结巴巴地说着话，听起来像是说：“当然，妈妈，我想……”不过他的话会淹没在打球人的叫喊声和狂笑声中。

跑，跑！跑进夜色中，雷克上气不接下气，在公路旁边的一个水田里，呜咽着，他一直跑到帆布鞋的鞋底粘的全是泥，有大象蹄子那么大，他晕头转向的脑子里突然想起几句诗，是他的社会课教师给他们读过的：“跑跑虽然我等着你小兔子逃脱你的命运吧，你”他记不起剩下的话，他跪下来，对那个是他母亲的女人充满暴怒，他信任她，她背叛了他，可是雷克像婴儿一样放声痛哭，哦天哪，他想死。

现在雷克没有去学校，才不管他们会不会给他妈捎信。他的妈妈！当他出现的时候，面色阴沉，蓬首垢面，就像背包里有把枪的孩子，你不会想遇上他。(格罗弗·克里夫兰没有金属探测器检查点。这只是个初中！)雷克的老师们紧张地注意着他，当他不上他们课的时候，感到暗自宽慰。只有给雷克上第四节课的老师哈利法克斯夫人除外，她终于开始注意他了。那个孩子脸上受伤的表情……

看到她以前从来没有太注意到的那个身材瘦长的男孩萎靡不振地坐在教室后面的课桌前，迷蒙的双眼盯着空处，憔悴的脸枯槁得像骷髅一样，她忍不住要嘲弄他，唤醒他，但是有什么东西阻止了她。在她的血管里没有一点点自由主义者的感伤，她也不会做徒劳无功的事。但是现在，他开始让她分心了。他的存在。他开始显出是一个悲剧性的存在。在那些是她学生的平平常常的男孩女孩中间。多么普通，多么平凡，一天的课，课本在她手里，哈利法克斯夫人自己的生活是多么平常啊，她勇敢地承受着，像燃烧的蜡烛受到意外的风吹，注定不应该熄灭，不应该燃尽，直到她满足了自己对于命运的思考。那个斯万家的男孩，他很漂亮。在新泽西州东奥兰治城格罗弗·克里夫兰初中二楼，她被所看见的她熟悉的亮着荧光灯的教室后面的东西震撼了，就像在神圣的救赎的光照下卡拉瓦乔不朽的作品，这种光不是来自天空，而是来自内在精神的强大秘密。哈利法克斯夫人被这种景象弄得眼花缭乱，她在教室前面一言不发地站了一会儿，慢慢地抚摸着她光滑的前臂，和白色安哥拉山羊毛毛衫里巨大的乳房下沿，她的双眼出现了潮潮的刺痛的感觉，她温柔而不带一点嘲弄地说："雷克·斯万。下课后请马上来见我。"

下课后，哈利法克斯夫人命令雷克·斯万，请放学后来见她。

那是 12 月初。他们的事会持续 11 个月。一旦我们的眼睛融化在一起我们知道。我们每个人在命运中都是身不由己的。

哈利法克斯夫人在雷克·斯万的脸上看到了她灵魂伴侣少年老成的双眼。她的爱人。哦，不是爱人——不是爱人——她事实上已经有了，在她生命中，不是她的丈夫德韦恩·哈利法克斯，肯定！灵魂伴侣就是，是你的定数。你立刻就知道了。并不是说哈利法克斯夫人明白那些创伤是什么，在雷克·斯万的心中。（有一天，他会告诉她，他会她告诉她他所有的秘密，正如她会告诉他，她所有的秘密，或者几乎所有。）在那个 12 月的午后，因为有暴风云，天黑得早，硫化物的恶臭气味比平常更难闻，雷克·斯万坐在她前面，拳头塞进了腋窝里，这是男孩子们最不友好的姿势。他的下巴，覆盖着柔软的银色绒毛，颤抖着。他的眼皮颤抖着。哈利法克斯夫人受到刺激，关掉了头顶的灯。她任何时候都不喜欢荧光灯，知道它们会怎样把阴影投射到她孩子气的脸上。"你可以跟我说，雷克，敞开你的心扉。"哈利法克斯夫人感觉纤弱得就像刚刚切开的瓜。露出种子，瓜汁。久久以来，她让自己的灵魂变得坚硬，来对抗作为女人的生命的幻灭；作为，作为一个理想主义的年轻教师，拥有新不伦克瑞城罗格斯大学的学历，她曾不得不让自己的灵魂变得坚硬，来对抗新泽西州东奥兰治学区的官僚主义和沉闷的庸人。教室的墙溶化在阴影中。黑板，浮动的钟面。从窗户照进昏暗的灯光，足够看到雷克·斯万在盯着她。哈利法克斯夫人开始觉得头晕。哦，她怎么了！这个男孩怎么了！“有东西锁在你心里，雷克。你必须向我敞开。我是你的朋友……”她的一只手大胆地伸出去摸着他的头发。他松软油腻凌乱的头发。她冰冷的手指抚摸着他温暖的前额。雷克局促不安，像受惊的动物一样颤抖着，使劲咽着口水。那第一次接触。我们之间的火焰。哈利法克斯夫人被深深地打动了，这个男孩没有避开她。在她的9年教学工作中，她从来没有如此亲密地接触过任何学生，而这个男孩没有避开她。她又一次问他出了什么问题，劝他对她说自己的心里话，他开始结结巴巴地说，他“如此害怕”——“很快有什么事要发生”——哈利法克斯夫人问，很快要发生什么事，雷克说，好像这些词是从他嘴里拽出的，“有事！闪电，无法阻止。”哈利法克斯夫人小心翼翼地挪动着，像是要过去安慰一条颤抖的德国牧羊犬。她拉了一把椅子到雷克·斯万近旁，她把这个男孩的脸拢在她的双手之间，她如此近地看着他的双眼，就像是对着镜子看自己的脸一样，看到你的呼吸在镜子上凝成的雾气，近得你没法看见你自己，只能感觉得到。她柔声地问：“这件事发生在谁身上，雷克?”雷克用力摇摇头，好像他不知道，或者是如果他知道了，他也不能说，一滴纯净的泪水像闪光的宝石一样，从他的眼中流出，快速地从他的面颊流下，哈利法克斯夫人：不知道我做了什么我发誓，在那一瞬间，只知道这件事过去曾经发生在我们之间，在很久之前的另一辈子。用她的双唇截住了那滴泪。这一阵子，这个男孩没有移动，此刻也没有呼吸，等待着什么不得不的，不得不的。

接下来，事情迅速在哈利法克斯夫和雷克·斯万之间发生了。

他决不会背叛她。他决不会说一个字，作为她重罪行为的证据。他决不会指控她，他决不会用“哈利法克斯夫人”之外的称呼来说到她——或者，有时候，更加正式，“哈利法克斯夫人我的老师”。

他自己的罪行，无论他做了什么，他都会接受。但是并不是说哈利法克斯夫人、他的老师与他合谋犯下的。

走进后面，位于东奥兰治锡达德来弗的她的两层木结构砖房，哈利法克斯夫人听到电视房里低沉的笑声。她几乎不敢呼吸，进了门口，只看见移动的电视的光影。一个庞大的剪影在按摩椅上。现在是将近晚上10点了。周末的晚上！哈利法克斯夫人会告诉她丈夫德韦恩，她去了——哪里呢？学校的家长教师联谊会。她肿胀、苍白的嘴唇会坚持，是的她告诉了他，她会晚点回来，他应该给自己叫个比萨，比萨难道不是德韦恩·哈利法克斯最喜欢最喜欢的食物吗？就是的！油腻的意大利香肠，溶化的意大利干酪芝士拉出一码长的丝，一英寸厚的磨牙的面壳，这会让哈利法克斯夫人敏感的肚子像着了火似的，而这是德韦恩·哈利法克斯最钟爱的食物，她希望他叫了，这样她会少点负罪感。并不是说她为爱上雷克·斯万有负罪感！哈利法克斯夫人决不会因为爱上雷克·斯万而有负罪感，她对这个男孩的爱，是她一生中唯一纯净无私而又纯洁的爱。他们之间只有纯洁。当她听到潮湿的拨浪鼓一样的鼾声时，她在准备为雷克·斯万保卫她的爱情了。亲爱的德韦恩在躺椅上睡着了。谢天谢地！自从德韦恩失业以来，他越来越这样了，他神秘的健康症状也显现出来。可怜的德韦恩曾经是罗格斯大学足球队的边锋，有一头蓬松的卷发，现在几乎都秃了，大腹便便，异常地萎缩的右腿，他只有37岁，只比哈利法克斯夫人大5岁，但是看上去至少要大15岁，他几乎一夜之间就成了你可能会爱着但是不会落入情网的那种人，如果你是哈利法克斯夫人那种有很强女人味的女人的话。不不不不。在德韦恩?哈利法克斯年轻时候，也曾是一个朝气蓬勃的大哥大型男人，但是后来，他成了一个你可能会说是那种“被甩到后面的美国人”。一位高科技电脑奇才，大学毕业直接得到六位数的薪水，然后在1990年代中期突然被“精简”，别无选择地加入到收入和素质水平都远远低很多的工人中间再就业，他在当地的社区学院学习了房地产课程，受雇于当地最大的房地产经济商，然后随着经济衰退复苏之后房地产经济暴跌，再次突然被精简，接下来，依然精力充沛、充满希望，发誓决不气馁。他会自救，他接受了急救、救生和救生员培训，在泽西市海滩当救生员的第一天，就遇到新泽西卫生官员带着文件来关闭海滩，理由是有毒化学品和泄殖腔的细菌污染。再一次遭遇失望，德韦恩？哈利法克斯变得内向了，越来越忧郁和孤僻，正如当地一位医生初步诊断的，他的右腿开始萎缩，这可能是突然患上了肌萎缩性侧索硬化（“葛雷克氏病”）或者是一种更轻微的硬化，但事与愿违，哈利法克斯夫人推测这一定是个积极的信号，德韦恩的胃口是完全不受影响，你应该看见德韦恩？哈利法克斯吃东西。哦，至少让他有自己的快乐。他还剩下什么。她闻着比萨的味道，还有啤酒。她脚上穿着袜子，手里拿着鞋，踮着脚尖，走向这个躺在按摩椅上，打着鼾、张着嘴的男人，带着喘息，在他的前额上亲吻了一下。有幸得到他的爱，她感受到一股对他的爱意。她会小心不去吵醒他。他现在经常在电视房睡觉。长时间地昏睡，有时一觉长达14个小时。根本不会想到她。天哪我恨他，希望他死死死，当然她没有想到，那个男孩会为我杀了他，相反，她拉了一条被子，盖在他庞大的身躯上，关上了电视和电灯，这样他可以整夜安静地睡着了。在她的耻骨位置，仍然是激情过后的抽痛，她的黑色弹力裤被从她，从她最热最深的私密处渗出的那个男孩的精液染上了颜色，她踮着脚尖上楼时，她的眼球在眼窝里颤动。哦，雷克，雷克？斯万。我是那么的爱你。

“年轻人。你到底去哪了？”

晚上10点钟，斯万夫人开始为她儿子担忧，是的她怀疑了，他把她推开，走过去，避开她的目光，他油腻腻的头发在脸上摆动，好像他把自己藏在那后面，他的嘴看上去又肿又痛（他亲了某个性感的小婊子吗?）他腋下的气味刺激着她的鼻孔。他咆哮着："滚开，妈，我得写作业。"

斯万夫人决不会承认他们在保龄球馆遇到过。雷克决不会暗示这个。他妈的要是他会的话。他妈的，如果他说了他妈的这件他妈的事。他不需要他皮包骨的老妈了。他知道了，不仅仅他的心属于了某个人，她永远永远不会伤它，这是在一千年前就已经发生了。它是，哈利法克斯夫人把它叫作——神圣不可侵犯的。

那几个月！疯狂。他们没法忍受彼此分开。他们没法忍受不知道另一个人确切地在哪里而彼此分开。哈利法克斯夫人给雷克?斯万买了一部手机，让他（悄悄地）用。在哈利法克斯夫人的第四节课上，雷克现在专注地坐在教室后面，盯着哈利法克斯夫人，带着一种梦幻般的呆呆的爱慕的表情。他的嘴经常会得变松弛、潮湿。他爱我。爱慕我。哈利法克斯夫人尽量不让自己的目光转到雷克?斯万身上，因为如果她允许自己向他致意，她就有结巴、脸红、不专心的危险（她，哈利法克斯夫人!）。在他附近，她感觉，有种拖拽的感觉在她的身体里，在她的胸部和臀部，一种像月亮的潮汐一样甜美的无奈的回落的感觉；她尽她所能地忍住人声的出于性需求的呻吟。她在课堂上的嘲弄不再那么让人难受，而是更明显地好玩了。她看上去兴奋而又年轻，散发出新鲜的紫丁香的芬芳。她现在决不会把头发盘成一个髻了，而是一直让它松松地披在她的肩上，给人一种美感。让她的学生们奇怪的是，她甚至带来家里烤的花生酱甜饼，来庆祝哥伦布发现美洲纪念日："致敬，为了新大陆的存在，孩子们，是被我们每个人以我们自己的方式发现的。"

这是一个事实。第一次一起在哈利法克斯夫人的雪佛兰小旅行车的前座上，然后是后座上，这对情侣立刻知道了他们从前有过这样包含渴望与绝望的吻。在停在黑暗降临后的爱迪生镇公园的车里，他们彼此抓住对方。“哦，哈利法克斯夫人，我——我想我——爱你。”雷克？斯万结结巴巴地说，哈利法克斯夫人陷入了喜悦之中，“我也爱你，雷克。亲爱的!”哈利法克斯夫人把她的面颊紧贴着男孩的头，把他抱在怀里。他们半裸着。他们皮肤接触的地方，有灼烧的感觉。哈利法克斯夫人引导着。他们潮湿而又充满渴望的嘴，和手。他们既羞涩又大胆地面对彼此。哈利法克斯夫人几乎立刻停止了把自己看成是一个已婚女人，她不会再把自己看成是德韦恩？哈利法克斯夫人。雷克突然急不可耐地用下身顶着哈利法克斯夫人的腹部。疯狂像温暖的熔岩一样征服了她，她会淹没其中。亲吻着这个男孩，吸吮、抚摸着他，那个美丽的瘦长的男孩的身体，瘦瘦的留着胡茬的面颊，平平的大腿侧面，在他的两腿之间，他的阴茎突然颤抖而坚硬，在她手指中间，比她期望的更大，她的手指一碰到它，男孩绷得像弓一样的身体就猛烈地颤抖起来，他呻吟着，紧靠着她颤动着，他的阴茎喷发出柔滑的液体，使她哭泣起来，它是如此美妙。如此完美的时刻。他们的余生都会是情侣。现在回不去了。

那几个月。在哈利法克斯夫人的小旅行车里。在1号公路上的汽车旅馆里。很少两次进同一家旅馆。戴斯酒店，彼威别墅旅馆，经济旅舍，沉睡谷酒店，假日酒店（拉威，梅塔钦)，旅行酒店，最佳西方酒店。哈利法克斯夫人和她十几岁的儿子（布莱恩/杰森、特洛伊、马可)。只有哈利法克斯夫人进入汽车旅馆的大厅，而她青春期的儿子有时隐约闪现在停车场，或者在电子游戏厅，或者，如果有室内恒温游泳池，就在那里。一旦安全地呆在舒适的上了锁的房间里，他们就会尽情地享受性爱，在按摩浴缸里洗澡，叫麦当劳、塔钟、中餐和意餐的外卖，还有巨大的百事可乐（给雷克）和6盒一件的啤酒（给哈利法克斯夫人)。哈利法克斯夫人会探索用诗来表达他们的快乐。我们的灵魂，我们投降。没有我，没有你。千万年前，为了所有的永恒。虽然知道这样做是不计后果，在一月雷克15岁生日的时候，哈利法克斯夫人还是忍不住送了他礼物。他最喜欢的乐队的音乐视频，Hugo Boss T 恤，耐克慢跑鞋。他不得不想办法把它们藏起来，逃过他母亲锐利的双眼。(或许告诉她，他在哪儿找到钱了？一沓钞票，在人行道上？他可以说是在三叶草保龄球馆后面，看看斯万夫人做何反应。)

他们的性爱有时是如此深刻，它几乎是可怕的。

另一些时候，他们滚在一起，喘不过气来，尖叫着，笑闹着，就像放纵的年轻人。

这个漂亮的男孩雷克？斯万，也许就是哈利法克斯夫人的儿子。但是，他不是她的儿子，哈利法克斯知道，这是最幸运的事。因为，如果他是她的儿子，他不会以这种方式爱她。而她也没法爱他，他完美的身体上的每一平方厘米，甚至是丘疹，他后背上的皮疹，她亲吻着它们。她决不允许雷克说他难看，决不决不。不他不蠢，他不蠢。雷克和哈利法克斯夫人都敬畏雷克不知疲倦的男孩的阴茎，与德韦恩？哈利法克斯那可怜的松软的只有一层皮的阴茎迥然不同，哈利法克斯夫人害怕无意之中看到它，他太老了。

在雷克 15 岁生日之际。在拉威希尔顿酒店的一个顶级套房里。在他们慵懒的按摩浴之后，哈利法克斯夫人用毛巾把雷克擦干，再把他的头发设计成她所谓的“猫土范儿”，从他的额头往后梳成性感的发型。她用小心的声音问他收到了斯万夫人什么生日礼物，雷克嗤之以鼻：“你在开玩笑吧？他妈的什么也没有。”

“你不是说你母亲……忘了吧？哦，雷克。”

“以为我在乎？哈利法克斯夫人。我不。”

她从浴室的镜子看到，她的情人说的是真话。

虽然感到斯万夫人是她的死敌。而且，某一天，哦——

但是哈利法克斯夫人下决心不去想那一天。还不想。

这是一个事实。雷克在学校的分数提高了。因为当他们赤裸着身子躺在一起爱抚、嬉戏、亲吻的时候，哈利法克斯夫人会对他给出的每一个正确答案做出奖赏。还有，哈利法克斯夫人当然会辅导他所有课程的作业。有时，在他写字的时候，她会把他的手握在自己手中，假装领着他写字。结果是，他的字意外地变得漂亮了，雷克的英语成绩也开始得B—，甚至是B。哈利法克斯夫人还教他“仪表举止”——为了“赢得朋友并影响他人”。他的榜样是前总统比尔?克林顿，他有魅力脱掉，哦——任何人的裤子！你微笑着你用眼神接触对方你口齿清楚还有不要说话含糊不清不要不要表现得闷闷不乐或耷拉肩膀。雷克不得不承认，哈利法克斯夫人给他一打扮，他看上去相当酷。猫王范儿加上 Hugo Boss T 恤和耐克鞋。雷克不得不承认，他不是多喜欢自己，事实上在爱上她之前，他有点瞧不起自己。不过，他没有告诉哈利法克斯夫人，他疯狂的计划，他要用一把锤子杀了他妈妈。并不是说它就是一个现实的计划。现在他有了其他的，更好的事想考虑。很多更好的事情。所以，操他的勒诺?斯万。虽然如果他不小心从她旁边走过时，这个女人有时像条狗一样围着他嗅着甚至他的裤裆，他只能把她推开，这让他感到害怕——“天哪，妈！真恶心。”而斯万夫人会说：“有一些中学辣妹进了我儿子的裤裆，我就知道。”但是妈妈有什么可以拿来证明呢？什么也没有。她从来没有参加过家长教师联谊会，也从来没有见过哈利法克斯夫人。她不可能在我身上闻出哈利法克斯地人的气味，我在按摩浴缸里那样操过她之后。

这个计划是，他们会等到雷克离开学校。他们至少会等到他从中学毕业。然后他们会私奔。他得到 18 岁，法定年龄。他们会搬到绍斯韦斯特去，雷克从未想到过却又渴望去的地方。躺在旅行者酒店的特大床上，他们的二十根光脚趾在被子底下扭在一起，一边在翻阅着《美国公路地图：旅游指南》，为大峡谷、死亡谷、优诗美地国家公园、红岩峡谷的彩色图片而惊叹，密谋从新泽西州东奥兰治这个包围着他们的令人窒息而又好打听他人事情的世界里逃脱。然后开始睡在彼此的臂弯里，想着狗狗的名字——格兰特，灰狼，公爵，克娄巴特拉，他们想从赛狗场领养一条灰狗，他们想从拍卖场买些巴洛米诺小马，让这些美丽的注定难逃一死的生物逃过劫难，哈利法克斯夫人言辞激烈地把那里叫作屠宰场。

上帝帮助我们。准许我们爱的上帝，帮助我们吧。

这不是哈利法克斯夫人的错！不知怎么的，到了新的一年晚冬初春的时候，事情开始悲惨地转向了。

这不是哈利法克斯夫人的错，在一个雨中的周末黄昏，一个没有保险的皮卡司机在限速 55 英里每小时的区域，以超过 69 英里的时速行驶，车子失去控制，斜着闯过梅塔钦 1 号线的双车道，擦边撞上了她的小旅行车，当时哈利法克斯夫人正开车送她的情人回家，他们刚刚在梅塔钦假日旅馆匆匆忙忙地度过了欢乐的一个小时。车子没有迎头撞上，哈利法克斯夫人和雷克走运逃过一死，但是，他们的突然暴露就不那么走运了。

“夫人，这个男孩是你儿子，你是说？”

“我……没说。”

“他的身份证显示他的姓是斯万。他跟你是什么关系，你的姓是哈利法克斯？”

“警官，这……必要吗？我是说，你有必要问……？”

“别生气，女士。这个雷克是，还是不是，你的儿子？哪个？”

“雷克是我的……学生。”

“学生，夫人？”

“我是他的八年级老师。”

“老师？他在你车里干什么，夫人？”

“我……开车从学校送他回家，警官。”

“下午 6 点之后？那该是哪种学校，夫人？”

“我……你看，我给他辅导。他学习落后。我在放学后给他辅导，警官。”

“辅导！那会是哪种辅导，夫人？”

哈利法克斯夫人感到头晕，她的脖子像鞭抽一样疼。她的双眼在哭泣，偏头痛开始了。壮实的新泽西州警察像渔夫在捕获的腥臭而又活蹦乱跳的鱼里网住了一条美人鱼一样，机警而饶有兴趣地注视着她，在这种威逼之下，她陷入了绝望的女性撒娇的程式化的姿态：低垂着眼皮快速眨动，性感而又羞涩的目光，柔和沙哑带着暗示的声音。

“社会学科，警官。”

就在这时，雷克插话了。她教给他的赢得朋友并影响他人全都即兴实践了。他客气而又坦率地告诉新泽西州警察，哈利法克斯夫人住在他家附近，他在放学后运动晚了，经常开车带他回家，所以他妈妈就不用来接他了。

他们就这样逃脱了。他们就这样得到允许离开了梅塔钦。哈利法克斯夫人不是肇事者，但是她的车不得不被拖出公路，她也不得不给警方提供一份报告。她希望，天哪，这次事故不要在当地报纸上写得太让人注意。(它没有。) 但是，她不得不叫了一辆出租车，把她和雷克？斯万送回东奥兰治，她也不得不给她丈夫打电话。雷克不得不给他妈妈打电话。借口摸索着找到了。雷克那天晚上 10：30 才到家，哈利法克斯夫人更晚到家。她一进屋，德韦恩？哈利法克斯就在等着她，从他的按摩椅上站起来，一瘸一拐地在厨房里走去着，目光犀利，嘴受了伤，有淤青：“辅导哪个孩子？什么孩子？什么他妈的事？整整这个星期你去哪了？我的小旅行车在哪？你他妈的拿我的车子干什么了？”

这是哈利法克斯夫人第一次有理由相信她的丈夫可能神经错乱了，可能有危险。因为小旅行车不是他的，不再是了。它怎么可能是他的？

也许它登记的是他的名字，但是那也就是一个技术细节。她是有工作的那一个，她是拿回薪水的那一个，她是需要交通工具的那一样，那是她的车。

“婊子！以为我闻不出你的味！”

德韦恩？哈利法克斯伸出拳头去打哈利法克斯夫人已经受伤的脸。她发出一声短促而痛苦的尖叫。她想，晕了这是电视。这不是真的。但是德韦恩？哈利法克斯的脸气得变了形。哈利法克斯夫人转过身，脚步沉重地跑上了楼。把她自己锁在卫生间里。哦，她又出血了：在医疗中心，护士在她脸上那个地方贴上了邦迪创可贴，血正往外渗。然而即使这样，她也知道她是幸运的。最糟糕的事还没有发生。雷克？斯万还没有被从她身边带走。还有一件幸运的事是，德韦恩？哈利法克斯不是她当初爱上他的时候那样魁梧结实的年轻人了。他用无力的右手给她的一击，没有打伤她的鼻子，也没有打松她的牙。

他知道。但是他不可能知道。

可能吗？

现在到了宣布断绝关系的时候了。现在，苦乐参半的贞节的时候。哈利法克斯夫人盼了很久了。

向雷克解释，他盯着她，不相信他们必须停止见面。直到他18岁。

雷克抗议，不！不不不。

哈利法克斯夫人平静地说。这个世界正在准备毁掉他们，她害怕，“我丈夫，你妈妈……”

雷克抗议，不！他妈妈他妈的一无所知。

“但是我丈夫，雷克。他怀疑。”

雷克对德韦恩？哈利法克斯一无所知。他听到提及丈夫这个词时，目光一片茫然。他似乎理解不了这个概念。哈利法克斯夫人没有下决心，她是不是要告诉雷克，德韦恩是怎样打她已经受伤的脸。

“那些下流的新泽西州警察，雷克。你听到他们说的话了。如果他们不相信你。如果他们打电话给你父母。我们的爱情现在就会暴露。我会丢掉工作，还有……”哈利法克斯夫人顿住了。她不想思考她的命运会是什么，从专业和法律上来说；虽然她一定知道，与未成年人发生性关系构成法定强奸罪，与任何一个学生保持亲密关系都是立即解雇的理由，然而她没有想过这些问题，因为在她看来，这些世间的事不适用于她。她温和地说：“除了我们自己，没有人能理解我们的爱，雷克。你知道这个，亲爱的，对吗?”

雷克点点头，是的！他知道。

雷克已经相信，正如哈利法克斯夫人认为的，他们一千年前就是情侣。他们不止一辈子是情侣。他不完全理解它，像哈利法克斯夫人理解的一样，但是他知道它与“前世”有关——或者也许是“轮回”，还有“灵魂的轮回”。这是个事实，那天下午，在哈利法克斯夫人的课堂上，他们的双眼是如何相遇又是如何融化进彼此之间。还有每一次他们做爱的时候，雷克都觉得在哈利法克斯夫的臂弯间更安全，就像她洁白柔软的身体是一个巨大的球漂浮在温暖的水上，只要紧紧抓住这个球，他就是安全的，他不会淹死。但是同时——他知道这是怪诞的，甚至有点畸形，他还感觉更强壮，好像他有权杀戮，取走任何性命，这是上帝赋予的方式。

哈利法克斯夫人在说着恐怖的话。然而如此平静、温和。

“这是唯一的办法，雷克。从现在开始。保持我们的爱，我们必须暂时说再见了。”

“暂时——什么意思?”

“到你 18 岁，亲爱的。”

“他妈的三年——是吗?”

“这几年会过得很快，亲爱的。我保证。”

“我会杀了他！你的丈——丈夫。”

“抱歉，雷克？什么？”

“我能！我有能力。”

哈利法克斯夫人感觉到一阵几乎是性的快感。他确实爱我。爱我。这是就证明。

但是她坚持说不，不。最好还是不要再见面，而不是雷克去做下如此鲁莽的行为。最好是放弃他们的爱。他们必须说再见，他们必须不能再找彼此了。他们甚至不能用手机互相打电话。在学校里，他们不能有目光的接触。这个，他们必须发誓。

在他继父布满蛛网的工具箱里，雷克找到了羊角锤。重！在他的头脑中有一些关于这个锤的想法，但在现实生活中，它是沉重的，比他预想的要大。应该有10磅重。他在手里摆动它。他寻思着，它能正好放进他的背包吗？

变得虚弱的是雷克。他用手机打电话给哈利法克斯夫人。他的声音如此生涩，起初他说不出话来。哈利法克斯夫人一直在喝酒（大中午的，不像她！），她立刻屈服了。雪佛兰旅行车修好了，她绕道到家得宝后面去接上她急切的小情人，他们开车去了他们的一处秘密地点，纽瓦克机场北面收费公路外面的一片沼泽地，在那个地方，一条路通向八英尺高的芦苇丛中的一个死胡同，芦苇在风中浪漫地沙沙作响，像蜇伏的短吻鳄一样的轮胎，有一部分被淹没在阴冷的死水中。

就在此时此地，他们明白了：他们的爱是无望的，然而抗拒他们的爱也是无望的。

那天晚上，哈利法克斯夫人回到她位于锡达德莱福的木结构的砖房，她还和德韦恩？哈利法克斯一起住在那里，她让自己镇静地面对他的指责或尖刻或威胁性的言论，然而一个惊喜在等待着她：这就是德韦恩对付她的新策略是忽视她的存在。在电视房里按摩椅上，这个光头大肚腩的男人没有瞥她一眼，好像她，这个家里唯一的经济支柱，支付他们保险费的这个人，只是个仆人！哈利法克斯夫人还是喃喃地说了声抱歉。她去哪里了，为什么去了。她一直都在找一个借口。她的两臂夹着一沓学生的文件夹。“估计我今晚得挺晚了。”哈利法克斯夫人急切而又无辜地说。她的乳头在她的情人吸吮之后依然耸立着，她大腿内侧白色柔软的肉好像着了火。

“哈利法克斯夫人，我有办法。”

有办法。从这个男孩嘴中吐出如此奇怪的句子。

“哦，雷克。不不不。”

吻堵住他的嘴。但是他把嘴扭到一边。他在固执地气喘吁吁地说：“一把锤子。全部需要就是这个。”

一把锤子？雷克在说什么？哈利法克斯夫人用双手堵住耳朵，她的脑子一片空白。

真不知道她起初是怎样占据了绝对的优势，而雷克？斯万又一步步占据了主导地位。他的声音极少再沙哑了。已经成了男人的声音。他的体重增加了。他随时随地打她的手机，尽管她无力地请她在家里、晚上不要打电话给她。

“比如，‘家庭事故’，我读了一些统计数据。”

“雷克，什么数据？哪儿？”

德韦恩投保 9 万美元。不太多，算上通货膨胀。但是难道没有双倍赔偿之类的东西，意外死亡？一个他这样身体条件的男人，肢体萎缩，滑在浴缸里。掉下楼梯。掉下地下室楼梯。有多种方式。

“他们总是怀疑夫妻，雷克，电视上。”

“你不会在那里，哈利法克斯夫人。你会在，比如，在学校。”

“即使如此……”

“让我来！哈利法克斯夫人，我愿意。”

她告诉了他，德韦恩那天晚上打她。其他时间，在他决定冷眼对她之前，推搡她，威胁她。也许她不应该告诉雷克。这个男孩是如此容易激动，如此有保护欲，这是哈利法克斯夫人担心的。

“哦，雷克，亲爱的。我不这么认为。”

那是一个晚上。其他时间，也许十天之后，雷克背着黑背包出现了，这是她在尼克尔给他买的，他年轻狂热的脸上的表情提醒她，他带了锤子。他会杀了你然后以某种方式杀死他自己，她有一种溺水的感觉，但是这种想法被证明是荒唐偏执的，雷克那天晚上想做的只是去打保龄球！在“三叶草”，他建议，但是哈利法克斯夫人态度明确地表示反对，她开车带他到新不伦瑞克的星光酒廊 & 保龄球馆。该来的早晚会来。这个时候，她辞职了。她为怀孕感到害怕，现在没事了，但是在害怕的时候，她辞职了。她像是知道他们过去在一起的时候有过孩子。当然，他们过去在一起的时候有过孩子。而且这件事发生过不止一次，而是很多次。他们最好是对即将到来的事一无所知。她知道，她在格罗弗？克里夫兰的同事都偷偷摸摸地注意她。进入教师休息室，她会听到他们突然安静下来。她会看到交换眼色。她知道。尽管没有人会面对她。没有人敢指责她。她最好是不要去想：耸人听闻的报纸标题，小报似的电视。或许她会被逮捕。或许，逮捕。她会怀着几个月的身孕，雷克？斯万的孩子。她会在女监里生下这个孩子 。或者也许，对她的判决会被法院中止，她会被缓刑。一项禁令，不准再见她以前的学生了。或者也许——哦上帝啊，这是可怕的！——雷克？斯万会用锤砸开德韦恩？哈利法克斯的脑子，屋子里他的耐克慢跑鞋走过的地方留下罪恶的印记，血、身体组织、大脑，还有破碎的头骨碎片，而她，哈利法克斯夫人，在特伦顿的一次教师会议上！或者也许，她在这个方向斜靠着，他们会再一次或者更为永久地放弃他们的爱。他们会成为独身者，圣人。

但是今天晚上在打保龄球。今天晚上，他们开车来到新不伦瑞克的星光酒廊 & 保龄球馆。这里没有人认识他们，也没有人会向他们多看一眼。一位依然年轻的母亲和她十几岁的儿子，他们看上去就像是。除了这两位相处得实在实在是太好了。笑着，闹着，甚至亲吻。事实上雷克是更好的投手，他身材修长，速度快，发球的时候，灵巧地扭动手腕，但是哈利法克斯夫人也不差，毕竟她从女孩的时候就没有打过保龄球。她把重重的球握在胸前，快步向前，小碎步像滨鸟一样，红着脸，喘不过气来，弯腰把球投了出去，没有给出多大力量，在别人的球击中木瓶的残忍的欢叫声中，她自己的球缓缓向前，只是发出了当的一声响！在沟里。哈利法克斯夫人叹了口气，“哦妈的!”但是雷克告诉她，“不错，哈利法克斯夫人，再试一次。你还有一次机会。”

三个女孩

我们是纽约大学的两个少女诗人，1956 年 3 月一个下雪的傍晚，当街灯闪烁着一种奇怪的黑色光芒，在百老汇和十二街交汇处的斯特兰德二手书店里，我们正漂过宝藏仓库，就像是通过了魔法森林。刚过下午 6 点。在灯火通明的曼哈顿上方，晦暗的夜。下着雪，人行道覆盖着冰，所以这个时间斯特兰德的顾客比平常少，但是我们在那里。在其他古怪的徘徊不定的常客中间。穿着我们的军装夹克，宽松的卡其裤，带拉链的胶靴。相配的羊毛帽子（用你的手指不停地织出来的）低低地扣在我们苍白的额头上。被书迷住了。被斯特兰德迷住了。

没有哪家仅仅有精美的橱窗展示“新”书的书店像通风良好的斯特兰德一样吸引我们，一箱箱不干净的和翻阅过的书像第十四大街的人行道上的垃圾箱，

本周新书，最便宜，世界名著，艺术书籍

优惠 50%，评论家副本，最高售价 1. 98 美元，图书廉价出售

25 分—1 美元。精装本/平装本。全新/破损。精美的书籍/廉价纸张印刷的书籍。在这后面和两侧，一柜柜一直堆到 15 英尺高的天花板的书书书，组成巨大的有回音的空间！书在架子上堆得那么高，他们需要用梯子才能顺利通过，还需要猴子一样的敏捷（像你这样）来攀爬。

我们为斯特兰德着迷，我们在斯特兰特为彼此而着迷。像我们一样

的诗人，或者是编剧、演员、艺术家，被态度不友好的年轻店员监视着。在一种无法言说的年轻人的爱的痛苦中，我注意到了你。一如往常在斯特兰德的这些浪漫的夜晚，徘徊在过道上，冲着那些不幸的书冷笑着，它们中有许多，不值得你注意。畅销书，某某的方法，工艺品，关于某某的过于简单的历史。女人们的浪漫而多愁善感的情诗。爱国主义的书籍，中庸的书籍，缺乏深奥的封面的书籍。我们是少女诗人，热情地倾心于 T? S? 艾略特而轻视罗伯特? 弗洛斯特，虽然中学的时候一直让我们熟记他——在我们的餐厅和住宅里，我们在那些迟钝的人面前，羞涩地用爱略特诗句中的句子交流。我们欣赏叶芝的诗，虽然为它感到困惑，然而我们更为庞德为人称道的价值感到困惑，我们热情地受到卡夫卡大胆的隐喻（那个蟑螂!）的吸引，还有陀斯妥耶夫斯基（性感的杀人犯斯柯尔尼科夫和地下室人是我们的反叛英雄）和萨特（“他人即是地狱”——我们知道这个），我们有理由认为，我们有他们的血统，尽管公认地我们是美国的中产阶级，是白种人，是女性。(然而我们不是“传统”女性。事实上，我们也受到男性对于仅仅是“传统”女性的轻蔑。)

面对一堆让脉搏加快的书，沉思着，几乎是害羞地触摸弗洛依德的《文明与缺憾》，克兰? 布林顿的《理性时代》，玛格丽特? 米德的《萨摩亚时代的到来》，D?? H? 劳伦斯的《彩虹》，克尔凯郭尔的《恐惧与战栗》，曼的《魂断威尼斯》——你突然溜到我身后碰碰我的手腕(你从来没有这样过，对吗?) 低声说，“过来”，这让我感到激动，因为它意味着：我有件奇妙的/意想不到的/令人吃惊的事让你看。就像这些在斯特兰德发掘出的诗歌，对于我们来说，被发现是值得珍惜的。我热切地转身跟着你，虽然我掩盖了我的热情。“哦，什么?”好像你打扰了我，因为可能是那天早些时候我们发生过争执，女孩子紧张脾气的突然爆发。是的，你孩子气、自恋，在花里胡哨的浅薄的人面前，你会表现出闷闷不乐的沉默和反复无常的情绪，我爱你，我也害怕你，知道你会伤我的心，我的心以前没有被伤过，因为以前从来没有如此袒露过。

我如此热切，然而带着一贯的谨慎，跟着你穿过一架架一柜柜堆到天花板的书的迷宫，人类学，艺术/古代，艺术/文艺复兴，艺术/现代，艺术/亚洲，艺术/西方，旅行，哲学，烹饪，诗歌/现代，路不好走，只有个 60 瓦的灯泡照着，有顾客像我俩一样站在过道里好奇地读书，或者躬身坐在脚凳上，恼火地抬眼看着我们通过，我毫不犹豫地跟着你，到了“诗歌/现代”前面你停下了，把我推上前，在一个角落里，我困惑地站在那里凝视着，不知道我应该看到什么，直到你不耐烦地戳戳我的肋部再用手指着，现在我感觉到过道上有一个人正从书架上取出书，端详着它们，显然是被她所读的东西吸引了，一个身高跟我差不多的女人（我的身高在女孩里面算高的，在 1956 年），穿着到她脚踝的男式海军大衣，袖子盖住了手腕，头上戴着男式米色软呢帽，压得低低的，跟我们戴着针织帽一样，大部分头发藏在帽子下面，除了一根 6 英寸的金色发辫留在脖子后面；她穿着黑色裤子，扎在显然是被盐染了色的牛仔靴里。我们认识的某人吗？我们班上一位年长的、好看的同学？一位像我们自己一样的少女诗人？我正要困惑地用肘推推你的肋部，金发女人转过身来，从书架上取下了另一本书（E. E. 肯明斯的《郁金香和烟囱》——我会永远记着那个书名!），我看到她是玛丽莲？梦露。

玛丽莲？梦露。在斯特兰德。跟我们一样。而且她看上去是一个人。

玛丽莲？梦露，一个人!

全神贯注于她正在浏览的书中，没有注意她周围的环境和我们。似乎没有人认出她来（然而）除了你。

这是令人惊讶的：这个女人是或不是玛丽莲？梦露。因为这个女人完全沉浸在挑选、翻阅、停下来看书之中。你可以看到，这个人是一位读者。那些阅读的人中的一位。带着专注，带着热情。带着她的灵魂。她正在阅读的是诗歌，她的双唇紧闭，默默地拼读。她心不在焉地用手蹭了蹭鼻子，她读得如此专注。因为当你真的在读诗的时候，诗也在读你。

然而，这个女人是——玛丽莲？梦露。尽管我们知道一些常识，我们蔑视关于好莱坞罗曼史的愚蠢的陈词滥调，我们仍然有点期待一位男一号跟她在一起：克拉克？盖博，罗伯特？泰勒，马龙？白兰度。

我们还是有点期待电影音乐甜甜腻腻地涌来，让我们悄悄地进入电影场景。

但是在斯特兰德，当玛丽莲？梦露伪装成我们中的一员时，没有男士参与进来。没有男一号，没有黑暗王子。

像我们一样（我们开始明白）这个玛丽莲？梦露不需要男人。

这好像是很长时间，但是可能不超过半个小时，玛丽莲？梦露在“诗歌/现代”架前随意地翻阅着，就在大约十英尺远的地方，有两个少女诗人紧紧握着对方的手，秘密地注视着她。我们惊讶地发现，这个女人看起来没有多少像那个迷人的“玛丽莲？梦露”。那个形象是一位光芒四射的金发女郎，好莱坞对知识分子不感兴趣的“性感女星”（我们这么认为，我们对于玛丽莲？梦露和亚瑟？米勒的秘密罗曼史毫不知情）；这个形象更类似于我们（几乎是），而不是她的好莱坞形象。我们好奇得要死，想知道玛丽莲？梦露正在翻阅的是谁的诗歌：伊丽莎白主教，H. D.，罗伯特？洛威尔，穆里尔？鲁凯泽，哈里？克罗斯比，丹妮斯？莱维托夫……这些书中，有五六本是玛丽莲？梦露决定要买的，然后她继续往前，皮包挎在肩上，浅顶软呢帽斜扣在头上。

我们忍不住了，我们只能跟着！小心翼翼地不像激动的女学生一样交头接耳，还不到忍不住傻笑的程度；你推着我的肋部让我冷静下来，目光示意我：不要鲁莽，不要毁了这一切。我承认：我们两个人中，我更爱出风头，高大笨拙的瑞玛，可爱的小女孩，有弹性的红头发就像某种珍惜鸟类的冠子；而你身材娇小，一头黑发，长睫毛，闪米特人黑亮的眼睛。你是足智多谋的体操运动员，而我是咄咄逼人的篮球运动员。你是“试验”诗人，而我倾心于“形式”，我们相反的天赋植根于我们的骨头里。我们中间有一个会结婚、生子，消失在“现实的”生活之中，而另一个会坚持到她三十多岁，然后开始出书并最终成为——一名“真正的”诗人，在1956年3月的这个雪夜，有谁能预测呢？

玛丽莲？梦露在书的迷宫里穿行，我们跟在她身后，像是穿行在梦境的迷宫中，经过了“运动”类，经过了“军事”类，经过了“战争”，经过了“历史/古代”，经过了斯特兰德那些皱着眉头看书的熟悉的常客，经过了态度不友好的、打着哈欠的留胡子的店员，他跟平常对待我们一样，没有过多留意这位金发女演员，如此这般，到了“博物学”跟前她停下了，在那里又是从容不迫地呆了几分钟（斯特兰德开到晚上9：00），身着男装的她拿着书柜上抽出来的书，随意翻阅着、沉思着，她在寻找什么呢？最后蹲下来翻阅着一个特大本的绘本（好奇心战胜了我！我推开你阻止我的手，我小心而又礼貌地走过她，嘴里念叨着“抱歉”，甚至于没有碰到她，也没有被注意到），豪华版的查尔斯？达尔文的《物种起源》。达尔文！《物种起源》！我们是蔑视科学的诗人，或者认为我们是，或者必须是，成为T. S. 艾略特和威廉？巴特勒？叶芝一样尊贵的真正的诗人；玛丽莲？梦露的这样一个选择，对我们来说似乎是有悖常情的。可是玛丽莲迅速决定要买这本书，把它抱在怀里继续往前走。

我们会觊觎不拘俗套的软呢帽，和那条粗粗的金色发辫。（后来我们就想知道：玛丽莲？梦露的头发是梳成一条辫子了吗？我们在任何电影或相片中都从来没见过她的头发编成辫子。这意味着什么呢？这意味着什么吗？她息影了，并且开始了在我们中间的隐姓埋名的新生活？）

玛丽莲？梦露突然像孩子一样皱着眉，回头看了看我们（我们说话大声了吗？她听到我们的想法了?），她脸上出现了困惑的表情，不是惊慌不是恼火而是孩子般的诧异：你们是谁？你们两位？你们在看着我吗？我们迅速把视线挪开了。我们低声争论着一本已经从书架上摸下来的书，《英国植物园史》。所以我们没有被发现。我们希望！

但是现在小心了，也清醒了。因为要是玛丽莲？梦露发现了我们，知道我们知道了，会如何呢？

她也许会放弃要买的书，离开斯特兰德。这对于她，对于那些书，是怎样的损失啊！对于我们，也是一样。

哦，我们担心玛丽莲？梦露不顾一切！我们害怕她被（男性）顾客或（男性）店员认出来。女孩或者是女人会为她保守秘密（我们这样想），但是没有男人能忍住直直地盯着她看，跟着她，直到最后跟她说话。当然，在斯特兰德二手书店的这位金发女演员不是她，她一点也不迷人，或者是“性感”，或者尤其是金发，穿着不显眼的男人衣服还有那双盐污了的靴子；她可能是任何人，女人或是男人，几乎不会是一位好莱坞明星，一位电影女神。然而如果你盯着看，就会认出她来。如果你去尝试，带着想象，你就会看见“玛丽莲？梦露”。这就像是儿童游戏，你盯着树叶、草、天上的云，突然看见了隐藏着的形状，它就在你面前。玛丽莲？梦露就是这样。当我们看见她的时候，对于我们来说似乎她就是必须被看见——被认出——被任何碰巧看了她一眼的人。如果任何男人看见了！我们害怕她的隐私会被毁掉。这位金发女演员会被迅速包围，被团团围住。独自一人来到斯特兰德二手书店，对于她来说是危险和不计后果的，我们想，当然，她可以在蒂凡尼购物，也许；她可以在购物中心或是华尔道夫酒店的大厅里漫步；在上东区的专享区域，她可以远离粉丝和烦人的崇拜者，可是——这里？在百老汇和十二街交汇点上人人平等的斯特兰德？

我们感到困惑。我差不多是对她感到恼火。利用一下这种机会！可是你，紧紧抓住我的手腕，有了另一种更为微妙的想法。

“她认为她和我们一样。”

你的意思是：一个不知名的人。女人，和我们一样。在斯特兰德不引人注意的普通顾客（主要是男性）中间。

这是玛丽莲？梦露的愿望中令人伤心之处。像我们一样。因为这是不可能的，当然。因为任何人，甚至是两位年轻的少女诗人，都会告诉玛丽莲？梦露，这在历史上已经太晚了。已经，三十岁的（后来我们可以算出这是她的年龄）“玛丽莲？梦露”已经走进了历史，而且无法逃脱。她的电影，她的相片。她的脸，她的形象，她的名字。进入历史是精神绑架，没有回头的路。好像是闪电击中了斯特兰德所在的大楼，好像是实实在在的电流触到并改变了这个空荡荡的巨大空间中唯一的个体，而这个唯一个体，纯粹由于偶然的机会，看起来似乎是命运的无常，会是这个梳着金色发辫、软呢帽斜扣在脸上的年轻女人。为什么呢？为什么是她，而不是别人？你可能会争辩说这样的命运是荒谬的，不当的，因为个体是在众多中间，逻辑上你是正确的。然而，“玛丽莲？梦露”已经走进历史，而你没有。她会流芳百世，而这位年轻的梳着金色发辫的女人会死去。而且即使她希望死去，“玛丽莲？梦露”也没法做到。

此时，她——这位金色发辫的年轻女人正抱着一大抱书。我们希望她选得差不多了，马上离开，在陌生人粗鲁的目光聚焦于她身上使她曝光之前，可是没有：让我们吃惊的是，她走到了一个叫“犹太文物”的区域。在那个我们以前从来没有走进去过的令人生畏的过道里，有着许多种语言的书籍：希伯来语，意第绪语，德语，俄语，法语。这些书中有一些看起来是古代的！完整的犹太法典。神秘印刷的厚重的犹太哲学。对于我们而言幸运的是，玛丽莲？梦露拉出来的书全都是英文书名：《东欧犹太人》，《上帝的选民：一部完整的犹太人历史》，《新世界的犹太人》。玛丽莲？梦露迅速地把她的包和书都放在地上，坐在一个脚凳上，像年轻姑娘那样用力皱着眉，翻阅着，好像是在搜寻什么紧要的东西，她知道那东西——知道！——一定在那里；她保持着这种不舒服的姿势至少有15分钟，弄湿她的手指翻开粘在一起的书页，几十年没有被翻开过、更少人阅读的书页。她皱着眉，全神贯注；她的目光在字里行间迅速移动，然后收回来，移动得更慢一些。此时，我们离她足够近，可以观察到这位金发女演员发烧的双颊和似乎在默默动着的微微张开的潮湿的双唇。她在那本古代的书中读什么，什么可能对她意味着很多的东西吗？一个秘密，被揭示了？一个秘密，来拯救她的生命？

“嗨你！”一个店员用曲意巴结的鼻音叫道。

我们三个人都吃惊地抬起头来。

但是店员不是在跟我们说话。不是对正在皱眉翻阅《上帝的选民》的金发女演员，也不是对在附近盘桓的我们。店员抓到有人悄悄把一本书塞进大衣口袋，这种景象在斯特兰德并不常见。

在受到这轻微的打搅之后，玛丽莲？梦露开始变得不安。她茫然地扭脸看着我们，虽然我们试着笨拙地撤退，她的目光还是与我们的相遇了。她知道了！但是在一瞬间之后，她又回到了她的书上，我们继续在附近盘桓，现在暴露了，脸红了，然而感觉到了对她的保护欲。她已经看到了我们，她知道了。她信任我们。我们看到，玛丽莲？梦露在这样无名的状态下是美丽的，在我们看来，她作为“玛丽莲？梦露”似乎从来没有过如此美丽。一切都是化妆、伪装，是动漫的性感，微妙得像腹股沟里的把戏。所有那些都是庸俗和幼稚的。但是这个年轻女人是美丽的，没有化妆，甚至没有用唇膏；穿着她的男式服装，头发编成短粗的辫子。美丽：她的皮肤闪着光芒，脸色苍白，她的眼睛是惊人的清澈的蓝色。她几乎是害羞地回头看看我们，注意到我们还在那里，她微笑着。是的，我看到了你们两个。谢谢你们没有说出我的名字。

我和你会一直记得：那感激而甜美的微笑。

我和你会一直记得：她信任我们，也许我们都没有那样相信过自己。

许多年以后，我为自己骄傲。当时我们是那么年轻。

年轻、任性、傲慢、没有安全感然而“才华横溢”——大概差不多吧，我们相信如此。不是说我们认为自己年轻：你 19 岁，我 20 岁。相对于我们的年龄来说我们是成熟的，而我们不成熟。我们思想上成熟，情感上不可预知。我们尊重我们称之为艺术的东西，我们蔑视我们称之为生活的东西。我们过度关注自己。然而，多么有耐心、多么有保护欲地注视着玛丽莲？梦露蹲坐在“犹太文物”书架之间的脚凳上，顾客们从她身边挤过去，嘴里念叨着“抱歉！”或者甚至是似乎没有注意到她，或是警惕地站着的我们两个。最后——一阵放松——玛丽莲？梦露合上了那本笨重的书，她已经决定要买它，她从脚凳上起身，收拢她的许多东西。然后——这是一种诱惑！——我们犹豫不决，虽然我们太想上前，但是她没有叫我们帮她拿东西，我们只是保持着审慎的距离跟着她，而她穿行在书店的迷宫里往柜台前去了。（她回头看我们了吗？她明白我和你是她的保护者吗？）如果有人胆敢接近她，我们会上前干预。我们会挤在玛丽莲？梦露和此人之间，不管他是谁。然而奇怪的景象是：斯特兰德的其他顾客都沉浸在书中，没有人多看她一眼，就像他们不会注意我们一样。爱书的人，尤其是二手书的爱好者，都不会奇怪地盯着别人，只会看着书。在书店前面——走了长长的路——收银员会更警觉，我们想。他们中的一位似乎正注视着玛丽莲？梦露走过来。他知道了吗？他能猜出来吗？他是在等着她吗？

接近柜台和顶上明亮的荧光灯时，玛丽莲？梦露似乎第一次犹豫了。她从肩上挎的包里摸出一副墨镜，把它戴上了。她竖起了海军大衣的领子，她拉低了帽沿。

然而她还是犹豫着，然后，我走上前去，平静地说：“打扰了。你为什么不让我来帮你买这些书呢？这样你就不必跟任何人说话了。”

这位金发女演员透过她巨大的墨镜盯着我。刚好还可以看见镜片后面她的双眼。害羞的女孩的双眼，吃惊而又感激。

我这样做了。你帮我一起。两位少女诗人，肩并肩，都是既活跃又公事公办的样子，为玛丽莲？梦露买了单：一共 16 本书！——精装本和平装本，相对新的书，破旧的翻阅过的书——总价是 55. 85 美元。令人难以置信的数目！我走进斯特兰德的两年间，从来没有递给收银员超过几美元，这一次，我的手也许颤抖了，我把几张 20 元的纸币推给他，有点期待这个坏脾气、留胡子的男人来审问我：“你从哪儿弄来这么多钱？”但是同平常一样，收银员几乎没有看我第二眼。而玛丽莲？梦露，手里没有拿一本书，已经从旋转式栅门溜出去，在前门等着我们。

在那里，我们把装在两个结实的包里她买的书递过去，她的身体前倾过来。在那气喘吁吁的时刻，我们以为她会亲吻我们的脸颊。而她只是把从一个包里取出的一本薄薄的册子塞进了我们手里：《玛丽莲？梦露诗选》。我们结结巴巴地说着谢谢，但是这位金发女演员已经把头上的软呢帽拉得更低，走出去，走进轻轻飘落的雪中，沿着百老汇街向前走去。我们跟在她身后，无法抗拒，等着她招手叫一辆出租车，可是她没有。我们知道我们不能跟着她。到此时，因为过去一个小时的紧张，我们头晕眼花，带着孩子般的兴奋紧握着彼此的手。如此快乐！

“哦，哦上帝啊。玛丽莲？梦露。她送了我们一本书。这是真的吗？”

这是真的，我们有《玛丽莲？梦露诗选》来证明。

斯德兰德二手书店那个下雪的傍晚。那个关于玛丽莲？梦露的神奇的晚上，我第一次亲吻了你。

突变体

她曾是一个梦幻般的美丽的孩子，不知不觉地，已经变成一个梦幻般的美丽的年轻女子，是美国中西部白肤金发女人那个类型，这与其说是一种肉体还不如说是一种精神类型。现在是一个纽约人——在市中心，炮台公园市南大街 10280 号——她还戴着一个梦幻般的金色的光环，像轻轻披着的雅典娜的斗篷，为了保护战场上她青睐的凡人而扔给他的斗篷，她不知不觉地戴着它，相信在这座城市她会每天遇到无数崇拜的目光，要微笑和与陌生人耐人寻味的目光交流，还有理所当然的她专业和个人生活中强烈的好运，这是所有人共享的总奖赏的一部分，就像秋天温暖的空气。

她的年纪不明确。是三十五岁左右，还是二十出头。到了也许 45 岁的时候，她开始看上去也许 29 岁，但是只是在最刺眼的灯光下，没有人会盯着她看。

她不仅是被爱，这是一种平常的体验，而是被热爱。有区别。

在中心区域，她被家人热爱；在曼哈顿，她被她的未婚夫热爱，他是市中心一家著名出版社的编辑。他们要在这年浪漫的时候结婚。他们现在住在一起，在曼哈顿那些闪闪发光的大楼其中一座的 36 层，一个高处的房子里，有高高的平板玻璃窗，和朴素的白色家具。他们的观点是——对于这个，总是会用到形容词“惊人!”——这个闪闪发光的高楼林立的城市和纽约港在一定程度上都是精美的海绿色，就像这些明亮的秋晨中擦洗过的玻璃。

一如往常的工作日，她的未婚夫早早离开了公寓。她在早晨8点过后不久去了趟附近的金考快印，去取一件彩色复印的底稿（一本童书的），当她听到一个嗡嗡声的时候，正看着信号灯闪着“通行”，穿过南大街，她最初是觉得被打扰了有点烦，然后警觉起来，以为是一只巨大的大黄蜂，她抬起头，眯着眼睛看，看到了令人紧张不安的景象，她的双眼一开始拒绝将它破译出来：一架飞机，一架商务班机，巨大，低得不合情理，倾斜着从天空飞过，飞出她惊愕的视线，飞到一堆建筑物后面，在接下来的一瞬间，她被巨大的爆炸震得跪在人行道上，她想，出了一个可怕的事故，虽然“可怕”这个既正式又陈旧的词在她的词汇中并不常用到。她倒下了，她的双膝撞在人行道上，对她来说，玻璃渣和碎片正在连续不断地扎进她裸露的皮肤，就像发狂的昆虫一样，然而事实上就在同一时刻——因为她曾是伊利诺依中学优秀的篮球运动员，她的反应依然迅速，不假思索，就在她倒下的同一时刻，她听到了附近头顶的爆炸声，几乎就在这同一时刻，她站起身，冲进大楼，她的大楼，她的庇护所；她弓身奔跑着，手里仍然紧紧地抓着复印件的底稿；她跑过那些目瞪口呆、不知所以的人，他们就像在梦中，她进了电梯，迅速上升到36层，现在她可以平静地思考：如果我这样做了，如果电梯还在工作，我就没事。意外事故会有人管的。

她摸索着打开家门，后来她的记忆会是混乱不清的，第二声震耳欲聋的爆炸使她不得不用力握住钥匙，强行打开门，此时巨大的声响迅速扩散，就像火山爆发一样，使第一次爆炸的回声也黯然失色了，她会记起她周边和身下的大楼都在摇晃、震动、摇摆，然而却依然坚挺，好像是深深地扎根在土里。现在她在公寓里面，弓着身，喘息着，像动物一样，不过知道自己是安全的。她小心翼翼地把薄薄的彩色复印件的底稿放在桌子上，五个星期之后，她会发现它的外面覆盖着一层灰砾。她在听 36 层楼下面街上的警报声，她准备好了会听到她是那样不喜欢的警报的噪音，因为在曼哈顿有那么多警报声，她准备好了会因为受到刺激而心烦意乱。她想着：我会穿上跟本来打算今天穿的不同的东西。低跟鞋。因为她估计会同平常一样出去工作，不过也许稍稍晚一点。

同她的未婚夫一样，她在市中心工作。东 53 街。她是一位童书编辑。她从世贸中心乘地铁。她会说她爱她的工作，爱她的同事。她会说……

她在咳嗽。她开始呼吸异常。她的嘴被抹上了一层干燥的细尘。她的鼻孔，眼球。这是什么？为什么天这么黑？她震惊地发现，从客厅窗口往外看到的壮丽景色都消失了。客厅的窗户消失了。天空消失了。模模糊糊的颤动的灰烬、尘土和细小的旋转的微粒（雪花？纸屑？细小的意大利面渣?）紧贴在一起，朝东的卧室窗户上，类似的烟雾紧贴在玻璃上，它还反射出怪异的令人眼花缭乱的火焰。她想，可是这座大楼没有起火。这座大楼是安全的。

她打开卧室的电视，但是没有电。厨房里的收音机，没有电。她打开灯，什么也没有。电话呢？没有拨号音。她不害怕，但是她像受惊的动物一样惊慌。她窒息了，咳嗽，吐到水池里。她打开水，把手捧成杯状接水，冲冲眼睛，伏着身子口渴地喝水，就像动物喝水一样。然而她的心带着一种愉悦怦怦地跳，因为她从来没有如此机警和头脑清醒过。从来没有如此清醒。

她脱掉了鞋。她的鞋是个负担。

她会从一个窗口到另一个窗口，一刻不停，总是急切的，然而只看到云样的灰烬越来越厚，遮挡了太阳。她闻到烟味有很长时间了，但是不愿意承认。什么地方起火了，可能不是一个地方。所以这么稀奇的翻腾着的漏斗状的灰烬到达了 36 楼——惊人。可能是暴风袭击。席卷曼哈顿地势较低部分？然而天空中倾斜的物体看上去是一架飞机。现在开始响起警报了。(警报声在这座大楼里?）她再次拿起电话，打911，但是没有拨号音。她找到手机，打算开机，但是没有反应了。她现在绝望地想给她的未婚夫打电话，但是一激动忘了他的手机号码，她也忘了他的名字。他的脸，她知道如果看见了会认出它来。如果他出现在她面前，叫着她的名字。

她再一次打开电视，完全忘了电停了。空白的青灰色显示屏正对着她。她想，还没有新闻。这对她来说似乎是个安慰。

她忙着把湿纸巾塞到门窗边上。门锁得好好的，双锁。她用一只手掌推了推：是，它是暖的。但是现在所有的东西都是暖的。空气暖得要沸腾了。在客厅、餐厅和厨房还有卧室，灰尘都反射出微小的火焰，所以也许这座楼最终是起火了，她会死于媒体所称的熊熊火海，或者是死于烟尘窒息。

一个念头出现了：灭火器！

她的未婚夫的名字如果有时间平静地想想，她会想起来的，是他从泽西市的“家得宝”为他们的公寓买了一个小型手提式灭火器，头年春天一个星期天的下午，他们开车去了那里，她从来没有把灭火器当回事，她也许还嘲笑过它难看，嘲笑过她的未婚夫买这个东西的清醒，现在她从柜子里把这件重得惊人的东西拖出来，放在厨房的案板上仔细检查。她的未婚夫会为她感到骄傲的，她想。她记起它来了，他肯定希望她能记起来。灭火器是一个带复杂喷嘴的鲜艳的红色圆筒。上面都是灰。顶部是难以辨认的标志，红色背景和一个小小的黄色箭头，她盯着它，双眼变得模糊了。灭火器被称为“干式化学”灭火器，“用于木材，纸，布，塑料，橡胶，易燃液体，润滑油，汽油，和电气火灾”，这对于她来说似乎包括了所有可能的火灾。她的心里充满着对她未婚夫的爱。她对他充满无限的感激。操作指南是写在红底上的白字，排得像首诗一样。

后退 6 英尺

拉出环销

垂直握住

喷嘴对准火的基底部分

挤压处理

侧向运动使用

她希望，如果火突然向她袭来，她的眼睛能清晰地找准它的基底位置。她必须记住站到 6 英尺之后。她从来不擅长于估算距离。

她把灭火器留在厨房，五个星期之后会在那里找到它，垂直立着，没有移动过，上面覆盖了厚厚一层灰烬，就像是庞贝古城的遗物。现在天黑下来了，就像是日食一样。

她认为她在等待就像是电视上一样的扩音器的声音，或者是响亮的敲门声。如果真的是火灾，或者甚至是有火灾危险，大楼上的人会被疏散。她知道这个，因此感到安慰。

时间以一种奇异的方式流逝。

从她在人行道上摔倒，明显已经过去了几个小时，然而她的表只是上午 9：20。(除非是晚上 9：20，而她在惊慌中度过了一整天。）大楼外面的天空是黑暗的旋风。她在厨房柜子里找到了手电。她以前从来没有拧亮过这个手电，对它还能亮感到又吃惊又高兴。它亮了！光束强烈而又稳定。她再次打开卫生间的水，把手电放在旁边的台子上。现在她开始不知不觉地重复小型的储备行动，而且会重复许多次。她洗洗脸，脸像是热得在抽动，她冲冲眼睛，干渴地喝下微温的水。她感觉大楼在身下摇摆，但是坚定地认为这是想象。曼哈顿没有地震。她开始闻到新的、刺激性的、化学品的气味。神经瓦斯：她的神经正在被麻痹。几个小时过去了，她一直处于用湿纸巾捂着嘴和鼻子，用电筒光束照到各个角落，在公寓中昏暗的房间里走来走去的状态中。这种恐怖的气味，她相信一定是化学战的味道。

无论他们的敌人是谁，这些敌人已经发动了袭击。也许会有更多的爆炸。在其他一些城市。她再也见不到她的父母了。试着打他们在伊利诺依的电话，但是手机就像任何塑料产品一样没有反应，没用了！她现在非常疲惫。她的双膝上都有伤口。她的前额，她的脸上。然而她非常清醒，在这种警醒的状态中，她只有欣喜。她把热水放进浴缸里，但是还没到浴缸一半的时候，水停了。虽然如此，她还是洗澡了。她微笑着想，如果这是最后一次沐浴，我得好好享受。她浑身都粘上了粘粘的灰垢。她的头发粘得硬梆梆的。她吐口唾沫到手上。这是个惊喜，她的浴油仍然散发着芬芳，她的肥皂依然能起泡。肥皂泡！她给齐肩长的头发打上洗发香波，小心翼翼地清洗着。它现在不再是金色的了，但是是什么颜色她也没法说，它的样子像海底的头发，海藻头发，漂浮在灰水中，她被弄脏了的白种人的皮肤一样的颜色。

然而，她穿上了新衣服，在浴室雾气弥漫的镜子前端详着自己。她的眼窝深陷，憔悴却又清醒，不再是那个梦幻般眼睛的金发女郎。一个突变体，准备生存下来。是不是有海底生物，有了额外的鳃，叶片一样薄的头两侧伸出的杆子上长着眼睛，狡猾地处在生存的绝望中……

同时她在等待敲门声。内部对讲系统的召唤声。

不知道几个小时过去了。她失去了知觉，但是没有睡着。她突然清醒了。手电筒在哪？它滚到地上去了。餐厅桌子上有蜡烛，芳香的手工蜡烛，那么美（还那么昂贵）你会舍不得点它们。但是这是特殊情况，她现在会把它们点亮。抽屉里还有更多蜡烛，她摸到它们，把它们取出来。她以为这个城市没有了。在什么地方熊熊燃烧的火到现在应该已经熄灭了。她感觉到了它们恐怖的热量，闻到了滚滚的浓烟。这是火山烟雾，世界末日的烟雾。她洗洗脸，漱嗽口，从饮料盒子里大口喝着不加糖的葡萄柚汁。她突然觉得饿坏了。她振作起来，想：荒唐，我不会重要到成为唯一的幸存者。她大胆地打开通向走廊的门，拿手电冲黑暗里照照。她喊着：喂？喂？声音发抖。走廊上的空气暖得怪异。她害怕在这样的黑暗中被锁在公寓外面。她喊着，喂？有人听到我吗？还有人吗？她突然焦虑起来，担心在她睡着的时候大楼里的人都疏散了，没有人来叫她。街上面 36 层。防火通道是安全的吗？她敢试着离开吗？还有，如果这个城市消失了，那怎么办？

如果她离开公寓，没有人知道上哪去找到她。她的未婚夫不知道上哪去找到她。在街上的残垣和翻腾的烟尘中，没有人知道她的名字。

她迅速锁上身后的门。她点亮几根蜡烛。她点亮了所有的蜡烛！把它们放在她所有窗户的窗台上。像圣诞节一样——这样做是无罪的。她想，这是此刻正确的做法。如果她的未婚夫从街上抬起头，会看到她点亮的蜡烛，知道她还活着。但是她的表是 2 点 15 分。不是下午而是晚上。因为她浪费了一整天。她没法恢复这一天了。但是她会一直记着她的震惊，她震惊中的快乐，当她脱离把炮台公园市她的窗户和相邻的大楼公寓的窗户隔开的漂浮的烟尘时，她开始看着那里的烛光，像远处的星星一样闪烁。几支蜡烛，半打蜡烛，在黑暗中浮动，在黑暗中，勇敢而喜庆。